AÇLIK OYUNLARI

Pegasus Yayınları: 175
Bestseller Roman: 26

AÇLIK OYUNLARI
SUZANNE COLLINS
Özgün Adı: THE HUNGER GAMES

Kitap Editörü: Yusuf Tan
Son Okuma: Berna Sirman
Bilgisayar Uygulama: Meral Gök
Kapak Uygulama: Yunus Bora Ülke
Film-Grafik: Mat Grafik

Baskı-Cilt: Alioğlu Matbaası
Orta Mah. Fatin Rüştü Sok. No: 1/3-A
Bayrampaşa/İstanbul
Tel: 0212 612 95 59

33. Baskı: Şubat 2013

ISBN: 978-605-5943-63-9

Yayıncı Sertifika No: 12177

Pegasus Yayıncılık San. Tic. Ltd. Şti.
Gümüşsuyu Mah. Osmanlı Sk. Alara Han
N... Taksim / İSTANBUL
Tel: 0212 244 23 50 (pbx) Faks: 0212 244 23 46
www.pegasusyayinlari.com / info@pegasusyayinlari.com

SUZANNE COLLINS

AÇLIK OYUNLARI

İngilizceden Çeviren:
SEVİNÇ S. TEZCAN

PEGASUS YAYINLARI

Sevgili okuyucu,

İnsanlar uzunca bir süredir, yeni genç yetişkin üçlememin ilk kitabı olan *Açlık Oyunları*'nı yazmaya nasıl başladığımı merak ediyorlar. Sanırım bunun en önemli nedeni, bu kitabın, orta öğretim seviyesindeki okuyucular için kaleme aldığım *Yeraltı Günlükleri* serisinden çok farklı olması.

Açlık Oyunları'na ilham veren asıl öğeyi tayin etmek gerçekten çok güç. Sanırım ilk tohumlar, sekiz yaşında mitoloji saplantılı bir çocuk olarak Theseus'un hikâyesini okuduğum günlerde atılmıştı. Mitolojiye göre, Atina halkı, geçmiş eylemlerinin cezası olarak belli aralıklarla yedi genç kız ve yedi delikanlıyı Labirent'e kapatılacakları ve canavar Minotor'a yem olacakları Girit'e göndermek zorundaydı. Sadece bir üçüncü sınıf öğrencisi olmama rağmen, verilen mesajın merhametsizliğini takdir edebilmiş olmalıyım. *"Bizimle uğraşırsanız sizi öldürmekten beter eder, çocuklarınızı öldürürüz."*

Bunun dışında, çokça seyrettiğim, Romalıların idamları sosyal bir eğlenceye dönüştürme kabiliyetlerini dramatize eden gladyatör filmleri, askerî uzman olan babamın bizi tatillerde götürdüğü savaş alanları ve lise yıllarımda bir kılıç dövüşü kumpanyasıyla birlikte çıktığım turne bende erken dönemde iz bırakmış birkaç olay olarak sıralanabilir. Ancak Katniss'in hikâyesinin zihnimde canlanması, yakın zamanda reality televizyon programları ile gerçek savaş görüntüleri arasında, kanal kanal gezdiğim döneme rastlıyor.

Belki de birinci tekil şahısla yazdığım için, Katniss kalbime çok ama çok yakın bir karakter oldu. Onun sizin kalplerinize giden yolu da keşfedeceğini umuyorum.

En iyi dileklerimle,
Suzanne Collins

KISIM I

"HARAÇLAR"

1

Uyandığımda yatağımın diğer tarafı buz gibiydi. Parmaklarımı uzatıp Prim'in sıcaklığını aradım ama tek bulduğum, yatağın sert kumaşı oldu. Kötü bir rüya görüp annemizin yanına tırmanmış olmalı. Tabii ki öyle yapmıştı. Bugün, toplama günü.

Dirseğimin üstünde doğruldum. Odada onları görmeme yetecek kadar ışık vardı. Küçük kardeşim Prim yan yatmış, bacaklarını karnına çekmiş ve sırtını anneme dayamıştı. Yanaklarını birbirlerine yaslamışlardı. Annem uykusunda, olduğundan daha genç görünüyordu. Evet, yıpranmış bir görünüşü vardı ama en azından üzerine basılıp geçilmiş gibi durmuyordu. Prim'in yüzü bir yağmur damlası kadar tazeydi, adını aldığı çuha çiçeği kadar hoştu. Bir zamanlar annem de çok güzelmiş. Ya da en azından, öyle söylüyorlar.

Prim'in dizlerinin üstüne dünyanın en çirkin kedisi tünemiş, ona bekçilik ediyordu. Basık bir burnu vardı; kulaklarından birinin yarısı yoktu. Gözleri çürümeye yüz tutmuş balkabağı rengindeydi. Prim, çamuru andıran sarı tüylerinin o parlak çiçeğe benzediğinde ısrar ederek, kediye Düğün Çiçeği adını vermişti.

Kedi benden nefret ediyor ya da en azından bana hiç güvenmiyordu. Aradan geçen senelere rağmen, Prim'in kediyi eve getirdiği ilk gün onu bir kovanın içinde boğmaya çalıştığımı çok iyi hatırlıyordum. Kemikleri sayılabilecek kadar zayıftı, karnı kurtçuklarla şiş, her yanında pireler kaynayan bir kedi yavrusuydu. İhtiyaç duyduğum son şey, doyurulması gereken fazladan bir canlıydı. Ama Prim o kadar çok yalvarmış, hatta o kadar çok ağlamıştı ki, kalmasına izin vermek zorunda kalmıştım. Neyse ki sonrası iyi olmuştu. Annem haşaratlarını temizlemişti ve kedi doğuştan fare avcısıydı. Hatta arada sırada çıkan sıçanları bile yakalıyordu. Bazen yakaladığım bir hayvanı temizlerken, iç organlarını Düğün Çiçeği'ne veriyordum. Bir süredir bana tıslamaktan vazgeçmişti.

İç organlar. Tıslamaya son. Herhalde sevgimizin geldiği, geleceği en uç nokta bu olsa gerek.

Bacaklarımı yataktan sarkıtıp ayağıma av çizmelerimi geçirdim. Yumuşak deri tam ayaklarımın biçimini almıştı. Pantolonumu, tişörtümü giyip, uzun ve koyu renk örgümü şapkamın altına tıktım, yem çantamı kaptım. Masanın üstünde, aç sıçanlardan ve kedilerden korumak için ahşap bir kâsenin altında saklanmış, fesleğen yapraklarına sarılı, küçük, mükemmel bir keçi peyniri parçası duruyordu. Prim'in bana özel toplama günü armağanıydı. Dışarı çıkarken peyniri özenle cebime yerleştirdim.

Bu saatte, 12. Mıntıka'nın bizim yaşadığımız Dikiş takma adlı bölümü, sabah vardiyasına gitmek üzere yola çıkmış kömür madencileriyle dolu olurdu. Kamburları çıkmış, parmaklarının boğumları şişmiş, kırık tırnaklarının ve mutsuz yüz çizgilerinin arasına biriken kömür tozlarını temizlemekten uzun zaman önce vazgeçmiş erkek ve kadınlarla. Ancak bugün, kararmış sokaklar tamamen boştu. Bodur, gri evlerin panjurları sımsıkı kapalıydı. Toplama işi saat ikiden önce başlamazdı. İsterseniz evde kalıp uyuyabilirdiniz. Tabii bunu başarabilirseniz.

Evimiz, Dikiş'in neredeyse kenarında kalıyordu. Çayır olarak bilinen pejmürde araziye ulaşmak için sadece birkaç kapıdan geçmem gerekiyordu. Çayır'ı ormandan, yüksek, üst kenarları dikenli tellerle çevrili tel örgüsü çitler ayırıyordu. Aslında 12. Mıntıka'nın çevresi tamamen bu çitlerle çevriliydi. Teoride, ormanda yaşayan ve bir zamanlar sokaklarımızı tehdit eden yırtıcı hayvanları –vahşi köpek sürüleri, yalnız pumalar, ayılar– uzak tutmak için, bu çitlere günün yirmi dört saati boyunca elektrik veriliyordu. Ancak akşamları sadece iki ya da üç saat boyunca elektrik alma şansımız olduğu için, tellere dokunmak genelde tehlike yaratmıyordu. Buna rağmen, çitlerin devrede olup olmadığına işaret eden homurtuyu duyabilmek için her defasında dikkat kesiliyordum. Ve şu anda derin bir sessizlik vardı. Karnımı içime çekip uzun senelerdir açık duran ve bir çalı öbeğinin arkasına gizlenmiş, bir metrelik aralıktan kayıp geçtim. Çitin başka zayıf noktaları da vardı ama burası evimize en yakın geçiş olduğu için, ormana neredeyse her zaman bu delikten girerdim.

Ağaçların arasına dalar dalmaz, içi boş bir kütüğe sakladığım yayımı ve ok kılıfımı çıkardım. Elektrik verilsin ya da verilmesin, çit leş yiyicileri 12. Mıntıka'dan uzak tutmak konusunda işe yarıyordu. Bu hayvanlar ormanda özgürce dolaşıyordu. Tabii buna ek olarak zehirli yılan ve kuduz hayvan tehlikelerini ve izlenecek gerçek patikaların olmadığını da unutmamak gerekirdi. Diğer taraftan, bulmasını bilene yiyecek de vardı. Babam bu işi iyi bilirdi ve madendeki patlamayla paramparça olmadan önce bana da biraz öğretmişti. Babamdan geriye gömülecek bir şey bile kalmamıştı. Ben o zaman on bir yaşındaydım. Aradan beş sene geçmişti ve hâlâ kaçması için çığlıklar atarak uykumdan uyandığım oluyordu.

Her ne kadar gizlice ormana girmek yasa dışı olsa ve kaçak avcılık en büyük cezaları getirse de, insanların silahları olsa, pek çoğu riski göze alırdı. Ancak çoğu, sadece bir bıçakla riske atılacak kadar cesur değildi. Benim yayım, babamın kendi elleriyle yaptığı, zor bulunan silahlardandı. Bu yüzden diğerleriyle birlikte su almayacak şekilde sarıp, ormana iyice saklamıştım. Babam hayatta olsa, yaptığı silahları satarak iyi para kazanırdı. Ancak yetkililerin durumu öğrenmeleri halinde, isyana sebebiyet vermekten herkesin gözü önünde idam edilirdi. Barış Muhafızları'nın çoğu, benim gibi çok az sayıda insanın avlanmasını görmezden geliyordu çünkü onlar da herkes gibi taze ete hasretti. Aslına bakarsanız onlar bizim en iyi müşterilerimiz arasında yer alıyorlardı. Yine de birilerinin Dikiş'i silahlandırması fikri hiçbir zaman hoş görülmemişti.

Sonbaharda, az sayıda cesur ruh elma toplamak için gizlice ormana süzülürdü. Ama Çayır'ı görüş alanlarından çıkarmamaya özen gösterirlerdi. Her zaman, herhangi bir belayla karşılaşmaları halinde koşarak 12. Mıntıka'nın güvenli ortamına kaçacak kadar yakın mesafede kalırlardı. "12. Mıntıka. Güven içinde açlıktan ölebileceğiniz eviniz," diye mırıldandım, sonra telaşla omzumun üstünden arkama baktım. Burada, hiçliğin ortasında bile birilerinin sizi duymasından korkardınız.

Daha küçükken bile 12. Mıntıka ve ülkemiz Panem'in çok uzak Capitol'ünde bizi yönetenler hakkında yumurtladıklarımla anneciğimin yüreğini ağzına getirirdim. Zamanla, bunun başımızı daha çok belaya sokacağını anladım. Dilimi tutmayı ve yüzümü, hiç kimsenin düşüncelerimi okuyamayacağı ifadesiz bir maskeye dönüştürmeyi öğrendim. Okulda görevimi sessizce yapmam gerektiğini... Halka açık pazarlarda sadece havadan sudan, kısa sohbetler etmeyi... Kazandığım paranın büyük kısmını borçlu olduğum karaborsa Hob'da sadece takas konusunda konuşmakla yetinmeyi... Hatta durumumun daha az can sıkıcı olduğu evimde bile hassas konulara değinmekten kaçınırdım. Toplama, yiyecek kıtlıkları ya da Açlık Oyunları gibi konulara girmezdim. Prim benim kelimelerimi tekrar etmeye başlarsa, o zaman sonumuz ne olurdu?

Ormanda beni yanındayken kendim gibi davranabildiğim tek insan bekliyordu: Gale. Yüzümdeki kasların gevşediğini, bizim yerimize, vadiye bakan kaya çıkıntısına ulaşmak için tepeye tırmanırken adımlarımın hızlandığını hissediyordum. Gür bir fundalık gizli yerimizi istenmeyen gözlerden koruyordu. Beni beklediğini görünce yüzümde güller açtı. Gale, ormanda olmadığımız zamanlarda yüzümün hiç gülmediğini hep söylerdi.

Beni görünce, "Hey, Catnip*," dedi. Gerçek adım Katniss ama ismimi ona ilk söylediğimde bunu fısıldamıştım. Bu yüzden Gale, adımın Catnip olduğunu sanmış. Sonra deli vaşağın teki ormanda bedava yiyecek bulmak için dolaşırken peşime takılınca, bu bana verdiği resmî lakap oluvermişti. Sonunda vaşağı öldürmek zorunda kalmıştım çünkü av hayvanlarını ürkütüyordu. Hiç de kötü bir can yoldaşı olmadığı için buna üzüldüm bile denebilirdi. Neyse ki postu için hatırı sayılır bir ücret almıştım.

"Bak ne vurdum." Gale, içinden ok geçen ekmek somununu havaya kaldırınca güldüm. Bu bizim tahıl istihkaklarımızla yaptığımız o sıkı somunlardan değil, gerçek bir fırın ekmeğiydi. Somunu ellerimin arasına alıp oku çıkardım ve geride bıraktığı deliği burnuma tuttum. Aldığım koku, ağzımın sulanmasına neden oluyordu. Böyle iyi ekmekleri ancak özel günlerde görebiliyorduk.

"Hımm... Hâlâ sıcak," dedim. Bu ekmeği başka bir şeyle değiş tokuş etmek için sabahın ilk ışıklarıyla birlikte fırına gitmiş olması gerekirdi. "Sana neye patladı?"

"Sadece bir sincap. Sanırım yaşlı adam bu sabah biraz duygusaldı," dedi Gale. "Hatta bana şans bile diledi."

---

* Kedi otu. (ç.n.)

"Eee, bugün hepimiz birbirimize daha yakın hissediyoruz, öyle değil mi?" diye sorarken gözlerimi devirme zahmetine bile girmedim. "Prim bize biraz peynir ayırmış," diyerek cebimdeki küçük peynir paketini çıkardım.

Bu ikramı görünce Gale'ın yüzü aydınlandı. "Teşekkürler, Prim," dedi. "Gerçek bir ziyafet çekeceğiz." Ve birden, senede bir defa, toplama günü isimlerimizi okumak için gelen aşırı neşeli Effie Trinket'ın Capitol aksanını taklit etmeye başladı. "Neredeyse unutuyordum. Açlık Oyunları kutlu olsun!" Çevremizdeki çalılıklardan birkaç böğürtlen kopardı. "Ve dileyelim ki şans..." Böğürtlenlerden birini başımın üstüne kaldırıp aşağı bıraktı.

Onu ağzımla yakalayıp narin kabuğunu dişlerimle ezdim. Tatlı mayhoşluğu dilimin üstünde patlıyordu. "... sonsuza dek sizinle olsun!" Gale'ınkine denk bir coşkuyla cümlesini tamamladım. Bu konuda şakalaşmak zorundaydık. Çünkü tek alternatifimiz korkudan altımıza etmekti. Ayrıca, Capitol aksanı o kadar abartılıydı ki, o aksanla söylendiği zaman komik olmayacak hiçbir şey yoktu.

Gale'ın bıçağını çıkarıp ekmeği dilimlemesini izledim. Ağabeyim olabilirmiş gibi görünüyordu. Düz siyah saçları, zeytuni bir teni vardı. Gri gözlerimiz birbirine çok benziyordu. Ama akraba değildik. En azından yakın akraba değildik. Madenlerde çalışan ailelerin çoğu birbirine benziyordu.

Annem ile Prim'in, açık renk saçları ve mavi gözleriyle buraya ait olmadıkları hissini uyandırmalarının nedeni de zaten buydu. Onlar buraya ait değillerdi. Annemin ailesi resmî görevlilere, yani Barış Muhafızları'na ve tek tük Dikiş müşterilerine yiyecek içecek tedarik eden küçük tüccar sınıfının üyeleriymiş. 12. Mıntıka'nın daha hoş kesimlerinde bir eczaneleri varmış. Hemen hemen hiç kimsenin doktora gücü yetmediği için, eczaneler bizim ana şifa kaynağımızdı. Babam annemle, av sırasında bazı şifalı bitkiler toplaması ve bunları ilaca dönüştürülmek üzere eczanelerine satması sayesinde tanışmış. Annem evinden ayrılıp Dikiş'e geldiğine göre, babamı gerçekten çok sevmiş olmalı. O günleri hatırlamaya çalışıyorum ama tek görebildiğim, çocukları bir deri bir kemik kalmaya yüz tutmuşken hiçbir şey yapmadan ifadesiz bir yüzle bir köşede oturup kendini dünyaya kapatan bir kadındı. Onu, babamın hatırına affetmeye çalışıyordum ama dürüst olmak gerekirse, ben kolay affedebilen biri değildim.

Gale ekmek dilimlerine yumuşak keçi peyniri sürüp her dilimin üzerine büyük özenle bir fesleğen yaprağı kondururken, ben de çalılıklarda ne kadar orman meyvesi varsa topladım. Kayaların arasında kuytu bir köşeye çekildik. Bulunduğumuz yer dışarıdan görünmüyordu ama toplanacak yeşillikleri, kazılacak kökleri ve güneşle renk değiştiren balıklarıyla, yazla bereketlenen vadiye tamamen hâkimdik. Açık bir gökyüzü ve yumuşacık bir esintiyle gerçekten muhteşem bir gündü. Sıcak ekmeğin üzerinde eriyen peynirimiz, ağzımızda dağılan orman meyveleri, kısacası yemeğimiz harikaydı. Bu gerçek bir tatil günü olsaydı, boş geçecek günün tamamını Gale ile birlikte dağlarda aylaklık ederek ve akşam yemeği için avlanarak geçirecek olsaydık, her şey mükemmel olabilirdi. Oysa saat ikide meydana dizilmemiz ve okunacak isimleri beklememiz gerekiyordu.

Gale sakin bir sesle, "Yapabiliriz, biliyorsun," dedi.

"Neyi?" diye sordum.

"Mıntıkayı terk edebiliriz. Kaçıp ormanda yaşayabiliriz. Sen ve ben. Bunu başarabiliriz," dedi Gale.

Ne cevap vereceğimi bilmiyordum. Bu o kadar budalaca bir fikirdi ki.

Hızla, "O kadar çok çocuğumuz olmasaydı," diye ekledi.

Tabii ki bizim çocuklarımızdan bahsetmiyordu. Gerçi bizim de sayılabilirlerdi. Gale'ın iki erkek, bir de kız kardeşi vardı. Ve Prim. Tabii bu hesaba annelerimizi de dâhil edebilirdiniz; biz olmasak nasıl yaşayabilirlerdi ki? Her zaman daha fazlasını isteyen o ağızları ne doldurabilirdi? İkimizin de her gün ava çıkmamıza rağmen, bazı akşamlar av etlerini domuz yağı, ayakkabı bağcığı ya da yünle takas etmemiz gerektiği için yatağa guruldayan midelerle girdiğimiz oluyordu.

"Ben hiçbir zaman çocuk sahibi olmak istemiyorum," dedim.

"Ben isteyebilirdim," dedi Gale. "Tabii burada yaşıyor olmasaydım."

"Ama burada yaşıyorsun," dedim tatsız bir sesle.

"Unut gitsin," dedi sertçe.

Bu konuşma bana baştan sona yanlış geliyordu. Gitmek mi? Bu dünyada sevdiğimden emin olduğum tek insan olan Prim'i nasıl bırakabilirdim? Hem Gale de kendini ailesine adamış bir insandı. Gidemeyeceğimize göre, neden boşuna çenemizi yoruyorduk? Hem zaten gidebilsek bile şu çocuk sahibi olma konusu da nereden çıkmıştı? Gale ile aramızda romantik bir şeyler olmamıştı ki. Tanıştığımızda ben on iki yaşında, sıska bir kızdım. O benden sadece iki yaş büyük olmasına rağmen adama benziyordu. Arkadaş olabilmemiz, her takasta pazarlık yapmaktan vazgeçmemiz ve birbirimize yardım etmeye başlamamız bile çok uzun zamanımızı almıştı.

Ayrıca, çocuk sahibi olmak istiyorsa kendine bir eş bulmakta hiç zorlanmayacağından eminim. Yakışıklıydı, madendeki işlerin altından kalkacak kadar güçlüydü, üstelik avlanabiliyordu da. Gale okulda dolaşırken kızların ona bakıp bakıp fısıldaşmalarından, onu ne kadar ve nasıl istedikleri belli oluyordu. Kıskanıyordum elbette ama insanların sandıkları nedenlerden değil. İyi av ortağı bulmak çok zordu.

"Ne yapmak istersin?" diye sordum. Avlanabilir, balık tutabilir ya da bir şeyler toplayabilirdik.

"Gölde balık tutalım," dedi. "Sırıklarımızı göle bırakıp, ormandan bir şeyler toplayabiliriz. Bu akşam için güzel bir şeyler bulalım."

Bu akşam. Toplamadan sonra insanların kutlama yapmaları beklenirdi. Zaten pek çok insan, çocuklarının bir sene daha rahat bırakılmış olmalarından büyük bir rahatlama duyarak kutlamalara girişirdi. Ama en az iki aile, panjurlarını indirip kapılarını kilitler ve onları bekleyen acı dolu haftaları geçirmenin bir yolunu bulmaya çalışırdı.

O günü gayet iyi geçirdik. Ortalıkta daha kolay ele geçecek ve daha lezzetli yemlerin olduğu günlerde, yırtıcı hayvanlar bize pek ilişmezdi. Sabahın sonuna doğru bir düzine balık, birkaç torba yeşillik ve en iyisinden bir galon çilek toparlamış durumdaydık. Çileklerin olduğu alanı birkaç sene önce ben keşfetmiştim ama hayvanları uzak tutmak için çevresine telden ağ örme fikri Gale'dan çıkmıştı.

Eve dönerken bir zamanlar kömür saklanan, terk edilmiş bir depoda çalışan karaborsaya, Hob'a uğradık. Kömürleri madenden doğruca trenlere yükleme sistemi kurulduktan sonra depo, zaman içinde Hob'a dönüşmüştü. Toplama günlerinde bu saatlerde işlerin büyük kısmı kapanmış olurdu ama karaborsa hâlâ bir hayli kalabalıktı. Hiç zorlanmadan, balıklarımızın altı tanesini iyi ekmekle, iki tanesini de tuzla takas ettik. Büyük bir tencereden, kâse kâse çorba satan, kemikleri çıkmış yaşlı bir kadın olan Yağlı Sae, yeşilliklerimizin yarısına karşılık bize birkaç külçe parafin verdi. Başka bir yerde daha iyi pazarlık yapabilirdik ama Yağlı Sae'yle aramızı iyi tutmak bizim için çok önemliydi. Vahşi köpek almak konusunda ona her zaman güvenebilirdik. Köpekleri bile bile yem etmiyorduk elbette ama saldırıya uğradığınız zaman, bir iki köpek salmanız işe yarayabiliyordu. Ne de olsa et ettir. Yağlı Sae bize göz kırparak, "Hele bir çorbaya katayım, o zaman sığır eti diye yutturabilirim," dedi. Dikiş'te yaşayan hiç kimse, iyi bir vahşi köpek buduna burun kıvırmazdı ama Hob'a gelen Barış Muhafızları'nın biraz daha seçici olma ayrıcalıkları vardı.

Pazarda işimizi bitirince, çileklerin yarısını satmak üzere belediye başkanının evinin arka kapısına gittik. Başkanın çileklere özel bir düşkünlüğü vardı ve bize istediğimiz fiyatı pekâlâ verebilirdi. Kapıyı, kızı Madge açtı. Okulda aynı sınıftaydık. Başkanın kızı olduğu için bir züppe gibi davranmasını bekleyebilirdiniz ama gayet iyi bir kızdı. Nasıl davranması gerektiğini bilirdi. Tıpkı benim gibi. Hiçbirimizin gerçek bir arkadaş grubu olmadığı için okulda sık sık bir araya gelir gibi görünüyorduk. Öğle yemeğimizi yerken, toplantılarda yan yana otururken ve spor faaliyetlerinde birbirimize eşlik ederken. Çok fazla konuşmazdık; böylesi ikimizin de daha çok işine gelirdi.

Bugün her zamanki açık kahverengi okul üniforması yerine pahalı bir elbise giymişti. Saçlarını da bir kurdeleyle toplamıştı: Toplama günü kıyafetleri.

Gale, "Güzel elbise," dedi.

Madge bunun samimi bir iltifat mı yoksa bir ima mı olduğunu anlamak için Gale'a bir bakış attı. Elbisesi gerçekten güzeldi ama Madge bunu sıradan bir günde asla giymezdi. Dudaklarını önce birbirine bastırdı ama sonra gülümsedi. "Capitol'e gitmem gerekecekse güzel görünmek isterim, değil mi?"

Şimdi de Gale'ın kafası karışmıştı. Ciddi miydi? Yoksa onunla kafa mı buluyordu? Ben tahminimi ikinci seçenekten yana kullanıyordum.

Gale serinkanlı bir tavırla, "Capitol'e gitmeyeceksin," dedi. Gözleri Madge'ın elbisesini süsleyen küçük, yuvarlak iğneye kaydı. Gerçek altın. Başarılı bir el işçiliği. Bir ailenin birkaç aylık ekmek ihtiyacını karşılayabilirdi. "Kaç girişin var? Beş mi? On iki yaşındayken benim altı girişim vardı."

"Bu onun hatası değil," dedim.

"Hayır, hiç kimsenin hatası değil," dedi Gale. "Olayın doğası bu."

Madge'ın yüzü karardı. Çileklerin parasını elime tutuşturdu. "Bol şans, Katniss."

"Sana da," dedim ve kapı kapandı.

Sessizce Dikiş'e doğru yürüdük. Gale'ın Madge'a laf sokmuş olması hoşuma gitmiyordu ama haklı olduğunu biliyordum. Toplama sistemi adaletten uzak bir sistemdi. Fakirler her zaman en kötüyü yaşıyordu. On iki yaşınızı doldurduğunuz zaman, toplama gününde seçilebilirler arasına giriyordunuz. O sene isminiz kuraya bir defa giriliyordu. On üç yaşına geldiğinizde, iki defa. On sekiz yaşına, yani seçilebilirliğin üst sınırına varana kadar giriş sayınız gittikçe artıyordu. Son senenizde isminiz kuraya tam yedi defa giriliyordu. Bu durum, Panem ülkesinin on iki mıntıkasında yaşayan her vatandaş için geçerliydi.

Ama olayın bir de cilvesi vardı. Diyelim bizler gibi fakirsiniz ve açlık çekiyorsunuz. İsterseniz, mozaik taşlarıyla değiş tokuş etmek üzere isminizin daha çok girilmesini talep edebilirdiniz. Her bir mozaik taşı, bir kişinin yıllık tahıl ve yağ tedariğine denk geliyordu. Bunu ailenizdeki bütün fertler için de yapabilirdiniz. Bu yüzden on iki yaşındayken benim adım dört defa girilmişti. İlki buna mecbur olduğum için, diğer üç tanesi ise kendim, Prim ve annem için birer mozaik taşına karşılık. Aslında bunu her sene yapmam gerekiyordu. Girişleriniz artarak birikiyordu. Yani şimdi, on altıncı yaşımda ismim sisteme tam yirmi defa girilecekti. On sekiz yaşında olan ve yedi senedir tek başına ailesine destek veren ya da daha doğrusu ailesinin karnını doyuran Gale'ın ismi ise kırk iki defa girilecekti.

Madge gibi, hiçbir zaman mozaik taşına ihtiyaç duymayan insanların Gale'ı neden bu kadar öfkelendirdiğini anlamışsınızdır sanırım. Başkanın kızının isminin kurada çıkması olasılığı, biz Dikiş halkınınkine göre çok daha düşüktü. İmkânsız değildi ama çok düşük bir ihtimaldi. Ve her ne kadar kurallar, mıntıkalar ve özellikle Madge'ın ailesi tarafından değil, Capitol tarafından konulmuş olsa da, mozaik için ismini yazdırmak zorunda kalmayanlara sinir olmamak elde değildi.

Aslında Gale da Madge'ın öfkesinin asıl hedefi olmaması gerektiğini biliyordu. Daha önce, ormanın derinliklerinde dolaştığımız bir gün onun bu mozaik meselesinin mıntıkamızda daha fazla sefalet yaratmak için bir bahane olduğuna dair yakınmalarını dinlemiştim. Bu sayede Dikiş'in açlıktan nefesi kokan işçileri ile akşam yemekleri cepte olanlar arasında daimî bir öfke körükleniyor ve bu sayede kimsenin kimseye güvenmemesi sağlanıyordu. Onu benden başka hiç kimsenin duymayacağından emin olsa, "Bizi kendi içimizde bölmek, Capitol'ün ekmeğine yağ sürüyor," bile diyebilirdi. Eğer toplama günü olmasaydı. Ve tabii altın bir iğnesi olan ve mozaik taşına ihtiyaç duymayan bir kız, bana göre zararsız olduğunu sandığı bir yorum yapmamış olsaydı.

Yürümeye devam ederken Gale'ın yüzüne baktım. O taş gibi ifadesinin altında hâlâ için için yanıyordu. Bunu hiçbir zaman dile getirmesem de, öfkesinin anlamsız olduğunu düşünüyordum. Gerçi ona hak vermiyor değildim. Hak veriyordum. Ama ormanın ortasında bile olsak, Capitol hakkında atıp tutmanın kime ne faydası vardı ki? Değişen hiçbir şey olmuyordu ki. İşler düzelmiyordu. Midelerimiz dolmuyordu. Dahası, yakınlardaki av hayvanlarının ürküp kaçmasına neden oluyordu. Yine de haykırmasına izin verdim. Ne de olsa bunu mıntıka yerine ormanda yapması hiç yoktan iyiydi.

Her ikimize de ikişer balık, birkaç somun iyi ekmek, biraz çilek, tuz, parafin ve biraz para kalacak şekilde mallarımızı pay ettik.

"Meydanda görüşürüz," dedim.

Düz bir sesle, "Güzel bir şeyler giy," dedi.

Eve vardığımda annem ile kardeşimi çıkmaya hazır halde buldum. Annem, eczane günlerinden kalma hoş bir elbise giymişti. Prim ise benim ilk toplama günümde giydiğim eteği ve buruşuk bluzu. Üstüne biraz büyük gelmişti ama annem birkaç iğneyle durumu kurtarmıştı. Buna rağmen, bluzun arka kısmını eteğin içinde tutmakta güçlük çekiyordu.

Beni bir leğen sıcak su bekliyordu. Ormanın kir pasını akıttım. Hatta saçlarımı da yıkadım. Annem, yatağın üzerine en iyi elbiselerinden birini sermişti. Şaşırmıştım doğrusu. Aynı renkte ayakkabıları olan, açık mavi bir elbiseydi.

"Emin misin?" diye sordum. Annemden gelecek yardım tekliflerini geri çevirmemek için kendimi çok zorlamamam gerekiyordu. Uzunca bir süre, içimde ona karşı o kadar büyük bir öfke büyütmüştüm ki ondan gelecek hiçbir şeyi kabul etmiyordum. Ama bu çok özel bir durumdu. Annemin geçmiş hayatından kalma elbiseleri, onun için çok kıymetliydi.

"Tabii ki," dedi. "Haydi, saçlarını da toplayalım." Saçlarımı havluyla kurulayıp örmesine ve tepemde toplamasına izin verdim. Duvara dayalı duran çatlak aynada kendimi tanımakta güçlük çekiyordum.

Prim kısık bir sesle, "Çok güzel görünüyorsun," dedi.

"Kendimle hiç alakam yok," dedim. Kardeşime sarıldım çünkü önümüzdeki birkaç saatin onun için korkunç olacağını biliyordum. Bu onun ilk toplama günüydü. İsmi sadece bir defa girildiği için, bu şartlar altında daha güvende olamazdı. Onun mozaik taşına ismini yazdırmasına asla izin vermezdim. Ama o benim için endişeleniyordu. Aklımıza getirmek dahi istemediğimiz şeyin gerçekleşmesinden korkuyordu.

Prim'i elimden gelen her şekilde korumuştum ama toplama konusunda çaresizdim. Kardeşimin acı duyduğu her anda olduğu gibi, göğsüme bir sıkıntı çöktü. Sıkıntımın yüzüme yansıması an meselesiydi. Bluzunun arka taraftan çıktığını fark edince kendimi sükûnetimi korumaya zorladım. Bluzun ucunu eteğinin içine sokarken, "Kuyruğunu topla bakalım, küçük ördek," dedim.

Prim kıkırdadı ve küçük bir "vak vak" sesi çıkardı.

"Vak vak sensin," dedim gülerek. Prim'in şu anda benden koparabileceği tek gülüş buydu. "Haydi bir şeyler yiyelim," diyerek kardeşimin alnına bir öpücük kondurdum.

Balık ve yeşillikler ocağın üstündeki yerlerini almış durumdaydı ama bu bizim akşam yemeğimizdi. Çilekleri ve ekmeği de özel olması için akşam yemeğine saklamaya karar verdik. Bu yüzden Prim'in keçisi Leydi'nin sütünden içip her zamanki sert, tahıllı ekmeğimizden yedik. Gerçi hiçbirimizin pek iştahı yoktu.

Saat birde meydana gitmek üzere evden çıktık. Ölüm döşeğinde değilseniz, toplama gününe katılmak zorundaydınız. Aksi takdirde akşam saatlerinde resmî görevliler durumunuzu kontrol etmek üzere evinize gelirlerdi. Ve eğer ölüm döşeğinde değilseniz hapsi boylardınız.

Toplama işini 12. Mıntıka'nın tek hoş yeri sayılabilecek meydanda yapmaları gerçekten büyük talihsizlikti. Meydanın çevresi dükkânlarla doluydu ve halk pazarı günlerinde –özellikle hava güzelse– burada bir bayram coşkusu yaşanırdı. Ama bugün, binalardan sarkıtılan parlak renkli afişlere rağmen havada müthiş bir ağırlık vardı. Çatılara şahinler misali tünemiş kameralar, etkiyi daha da artırıyordu.

İnsanlar sessizlik içinde meydana gelip kayıt yaptırıyorlardı. Toplama günleri, Capitol'un nüfusu takip etmesine de yarıyordu. On iki ila on sekiz yaş arasındakiler, yaşlara göre ayrılmış bir şekilde halatlarla çevrili bölgede toplanıyordu. En büyükler en önde, Prim gibi en küçükler de en arkadaydılar. Aile üyeleri birbirlerinin ellerini sımsıkı tutarak bu bölgenin çevresinde toplanıyorlardı. Ama tabii, sevecek ya da riske atacak kimsesi olmayanlar da vardı. Ya da artık hiçbir şeye aldırmayanlar. Onlar da kalabalığın arasına karışıp, hangi iki çocuğun isminin çekileceği konusunda tahminlerde bulunuyorlardı. Bahisler çocukların yaşları, Dikiş halkından mı yoksa tüccarların arasından mı çıkacakları, sinir krizi geçirip geçirmeyecekleri gibi konularda yoğunlaşıyordu. Çoğu bu düzenbazlarla bir alışverişe girmeyi reddediyordu. Ama çok dikkatliydiler. Aynı insanlar muhbir de olabilirlerdi. Gerçi kim bir kez olsun kanunu çiğnememişti ki? Her gün av sırasında vurulma riskim vardı ama yetkililerin iştahları beni koruyordu. Herkes aynı şeyi söyleyemezdi.

Neyse, Gale ve ben açlıktan ölmek ve kafamıza bir kurşun yiyerek ölmek konusunda bir seçim yapmak zorundaydık. Kurşunla ölmenin daha kısa süreceğine şüphe yoktu.

Alan gittikçe kalabalıklaşıyor, yeni insanlar geldikçe iyice klostrofobik bir hal alıyordu. Meydan bir hayli genişti ama 12. Mıntıka'nın sekiz bin kişilik nüfusunu alacak kadar da değildi. Geç gelenler, olayı devletin yerleştirdiği dev ekranlardan izleyebilecekleri yan sokaklara yönlendiriliyorlardı.

Kendimi Dikiş'in on altı yaş gençliğinin arasında buldum. Birbirimizi soğuk tavırlarla selamlayıp dikkatimizi Adalet Binası'nın önüne kurulmuş geçici sahneye çevirdik. Sahnede üç sandalye, bir kürsü, biri kızlar, diğeri erkekler için olmak üzere iki büyük cam küre vardı. Gözlerimi kızların küresindeki kâğıt parçalarına diktim. Yirmi tanesinin üstünde, düzgün bir el yazısıyla Katniss Everdeen yazıyordu.

Üç sandalyenin ikisinde, uzun boylu, kelleşme yolunda bir adam olan Madge'ın babası, Belediye Başkanı Undersee ve ürkütücü beyazlıktaki sırıtışı, pembemsi saçları ve bahar yeşili takımıyla Capitol'ün tazeliğini yansıtan, 12. Mıntıka'nın refakatçisi Bayan Effie Trinket oturuyordu. Birbirlerine bir şeyler fısıldayıp, endişeli gözlerle boş kalan üçüncü sandalyeye bakıyorlardı.

Meydandaki saat ikiyi vururken, belediye başkanı kürsüye çıkıp okumaya başladı. Her sene aynı hikâye. Bir zamanlar Kuzey Amerika olarak bilinen ve küllerinden yeniden doğan Panem'in öyküsünü anlatıyordu. Felaketleri, kuraklıkları, fırtınaları, yangınları, karanın büyük kısmını yutan, yükselen denizleri ve geriye kalan kısıtlı kaynaklar için verilen şiddetli savaşları sıralıyordu. Sonuç, vatandaşlarına huzur ve refah getiren Panem ve on üç mıntıkanın çevrelediği ışıltılı Capitol. Arkasından Karanlık Günler, mıntıkaların Capitol'e karşı ayaklandıkları zamanlar geliyordu. On iki mıntıka yenilgiye uğratılmış, on üçüncüsü ise yok olup gitmişti. İhanet Anlaşması bize barışı güvence altına alacak yeni kanunlar ve Karanlık Günler'in yeniden yaşanmaması için bir hatırlatma olarak Açlık Oyunları'nı vermişti.

Açlık Oyunları'nın çok basit kuralları vardı: Her mıntıka ayaklanmalara karşı bir ceza olarak, haraç olarak adlandırılan birer kız ve erkek evladını vermek zorundaydı. Bu yirmi dört haraç, içinde alev alev yanan bir çölden, dondurucu bir çorak araziye kadar her şeyi kapsayan, geniş bir açık hava arenasına hapsediliyordu. Birkaç haftalık bir süre boyunca, yarışmacıların ölümüne mücadele vermesi gerekiyordu. Ayakta kalmayı başaran son mıntıka galip sayılıyordu.

Çocukları mıntıkalarımızdan zorla alıp bizler izlerken birbirlerini öldürmelerine mecbur etmek, Capitol'ün bize insaflarına muhtaç olduğumuzu hatırlatma yöntemiydi. Yeni bir ayaklanmadan asla sağ çıkamayacağımızı göstermek istiyorlardı. Seçilen kelimeler her ne olursa olsun, asıl mesaj son derece açıktı. "Bakın, çocuklarınızı nasıl elinizden alıp kurban edebiliyoruz. Ve sizin yapabileceğiniz hiçbir şey yok. Parmağınızı birazcık kıpırdatacak olursanız, hepinizi yok ederiz. Tıpkı 13. Mıntıka'yı yok ettiğimiz gibi..."

Durumu acı verici olduğu kadar aşağılayıcı bir hale de sokmak için Capitol, Açlık Oyunları'nı bir şenlik, bütün mıntıkalarını birbirine karşı dolduran bir spor aktivitesi olarak görmemizi talep ediyordu. Hayatta kalmayı başaran son haraç evine döndüğü zaman çok rahat bir hayat sürüyor ve yaşadığı mıntıka büyük kısmı yiyeceklerden oluşan ödüllere boğuluyordu. Capitol, her sene biz diğerleri açlıkla mücadele ederken, galip gelen mıntıkanın tahıl, yağ ve hatta şeker gibi bazı lezzetlere boğulduğunu gösterip duruyordu.

Belediye Başkanı, "Bu hem tövbe hem de şükran zamanıdır," dedi.

Sonra, 12. Mıntıka'nın geçmiş fatihlerinin isimlerini okudu. Yetmiş dört sene içinde, sadece iki galibimiz olmuştu. Biri hâlâ hayattaydı. Haymitch Abernathy adında kamburu çıkmış, orta yaşlı bir adam anlaşılmaz bir şeyler haykırarak ve sendeleyerek sahneye çıktı ve üçüncü sandalyeye âdeta yığıldı. Sarhoştu. Hem de nasıl. Kalabalık ona alkışla karşılık verdi. Ama adam o kadar allak bullak bir haldeydi ki Effie Trinket'ı kucaklamaya çalışıyor, kadın da bozuntuya vermeden onu itip kendini kurtarmak için çaba harcıyordu.

Belediye başkanının biraz stresli bir hali vardı. Bütün bunlar televizyonda gösterildiği için, tam o anda 12. Mıntıka'nın bütün Panem'in kahkaha malzemesi olduğunu biliyordu.

Dikkati yeniden toplama gününe çekmek için Effie Trinket'ı takdim etti.

Effie Trinket, her zamanki ışıltısı ve neşesiyle kürsüye yürüdü ve işaretini verdi. "Açlık Oyunları Kutlu Olsun! Ve şans sonsuza dek sizinle olsun!" Pembemsi saçları peruk olmalıydı. Zira Haymitch tarafından kucaklanmasının ardından bukleleri hafifçe yana kaymış gibi görünüyordu. Burada olmanın ne büyük bir onur olduğuna dair bir şeyler zırvaladı. Oysa hepimiz, onun, insanı koca bir milletin önünde küçük düşüren ayyaşlar yerine, adam gibi fatihlerle bir arada olabileceği başka bir mıntıkada görevlendirilmek için can attığını biliyorduk.

Kalabalığın arasında, bana yüzünde buruk bir gülümsemeyle bakan Gale'ı fark ettim. Neyse ki bugüne kadarkiler arasında ilk defa eğlenceli bir tarafı olan bir toplama günü yaşamıştık. Fakat birden aklıma Gale'ın o büyük cam kürenin içinde, tam kırk iki tane kâğıdı olduğu geldi. Ve seçilme şansının ne kadar yüksek olduğu. Çocukların büyük kısmı ondan çok daha iyi durumdaydı. Belki o da benim için aynı şeyi düşünüyordu. Çünkü birden bakışları karardı ve başını çevirdi. Keşke ona, "Yine de o kürelerde binlerce kâğıt var," diye fısıldayabilseydim.

Ve kura zamanı. Effie Trinket her zamanki sözlerini tekrarladı: "Önce Bayanlar!" Ve içinde kızların adlarının olduğu küreye yöneldi. Elini uzattı, kürenin dip tarafında doğru şöyle bir döndürüp, bir kâğıt çekti. Kalabalık, hep birlikte nefesini tutuyordu. Bu öyle bir sessizlik ki, yere iğne düşse duyabilirdiniz. Midemin bulandığını hissediyor ve ben olmayayım diye dua ediyordum. Ben olmayayım. Ben olmayayım.

Effie Trinket tekrar kürsünün başına döndü, kâğıt parçasını açtı ve ismi berrak bir sesle ilan etti. Ben değildim.

Primrose Everdeen.

2

Bir zamanlar, bir ağaçta pusuya yatmış, bir av hayvanının geçmesini beklerken dengemi kaybedip üç metre yükseklikten aşağı sırtüstü düşmüştüm. Çarpmanın etkisiyle ciğerlerimdeki bütün hava çekilmişti sanki; orada öylece yatıp çaresizlik içinde nefes almaya, nefes vermeye ya da herhangi bir şey yapmaya çalışmıştım.

Şimdi de öyle hissediyordum. Nasıl nefes alacağımı hatırlamaya çalışıyordum. Aynı isim kafatasımın içinde bir o yana bir bu yana çarparken konuşma yetimi kaybetmiş gibiydim. Birisi, Dikiş'ten bir çocuk kolumu sımsıkı kavrıyordu. Belki de düşüyordum da beni son anda tutmuştu.

Bir hata olmalıydı. Bu mümkün olamazdı! Prim, binlercesinin arasında tek bir kâğıttı. İsminin kurada çıkması o kadar düşük bir ihtimaldi ki, onun için endişelenme gereği dahi duymamıştım. Gereken her şeyi yapmamış mıydım? Mozaik kayıtlarını kendi ismime yaptırıp onun da aynı şeyi yapmasına karşı çıkmamış mıydım? Tek bir kâğıt. Binlercesi içinde sadece bir kâğıt. Olasılıklar ondan yanaydı. Ama işte, bir önemi olmamıştı.

Uzaktan uzağa, kalabalığın on iki yaşındaki bir çocuğun isminin çıkmasından duydukları hoşnutsuzlukla homurdandığını duydum. Çünkü herkes bunun haksızlık olduğunu düşünüyordu. Ve sonra onu gördüm. Yüzündeki bütün kan çekilmiş, yumruk yaptığı ellerini iki yanına sarkıtmış halde, gergin ve küçük adımlarla sahneye doğru yürüdü. Yanımdan geçerken bluzunun ucunun eteğinin belinden dışarı sarkmış olduğunu gördüm. Beni kendime getiren bu küçük detay, bir ördek kuyruğu gibi eteğinden sarkan bluzu oldu.

"Prim!" Gırtlağımdan korkunç bir feryat yükseliyor ve kaslarım yeniden harekete geçiyordu. Kalabalığı yarmama gerek kalmıyordu, çünkü diğer çocuklar iki yana çekilip bana yol açıyorlardı. Kardeşime tam basamağa adımını atmak üzereyken yetiştim. Onu hızla kolundan yakalayıp arkama sakladım.

"Gönüllü olmak istiyorum!" diye bağırdım. "Haraç olmaya gönüllüyüm."

Sahnede bir karışıklık yaşandı. Senelerdir 12. Mıntıka'dan hiç gönüllü çıkmadığı için protokolün devreye girmesine hiç gerek duyulmamıştı. Kurala göre, küreden bir isim çıktığı zaman çıkan isim bir kızsa, seçilme yaşındaki başka bir kız, erkekse, başka bir erkek öne çıkıp onun yerini alabiliyordu. Toplama olayında galip gelmenin bir onur olarak kabul edildiği başka mıntıkalarda insanlar hayatlarını riske atmaya hevesli oldukları için, gönüllü olma durumu bir hayli karışık bir işti. Ama haraç sözcüğünün, ceset sözcüğüyle hemen hemen denk olduğu 12. Mıntıka'da gönüllü diye bir şeye hiç rastlanmamıştı.

"Çok hoş," dedi Effie Trinket. "Ama sanıyorum önce toplama galibinin takdim edilmesi, daha sonra da gönüllü aranması ve eğer biri öne çıkarsa o zaman..." Kendinden çok emin olmadığı için sustu.

Belediye başkanı, "Ne önemi var ki?" dedi. Yüzünde acı dolu bir ifadeyle bana baktı. Beni gerçekten tanımıyordu ama bakışlarında bir aşinalık vardı. Ben çilek getiren kızdım. Kızının zaman zaman da olsa konuşmuş olabileceği o kız. Beş sene önce annesi ve kız kardeşiyle birlikte karşısında duran, ailenin en büyük çocuğu olarak bir kahramanlık madalyası taktığı o kızdım. Madende buharlaşan babasının anısına verilen madalyayı alan kız. Bunu hatırlıyor muydu acaba? "Ne önemi var?" dedi bir kez daha. "Bırakın öne çıksın."

Prim arkamda isterik çığlıklar atıyordu. Sıska kollarıyla beni sımsıkı sardı. "Hayır, Katniss! Gidemezsin!"

Sert bir sesle, "Prim, bırak beni," dedim çünkü bu beni çok üzse de ağlamak istemiyordum. Bu akşam toplama görüntüleri televizyonda verildiği zaman herkes gözyaşlarımı fark edecek ve kolay lokma olarak görünecektim. Zayıf bir kız olarak. Kimseye bu zevki veremezdim. "Bırak beni dedim!"

Birinin onu sırtımdan çektiğini hissettim ve dönüp bakınca Prim'i kucaklamış olan Gale'ı gördüm. Titrememesi için büyük özen gösterdiği bir sesle, "Haydi, sahneye çık, Catnip," dedi ve sonra Prim'i anneme götürmek üzere dönüp gitti. Sırtımı dikleştirip merdivenleri tırmandım.

"Bravo!" dedi Effie Trinket. "İşte Oyun ruhu bu!" Nihayet biraz aksiyon sergilemeye başlayan bir mıntıkada bulunmaktan hoşnut görünüyordu. "Adın ne?"

Güçlükle yutkunarak, "Katniss Everdeen," dedim.

"Tahminimde yanılmıyorsam kurada çıkan kız, kardeşindi," dedi. "Bu işin şerefini onun tek başına üstlenmesini istemiyorsun galiba, öyle değil mi? Haydi, millet! En yeni haracımıza kocaman bir alkış lütfen!"

Tam bir saygınlık örneği sergileyen koca mıntıkadan tek bir alkış yükselmedi. Bahis işine girenler, bir şeyleri önemsemeyi çok uzun zaman önce bırakanlar bile alkışlamadılar. Büyük olasılıkla beni Hob'dan tanıdıkları, babamı bildikleri ya da hiç kimsenin sevmekten kendini alamayacağı Prim'le daha önce karşılaştıkları için. Alkış almak yerine, hayal edebilecekleri en cesur muhalefet gösterisini gerçekleştiren bu insanların önünde duruyordum. Sessizlik. Bu, biz hemfikir değiliz, anlamına geliyordu. Bu işi görmezden gelmiyoruz. Bütün bunlar, baştan aşağı yanlış.

Sonra hiç beklenmedik bir şey oldu. En azından ben böyle bir şey olmasını beklemiyordum çünkü 12. Mıntıka'yı beni önemseyen bir yer olarak görmüyordum. Prim'in yerini almak için öne çıktığım zaman bir kıpırtı olmuştu. Ve şimdi öyle görünüyor ki onların gözünde değer kazanıyordum. Önce biri, sonra bir diğeri ve nihayet kalabalığın neredeyse tamamı sol ellerinin ortadaki üç parmağını dudaklarına götürüp benim için havaya uzatıyorlardı. Bu, mıntıkamızın çok eski ama nadir rastlanan bir hareketiydi. Zaman zaman cenazelerde yapılırdı. Teşekkürler demekti. Hayranlık ifade eder ve sevdiğiniz birine veda etmek anlamına gelirdi.

Şimdi gerçekten ağlamak üzereydim. Neyse ki Haymitch, sahnede sendeleyerek ilerlemek ve beni tebrik etmek için en doğru anı seçti. "Şuna bakın! Şu kıza bir bakın," diye bağırarak elini omzuma attı. Onun gibi bir enkaz için şaşırtıcı derecede güçlüydü. "Bu kızı seviyorum," dedi. Nefesi alkol kokuyordu, uzun zamandır banyo yapmamış olmalıydı. "Çok, hem de çok..." Bir süre aklına söyleyecek bir şey gelmedi. Sonra zafer kazanmış gibi, "Cesur," diye haykırdı. "Senden daha cesur!" dedi ve beni bırakarak –ve sendeleyerek– sahnenin ön tarafına yürüdü. Eliyle kamerayı işaret etti. "Senden daha cesur!"

Seyircileri mi kastediyordu yoksa gerçekten Capitol'e sataşacak kadar sarhoş olabilir miydi? Bunu asla öğrenemeyecektim çünkü devamını getirmek için ağzını açtığı anda dengesini kaybetti ve sahneden aşağı düşüp bilincini kaybetti.

İğrenç biriydi ama ona minnettardım. Bütün kameralar ona yönelmişken ben gırtlağıma oturan yumrudan kurtulmayı ve kendimi toplamayı başardım. Ellerimi arkamda birleştirip gözlerimi uzaklara diktim. Bu sabah Gale'la birlikte tırmandığım tepeleri görebiliyordum. Bir an için, bir şeyin özlemini çektim... Onunla birlikte mıntıkayı terk edişimizin... Ormanın içinde kayboluşumuzun. Ama kaçmamakla iyi ettiğimi biliyordum. Yoksa kim Prim'in yerini alırdı ki?

Haymitch bir sedyeye yatırılıp uzaklaştırıldı. Effie Trinket kalabalığı coşturmak isteğiyle ciddi derecede sağa yatmış olan peruğunu düzeltmeye çalışırken, "Ne heyecan verici bir gün!" diye haykırdı. "Ama hepsi bu değil! Şimdi erkek haracımızı seçme zamanı geldi." Her an kafasını terk etmeye hazır duran saçlarını yerinde tutmak için elini başının üzerine yerleştirerek erkek isimlerinin durduğu küreye yürüdü ve eline ilk geçen kâğıdı aldı. Sonra hızla kürsüye döndü ve daha ben Gale'ın iyiliği için dua etme fırsatını bulamadan ismi okudu: "Peeta Mellark."

Peeta Mellark!

Ah, hayır, diye düşündüm. *Olamaz.* Sahibiyle doğrudan konuşmamış olsam da bu ismi çok iyi tanıyordum. Peeta Mellark.

Hayır, bugün şans kesinlikle benden yana değildi.

Sahneye doğru yürürken onu seyrettim. Orta boylu, tıknaz yapılı, küllü sarı saçları dalgalar halinde alnına dökülen bir çocuktu. Yaşadığı şokun etkisi yüzüne yansımış durumdaydı; duygusuz kalmak için çaba harcadığını görebiliyordunuz. Ama mavi gözleri daha önce avladığım hayvanlarda gördüğüm korkuyu yansıtıyordu. Yine de hiç duraksamadan yürüyüp yerini aldı.

Effie Trinket gönüllü kimsenin olup olmadığını sordu ama öne çıkan kimse olmadı. İki ağabeyi olduğunu biliyordum; onları daha önce fırında görmüştüm. Birisi artık aday olamayacak kadar büyük olmalıydı, diğeri de gönüllü olmuyordu. Standart bir durumdu. Pek çok insan için aileye bağlılık, ancak toplama gününe kadar geçerli oluyordu. Benim yaptığım radikal bir hareketti.

Belediye başkanı, her yıl olduğu gibi –ve ondan beklendiği üzere– şimdi de uzun ve sıkıcı İhanet Anlaşması'nı okumaya başlamıştı ama ben tek kelimesini dahi dinlemiyordum.

Neden o? diye düşündüm. Sonra kendimi bunun hiçbir öneminin olmadığına ikna ettim. Peeta Mellark'la arkadaş değildik. Hatta komşu bile değildik. Birbirimizle konuşmazdık. Tek iletişimimiz seneler öncesinde kalmıştı. Büyük olasılıkla çoktan unutmuştu. Ama ben unutmamıştım ve asla da unutmayacağımı çok iyi biliyordum.

En kötü zamanlardı. Babam üç ay kadar önce, hafızalardaki en buruk ocak ayında, bir maden kazasında ölmüştü. Onu kaybetmenin uyuşukluğu yeni yeni çözülmeye başlamıştı ve acı hiç beklemediğim anlarda ortaya çıkıp beni yerle bir ediyor, hıçkırıklarla sarsılmama neden oluyordu. İçimden, *Neredesin?* diye haykırıp duruyordum. *Nereye gittin?* Tabii ki sorularıma hiçbir zaman cevap alamıyordum.

Mıntıka, babamın ölümüne karşılık tazminat olarak bize çok az bir para vermişti. Bu, sonunda annemin kendine bir iş bulmasının beklendiği, bir aylık yas sürecinde ancak idare edebileceğimiz bir paraydı. Ama annem bir iş bulmadı. Bir koltukta öylece oturmaktan, hatta daha çok yatağında battaniyelere sarınıp yatmaktan ve gözlerini uzak bir noktaya sabitlemekten başka hiçbir şey yapmıyordu. Arada sırada harekete geçiyor, sanki yapması gereken acil bir işi varmış gibi kalkıyor ama hemen sonra hareketsizliğine geri dönüyordu. Prim'im yalvarmaları bile onu etkilemiyor gibiydi.

Müthiş bir korkuya kapılmıştım. Şimdi annemin o zaman çok karanlık bir hüzün dünyasına hapsolmuş olduğunu anlıyordum ama o zaman için tek düşünebildiğim sadece babamı değil, annemi de kaybettiğimdi. Prim sadece yedi yaşındaydı ve ben on bir yaşında aile reisliği görevini üstlenmiştim. Başka seçeneğim yoktu. Pazardan yiyeceklerimizi alıyor ve becerebildiğim kadarıyla yemek pişiriyordum. Prim'le ikimizin olabildiğince derli toplu görünmemiz için çaba harcıyordum. Çünkü annemin bize bakamadığının anlaşılması halinde, mıntıka bizi onun elinden alıp bir halkevine yerleştirirdi. Okulda o çocukları görerek büyümüştüm. Hüzünlerini, yüzlerindeki öfkeli avuç izlerini, omuzlarının öne doğru bükülmesine neden olan umutsuzluklarını... Böyle bir şeyin Prim'in başına da gelmesine asla izin veremezdim. Ben ağladığım zaman daha nedenini anlamadan ağlamaya başlayan, sabahları biz okula gitmeden önce annemizin saçlarını fırçalayıp ören, her gece Dikiş'teki her şeyin üstünü örten kömür tozundan nefret eden babamızın tıraş aynasını parlatmaya devam eden tatlı, küçük Prim'im. Halkevi onu böcek gibi ezerdi. Bu yüzden kötü halimizi bir sır olarak sakladım.

Ama para suyunu çekince, yavaş yavaş açlıktan ölme yoluna girdik. Daha iyi bir ifade şekli düşünemiyordum. Kendi kendime sürekli, *Mayısa kadar dayanabilsek*, diyordum. *Sadece 8 Mayıs'a kadar.* O zaman on iki yaşımı doldurup mozaik taşı için adımı yazdırabilecek ve karnımızı doyuracak kıymetli tahıl ve yağa kavuşabilecektim. Ancak önümüzde haftalar vardı. O zamana kadar ölmüş bile olabilirdik.

Açlıktan ölmek, 12. Mıntıka'da nadir rastlanan bir kader değildi. Açlık kurbanlarından birkaçını görmeyen kaç kişi vardır acaba? Çalışamayacak durumdaki yaşlılar... Doyurulması gereken çok fazla ferdi olan ailelerin çocukları. Madenlerde sakat kalanlar... Sokaklarda sürünürlerdi. Sonra günün birinde, onları bir duvara yaslanmış halde ya da Çayır'da hareketsiz, boylu boyunca yatarken görürdünüz. Ya da bir evden yükselen feryatları duyardınız. Barış Muhafızları cesetleri almak için çıkagelirlerdi. Ama açlık hiçbir zaman resmî ölüm nedeni olarak belgelenmezdi. Ölüm nedeni her zaman grip, salgın bir hastalık ya da zatürreydi. Ama kimseyi kandıramazlardı.

Peeta Mellark'la karşılaştığımız günün öğleden sonrasında, sicim gibi yağmur yağıyordu. Şehre, Prim'in bebeklik kıyafetlerinden bazılarını halk pazarında başka şeylerle değiş tokuş etmeye gitmiştim ama alıcı çıkmamıştı. Daha önce birkaç defa babamla birlikte gitmiş olmama rağmen Hob'ın ürkütücü karmaşasına tek başıma girmeye çekiniyordum. Yağmur, babamdan kalma av ceketimi sırılsıklam etmiş, iliğime kemiğime işlemişti. Son üç günü, dolabın dip köşelerinde bulduğum ve kaynamış suya attığım birkaç nane yaprağıyla geçirmiştik. Pazar kapandığında o kadar kötü titriyordum ki, elimdeki bebek kıyafetleriyle dolu bohçayı bir çamur birikintisinin içine düşürdüm. Eğilirsem tekrar ayağa kalkacak gücü bulamam korkusuyla bohçayı alamadım. Hem zaten o kıyafetleri isteyen kimse yoktu.

Eve gidemezdim. Çünkü evde ölü bakışlı annem ve avurtları çökmüş, dudakları çatlamış kız kardeşim beni bekliyorlardı. Kömürümüz tükenince ormanın kıyısından topladığım ıslak ağaç parçalarıyla beslediğim ateşten yükselen dumanın kapladığı o odaya elim boş dönemezdim. Kendimi, şehrin en varlıklı insanlarına hizmet veren dükkânların arkasındaki çamurlu ara sokakta, neredeyse sürünürken buldum. Tüccarlar, işyerlerinin üst katlarında yaşarlardı. Yani kelimenin tam anlamıyla, arka bahçelerindeydim. Henüz bahar için ekilmemiş bahçelerinin çitlerini, ağıllardaki bir ya da iki tane keçiyi, bir direğe bağlanmış, çamurların arasında yenilgiyi kabul etmiş gibi boynu bükük duran, sırılsıklam köpeği görüyordum.

12. Mıntıka'da her tür hırsızlık yasaktı ve cezası ölüm olabilirdi. Fakat benim aklımdan çöp kutularında bir şeyler olabileceği geçiyordu. Çöp kutularından bir şey almak yasak de-

ğildi. Bir kasabın kemik artıkları, bir manavın çürümüş sebze kalıntıları... Sadece benim ailemin yemek isteyebileceği cinste bir şeyler işte. Ne yazık ki çöp kutuları daha yeni boşaltılmıştı.

Fırının önünden geçerken aldığım taze ekmek kokusu o kadar baştan çıkarıcıydı ki, bir an başımın döndüğünü hissettim. Fırınlar arka taraftaydı ve açık mutfak kapısından dışarı altınımsı bir parıltı yayılıyordu. Yağmur araya girip buz gibi parmaklarımı sırtımda dolaştırarak beni hayata dönmeye mecbur edene kadar, ağız sulandıran kokunun ve sıcağın etkisiyle bir süre öylece kalakaldım. Fırıncının çöp kutusunun kapağını kaldırınca, acımasızca temiz ve boş olduğunu gördüm.

Birden birisi bana bağırmaya başladı. Kafamı kaldırdım ve fırıncının karısını gördüm. Bana basıp gitmemi söylüyordu. Barış Muhafızları'nı çağırmasını mı istiyordum? Dikiş'in sürüngenlerini çöplerinin başında görmekten tiksinmişti. Kelimeleri o kadar çirkindi ki... Benimse kendimi savunacak bir şeyim yoktu. Çöp kutusunun kapağını dikkatle kapatıp geri geri uzaklaşırken onu gördüm. Sarı saçlarıyla annesinin arkasından bana bakan o çocuğu. Onu okulda da görmüştüm. Aynı yaştaydık ama adını bilmiyordum. Nasıl bilebilirdim ki? O, şehirli çocuklarla takılırdı. Annesi homurdanarak fırına döndü. Ben domuzlarının barındığı ağılın arkasında kalan elma ağacına yaslanırken, sanırım çocuk beni izliyordu. Eve götürecek hiçbir şey bulamayacağım gerçeği içime ağır bir külçe gibi çökmüştü. Dizlerimin bağı çözüldü ve kayarak ağacın dibine yığıldım. Artık dayanamıyordum. Hasta, zayıf ve bitkindim. *Barış Muhafızları'nı arasınlar, bizi halkevine götürsünler,* diye düşünecek hale gelmiştim. *Ya da daha iyisi, şuracıkta, yağmurun altında ölüvereyim...*

Fırıncının kapısında bir tıkırtı oldu. Sonra kadının tekrar haykırmaya başladığını duydum. Arkasından bir çarpma sesi geldi. Ne olduğunu merak edecek takatim bile kalmamıştı. Çamurun içinde bana doğru yaklaşan ayaklar vardı. *Bu o olmalı,* diye düşündüm. Kadın beni sopayla kovalamaya geliyordu. Ama o değildi. Çocuktu. Kucağında, ateşin içine düştüğünü tahmin ettiğim somunlar vardı. Ekmeklerin üst tarafları kapkaraydı.

Annesi, "Ekmekleri domuza ver, seni aptal yaratık!" diye sesleniyordu. "Neden olmasın? Doğru dürüst kimse o ekmekleri almaz."

Çocuk somunların yanık yerlerini koparıp tellerin arasından ağıla atmaya başladı. Fırının ön kapısındaki çanın sesini duydum. Kadın, müşteriyle ilgilenmek üzere içeri girmişti.

Çocuk benden tarafa bakmıyordu ama ben onu izliyordum. Ekmek yüzünden. Elmacık kemiğinin üstündeki kırmızı iz yüzünden... Annesi ona neyle vurmuştu acaba? Annemle babam bizi hiç dövmezlerdi. Nasıl bir şey olduğunu hayal dahi edemiyordum. Çocuk, fırına doğru kaçamak bir bakış attı ve ortalıkta kimsenin olmadığından emin olunca, gözlerini domuzdan ayırmadan ekmek somununun tekini bana fırlattı. Hemen arkasından, hızlı adımlarla fırına döndü ve kapıyı arkasından sımsıkı kapattı.

Somuna gözlerime inanamayarak bakıyordum. Yanık kısımları dışında kusursuzdu. Çocuk onu gerçekten de benim almamı istemiş olabilir miydi? Öyle olsa gerekti çünkü tam ayağımın dibindeydi. Birileri olaya şahit olmadan somunu tişörtümün altına sokup avcı ceketime sımsıkı sarındım ve hızlı adımlarla oradan uzaklaştım. Ekmeğin ısısı tenimi yakıyordu ama ben o somuna hayata tutunur gibi sımsıkı tutunuyordum.

Eve vardığımda somun bayağı soğumuştu ama içi hâlâ ılıktı. Masaya bıraktığım anda Prim bir parça koparmak için uzandı ama ben onu masaya oturtup annemi de bize katılmaya mecbur ettim. Sonra çay ısıttım. Ekmeğin siyah kısımlarını temizleyip dilimlemeye başladım. Koca bir somunu dilim dilim yedik. İçi kuru üzüm ve yemişlerle dolu, çok iyi bir ekmekti.

Kıyafetlerimi ateşin yanında kurumaya bırakıp yatağıma kıvrıldım ve rüya bile görmeyeceğim kadar derin bir uykuya daldım. Çocuğun ekmekleri bilerek yakmış olabileceği ihtimali ancak ertesi sabah aklıma düştü. Somunu, cezalandırılacağını bile bile ateşe düşürmüş, sonra da bana getirmişti. Sonra bu düşünceyi aklımdan çıkardım. Bir kaza olmalıydı. Neden böyle bir şey yapacaktı ki? Beni tanımıyordu bile. Yine de, yakalanması halinde dayak yiyeceğini bile bile ekmeği bana atması bile büyük bir şeydi. Bu hareketine bir açıklama bulmakta zorlanıyordum.

Sabah kahvaltısında yine ekmek yiyip okula gittik. Sanki bir gecede bahar gelmişti. Ilık, tatlı bir hava vardı. Bembeyaz, kabarık bulutlar. Okulun koridorunda çocuğun yanından geçtim. Yanağı şişmiş, gözü iyice morarmıştı. Arkadaşlarıyla birlikteydi ve beni fark etmemişti bile. Ancak o öğleden sonra Prim'i de alıp eve dönerken, okul bahçesinin karşı köşesinden bana baktığını gördüm. Gözlerimiz birbirine sadece bir saniye boyunca değdi. O kafasını hemen çevirdi, ben utanç içinde başımı önüme eğdim. Onu o zaman gördüm. Senenin ilk hindibası... Ve bir anda kafamın içinde ziller çalmaya başladı. Babamla birlikte ormanda geçirdiğimiz uzun saatleri düşündüm ve hayatta kalmayı nasıl başarabileceğimizi anladım.

Bugüne kadar bu çocuk, yani Peeta Mellark ve bana umut veren o ekmek ile bana ölüme mahkum olmadığımı anımsatan o hindibayı hep bir bütün olarak düşündüm. Ve defalarca, okulun koridorunda bakışlarının bana değip geçtiğini hissettim. Kendimi ona borçlu hissediyordum ve borçlu olmaktan nefret ederdim. Belki de bir noktada ona teşekkür etmiş olsaydım şu anda böyle bir çelişki yaşıyor olmayacaktım. Gerçi ona teşekkür etmeyi çok düşünmüş ama bir türlü doğru anı yakalayamamıştım. Ve bundan sonra öyle bir fırsatım hiç olmayacaktı. Çünkü ölümüne savaşacağımız bir arenaya atılacaktık. Öyle bir yerde nasıl teşekkür edebilirim ki? Etsem bile, gırtlağını kesmeye çalışırken pek samimi görünmeyeceğimden emindim.

Belediye başkanı sıkıcı İhanet Anlaşması'nın sonuna geldi ve Peeta'yla beni el sıkışmaya davet etti. Peeta'nın elleri, en az o ekmek somunu kadar sert ve ılıktı. Gözlerimin içine bakıyor ve elimi, bana güç vermek ister gibi sıkıyordu. Ya da belki de hissettiğim, gergin bir spazmdan başka bir şey değildi.

Panem'in marşı çalarken yüzlerimizi kalabalığa çevirdik.

Her neyse, diye düşündüm. *Toplam yirmi dört kişi olacağız. Şansım yaver giderse, birisi onu benden önce öldürmüş olur.*

Fakat son zamanlarda şansın benden yana olmadığını tecrübelerimden biliyordum.

3

Marş sona erdiği anda gözaltına alındık. Kelepçelendiğimizi falan söylemeye çalışmıyorum. Sadece bir grup Barış Muhafızı bizi Adalet Binası'nın ön kapısından içeri soktu. Belki de geçmişte kaçmaya çalışan haraçlar olmuştu, kimbilir? Gerçi ben böyle bir şeye hiç şahit olmamıştım.

İçeri girince bir odaya sokulup orada tek başıma bırakıldım. Burası kalın halıları, kadife kaplı kanepesi ve koltuklarıyla, bugüne dek gördüğüm en zengin yerdi. Kadifeyi biliyordum çünkü annemin yakası o zımbırtıdan yapılma bir elbisesi vardı. Kanepeye oturunca parmağımı kumaşın üstünde gezdirmekten kendimi alamadım. Kendimi bir sonraki saate hazırlamaya çalışırken sakinleşmeme yardım etti. Haraçların aileleriyle vedalaşmaları için ayrılmış saate. Üzülüp süzülmek, bu odadan kırmızı gözler ve şişmiş bir burunla çıkmak gibi bir lüksüm yoktu. Ağlamak gibi bir şansım hele hiç... Tren istasyonunda da kameralar olacaktı.

Önce annem ve kardeşim geldi. Prim'e uzandım. Kucağıma tırmanıp kollarını boynuma sardı ve başını omzuma yasladı. Küçüklüğünde de sık sık yaptığı gibi. Annem de yanımda oturdu ve ikimize birden sarıldı. Birkaç dakika boyunca hiçbir şey söylemeden oturduk. Sonra onlara yapmayı unutmamaları gereken şeyleri saymaya başladım. Ne de olsa ben artık o işleri halletmek için orada olamayacaktım.

Prim kesinlikle mozaik taşı almayacaktı. Dikkatli davranırlarsa, Prim'in keçisinin sütünü ve peynirini satarak ve annemin yakın zamanda giriştiği, Dikiş'teki insanlara yönelik ecza işinden kazanacaklarıyla pekâlâ idare edebilirlerdi. Gale annemin kendisinin yetiştiremediği otları ormandan bulup getirebilirdi ama otları benim kadar iyi bilmediği için annemin ona çok ayrıntılı tarifler vermesi gerekecekti. Ayrıca onlara av eti de getirecek ve büyük olasılıkla karşılığında herhangi bir şey istemeyecekti. (Bir sene kadar önce bu konuda bir anlaşma yapmıştık.) Ama bizimkiler ona süt ya da ilaç gibi bir şeyler vererek teşekkür etmeliydiler.

Prim'in avlanmayı öğrenmesini önermek istemedim. Birkaç defa ona bir şeyler öğretmeye çalışmıştım ama sonuç felaket olmuştu. Ormandan çok korkuyordu ve ben bir şey vurduğum zaman hemen ağlamaya ve eğer zamanında eve yetişebilirsek yaralı hayvanı iyileştirebileceğimize dair bir şeyler saçmalamaya başlıyordu. Buna karşılık keçisi konusunda çok başarılıydı, bu yüzden o konuya odaklanması daha doğru olurdu.

Yakıt, takaslar ve okulda kalmakla ilgili talimatlarımın sonuna gelince anneme döndüm ve koluna sımsıkı yapışıp, "Dinle beni," dedim. "Beni dinliyor musun?" Sesimdeki yoğunluk onu biraz ürkütüyordu. Başını salladı. Ne diyeceğimi tahmin ediyor olmalıydı. "Tekrar köşene çekilemezsin," dedim.

Annem gözlerini yere dikti. "Biliyorum. Çekilmeyeceğim. Olanlar elimde..."

"Pekâlâ, bu defa elinde olmak zorunda," dedim. "Dünyaya küsüp, Prim'i tek başına bırakma lüksün yok. Ben artık ikinizi hayatta tutmak için orada olamayacağım. Bana ne olduğunun hiçbir önemi yok. Ekranda ne görürseniz görün, bu işin üstesinden geleceğinize dair bana söz vermelisiniz." Âdeta bağırır gibi konuşmuştum. Annemin bizi dışladığı zamanların bütün korkusu ve öfkesi sesime yansıyordu sanki.

Annem kolunu çekip kurtardı. Öfkelenme sırası ona geçti. "Hastaydım," dedi. "Şimdi elimde olan ilaçlara o zaman da sahip olsaydım, kendimi iyileştirebilirdim."

Hasta olmasıyla ilgili bölüm doğru olabilirdi. Bir süredir ilaçlarıyla, insanları hareketsiz kılan hüzünlerinden arındırdığını görüyordum. Belki bu da bir hastalıktı ama bizim böyle bir hastalığa yakalanmak gibi bir lüksümüz de yoktu.

"O zaman ilacını al," dedim. "Ve ona iyi bak."

Prim, "Ben iyi olacağım, Katniss," dedi yüzümü ellerinin arasına alarak. "Ama sen de kendine iyi bakmak zorundasın. Çok hızlı ve cesursun. Belki kazanabilirsin."

Kazanamazdım. Prim de için için bunu biliyor olmalıydı. Oradaki rekabet benim yeteneklerimi aşıyordu. Daha zengin, kazanmanın şeref sayıldığı, çocukların bütün hayatları boyunca bu mücadeleye hazırlandıkları mıntıkalardan gelen insanlarla yarışacaktım. Benim neredeyse iki üç katım erkeklerle. Bıçağa gerek duymadan insan öldürmenin yirmi farklı yolunu bilen kızlarla. Tabii benim gibiler de olacaktı. Gerçek eğlence başlamadan, ayrık otları gibi temizlenecek olan diğerleri.

"Belki de," dedim. Çünkü ben kendimden vazgeçersem, anneme güçlü olmasını tembihleyemezdim. Ayrıca, işler içinden çıkılmaz gibi göründüğü zamanlarda bile, mücadele etmeden teslim olmak benim doğama aykırıydı. "O zaman Haymitch kadar zengin oluruz."

"Zengin olmamız umurumda değil. Ben sadece eve dönmeni istiyorum," dedi Prim. "Deneyeceksin, değil mi? Gerçekten, gerçekten deneyeceksin?"

"Gerçekten, gerçekten deneyeceğim," dedim. "Yemin ederim." Ve Prim yüzünden denemek zorunda olduğumu biliyordum.

Ve sonra kapıda bir Barış Muhafızı belirdi ve gitme zamanlarının geldiğini işaret etti. Birbirimize o kadar sıkı sarıldık ki neredeyse canım yanıyordu. Tek söyleyebildiğim, "Sizi seviyorum," oldu. "İkinizi de çok seviyorum." Onlar da beni sevdiklerini söylediler. Muhafız çıkmalarını söyledi ve kapılar kapandı. Sanki böyle yaparsam bütün bunları dışlayabilecekmişim gibi, yüzümü kadife yastıklara gömdüm.

Odaya birisi girdi. Başımı kaldırınca gelenin fırıncı, yani Peeta Mellark'ın babası olduğunu gördüm. Beni ziyarete geldiğine inanamıyordum. Ne de olsa, kısa süre sonra oğlunu öldürmeye çalışıyor olacaktım. Ama birbirimizi biraz olsun tanıyorduk. Prim'i benden de iyi tanıyordu. Prim, Hob'da peynirlerini satarken iki dilimi onun için saklıyordu. Adam da peynirlere karşılık cömert miktarlarda ekmek veriyordu. Onunla alışveriş yapmak için her zaman o cadı karısının ortadan kaybolmasını beklerdik çünkü fırıncı çok daha iyi bir adamdı. Onun oğlunu, karısı gibi dövmediğinden emindim. Ama neden beni görmeye gelmişti acaba?

Fırıncı, ürkek tavırlarla kabarık koltuklardan birinin ucuna ilişti. Fırın karşısında geçen uzun senelerden kalma yanık izleri taşıyan, iri yapılı, geniş omuzlu bir adamdı. Biraz önce oğluyla vedalaşmış olmalı.

Ceketinin cebinden beyaz bir kâğıda sarılmış bir paket çıkardı ve bana uzattı. Kâğıdı açınca, içindeki kurabiyeleri gördüm. Bu bizim paramızın hiçbir zaman yetmediği bir lükstü.

"Teşekkürler," dedim. Fırıncı en iyi zamanlarda bile pek konuşkan bir adam değildi. Bugünse hiç konuşacak halde değildi. "Bu sabah sizin ekmeklerinizden yedim," dedim. "Gale size bir sincap getirmiş." Sincabı hatırladığını göstermek istercesine başını salladı. "Çok başarılı bir takas olmamış," dedim. Hiçbir önemi yok der gibi omuz silkti.

Ben konuşacak başka bir şey bulamayınca, bir Muhafız onu dışarı çıkarmak için gelene kadar sessizce oturduk. Ayağa kalkarken öksürüp gırtlağını temizledi. "Küçük kıza göz kulak olurum," dedi. "Bir şeyler yediğinden emin olurum."

Bu sözleriyle, göğsümün üstüne oturan ağırlığın biraz da olsa hafiflediğini hissettim. İnsanlar benimle alışveriş yaparlardı ama Prim'i gönülden severlerdi. Belki de bu şefkat hayatta kalmasını sağlayabilirdi.

Bir sonraki ziyaretçim de hiç beklemediğim bir isimdi. Madge doğruca yanıma geldi. Ağlamaklı ya da ne diyeceğini bilemez bir hali yoktu. Hatta sesinde beni şaşırtan bir telaş vardı. "Arenaya gittiğin zaman, üstünde kendi mıntıkandan bir şey bulundurmana izin veriyorlar," dedi. "Sana evini anımsatacak bir şey. Bunu takar mısın?" Daha önce elbisesini süsleyen altın iğneyi uzattı. Daha önce çok dikkat etmemiştim ama şimdi iğnenin üzerinde uçan bir kuş figürü olduğunu gördüm.

"İğneni mi?" diye sordum. Üzerimde kendi mıntıkamdan bir hatıra taşımak, aklımdan geçen en son şey olmalıydı.

"Dur da elbisene tutturayım, olur mu?" diye sordu ve cevap beklemeden kuşu elbiseme taktı. "Bunu arenada hiç çıkarmayacağına söz verir misin, Katniss? Söz mü?"

"Evet," dedim. Kurabiyeler. Bir iğne. Bugün ne çok hediye alıyordum böyle. Madge bana bir hediye daha verdi. Yanağıma bir öpücük kondurdu. O gittikten sonra tek başıma kalınca, *belki de Madge başından beri arkadaşımdı,* diye düşündüm.

Ve nihayet Gale geldi. Belki aramızda romantik bir şeyler yoktu ama kollarını açtığı zaman, aralarına girmek konusunda en ufak bir tereddüt yaşamadım. Vücudu bana hiç yabancı değildi. Hareket ediş şeklini, tenine sinmiş, isli orman kokuşunu çok iyi bilirdim. Hatta av sırasındaki sessiz anlarımızda kalp atışlarını duyduğum bile olmuştu. Ama sert ve kaslı vücuduna ilk defa yaslanmıştım.

"Dinle," dedi. "Bıçak bulmak zor olmasa gerek ama bir şekilde bir yay ele geçirmelisin. Bu senin en iyi şansın."

"Her zaman yay olmuyor ki," derken insanların birbirlerini öldürmeleri için sadece iğneli gürzlerin verildiği seneyi hatırlıyordum.

"O zaman kendine bir yay yap," dedi. "Zayıf bir yay bile hiç yoktan iyidir."

Babamın yaylarını taklit etme girişimlerim başarısızlıkla sonuçlanmıştı. Bu o kadar kolay bir iş değildi. Bazen babamın bile kendi elinden çıkma işleri kırıp atmak zorunda kaldığını hatırlıyordum.

"Ağaç olacak mı, onu bile bilmiyorum ki," dedim. Bir defasında herkesi kayalıklar, kumlar ve birkaç pejmürde çalılıktan başka hiçbir şeyin olmadığı bir araziye kapatmışlardı. O seneden özellikle nefret etmiştim. Çoğu yarışmacıyı zehirli yılanlar sokmuştu ya da susuzluktan akıllarını yitirmişlerdi.

"Her zaman biraz odun parçası bulunur," dedi Gale. "O sene yarısı soğuktan ölmüştü. Hiç eğlenceli değildi."

Bu doğruydu. O Açlık Oyunları boyunca yarışmacıların geceleri soğuktan donarak ölmelerini izlemiştik. Çocukları görmek bile imkânsız gibi bir şeydi çünkü top gibi büzüşmüş oluyorlardı ve ateş ya da meşale yakacak ağaçları yoktu. O yarışma, sessiz ve kansız ölümler Capitol için de hayal kırıklığı olmuştu. O zamandan beri, ateş yakacak kadar odun olmasına özen gösteriyorlardı.

"Evet, genelde biraz odun oluyor," dedim.

"Katniss. Bu sadece av," dedi Gale. "Sen tanıdığım en iyi avcısın."

"Sadece av değil," diye karşı çıktım. "Silahlılar ve düşünüyorlar."

"Sen de öyle. Ayrıca çok pratik yaptın," dedi Gale. "Gerçek pratik. Nasıl öldüreceğini biliyorsun."

"İnsanları değil," dedim.

"Sence ne kadar farklı olabilirler ki?"

İşin berbat tarafı, insan olduklarını unutmayı başarırsam arada bir fark kalmayacaktı.

Barış Muhafızları kısa sürede geri geldiler. Gale biraz daha zaman vermelerini istedi ama onu zorla dışarı çıkardılar. Paniğe kapıldım. Eline yapışıp, "Açlıktan ölmelerine sakın izin verme," diye haykırdım.

"Vermeyeceğim. Vermeyeceğimi biliyorsun, Katniss. Sakın unutma, ben..." dedi ama onu benden zorla koparıp dışarı çıkardılar. Kapı çarparak kapandı. Neyi unutmamamı tembihlemek üzere olduğunu asla öğrenemeyecektim.

Adalet Binası'ndan tren istasyonuna kısa sürede gittik. Daha önce hiç arabaya binmemiştim. Vagonlarda da çok az seyahat etmiştim. Dikiş'te her yere yaya giderdik.

Ağlamamakla doğru olanı yapmıştım. İstasyonun her tarafı, muhabirlerin doğruca yüzüme tuttukları böcekleri andıran kameralarıyla doluydu. Ama duygularımın yüzüme yansımaması konusunda yeterince pratik yapmıştım. Şimdi de aynı şeyi yapıyordum. Duvardaki bir ekranda, istasyona varışımın canlı olarak yayınlandığını gördüm. Yüzümde neredeyse sıkkın bir ifade olduğu için minnet duyuyordum.

Diğer taraftan, Peeta Mellark'ın ağladığı her halinden belli oluyordu. Zaten bunu saklamak için de çaba harcamıyordu. Birden aklıma bunun onun oyunlardaki stratejisi olabileceği ihtimali geldi. Zayıf ve korkmuş gibi görünmek, diğer yarışmacıları ondan adam gibi bir rakip olmayacağına ikna ettikten sonra mücadeleye girişmek. Bu numara birkaç sene önce

7. Mıntıka'dan Johanna Mason'da çok işe yaramıştı. Sürekli ağlayıp sızlayan, korkak bir aptal gibi göründüğü için, geriye sadece bir avuç yarışmacı kalana kadar kimse onu önemsememişti. Ve sonunda onun da gözünü kırpmadan adam öldürebildiği anlaşılmıştı. Gerçekten akıllıca bir yöntem seçmişti. Ama bu Peeta Mellark için tuhaf bir strateji olurdu çünkü o bir fırıncının oğluydu. Seneler boyunca yeterince beslenmek imkânı bulduğu ve ağır ekmek tepsilerini taşıdığı için güçlü bir vücudu ve geniş omuzları vardı. İnsanların onu hafife almalarını sağlamak için, ağlamaktan çok daha fazlasını yapması gerekecekti.

Kameralar görüntülerimizi alırken birkaç dakika boyunca trenin kapısında bekletildik. Sonra trene bindirildik ve kapılar yüzümüze kapandı. Ve tren hemen harekete geçti.

Trenin sürati başlangıçta nefesimi kesti. Tabii ki daha önce trene hiç binmemiştim. Resmî görevler dışında, mıntıkalar arasında seyahat yasaktı. Bizim için bu ihtimal kömür taşımacılığıyla sınırlıydı. Fakat içinde olduğumuz tren, basit bir kömür treni değildi. Saatte ortalama dört yüz kilometre hızla giden, hızlı Capitol modellerinden birindeydik. Capitol yolculuğumuz bir günden az süreceğe benziyordu.

Okulda bize, Capitol'ün Rockies adı verilen bir yerde inşa edildiğini anlatmışlardı. 12. Mıntıka ise Appallachia diye bilinen bir bölgede kalıyordu. Bundan yüzyıllar önce de aynı bölgeden kömür çıkarılıyormuş. Zaten bizim madencilerimizin o kadar derinlere inmesinin bir nedeni de buydu.

Her nasılsa, okulda konu dönüp dolaşıp kömüre bağlanıyordu. Temel okuma ve matematik dışında, eğitimimizin büyük kısmı kömürle bağlantılıydı. Tabii her hafta tekrarlanan Panem tarihi söylevleri dışında... Genelde Capitol'e ne çok şey borçlu olduğumuz konusunda lakırdılar dinliyorduk. Bana anlattıklarından çok daha fazlası olmalı gibi geliyordu;

ayaklanma sırasında yaşananların gerçek tarihinin bir kaydı mutlaka olmalıydı. Ama bu konuya kafa yormaya pek fazla zaman ayırmamıştım. Gerçek her neyse, soframa yemek getirmeye yarayacağını hiç sanmıyordum.

Haraç treni Adalet Binası'ndaki odadan bile daha süslü püslüydü. İkimize de içinde bir yatak odası, giyinme bölümü, sıcak ve soğuk suyu akan özel banyosu olan birer daire verdiler. Evde, kaynatmadığımız sürece sıcak suyumuz olmuyordu.

Çekmeceler şık kıyafetlerle doluydu. Effie Trinket canım ne istiyorsa yapabileceğimi söyledi. İstediğimi giyebilirdim, her şey emrime amadeydi. Sadece bir saat sonraki yemeğe zamanında hazır olmam gerekiyordu. Annemin mavi elbisesini çıkarıp sıcak bir duş yaptım. Daha önce hiç duş yapmamıştım. Bu, yaz güneşinin altında olmak gibi bir şeydi; sadece su daha ılıktı. Koyu yeşil bir tişört ve bir pantolon giydim.

Madge'ın altın iğnesini son anda hatırladım. Ve iğneye ilk defa dikkatle baktım. Sanki birisi, altından küçük bir kuş modeli yapıp çevresine bir halka yerleştirmiş gibi duruyordu. Kuş, halkaya sadece kanatlarının uçlarından tutturulmuştu. Birden kuşu tanıdım. Bu bir alaycı kuş yavrusuydu.

Bu kuşlar gerçekten çok komik bir türdü ve Capitol için bir tür hakaret sayılırlardı. Ayaklanma süresince Capitol, silah olarak bir dizi değişime uğratılmış hayvan üretmiş. Bu hayvanların genel ismi *muttasyon,* zaman zaman da kısaca *mutta*ymış... Bunlardan biri insanlar arasında geçen konuşmaların tamamını ezberleyip tekrar edebilen zevzek kuşlarıymış. Bu kuşlar kendi yuvalarına geri dönebilen, erkek kuşlarmış ve Capitol düşmanlarının saklandığı varsayılan yerlere salınıyorlarmış. Kelimeleri topladıktan sonra, kayıt altına alınacakları yerlere geri uçuyorlarmış. İnsanların mıntıkalarda neler olduğunu ve özel konuşmaların bir yerlere iletildiğini anlaması biraz zaman almış. Tabii ki bir zaman sonra, isyancılar Capitol'ü sonu gelmeyen yalanlara boğmuşlar ve iş Capitol'ün aleyhine dönmüş. Bu yüzden merkezler kapatılmış ve kuşlar doğada ölüme terk edilmiş.

Ama ölmemişler. Zevzek kuşları, dişi geveze kuşlarla çiftleşip hem kuş ıslıklarını hem de insan melodilerini tekrar edebilen yepyeni bir tür yaratmış. Kelimeleri taşıma yetilerini kaybetmişler ama bir çocuğun yüksek perdeden ağlayışından, bir erkeğin boğuk ses tonuna kadar bir dizi insan sesini tekrar etmeye devam etmişler. Ve şarkıları yeniden canlandırabiliyorlarmış. Sadece birkaç notayla da sınırlı kalmıyor, birden fazla dizesi olan şarkıları bile ezberleyebiliyorlarmış. Tabii eğer sizin o şarkıları söyleyecek sabrınız varsa ve kuşlar da sizin sesinizden hoşlanırsa.

Babam özellikle alaycı kuşlara bayılırdı. Ava çıktığımız zaman, onlara şarkıların tamamını söyler ya da ıslıkla çalardı. Kibar bir moladan sonra, kuşlar her zaman karşılık verirdi. Ama herkes aynı saygıyı göremiyordu. Yine de babam ne zaman şarkı söylese, bölgedeki bütün kuşlar susup dinlerdi. Sesi o kadar güzel, gür, net ve hayat doluydu ki, insanda aynı anda hem gülme hem ağlama isteği uyandırırdı. O öldükten sonra, aynı alışkanlığı sürdürecek gücü bir türlü bulamamıştım. Buna rağmen, bu küçük kuşta bana iyi gelen bir şey vardı. Sanki babamdan bir parça yanımdaydı ve beni koruyordu. İğneyi tişörtüme tutturdum. Fondaki yeşil kumaşın üstünde alaycı kuş yavrusu, ağaçların arasında uçuyor gibi görünüyordu.

Effie Trinket beni akşam yemeğine götürmeye geldi. Onu, dar ve sarsıntılı koridor boyunca takip edip duvarları cilalı ahşap panellerle kaplı bir yemek odasına girdim. Bütün tabakların yüksek kırılma riski taşıdığı bir masa vardı. Peeta Mellark oturmuş, bizi bekliyordu. Hemen yanındaki sandalye boştu.

Effie Trinket neşeli bir sesle, "Haymitch nerede?" diye sordu.

"Onu son gördüğümde biraz kestirmeye gidiyordu," dedi Peeta.

"Çok yorucu bir gündü," dedi Effie Trinket. Bana kalırsa Haymitch'in yokluğu onu rahatlatıyordu. Onu kim suçlayabilirdi ki?

Yemek servisler halinde geliyordu. Koyu kıvamlı bir havuç çorbası, yeşil salata, kuzu pirzola ve patates püresi, peynir ile meyve ve çikolatalı bir pasta. Yemek boyunca Effie Trinket bize diğer yemeklere de yer ayırmamızı hatırlatıp durdu. Ama ben karnımı tıka basa doldurmuştum çünkü daha önce hiç bu kadar çok ve bu kadar iyi yemek yememiştim. Ve belki de oyunlar başlayana kadar yapabileceğim en iyi şeylerden biri, birkaç kilo almak olacaktı.

"Neyse ki siz ikiniz nasıl davranacağınızı biliyorsunuz," dedi Effie Trinket ana yemeğin ardından. "Geçen seneki çift her şeyi, mağara adamları gibi elleriyle tıkınmışlardı. Bütün iştahım kaçmıştı."

Önceki senenin çifti Dikiş'ten çıkma, hayatları boyunca bir gün bile yeterince yemek görmemiş iki çocuktu. Ve önlerine yemek konduğu zaman, düşünebilecekleri en son şeyin sofra kuralları olması çok doğaldı. Peeta bir fırıncının oğluydu. Annem de bana ve Prim'e yemeğimizi düzgün bir biçimde yemeyi öğretmişti. Yani evet, çatal bıçak kullanabiliyordum. Ama Effie Trinket'ın yorumu beni o kadar rahatsız etmişti ki, yemeğimin geri kalan kısmını kasıtlı olarak ellerimle yedim. Sonra da ellerimi masa örtüsüne sildim. Bu halim, kadının dudaklarını sıkmasına neden oldu.

Yemek bitince, yediklerimi midemde tutmakta büyük güçlük çektim. Peeta'nın da renginin kaçtığını görebiliyordum. İkimizin midesi de bu kadar sağlam ikramlara alışık değildi. Ancak eğer Yağlı Sae'nin fare eti, domuz iç organları ve ağaç kabuklarından oluşan karışımını –kış spesiyalitesini– midemde tutmayı başarabiliyorsam, bu yemeği tutmak için her şeyi yapardım.

Panem çapındaki diğer toplama günü törenlerinin bant yayınlarını izlemek için başka bir kompartımana geçtik. Herkesin olayın tamamını canlı olarak görebilmesi için, törenler birbirleriyle çakışmayacakları saatlere ayarlanmıştı. Ancak tabii ki bu sadece Capitol'de yaşayanların faydalandığı bir imkândı, zira hiçbirinin katılmak zorunda olduğu bir tören yoktu.

Tek tek bütün törenleri izledik. İsimler okundu, gönüllüler öne çıkıyor ya da genelde öne çıkan olmuyordu. Rakibimiz olacak çocukların yüzlerini inceliyorduk. Sadece birkaç tanesi zihnimde yer edindi. 2. Mıntıka'da gönüllü olan bir erkek çocuk. 5. Mıntıka'dan Tilki Surat, dümdüz kızıl saçlı bir kız. 10. Mıntıka'dan ayağı sakat bir çocuk. En kötüsü ise, 11. Mıntıka'daki on iki yaşındaki kız. Koyu renk teni ve gözleri vardı ama beden ve duruş olarak Prim'e çok benziyordu. Sahneye çıktığı ve onun yerine geçmek isteyecek birinin olup olmadığı sorulduğunda duyabildiğimiz tek ses, çevresindeki köhne binaların arasında ıslık çalan rüzgârın sesi oldu. Yerini almak isteyecek tek bir kişi çıkmadı.

Ve en son, 12. Mıntıka'nın törenini yayınladılar. Prim'in ismi okundu, ben koşarak öne çıktım. Prim'i arkama saklarken yüzüme müthiş bir umutsuzluk yansıyordu. Sanki sesimin duyulmayacağından, Prim'i zorla alıp götüreceklerinden korkar gibiydim. Ama tabii ki beni duyuyorlardı. Gale'ın kardeşimi kucaklayıp benden ayırışını görüyordum. Sonra merdivenleri tırmanışımı... Yorumcular kalabalığın alkışlamayı reddetmesi konusunda ne diyeceklerini kestiremiyorlardı. Sessiz selam. Biri, 12. Mıntıka'nın her zaman biraz zamanın gerisinde kaldığını ama bazı âdetlerinin çok hoş olabildiğini söyledi. Haymitch birilerinden sufle almış gibi sahneden düşünce, komik bir tavırla inlediler. Peeta'nın ismi çekildi ve o da sessizce yerini aldı. El sıkıştık. Sonra yeniden marş duyuldu ve program sona erdi.

Effie Trinket peruğunun duruşundan hiç hoşnut değildi. "Akıl hocanızın sunum nasıl yapılır, öğrenmesi gerek," dedi. "Ve televizyon karşısında nasıl hareket edilir."

Peeta beklenmedik şekilde güldü. "Sarhoştu," dedi. "Her sene sarhoş oluyor zaten."

"Her gün," diye ekledim. Sırıtmaktan kendimi alamıyordum. Effie Trinket sanki Haymitch'in kaba saba tavırları onun vereceği birkaç ipucuyla düzelebilirmiş gibi bir hava takınıyordu.

"Evet," diye tısladı. "İkinizin bunu eğlenceli bulması çok tuhaf. Akıl hocanızın oyunlardaki can simidiniz olduğunu biliyorsunuz. Size akıl verecek, sponsorlarınızı sıraya dizecek ve size verilecek armağanları belirleyecek olan o. Haymitch hayatla ölüm arasındaki ince çizginiz olabilir."

İşte tam o anda, Haymitch yalpalayarak içeri girdi. "Yemeği kaçırdım mı?" diye sorarken dili dolanıyordu. Sonra midesinde ne var ne yok hepsini pahalı halının üstüne kustu ve yere yuvarlandı.

"Gülün bakalım," dedi Effie Trinket. Sivri burunlu ayakkabılarıyla kusmuk birikintisinin çevresinden dolaşıp kompartımandan çıktı.

4

Birkaç dakika boyunca, Peeta'yla birlikte akıl hocamızın midesinden boşalan kaygan ve iğrenç maddenin üstünden doğrulmaya çalışmasını izledik. Kusmuğunun ve içkinin pis kokusu neredeyse benim de yediklerimi çıkarmama neden olacaktı. Birbirimize baktık. Görünüşe bakılırsa Haymitch ayaklarının üstünde bile duramıyordu ve Effie Trinket arenadaki tek kozumuzun o olduğu konusunda çok haklıydı. Sözsüz bir ortak kararla ikimiz de yerimizden kalkıp Haymitch'in iki koluna girerek doğrulmasına yardım ettik.

"Ayağım mı kaydı?" diye sordu Haymitch. "Berbat kokuyor." Elini burnuna sürttü ve bütün yüzü kusmukla kaplandı.

"Seni odana götürelim," dedi Peeta. "Ve biraz temizleyelim."

Haymitch'i yarı taşıyıp yarı sürükleyerek kompartımanına götürdük. Onu işlemeli yatak örtüsünün üstüne yatırmamız söz konusu olamayacağı için, doğruca banyo küvetine sokup suyu açtık. Ama o farkında bile olmadı.

"Sorun değil," dedi Peeta. "Bundan sonrasını ben hallederim."

Ona minnet duymaktan kendimi alamadım çünkü şu anda yapmayı en son isteyeceğim şey, Haymitch'i soyup göğüs kıllarındaki kusmukları temizlemek ve onu yatağına yatırmaktı. Peeta büyük olasılıkla adamın üstünde iyi bir izlenim bırakmaya, oyunlar başladığında gözdesi olmaya uğraşıyordu. Ama durumuna bakılırsa Haymitch yarın sabah uyandığında neler olup bittiğini hatırlamayacaktı bile.

"Pekâlâ," dedim. "Capitol insanlarından birini yardıma gönderebilirim." Trende onlardan çokça vardı. Bizim için yemek pişirenler, bize göz kulak olanlar, bizi koruyanlar. Bize bakmak onların işiydi.

"Hayır, onları istemem," dedi Peeta.

Başımla selam verip kendi odama yöneldim. Peeta'nın ne hissettiğini anlıyordum. Benim de Capitol insanlarını görmeye tahammülüm yoktu doğrusu. Ama onları Haymitch'le uğraşmaya mecbur bırakmak bir tür intikam olabilirdi aslında. Bu yüzden neden Haymitch'le tek başına ilgilenmek konusunda ısrar ettiğini anlamaya çalışırken birden kafama dank etti: *Sadece kibarlık ediyor. Tıpkı bana ekmeği verdiği zamanda olduğu gibi.*

Bu düşünce beni allak bullak ediyordu. Kibar bir Peeta Mellark benim için kibar olmayan bir Peeta'dan çok daha tehlikeliydi. Kibar insanların içime işlemeleri ve orada kök salmaları o kadar kolaydı ki. Peeta'nın bunu yapmasına izin veremezdim. Hele gittiğimiz yeri düşününce. Bu nedenle, o andan itibaren fırıncının oğluyla olabildiğince az diyalog kurmaya karar verdim.

Odama döndüğümde, tren yakıt ikmali için bir istasyonda duruyordu. Pencerenin camını açıp Peeta'nın babasının bana verdiği kurabiyeleri dışarı attım. Bende kalmasını istemiyordum. İkisinden de hiçbir şey istemiyordum.

Ne yazık ki kurabiye paketi yere çarptı ve rayların hemen yanındaki bir hindiba öbeğinin yanında açıldı. Tren yeniden harekete geçtiği için bu sahneyi sadece birkaç saniye gördüm ama bu kadarı da bana yetiyordu. Seneler önce okul bahçesinde gördüğüm diğer hindibayı anımsamıştım.

O hindibayı gördüğümde, gözlerimi Peeta Mellark'ın yara bere içindeki yüzünden ayıralı sadece birkaç saniye olmuştu. Umudun tükenmediğini anlamıştım. Çiçeği koparıp hızla evin yolunu tutmuştum. Hemen bir kova kapmış ve Prim'i elinden tutup doğruca Çayır'a götürmüştüm. Ve evet... Her taraf altın başlı otlarla kaplanmıştı. O otlardan topladıktan sonra, tellerin altından geçip yaklaşık bir buçuk kilometre kadar içerilere girip hindibalar, yeşillikler, bitki sapları ve çiçekler topladık. O gece, kendimize müthiş bir hindiba salatası ziyafeti çekip kalan ekmeğimizle karnımızı doyurduk.

Prim, "Başka?" diye sordu. "Başka hangi yiyecekleri bulabiliriz?"

"Her şeyi," diye söz verdim. "Sadece neler olduklarını hatırlamam gerekecek."

Annemin eczaneden getirdiği bir kitabı vardı. Sayfaları eski parşömen kâğıdından yapılmıştı ve bitki resimleri de vardı. İsimleri, nerelerden toplanabilecekleri, hangi zamanlarda açtıkları ve tıbbi kullanım alanları yazıyordu. Babam da kitaba birtakım eklemeler yapmıştı. Hangi bitkilerin şifa vermediğini ama yenebildiğini not etmişti. Hindibalar, şekerciboyası, yabani soğanlar, çamlar... Prim'le birlikte gecenin kalan kısmını kitabın sayfalarını inceleyerek geçirdik.

Ertesi sabah okulumuz yoktu. Bir süre Çayır'ın çevresinde oyalandıktan sonra, nihayet tellerin altında geçecek cesareti topladım. Oraya ilk defa tek başıma, babam ve beni koruyacak silahları olmadan gidiyordum. Boş bir kovuğun içine bıraktığı yay ve okları bulup çıkardım. O gün büyük olasılıkla ormanın sadece yirmi metre kadar içine girmişimdir. Zamanımın büyük kısmını bir meşe ağacının tepesine tüneyip, bir av hayvanının geçmesi için dua ederek geçirdim. Birkaç saatin sonunda şansım yaver gitmiş ve bir tavşan öldürmeyi başarmıştım. Daha önce, babamın rehberliğinde bir iki tavşan öldürdüğüm olmuştu. Ama bunu kendi başıma halletmiştim.

Aylardır et yememiştik. Tavşanın görüntüsü annemi harekete geçirir gibi oldu. Yerinden kalkıp tavşanın derisini yüzdü. Etiyle ve Prim'in topladığı yeşilliklerle güveç pişirdi. Sonra yeniden tuhaflaştı ve yatağına döndü. Ama güveç pişince, onu kaldırıp bir kâse yemeye zorladık.

Orman kurtarıcımız olmuştu. Her gün biraz daha ilerler oldum. İş başlangıçta biraz ağır gidiyordu ama karnımızı doyurmayı kafaya koymuştum bir kere. Yuvalardan yumurta çalıyor, ağlarla balık tutuyor, zaman zaman güveç için bir sincap ya da tavşan vurmayı başarıyordum. Ayağımın dibindeki otları topluyordum. Bitkiler gerçekten incelik isterdi. Çoğunu yiyebilirdiniz ama yanlış bir ottan yiyeceğiniz bir parça, hayatınıza mal olabilirdi. Topladığım bitkileri, babamın resimleriyle sürekli karşılaştırıyordum. Bizi hayatta tutmayı başarmıştım.

Başlangıçta her tür tehlike işareti, uzaktan gelen bir uluma sesi, bir dalın nedensiz yere kırılması kendimi çite atmam için yeterli oluyordu. Sonra bundan kolayca sıkılıp, oradan uzaklaşan vahşi köpeklerden kaçabilmek için ağaçlara tırmanmaya başladım. Ayılar ve kediler daha iç kesimlerde yaşıyorlardı. Belki de bizim mıntıkanın kurum kokusu onları rahatsız ediyordu, kimbilir?

Mayıs ayının sekizinde, Adalet Binası'na gidip mozaik taşı için ismimi yazdırdım. Ve Prim'in oyuncak kamyonuna doldurduğum ilk tahıl ve yağ istihkakımızı çeke çeke eve getirdim. Aynı şeyi her ayın sekizinde yineleme hakkım vardı. Tabii ki avdan ve ot toplamaktan vazgeçemezdim. Tahıl, hayatımızı idame ettirmemize yeterli değildi. Dahası sabun, süt, ip gibi alınması gereken başka şeyler de oluyordu. Yemeye kesinkes ihtiyaç duymadığımız şeyleri Hob'da değiş tokuş ediyordum. Oraya yanımda babamla girmek ürkütücü geliyordu ama insanlar ona saygı duyuyorlardı ve beni de kabullenmişlerdi. Av eti, av etiydi sonuçta. Kimin vurduğu fark etmiyordu. Ayrıca şehrin en varlıklı ailelerinin arka kapılarında da satış yaptığım oluyordu. Babamın bana öğrettiği incelikleri unutmamaya çalışıyor, bir taraftan da yeni bir şeyler öğreniyordum. Kasap tavşanlarımı alıyordu ama sincap istemiyordu. Fırıncı sincap seviyordu ama ancak karısı yakınında olmadığı zaman takasa cesaret ediyordu. Baş Barış Muhafızı yaban hindisine bayılıyordu. Belediye başkanının da çileğe tutkusu vardı.

Yazın sonuna doğru, bir gölde yıkanırken çevremde bitkilerin yükselmekte olduğunu fark ettim. Uzun ve yaprakları okların uç kısmına benzeyen bitkilerdi. Çiçeklerinin üçer tane beyaz taç yaprağı vardı. Suyun içinde dizlerimin üstüne çöküp parmaklarımı yumuşak çamurun içine daldırdım ve bir avuç dolusu kök çıkardım. Küçük mavimsi kök yumrularını pek fazla sevmezdim ama kaynatıldıkları ya da fırında pişirildikleri zaman, en az patates kadar lezzetli oluyorlardı. Yüksek sesle, "Katniss," dedim. Bu, ismini bana verdikleri bitkiydi. Babamın şakacı sesini duyar gibi oldum. *"Kendini bulabildiğin sürece, asla açlıktan ölmezsin."* Saatler boyunca ayağım ve bir sopayla göl yatağını kurcaladım ve yüzeye çıkardığım yumru kökleri topladım. O gece, kendimize üçümüz de uzun zaman sonra ilk defa tıka basa doyana kadar balık ve katniss kökü ziyafeti çektik.

Annem yavaş yavaş bize geri dönüyordu. Temizlik yapmaya, yemek pişirmeye ve getirdiğim yiyeceklerin bir kısmını kış için saklanabilir hale getirmeye başlamıştı. İnsanlar, annemin şifalı ilaçlarına karşılık bizimle bir şeyler takas eder ya da para verir olmuşlardı. Hatta bir gün, annemin şarkı söylediğini duydum.

Prim annemin geri dönmesine çok seviniyordu ama ben temkinliydim. Tekrar kendi dünyasına çekilmesinden korkuyordum; gözüm hep üstündeydi. Ona güvenmiyordum. Ve kalbimin kuytu bir köşesi, zayıflığı ve ihmali yüzünden ondan nefret ediyordu. Prim annemi çoktan affetmişti ama ben bir adım geri çekilmiştim. Kendimi ona ihtiyaç duymaktan korumak için araya bir duvar örmüştüm. Aramız bir daha asla eskisi gibi olamayacaktı.

Ve şimdi, bu meseleyi halletmeden ölecektim. Ona bugün Adalet Binası'nda nasıl bağırdığımı hatırladım. Gerçi onu sevdiğimi de söylemiştim. Belki de bu bir şeyleri dengelemiştir.

Bir süre öylece durup trenin penceresinden dışarı baktım ve camı tekrar açabilmeyi istedim. Ama bu kadar yüksek bir hızda bunun nasıl bir etki yaratacağından emin değildim.

Uzakta başka bir mıntıkanın ışıklarını gördüm. Yedi mi? On mu? Bilmiyordum. Evlerdeki insanları düşündüm. Yatmaya hazırlanıyor olmalıydılar. Kendi evimi gözümün önünde canlandırdım. Panjurları sımsıkı kapalıydı herhalde. Annem ve Prim tam şu anda ne yapıyorlardı acaba? Yemek yiyebilmişler miydi? Balık yahnisi ve çilekleri? Yoksa tabaklarına ellerini bile sürmemişler miydi? Duvara dayalı bir masanın üstünde duran eski televizyondan, o günün bant görüntülerini seyretmişler miydi? Mutlaka ağlamışlardı. Acaba annem güçlü görünmeyi, Prim için ayakta kalmayı başarabiliyor muydu? Ya da daha şimdiden kabuğuna çekilmeye, dünyanın ağır yükünü kız kardeşimin narin omuzlarına yıkmaya başlamış mıydı?

Prim'in bu gece annemle uyuyacağından adım gibi emindim. Yaşlı ve pejmürde Düğün Çiçeği'nin, Prim'e göz kulak olmak için yatağa uzanmış olması fikri içimi rahatlatıyordu. Olur da ağlayacak olursa, kedi bir şekilde kollarının arasına kıvrılıp Prim sakinleşene ve uykuya dalana kadar orada kalırdı. Onu boğmadığıma çok seviniyorum.

Evimi düşünmek yalnızlığımı kamçılıyordu. Ne kadar uzun bir gündü. Gale ve ben daha bu sabah mı böğürtlen yiyorduk? Aradan bir asır geçmiş gibi geliyordu. Kâbusa dönüşen uzun bir rüya gibi. Belki uyumayı başarabilirsem 12. Mıntıka'da, ait olduğum yerde uyanabilirdim.

Büyük olasılıkla çekmeceler bir yığın gecelikle doluydu. Ama bakmaya bile gerek görmeden pantolon ve tişörtümü çıkarıp iç çamaşırlarımla yatağa girdim. Çarşaflar ipekli, yumuşacık bir kumaştan yapılmıştı. Kalın ve kabarık yorganım hemen ısınmamı sağlıyordu.

Ağlayacaksam, şimdi tam zamanıydı. Sabaha kadar gözyaşlarımın yüzümde bırakacağı izlerden kurtulmuş olurdum. Ama gözyaşlarım akmıyordu. Ağlamak için fazla uyuşmuş haldeydim ya da belki de fazla yorgundum. Tek hissettiğim, başka bir yerde olma arzusuydu. Bu yüzden, trenin sarsılarak uykuya dalmamı kolaylaştırmasına izin verdim.

Kapının vurulma sesiyle uyandığımda, perdelerin arasında gri bir ışığın süzüldüğünü gördüm. Effie Trinket seslendi: "Kalkın bakalım! Büyük, çok büyük bir gün olacak." Bir an için o kadının kafasının içinin nasıl bir yer olduğunu hayal etmeye çalıştım. Uyanık olduğu saatlerde aklından neler geçiyordu acaba? Geceleri ne tür rüyalar görüyordu? Hiçbir fikrim yoktu doğrusu.

Çok kirlenmedikleri için, biraz kırışmış olsalar da önceki günkü yeşil kıyafetlerimi giydim. Parmaklarım iğnedeki küçük kuşu çevreleyen halkanın üstünde dolaşıyordu. Ormanı düşünüyordum, babamı... Annemle Prim'in kalktıklarını ve yapmak zorunda oldukları işlere koyulduklarını... Önceki gece annemin yaptığı örgülü topuzu açmadan uyumuştum. Fena görünmediğine karar verip saçlarıma dokunmadım. Zaten bir önemi de yoktu. Artık Capitol'e çok yolumuz kalmadığını tahmin ediyordum. Şehre vardığımız zaman, stilistim bu geceki açılış törenlerinde nasıl bir görüntüye bürünmem gerektiğini söyleyecekti. Çıplaklığın son moda olmadığına inanan bir stiliste denk düşeceğimi umuyordum.

Yemek vagonuna girerken, Effie Trinket elinde bir fincan kahveyle yanımdan geçti. Kendi kendine birkaç küfür mırıldandı. Haymitch, önceki geceden kalma şiş ve kırmızı suratıyla kıkırdadı. Peeta'nın elinde bir çörek vardı ve nedense biraz utanmış görünüyordu.

Haymitch bana eliyle işaret ederek, "Otursana," dedi. Sandalyeme yerleştiğim anda önüme koca bir tabak kahvaltı bırakıldı. Yumurtalar, jambonlar ve tepeleme doldurulmuş kızarmış patates. Serinliğini kaybetmemesi için bir buz kovasının içine yerleştirilmiş bir kâse meyve vardı. Önüme bıraktıkları çörek ve ekmek sepeti, ailemin karnını bir hafta doyurmaya yetecek kadar doluydu. Çok zarif bir bardağa portakal suyu doldurulmuştu. Ya da en azından ben portakal suyu olduğunu tahmin ediyordum. Hayatımda sadece bir defa portakal yemiştim: Babamın bir yılbaşı günü, özel ikram olarak portakal aldığı o gün. Bir fincan kahve... Annem kahveye bayılırdı ama genelde kahve almaya imkânımız olmazdı. Benim için kahve sadece acı ve zayıf bir lezzet demekti. Bir de daha önce hiç görmediğim koyu kıvamlı, kahverengi bir şey vardı.

Peeta, "Sıcak çikolata diyorlar," dedi. "Çok güzel."

Sıcak, tatlı ve kremamsı sıvıdan bir yudum aldım ve bir anda içimde bir şeyler kıpırdadı. Yemeğin geri kalan kısmının beni beklediğini bilmeme rağmen, sıcak çikolatam bitene kadar başka hiçbir şeye el sürmedim. Sonra yiyebildiğim kadar yedim. Annem bir defasında, bir daha hiç yemek göremeyecekmişim gibi yemek yediğimi söylemişti. Ben de ona, "Eve yemek getiremezsem göremem tabii," demiştim. Bu sözler çenesini kapatmıştı.

Midem çatlayacakmış gibi hissetmeye başlayınca arkama yaslanıp kahvaltı arkadaşlarıma bir göz attım. Peeta yemeğe devam etti. Çöreğinden minik parçalar koparıp sıcak çikolatasına batırdı. Haymitch tabağıyla pek ilgilenmemişti. Ama bir şişeden renksiz bir sıvıyla takviye ettiği içi kırmızı bir sıvıyla dolu bardağını elinden bir an olsun bırakmıyordu. Tahminim, eklediği sıvının alkollü bir içki olduğu yönündeydi. Haymitch'i tanımazdım ama onu Hob'da sık sık, beyaz likör satan bir kadına avuç dolusu para savururken görürdüm. Capitol'e vardığımızda kafayı bulmuş olacaktı.

Haymitch'ten nefret ettiğimi fark ettim. 12. Mıntıka haraçlarının hiç şansının olmamasına şaşmamak gerekirdi. Sorun sadece yetersiz beslenmemiz ve eğitim eksiğimiz olması değildi. Bazı haraçlarımız bütün bunlara rağmen dayanacak güce sahipti. Ama sponsor bulmakta zorlanıyorduk ve bu durum büyük ölçüde Haymitch'ten kaynaklanıyordu. Haraçlara destek veren –ya bahis oynadıkları ya da bir şampiyonu tutma hakkına sahip olmakla övündükleri için– zengin insanlar, Haymitch'ten daha klas birileriyle muhatap olmayı tercih ediyorlardı.

Haymitch'e "Yani," dedim. "Senin bize akıl vermen gerekiyor, değil mi?"

"Alın size akıl," dedi Haymitch. "Ölmemeye bakın." Ve sonra bir kahkaha patlattı. Ondan olabildiğince uzak durma kararımı çok geç anımsayarak, Peeta'ya bir bakış attım. Bakışlarındaki sertlik beni şaşırttı. Genelde çok yumuşak görünürdü.

"Çok komik," dedi Peeta. Ve beklenmedik bir anda, Haymitch'in elindeki kadehe elinin tersiyle vurdu. Kadeh yere düşüp paramparça oldu. İçindeki kan kırmızı sıvı yere saçıldı. "Ama bize öyle gelmiyor," dedi.

Haymitch kısa bir an düşündükten sonra Peeta'nın çenesine bir yumruk indirdi. Peeta sandalyesiyle birlikte yere devrildi. Haymitch tekrar içki şişesine uzanınca bıçağımı parmaklarının arasına, masaya sapladım. Bana da vurmasını bekliyordum ama beklediğim gibi olmadı. Haymitch arkasına yaslanıp gözlerini kısarak bizi süzdü.

"Bu da nesi?" diye sordu. "Bu sene gerçekten mücadeleci bir çiftim mi var yoksa?"

Peeta yerden kalktı ve meyve kâsesinin altından bir avuç buz alıp çenesindeki kırmızılığın üstüne koydu.

Haymitch onu durdurdu ve, "Hayır," dedi. "Bırak morarsın. Seyirciler daha arenaya çıkmadan başka bir haraçla kapıştığını düşünsünler."

"Bu kurallara aykırı," dedi Peeta.

"Sadece yakalanırsan. O morluk senin kavga ettiğini ve yakalanmadığını gösterecek. Daha iyi ya işte." Haymitch bunu söyledikten sonra bana döndü. "O bıçağı masadan başka bir şeye saplayabilir misin?"

Benim asıl silahım yay ve oktu. Ama bıçaklarla da haşır neşir olmuşluğum vardı. Bazen bir hayvanı okla yaraladıktan sonra, yanına gitmeden önce bıçağımı da saplamam faydalı olabiliyordu. Haymitch'in dikkatini çekmek istiyorsam, bu fırsatı iyi değerlendirmem gerektiğini fark ettim. Bıçağı masadan çıkarıp keskin kısmından tuttum ve odanın karşı tarafındaki duvara fırlattım. Aslında niyetim duvar paneline saplanmasını sağlamakken, bıçak iki paneli birbirine tutturan sert kısma saplandı. Olduğumdan da iyi görünüyordum.

Haymitch başıyla kompartımanın orta kısmını işaret ederek, "Şuraya geçin," dedi. İkimiz de söylediği şeyi yaptık.

Haymitch çevremizde dönüp pazar yerindeki hayvanları inceler gibi, kaslarımızı kontrol edip dikkatle yüzlerimize baktı. "Umutsuz vaka değilsiniz," dedi. "Formda görünüyorsunuz. Stilistler icabınıza bakınca, çekici bile görünebilirsiniz."

Ne Peeta ne de ben bu yorumunu sorguladık. Açlık Oyunları bir güzellik yarışması değildi elbette ama en iyi görünen haracın, daha çok sponsorun ilgisini çektiği de bir gerçekti.

"Pekâlâ, sizinle bir anlaşma yapalım. Siz benim içkime karışmayın, ben de size yardım edecek kadar ayık kalmaya çalışayım. Ama ne dersem onu yapacaksınız."

Bu çok kârlı bir anlaşma sayılmazdı ama en azından on dakika önceki rehbersiz halimize göre daha iyi durumdaydık.

"Uyar," dedi Peeta.

"Bize yardım et," dedim. "Arenada, bir insanın Cornucopia'da..."

"Her şey sırayla," dedi Haymitch. "Birkaç dakikaya kadar istasyona girmiş olacağız. Stilistlerinize teslim edileceksiniz. Size yapacakları şeylerden hoşlanmayacaksınız. Ama ne yaparlarsa yapsınlar, direnmeye kalkmayın."

"Ama..." diyecek oldum.

"Ama diye bir şey yok. Direnmeyin işte," dedi Haymitch. Masadaki içki şişesini alıp vagondan çıktı. Kapıyı arkasından kapattığı anda içerisi kararıverdi. Birkaç lamba yanıyordu ama dışarısı zifiri karanlıktı. Capitol yakınındaki dağlardan geçtiğimizi anladım. Dağlar, Capitol ile doğu mıntıkalar arasında doğal bir bariyer oluşturuyordu. Capitol'e, dağlardan geçen tünellerden başka bir yoldan ulaşmak imkânsız gibi bir şeydi. Bu coğrafi üstünlük, mıntıkaların ayaklanmadan, bugün benim de bir haraç olmama yol açacak şekilde mağlup çıkmalarının en önemli nedeniydi. İsyancılar dağları tırmanarak aşmak zorunda kaldıkları için Capitol'ün hava güçlerine kolayca yem olmuşlardı.

Tren hızla yol alırken Peeta ve ben sessizce durduk. Tünel bir türlü bitmek bilmiyordu ve ben, bizi gökyüzünden ayıran tonlarca kayanın ağırlığını göğsümde hissediyordum. Bu şekilde taşların arasında kapalı kalmaktan nefret ediyordum. Bana madenleri ve babamın gün ışığına ulaşamadan mahsur kalıp, sonsuza dek karanlığa gömüldüğünü hatırlatıyordu.

Tren nihayet yavaşlamaya başladı ve kompartımanın içi aniden parlak gün ışığıyla doluverdi. Elimizde değil. Peeta da, ben de hemen pencereye koştuk ve o güne kadar sadece televizyon ekranlarında gördüğümüz Capitol'ü, Panem'in başkentini görmeye çalıştık. Kameralar şehrin ihtişamı konusunda yalan söylememişti. Hatta göğe kadar uzanan ve gökkuşağı etkisi yaratan gösterişli binaları, geniş, parke taşlarıyla kaplı yollarda cirit atan parlak arabaları ve hayatlarında tek bir öğünü dahi atlamak zorunda kalmamış tuhaf giyimli, acayip saçlı ve yüzleri boyalı insanları yeterince yansıtamamışlar gibi geliyordu. Bütün renkler yapay görünüyordu: Pembeler fazla pembe, yeşiller fazla parlak, sarılar insanın gözlerini yakıyordu. Tıpkı, 12. Mıntıka'daki şekerci dükkânının vitrininde gördüğümüz ama alım gücümüzün asla yetmediği o yuvarlak şekerler gibi.

Şehre bir haraç treninin girdiğini fark eden insanlar, birbirlerine bizi işaret etmeye başladılar. Heyecanları midemi bulandırıyordu. Ölmemiz için sabırsızlandıklarını düşünerek, içgüdüsel olarak pencereden uzaklaştım. Ama Peeta pencerede kalıp aval aval bakan kalabalığa gülümseyerek el sallıyordu. Ancak tren istasyona girip, insanları göremez olunca el sallamayı bıraktı.

Ona şaşkın gözlerle baktığımı fark edip omuz silkti. "Kimbilir?" dedi. "İçlerinde zengin birileri olabilir."

Onu yanlış değerlendirmiştim. Toplama töreninden itibaren sergilediği tavırları düşündüm. Elimi dostça sıkışı, babasının kurabiyelerle bana gelip Prim'in karnını doyuracağına dair söz verişi. Acaba bunları yapmasını Peeta mı istemişti? İstasyondaki gözyaşları. Haymitch'i yıkamaya gönüllü olması ve sonra bu sabah iyi çocuk tavrının bir işe yaramadığını görünce ona kafa tutması. Ve şimdi de pencereden el sallayıp, daha şimdiden kalabalığın gönlünü kazanmaya çalışması.

Bütün parçalar birbirine uyuyordu ama kafasında bir plan kurduğunu hissediyordum. Ölümünü kabul etmediği kesindi. Hayatta kalmak için direniyordu. Ve bu, bana ekmek veren o tatlı çocuğun, Peeta Mellark'ın beni öldürmek için de savaşacağı anlamına geliyordu.

5

C-ı-ı-ı-r-t! Camgöbeği rengi saçları ve kaşlarının üstünde altın rengi dövmeleri olan Venia adlı kadın, altındaki tüyleri almak için bacağıma yapıştırdığı kumaş parçasını çekerken dişlerimi sıktım. Aptal Capitol aksanıyla, "Parrdon," dedi. "O kadar tüylüsün ki!"

Neden bu insanlar bu kadar yüksek sesle konuşuyorlardı acaba? Ya da konuştukları zaman neden çenelerini zar zor açıyorlardı? Neden bütün cümlelerin sonu, sanki soru soruyorlarmış gibi bir tonlamayla bitiyordu? Tuhaf sesler, kısacık kelimeler. "S" harfini söylerken illa ki tıslıyorlardı. Herkesin onların taklidini yapma eğiliminde olmasına hiç şaşmamak gerek.

Venia sözüm ona sempatik bir ifade takınıyordu. "Yine de iyi haberlerim var. Bu sonuncu. Hazır mısın?" Üstünde oturduğum masanın kenarlarına tutunup, başımı salladım. Bacak tüylerimin son kısmı da, acı verici bir çekişle beni terk etti.

Yeniden Yaratılma Merkezi'ne geleli neredeyse üç saat olmuş ama henüz stilistimle tanışmamıştım. Görünüşe bakılırsa, Venia ve hazırlık ekibimin diğer üyeleri bazı bariz problemleri gidermeden benimle tanışmaya niyeti yoktu. Ekibin soyunduğu görevler arasında bütün vücudumu hafif pütürlü bir köpükle ovup sadece kirlerimi değil, derimin en azından üç katını soymak, tırnaklarımı tek tip hale getirmek ve en önemlisi, vücudumdaki bütün tüyleri yok etmek vardı. Bacaklarım, kollarım, gövdem, kol altlarım ve kısmen kaşlarım alındı ve geriye kızartılmaya hazır, tüyleri yolunmuş bir kuş kaldı. Bundan hiç hoşlanmamıştım. Tenim acıyor, sızlıyor ve kendimi savunmasız hissediyordum. Ama Haymitch'le yaptığımız anlaşmaya uymak zorunda olduğum için, dudaklarımdan tek bir itiraz dökülmedi.

Flavius adında bir adam, "Gayet iyi gidiyorsun," dedi. Turuncu renkli buklelerini şöyle bir salladı ve dudaklarındaki mor ruju tazeledi. "Dayanamadığımız bir şey varsa o da mızmız tiplerdir. Haydi, yağlayın onu."

Venia ve Octavia –bütün vücudu açık bezelye tonuna boyanmış, etine dolgun bir kadın– beni, önce biraz yakan ama sonra tenime çok iyi gelen bir losyonla ovdular. Sonra beni masadan kaldırıp, üstüme giymeme izin verdikleri ince sabahlığı çıkardılar. Orada öylece, tamamen çıplak halde durdum ve bu üçlünün çevremde dolanmasına ve cımbızlarla son tüy kalıntılarını toplamalarına izin verdim. Utanmam gerektiğini biliyordum ama o kadar sıradışı tiplerdi ki, kendimi daha çok, üç tuhaf renkli kuş tarafından gagalanıyormuşum gibi hissediyordum.

Üçü de biraz geriye çekilip eserlerini hayranlıkla süzüyordu. "Mükemmel! İşte şimdi insana benzedin," dedi Flavius. Hepsi birden güldüler.

Ne kadar minnettar olduğumu göstermek için zorla gülümsüyordum. "Teşekkürler," dedim tatlı bir sesle. "12. Mıntıka'da hoş görünmemiz için pek bir nedenimiz yok."

Bu sözlerim kalplerini fethetti. "Tabii ki yok, zavallı bir tanemiz," dedi Octavia, benim adıma duyduğu sıkıntıyla ellerini göğsünde kavuştururken.

"Ama endişelenme," dedi Venia. "Cinna'nın seninle işi bittiği zaman, kelimenin tam anlamıyla muhteşem olacaksın."

"Söz veriyoruz! Bütün tüylerden ve kirden arındığın için artık hiç korkunç değilsin," dedi Flavius cesaret veren bir sesle. "Haydi Cinna'yı çağıralım."

Odadan dışarı fırladılar. Hazırlık ekibimden nefret etmem çok zordu. Hepsi de o kadar aptaldı ki. Ayrıca tuhaf bir biçimde, bana gerçekten yardım etmeye çalıştıklarını hissediyordum.

Soğuk beyaz duvarlara, yere bakıyor, içimde yükselen sabahlığımı geri giyme isteğini güçlükle de olsa bastırıyordum. Çünkü bu Cinna denen kişi, yani stilistim, yanıma geldiği zaman beni yeniden soyacaktı. Elimi saçlarıma götürdüm. Hazırlık ekibimin dokunmamaya tembihli olduğu tek yer saçlarımdı. Parmaklarım annemin özenle ördüğü tutamların üstünde dolaşıyordu. Annem. Mavi elbisesini ve ayakkabılarını tren kompartımanında yerde bıraktım. Yanıma almak ve ondan bir anı olarak saklamak aklıma bile gelmemişti. Şimdi keşke alsaydım diye düşünüyordum.

Kapı açıldı ve Cinna olduğunu tahmin ettiğim genç bir adam içeri girdi. Normal görüntüsü beni afallattı. Televizyonda röportaj yapılan stilistlerin çoğu o kadar boyalı, aynı şablondan çıkmış gibi ve estetik cerrahiyle biçim değiştirmiş haldelerdi ki, çok gülünç görünüyorlardı. Ama Cinna'nın kısacık kesimli saçları, doğal kahve tonlarındaydı. Üstünde sade siyah bir gömlek ile pantolon vardı. Ondaki tek farklılık, hafifçe sürülmüş metalik altın rengi göz kalemiydi. Kalem, yeşil gözlerindeki altın hareleri iyice belirginleştirmişti. Capitol'den ve gülünesi modalarından tiksinsem de, Cinna'nın ne kadar hoş göründüğünü düşünmekten kendimi alamıyordum.

"Merhaba, Katniss. Adım Cinna. Stilistinim." Sakin ve her nasılsa, Capitol'e özgü abartılardan arınmış bir sesle konuşuyordu.

Temkinli bir tavırla, "Merhaba," dedim.

"Bana birkaç dakika vermeni istiyorum. Tamam mı?" Çıplak bedenimin çevresinde dolaştı. Bana elini bile sürmeden, vücudumu inceledi. Kollarımı göğsümün üstünde birleştirmemek için kendimi zor tutuyordum. "Saçlarını kim yaptı?"

"Annem," dedim.

"Çok güzel," dedi. "Gerçekten klasik. Ayrıca profilinle müthiş bir denge yakalamış. Annenin çok akıllı parmakları olsa gerek."

Abartılı bir süse püse sahip, genç görünmek için kendini paralayan yaşlıca birini bekliyordum. Beni tabakta sunulacak bir et parçası olarak görecek birini. Cinna bu beklentilerimin hiçbirine uymuyordu.

"Yenisin, değil mi? Seni daha önce gördüğümü sanmıyorum," dedim. Sürekli yerine yenileri gelen haraçlarla uğraşan daimî stilistlerin çoğunu biliyordum. Çoğu, bütün hayatım boyunca oradaydı.

"Evet," dedi Cinna. "Bu benim oyunlardaki ilk yılım."

"Bu yüzden sana 12. Mıntıka'yı verdiler," dedim. Genelde bizler –yani en az sevilen mıntıkanın haraçları– ekibe en son katılanlara verilirdik.

"12. Mıntıka'yı kendim istedim," dedi daha fazla açıklama yapma zahmetine girmeden. "Neden sabahlığını giymiyorsun? Seninle biraz sohbet edelim."

Sabahlığımı üstüme geçirip Cinna'nın peşinden oturma odası gibi bir mekâna geçtim. Alçak bir sehpanın iki tarafına, karşılıklı duran iki kırmızı kanepe yerleştirilmişti. Duvarların üç tanesi bomboştu. Dördüncü duvar ise, yerden tavana kadar şehre bakan bir pencereyle kaplıydı. Işığa bakarak, öğle saatlerinde olduğumuzu tahmin ediyordum. Gerçi güneşli gökyüzü bulutlanmaya başlamıştı. Cinna bana kanepelerden birini işaret ettikten sonra karşıma oturdu. Sehpanın yan tarafındaki bir düğmeye bastı. Sehpanın üst kaplaması ikiye ayrıldı ve içinden, öğle yemeğimizi barındıran ikinci bir sehpa çıktı. Kremalı bir sosta pişirilmiş tavuk ve portakal dilimleri, incimsi renkte beyaz bir tahılın üstünde servis edilmişti. Yanında minicik yeşil bezelyeler ve soğanlar vardı. Çiçek şekli verilmiş ekmekler ve tatlı olarak da bal renkli bir puding.

Evde bu yemeği kendi imkânlarımla bir araya getirmeye çalıştığımı hayal ettim. Tavuk çok pahalıydı ama tavuk yerine yaban hindisi kullanabilirdim. Bir portakalla değiş tokuş etmek için ikinci bir hindi vurmam gerekirdi. Krema yerine keçi sütü kullanırdım. Bezelyeleri bahçemizde yetiştirebilirdik. Ormandan yabani soğan bulmak gerekirdi. Beyaz tahılı bilmiyordum çünkü mozaik taşlarına karşılık olarak aldığımız tahılı pişirdiğimiz zaman ancak çirkin, kahverengi bir lapa elde edebiliyorduk. Süslü ekmekler için fırıncıyla bir değiş tokuş daha yapmam gerekirdi; mesela iki ya da üç sincap. Pudinge gelince, içinde ne olduğunu tahmin bile edemiyordum. Bu tek öğün için günlerce avlanmam ve bir şeyler toplamam gerekirdi. Ve ortaya çıkacak sonuç, Capitol versiyonunun cılız bir kopyasından öteye geçemezdi.

Yemeğin bir düğmeye bastığınız anda karşınızda bitiverdiği bir dünyada yaşamak nasıl bir şeydi acaba? Bu kadar kolay bir iş olsa, ormanı yiyecek bir şeyler bulmak için taradığım uzun saatleri nasıl geçirirdim acaba? Capitol'deki bütün bu insanlar, vücutlarını süslemek ve onları eğlendirmek için akın akın gelen ve canlarını veren yeni haraç sevkiyatını beklemekten başka neler yapıyorlardı acaba?

Kafamı kaldırınca, Cinna'nın gözlerinin üzerime sabitlendiğini gördüm. "Kimbilir sana ne kadar aşağılık görünüyoruzdur," dedi.

Bunu yüzümden mi anladı, yoksa aklımdan geçenleri mi okudu bilmiyorum ama haklıydı. Bu kokuşmuş toplumun tamamı aşağılıktı.

"Önemi yok," dedi Cinna. "Şimdi, Katniss, açılış törenleri için ne giyeceğin konusuna gelince... Ortağım Portia, seninle aynı mıntıkadan gelen diğer haracın yani Peeta'nın stilisti. Ve ikinize birbirini tamamlayan kostümler giydirmeyi düşünüyoruz. Bildiğin gibi, geleneksel olarak mıntıkanın havasını yansıtan bir şeyler giymek gerekiyor."

Açılış törenlerinde, mıntıkanızın başlıca endüstrisini yansıtan bir şeyler giymeniz beklenirdi. 11. Mıntıka için tarım. 4. Mıntıka için balıkçılık. 3. Mıntıka, fabrikalar. Bu da demek oluyor ki, 12. Mıntıka'dan geldiğimiz için Peeta ve benim kömür madencisi kılığına bürünmemiz gerekecekti. Madencilerin üstlerinden dökülen iş tulumları pek yakışık almadığı için, bizim haraçlarımız genelde sade kostümler giyip ön taraflarında lambaları olan şapkalar takarlardı. Bir sene, haraçlarımız törene tamamen çıplak ve bütün bedenleri, kömürü temsil edecek şekilde siyah pudrayla kaplanmış halde katılmışlardı. Kostümlerimiz her zaman korkunç olurdu ve izleyicilerin sempatisini kazanmamıza hiçbir katkıda bulunmazdı. Kendimi en kötüsüne hazırladım.

"Yani madenci kostümü mü giyeceğim?" diye sorarken, çok uygunsuz bir şey olmaması için dua ediyordum.

"Tam olarak değil. Portia'yla maden işçisi kostümünün çok fazla kullanıldığını düşünüyoruz. O kostümler içinde kimsenin aklında kalmazsınız. Ve 12. Mıntıka haraçlarının unutulmaz olmasını görevimiz olarak görüyoruz," dedi Cinna.

İçimden, *kesin çıplak olacağım,* diye geçirdim.

"Bu yüzden, madenciliğe odaklanmaktansa kömürün kendisine odaklanacağız," dedi Cinna.

İçimden, *çıplak ve siyah toza bulanmış halde olacağım,* diye geçirdim.

"Kömürü ne yaparız? Yakarız," dedi Cinna. "Ateşten korkmuyorsun ya Katniss?" Yüz ifademi görünce sırıttı.

Birkaç saat sonra, açılış törenlerinin gelmiş geçmiş en sansasyonel ya da en öldürücü kostümünün içindeydim. Ayak bileklerimden boynuma kadar siyah renkli, dümdüz, üzerime yapışan bir tulumla kaplıydım. Dizlerime kadar çıkan, önden bağcıklı, parlak siyah çizmelerim vardı. Bu kostümün en can alıcı yanı turuncu, sarı ve kırmızı parçalardan oluşan pelerini ve aynı renklerdeki başlığıydı... Cinna, arabamız sokağa çıkarken pelerin ve başlıklarımızı tutuşturmayı planlıyordu.

"Tabii gerçek alevler olmayacak. Burada sadece Portia'yla birlikte uydurduğumuz sentetik bir yangından bahsediyoruz. Tamamen güvende olacaksınız," dedi. Fakat ben, şehir merkezine vardığımızda tamamen közlenmiş olmayacağımdan o kadar emin değildim.

Yüzümde hemen hemen hiç makyaj yoktu. Sadece bazı yerlere biraz vurgu yapılıyordu. Saçlarım fırçalanıp sırtımdan aşağı her zamanki gibi örülüyordu. "Arenaya çıktığın zaman izleyicilerin seni tanımasını istiyorum," dedi Cinna rüyada gibi. "Katniss. Alevler içindeki kız."

Cinna'nın sakin ve normal görünümünün altında deli bir adamın yattığını düşünmeye başladım.

Bu sabah kişiliğiyle ilgili edindiğim son ipuçlarına rağmen, Peeta'yı benimkinin tamamen aynısı olan kostümü içinde görünce büyük bir rahatlama duydum. Bir fırıncının oğlu olarak, ateş konusunda bilgi sahibi olmalıydı. Stilisti Portia ve onun ekibi yanındaydılar. Kimse yerinde duramıyordu. Hepsi yaratacağımız etkiyi sabırsızlıkla bekliyordu. Cinna dışında... Tebrikleri kabul ederken biraz bitkin bir hali vardı.

Yeniden Yaratılma Merkezi'nin aynı zamanda devasa bir ahır olan en alt katına indik. Açılış törenlerinin başlamasına sayılı dakikalar vardı. Haraç çiftleri dörder atın çektiği arabalara bindiriliyordu. Bizim atlarımızın dördü de kömür karasıydı. Hayvanlar o kadar iyi eğitilmişti ki, kimsenin yularlarını tutmasına gerek bile yoktu. Cinna ve Portia bize arabamıza kadar eşlik edip, büyük bir dikkatle nasıl durmamız gerekeceğini anlattılar. Pelerinlerimizi düzeltip, kendi aralarında görüş alışverişinde bulunmak üzere yanımızdan uzaklaştılar.

Peeta'ya, "Ne düşünüyorsun?" diye fısıldadım. "Yani ateş konusunda."

Sıkılı dişlerinin arasından "Sen benimkini çıkarırsan, ben de seninkini çıkarırım," dedi.

"Anlaştık," dedim. Belki pelerinlerimizden zamanında kurtulmayı başarabilirsek çok kötü yanıklarımız olmazdı. Gerçi durum bu haliyle de yeterince kötüydü. Durumumuza aldırmadan, bizi mutlaka arenaya salacaklardı. "Haymitch'e sözlerinden çıkmayacağımıza dair söz verdiğimizi biliyorum ama bence böyle olacağını o da tahmin etmemiştir."

"Sahi, Haymitch nerelerde? Bizi bu tür şeylerden koruyor olması gerekmiyor muydu?"

"Bence tükettiği alkol miktarını düşünürsek, alevlere yakın durması pek doğru olmayabilir," dedim.

Birden ikimiz de gülmeye başladık. Bence oyunlar ve özellikle de birer insan meşalesine dönüşme ihtimalimiz yüzünden o kadar gergindik ki, mantıklı hareket edemiyorduk.

Açılış müziği başladı. Duymak hiç zor değildi, zira Capitol'ün dört bir yanından aynı müzik yükseliyordu. Devasa kapılar kayarak açılınca, sokakları dolduran kalabalıkla karşı karşıya geldik. Yolculuğumuz yaklaşık yirmi dakika sürecekti ve Şehir Meydanı'nda son bulacaktı. Burada hoş geldiniz konuşmasının ardından milli marş çalınacak ve oyunlar başlayana kadar hapsedileceğimiz Eğitim Merkezi'ne götürülecektik.

1. Mıntıka'nın haraçları, kar beyazı atların çektiği bir arabadaydılar. Spreyle griye boyanmış vücutları ve mücevherlerle süslü zevkli tunikleri içinde çok ama çok güzel görü-

nüyorlardı. 1. Mıntıka, Capitol için lüks malzemeler üretirdi. Kalabalığın coşkusunu duymamak mümkün değildi. 1. Mıntıka'nın haraçları her zaman en sevilenler olurlardı.

2. Mıntıka hemen arkalarından yola koyuldu. Daha ne olduğunu anlamadan biz de kapıdaki yerimizi aldık. Havanın kararmaya yüz tuttuğunu, gökyüzünün grileştiğini görüyordum. Cinna elinde bir meşaleyle yanımıza yaklaşırken, 11. Mıntıka kapıdan çıktı. "İşte başlıyoruz," dedi ve biz herhangi bir tepki verme fırsatını bulamadan pelerinlerimizi ateşe verdi. Sıcağın yakıcılığını duymayı bekleyerek iç geçirdim ancak tek hissettiğim hafif bir gıdıklanma oldu. Cinna arabaya tırmanıp başlıklarımızı da tutuşturdu. Sonra rahat bir nefes aldı ve, "Oldu bu iş," dedi. Sonra da elini sevecen bir tavırla çenemin altına yerleştirip, "Sakın unutmayın," dedi. "Başınızı dik tutacaksınız. Gülümseyeceksiniz. Size bayılacaklar..."

Arabadan aşağı atlarken Cinna'nın aklına son bir fikir daha geldi. Bize seslendi ama müzik, sesini bastırıyordu. Tekrar tekrar bağırıyor ve el kol işaretleri yapıyordu.

Peeta'ya, "Ne diyor?" diye sordum. Ona ilk defa baktım ve sahte alevlerin aydınlığında göz kamaştırdığını gördüm. Ben de göz kamaştırıyor olmalıydım.

"Sanırım el ele tutuşmamızı söylüyor," dedi Peeta. Sol eliyle sağ elimi tuttu. Onay almak için Cinna'ya baktık. Başını sallayıp başparmağını havaya kaldırdı. Bu, şehre girmemizden önce gördüğüm en son şey oldu.

Kalabalığın ilk an şaşkınlığı kısa sürede yerini alkış ve tezahüratlara terk etti. "12. Mıntıka!" Bütün başlar bize doğru çevrildi. Son üç araba içinde, en çok ilgi çeken biz olduk. İlk başta donakaldım ama büyük televizyon ekranında kendimizi görünce, nefes kesici halimiz karşısında küçük dilimi yutacak gibi oldum. Alacakaranlıkta, alevlerin saçtığı ışık yüzlerimizi aydınlatıyordu. Uçuşan pelerinlerimizle, ardımızda ateşten bir iz bırakır gibiydik. Cinna olabildiğince az makyaj yapmamızı isterken çok haklıymış. İkimiz de olabildiğince çekiciydik ancak bir o kadar da kendimiz gibiydik.

Cinna'nın sesi kulaklarımda yankılanıyordu: *"Sakın unutmayın. Başınızı dik tutacaksınız. Gülümseyeceksiniz. Size bayılacaklar..."* Çenemi biraz dikleştirip en güzel gülümsememi takındım ve boşta kalan elimle, çevredekilere el salladım. Yanımda dengemi korumama yardım edecek biri olduğu için minnettardım çünkü o olabildiğince dik ve düzgün duruyordu. Capitol halkı deliriyordu. Bizi çiçek yağmuruna tutup, ellerindeki programda bulma zahmetine girdikleri isimlerimizi haykırıyorlardı.

Kulakları sağır eden müzik, tezahüratlar ve hayranlık nidaları bir şekilde içime işledi; heyecanımı bir türlü bastıramıyordum. Cinna bana büyük bir avantaj kazandırmıştı. Beni hiç kimse unutmayacaktı. Ne görüntümü ne de ismimi. Katniss. Alevler içindeki kız.

İlk defa, içimde küçük bir umut ışığının yandığını hissettim. Beni desteklemek isteyecek bir sponsor mutlaka çıkacaktı, değil mi? Ve biraz destekle –biraz yiyecek ve doğru silahlarla– oyunlardan galip ayrılmamam için bir neden var mıydı?

Biri bana kırmızı bir gül attı. Gülü havada yakalayıp kokladım ve gülün atıldığı yöne bir öpücük gönderdim. Yüzlerce el öpücüğü kapmak için havaya kalkıyordu. Sanki elle tutulur bir şey atmışım gibi...

"Katniss! Katniss!" Dört bir yandan kendi adımı duyuyordum. Herkes benden öpücük istiyordu.

Şehir Meydanı'na varana kadar, turu Peeta'nın elini tutarak tamamladığımı fark etmedim. Kimbilir ne kadar sıkı tutmuştum! Birbirine kenetlenmiş parmaklarımıza baktım ve elimi gevşettim. Ama o elimi bırakmadı. "Hayır, beni bırakma," dedi. Alevlerin ışığı mavi gözlerine yansıyordu. "Lütfen. Her an aşağı düşebilirim."

"Pekâlâ," dedim. Onu tutmaya devam ettim ama Cinna'nın bizi bu şekilde birbirimize bağlamış olmasını yadırgıyordum. Bizi bir takım gibi sunup, sonra birbirimizi öldürmek üzere bir arenaya kapatmak büyük haksızlıktı doğrusu.

On iki araba Şehir Meydanı'nı dolduruyordu. Meydana bakan binaların pencerelerinden, Capitol'ün en prestijli vatandaşları bizi izliyordu. Atlarımız, arabamızı Başkan Snow'un malikânesinin önüne kadar getirdi ve durduk. Müzik, gösterişli bir finalle son buldu.

Ufak tefek, zayıf ve bembeyaz saçlı bir adam olan başkan, bize göre yukarıda kalan balkonundan resmî "hoş geldiniz," konuşmasını yaptı. Geleneklere göre, konuşma sırasında tek tek bütün haraçların yüzlerinin ekrana yansıtılması gerekiyordu. Ancak görebildiğim kadarıyla biz ekranı biraz daha fazla işgal ediyorduk. Alevlerimiz, hava karardıkça daha göz alıcı bir hal alıyordu. Milli marş çalarken seri biçimde hepimizin yüzünü çekmeye çalışıyorlardı ama arabalarımız meydanı son bir kez daha dolaşıp, Eğitim Merkezi'nin girişinde gözden kaybolurken kamera 12. Mıntıka'nın haraçlarına daha uzun süre takıldı.

Kapılar arkamızdan kapanırken hazırlık ekiplerimiz arabalarımızın çevresini sardı ve art arda övgüler yağdırdılar. Çevreme bakınırken diğer haraçların bize pis bakışlar attıklarını görüyordum. Bu da tahmin ettiğim gibi, hepsini gölgede bıraktığımızı doğruluyordu. Sonra Cinna ve Portia yanımıza geldi ve arabadan inmemize yardım ettiler. Büyük bir özenle yanan pelerin ve başlıklarımızı çıkardılar. Portia alevleri özel bir spreyle söndürüyordu.

Hâlâ Peeta'ya yapışık halde olduğumu fark edip hemen elimi çektim. İkimiz de ellerimizi ovduk.

Peeta, "Elimi bırakmadığın için teşekkürler," dedi. "Bacaklarım titremeye başlamıştı."

"Ama hiç belli etmedin," dedim. "Kimsenin fark etmediğinden eminim."

"Ben de senin dışında hiçbir şeyi fark etmediklerinden eminim," dedi. "Daha sık alevli kıyafetler giymelisin. Sana çok yakışıyor." Sonra bana son derece samimi görünen bir gülümsemeyle baktı. Etkilenmekten kendimi alamadım.

Ve hemen sonra beynimin içinde uyarı zilleri çalmaya başladı. *Aptal olma,* dedim kendi kendime. *Peeta seni nasıl öldürebileceğinin planlarını yapıyor. Seni kolay lokmaya dönüştürmek için etkilemeye çalışıyor. Ne kadar sempati uyandırırsa, o kadar öldürücü olduğunu unutmamalısın.*

Pekâlâ, bu oyunu iki kişi de oynayabilirdi. Parmak uçlarımda yükselip yanağına bir öpücük kondurdum. Hem de tam morluğun olduğu yere...

6

Eğitim Merkezi'nin sadece haraçlar ve ekipleri için tasarlanmış bir kulesi vardı. Gerçek oyunlar başlayana kadar, burası bizim evimiz olacaktı. Her mıntıkaya bir kat ayrılmıştı. Asansöre binip mıntıkanızın numarasına basmanız yeterliydi. Hatırlamak hiç zor değildi.

12. Mıntıka'da, Adalet Binası'nın asansörüne birkaç defa binmiştim. İlki babamın ölümünden sonra verilen madalyayı almak içindi. Sonuncusu da dün, dostlarıma ve aileme veda etmek için binaya girdiğimde. O asansör, bir sümüklü böcek gibi hareket eden ve ekşimiş süt gibi kokan, karanlık ve gıcırtılı bir şeydi. Fakat bu kulenin asansörünün duvarları kristalden yapılmaydı; siz yukarı doğru yükselirken zemin kattaki insanların birer karıncaya dönüştüğünü görebiliyordunuz. Gerçekten heyecan verici. Bir an içimden asansöre tekrar binip binemeyeceğimizi Effie'ye sormak geçti ama sonra bunun çocukça bir davranış olacağını düşünüp vazgeçtim.

Görünüşe bakılırsa, Effie Trinket'ın görevi istasyonda bitmemişti. O ve Haymitch bize, arenaya girene kadar göz kulak olacaklardı. Bir anlamda bunu artı olarak görebilirdik çünkü bize yardımı dokunabilirdi. Haymitch'i ise trende bize yardım etmeye söz verdiği zamandan beri hiç görmemiştik. Büyük olasılıkla bir yerlerde sızıp kalmıştı. Diğer taraftan Effie

Trinket'ın da yükseklerden uçar gibi bir hali vardı. Bugüne kadar eşlik ettiği ekipler arasında, açılış törenlerinde bizim yarattığımız etkiyi yaratan kimse olmamıştı. Sadece kostümlerimiz değil, duruşumuzla da ondan övgü aldık. Söylediğine bakılırsa, Capitol'deki bütün önemli şahsiyetleri çok iyi tanıyordu ve bütün günü bizim hakkımızda konuşup sponsor ayarlamakla geçirmişti.

"Gerçi çok gizemli davranmaya da özen gösterdim," dedi gözlerini kısarak. "Çünkü ve tabii ki, Haymitch denen o adam bana stratejilerinizden bahsetme zahmetine girmedi. Ama elimdeki malzemeyle yapabileceğimin en iyisini yaptım. Katniss'in kız kardeşi için kendini feda ettiğini, ikinizin de mıntıkanızın barbar ortamında ayakta kalmak için nasıl mücadele verdiğinizi anlattım."

Barbar mı? Bu kelimeyi bize katliam hazırlığında yardım eden bir kadından duymak çok komikti doğrusu. Başarımızı neye dayandırıyordu acaba? Sofra adabımıza mı?

"Doğal olarak herkesin bazı çekinceleri var. Kömür mıntıkasından geliyor olmanız mesela. Ama onlara dedim ki, ki bence bunu söylemem çok akıllıcaydı, 'Kömüre yeterince basınç uygularsanız, inciye dönüşmesini sağlayabilirsiniz.' Effie bize öyle parlak bir gülümsemeyle baktı ki, her ne kadar yanlış olsa da, zekice ikna çabalarına hevesli tepkiler vermekten başka çaremiz kalmadı.

Kömür, inciye dönüşmez. İnciler, istiridye kabuklarının içinde büyürler. Büyük olasılıkla kömürün elmasa dönüştüğünü söylemeye çalışmıştı ama bu da doğru değildi. 1. Mıntıka'da, grafiti elmasa dönüştüren bir tür makinenin olduğunu duymuştum. Ama bizler, 12. Mıntıka'da grafit çıkarmıyorduk. Yerle bir edilmeden önce 13. Mıntıka'da başka şeylerin yanında, grafit madenciliği de yapılıyormuş.

Gün boyunca bizim için dil döktüğü insanların bundan haberi var mıydı acaba? Ya da umurlarında mıydı?

"Ne yazık ki sizin için sponsor bağlayamıyorum," dedi. "Bunu sadece Haymitch yapabilir. Ama endişelenmeyin, onu gerekirse silah zoruyla masaya getireceğim."

Pek çok yönden eksiği olsa da, Effie Trinket hayranlık uyandıracak kadar tuttuğunu koparan bir kadındı.

Dairem, geride bıraktığım evimizden çok daha büyüktü. Tıpkı trendeki kompartımanım gibi son derece konforlu olmakla birlikte her tarafta, düğmelerinin hepsine basmaya vakit yetiştiremeyeceğimden emin olduğum otomatik aygıtlar vardı. Duşun üzerinde bile, yüz kadar ayar düğmesi olan bir kontrol paneli vardı: Suyun ısısını, basıncını, sabunları, şampuanları, vücut yağlarını, kokuları, yağları ve masaj süngerlerini gönlünüze göre seçebiliyordunuz. Küvetin önündeki paspasa adım attığınız anda, ısıtıcılar vücudunuza sıcak hava üflemeye başlıyordu. Islak saçlarımdaki karmaşık düğümlerle uğraşmak yerine elimi, kafa derime bir akım yayan ve saçlarımdaki düğümleri açıp, tutamlara ayırmaya ve neredeyse birkaç dakika içinde kurutmaya yarayan bir kutunun üstüne koydum. Saçlarım omuzlarımdan aşağı ışıltılı bir perde gibi indi.

Giysi dolabını, zevkime göre bir kıyafet bulacak şekilde programladım. Pencereler, komutum doğrultusunda şehrin farklı bölgelerine yaklaşıp uzaklaşıyordu. Önünüzdeki zengin menüden seçtiğiniz yemeği bir ağızlığın içine fısıldamanız yeterliydi; bir dakikaya kalmadan sıcak, dumanı tüten bir tabak önünüze geliyordu. Odanın içinde dolaşarak kaz ciğeri ve yumuşacık ekmek yerken kapının vurulduğunu duydum. Effie beni yemeğe çağırıyordu.

Harika. Açlıktan ölüyordum.

Yemek odasına girdiğimizde Peeta, Cinna ve Portia'yı Capitol'e tepeden bakan bir balkonda ayakta beklerken bulduk. Özellikle Haymitch'in de bize katılacağını duyunca, stilistleri görmek beni daha da mutlu etti. Sadece Haymitch ve Effie eşliğinde yenecek bir yemek felaketle sonuçlanmaya mahkumdu. Ayrıca, bu akşam yemeğinin tek amacı karnımızı doyurmak değildi; stratejilerimizi planlayacaktık. Cinna ve Portia ne kadar değerli olduklarını ispatlamışlardı.

Beyaz bir tunik giymiş sessiz, genç bir adam, hepimize birer şarap kadehi sundu. Bir an geri çevirmeyi düşündüm ama annemin öksürüğü iyileştirmek için evde yaptığı zımbırtı dışında, hayatımda hiç şarap içmemiştim. Bir daha ne zaman deneme şansı bulurdum, kimbilir? Mayhoş ve sek sıvıdan bir yudum aldım ve belli etmesem de içine bir kaşık bal katılsa daha lezzetli olacağını düşündüm.

Haymitch tam yemek servisi başlarken çıkageldi. Görünüşe bakılırsa o da kendi stilistiyle buluşmuştu. Pırıl pırıl görünüyordu; hiç olmadığı kadar ayık bir hali vardı. Şarap ikramını geri çevirmedi ama çorbasını içmeye başladığı zaman onu ilk kez bir şeyler yerken gördüğümü fark ettim. Belki gerçekten de bize yardımcı olmasına yetecek kadar bir süre ayık kalabilirdi.

Cinna ve Portia, Haymitch ve Effie üzerinde medenileştirici bir etki bırakıyorlardı. En azından birbirlerine gerektiği gibi hitap etmeye başlamışlardı. Her ikisi de, stilistlerimizin açılış töreninde sergiledikleri hünerlerini övgü yağmuruna tuttu. Onlar havadan sudan sohbet ederken, ben dikkatimi yemeğime yoğunlaştırıyordum. Mantar çorbası, bezelye büyüklüğünde domateslerle süslenmiş hafif acımsı yeşillikler, kâğıt gibi incecik dilimlenmiş, az pişmiş dana bifteği, yeşil soslu Çin eriştesi, tatlı, mor üzümlerle birlikte servis edilen, ağızda eriyen peynir. Her biri, biraz önce şarap servisi yapan garson gibi bembeyaz tunikler giymiş genç garsonlar, tek bir kelime dahi etmeden masanın çevresinde dönüp duruyor, tabak ve kadehlerimizin hiç boş kalmaması için ne gerekiyorsa yapıyorlardı.

Şarabımın neredeyse yarısına yaklaşırken, zihnim bulanmaya başladı. Hemen suya geçiş yaptım. Bu duygu hiç hoşuma gitmedi ve en kısa zamanda geçmesi için dua ettim. Haymitch'in bütün zamanını bu kafayla geçirebilmesini anlamam mümkün değildi.

Sohbete konsantre olmaya çalıştım. Konu, röportajlarımız sırasında giyeceğimiz kostümlere kayarken kızın teki masaya muhteşem görünüşlü bir pasta bıraktı. Ve hemen sonra hünerli elleriyle pastayı ateşe verdi. Pasta bir anda tutuştu ancak birkaç saniye içinde alevler etkisini kaybedip sonunda tamamen kayboldu. Kısa bir tereddüt yaşadım. "Yanmasını sağlayan neydi? Alkol mü?" Bunu sorarken başımı kaldırıp kıza baktım. "Bu görmeyi en son... Ah! Seni tanıyorum!"

Kızın yüzünü bir isim ya da zamanla bağdaştıramadım ama onu tanıdığımdan emindim. Koyu kızıl saçları, dikkat çekici yüz hatları ve porselen gibi bembeyaz bir teni vardı. Ama daha onu tanıdığımı söylerken bile, içimin müthiş bir sıkıntı ve suçluluk hissiyle dolduğunu hissettim ama neden böyle hissettiğimi anlayamıyordum. Tek bildiğim bu kızın kötü bir anıyla bağlantılı olduğuydu. Yüzünü kaplayan korku, kafamı iyice karıştırıyordu. Huzursuzluğum daha da derinleşti. Hızla kafasını salladı ve telaşlı adımlarla masadan uzaklaştı.

Yüzümü masaya çevirdiğim zaman, dört yetişkinin atmaca gibi gözlerle beni izlemekte olduğunu fark ettim.

"Saçmalama, Katniss. Bir Avox'u nasıl tanıyabilirsin ki?" dedi Effie. "Düşüncesi bile saçma."

Salak bir ifadeyle, "Avox ne demek?" diye sordum.

"Suç işlemiş birisi," dedi Haymitch. "İşlediği suçtan dolayı dilini kestikleri için konuşamıyor. Bir tür hain falan olmalı. Onu tanıyor olman mümkün değil."

"Tanıyor bile olsan," dedi Effie, "emir vermek dışında hiçbiriyle konuşmamalısın. Ama tabii ki onu tanımıyorsun."

Ama ben onu tanıyordum. Haymitch "hain" kelimesini kullanınca, nereden tanıdığımı da hatırlamıştım. Bunu kimsenin onaylamayacağını bildiğim için açıklamaya niyetim yoktu. "Hayır, sanırım tanımıyorum. Ben sadece..." diye geveledim. Şarabın işimi kolaylaştırdığını söyleyemezdim.

Peeta parmaklarını şaklattı. "Delly Cartwright. İşte bu. Bana da tanıdık gelmişti. Sonra birden Delly'ye tıpatıp benzediğini fark ettim."

Delly Cartwright yüzü hamura benzeyen, topluca ve sarışın bir kızdı ve garsonumuzla benzerliği, bir böceğin kelebeğe benzerliğinden öteye geçmezdi. Ayrıca gezegendeki en dost canlısı insan olduğunu da söyleyebilirdik. Zira okuldaki herkese, hatta bana bile sürekli gülümserdi. Oysa bu kızıl saçlı kızı bir an bile gülümserken görmemiştim. Ama Peeta'nın tahmininin üstüne balıklama atladım. "Tabii ki," dedim. "Bence de o. Sanırım saçları yüzünden."

"Ve tabii gözleri," dedi Peeta.

Masadaki gerginlik bir anda dağıldı. "Ah, pekâlâ. Hepsi o kadarsa iyi," dedi Cinna. "Ve evet, pastada alkol vardı ama tamamı yanıp tükendi. Ateşli girişinizin şerefine özellikle sipariş ettim."

Pastalarımızı yedikten sonra, oturma salonuna geçip, o günkü açılış töreninin görüntülerini izledik. Birkaç çift daha iyi bir izlenim bırakıyordu ama hiçbiri bizim tırnağımız olamazdı. Eğitim Merkezi'nden çıkışımızı gösterirlerken, kendi ekibimiz bile hayranlık dolu bir ses çıkardı.

Haymitch, "El ele tutuşmanız kimin fikriydi?" diye sordu.

"Cinna'nın," dedi Portia.

"Asilere yakışacak bir detay," dedi Haymitch.

Asiler mi? Ne demek istediğini anlamak için biraz düşünmem gerekiyordu. Ancak oyunlar çoktan başlamışçasına birbirlerinden olabildiğince uzak duran, birbirlerine hiç dokunmayan ve hatta birbirlerini görmezden gelen diğer çiftleri anımsayınca, Haymitch'in sözlerinin ne anlama geldiğini anladım. Ateşli kostümlerimiz kadar, kendimizi iki rakip değil, iki dostmuş gibi sunmamızın da aradan sıyrılmamızda payı vardı.

"Yarın sabah ilk eğitim toplantısı yapılacak. Kahvaltıda buluşalım; size tam olarak nasıl oynamanızı istediğimi anlatayım," dedi Haymitch, Peeta ve bana. "Şimdi, biz yetişkinler sohbet ederken gidin biraz uyuyun."

Peeta'yla birlikte koridor boyunca odalarımıza doğru ilerledik. Benim kapıma ulaşınca, Peeta pervaza yaslandı. İçeri girmeme engel oluşturmuyordu ama dikkatimi çekmeyi başardı. "Delly Cartwright," dedi. "Bir benzerini burada bulmamız çok tuhaf."

Bir açıklama beklediği her halinden belliydi. Aslında ben de ona açıklama yapmak istiyordum. İkimiz de beni kurtardığını biliyorduk. Bir kez daha ona borçluydum. Ona kızla ilgili gerçeği söylersem, bir şekilde ödeşebilirdik. Bunun nasıl bir zararı olabilir ki? Hem zaten, hikâyemi birilerine tekrar edecek olsa bile bana bir şey olmazdı. Ortada sadece şahit olduğum bir olay vardı. Ayrıca, o da Delly Cartwright konusunda yalan söyleyerek kendini tehlikeye atmamış mıydı?

Birisiyle o kız hakkında konuşmak istediğimi fark ettim. Hikâyesini çözmeme yardım edebilecek birisiyle. İlk tercihim elbette ki Gale olurdu ama Gale'ı bir daha görebileceğimi hiç sanmıyordum. Bu bilgiyi onunla paylaşmamın, Peeta'ya avantaj sağlayıp sağlamayacağını çözmeye çalışıyordum ama bunun için bir neden göremedim. Belki de böyle bir sırrı paylaşarak onu dost gibi gördüğüme ikna edebilirdim.

Ayrıca o kız ve kesik dilini bir arada düşünmek beni ürkütüyordu. Bana neden burada olduğumu hatırlatıyordu. Buraya, gösterişli kostümlere mankenlik yapıp, süslü püslü yiyecekler tüketmek için gelmemiştim. İzleyiciler katilime baskı yaparken, kanlı bir ölümle dünyaya veda etmek için buradaydım.

Anlatmak ya da anlatmamak. Şarabın etkisiyle beynim hâlâ biraz yavaş işliyordu. Sanki aradığım cevap orada uzanıyormuş gibi, boş koridora baktım.

Peeta tedirginliğimi anladı. "Çatıya çıktın mı?" Kafamı salladım. "Cinna bana gösterdi. Oradan şehrin neredeyse tamamını görebiliyorsun. Gerçi biraz sert bir rüzgâr var ama."

Bu sözlerini beynimde, "*Orada kimse konuştuklarımızı duyamaz,*" diye tercüme ettim. İnsan binanın içinde, her yerde izlenebileceği hissini taşıyordu. "Öylece çıkabiliyor muyuz?"

"Tabii ki. Haydi," dedi Peeta. Onu çatıya çıkan merdivenlere doğru takip ettim. Dışarıya açılan bir kapısı olan küçük, kubbe gibi odadaydık. Serin ve rüzgârlı akşam havasına adım atarken manzara nefesimi kesiyordu. Capitol ayaklarımızın altında, ateş böcekleriyle kaplı geniş bir arazi gibi parıldıyordu. 12. Mıntıka'da elektrik kesilip dururdu. Sadece günün belli saatlerinde elektriğimiz olurdu. Akşamları genelde mum ışığında geçirirdik. Elektriğin verileceğinden kesinkes emin olabileceğiniz tek saat, televizyonda oyunları ya da önemli bir hükümet mesajını yayınlayacakları saatlerdi. Her ikisini de seyretmek mecburidir. Ama bu şehirde kesinti olmazdı. Asla.

Peeta'yla birlikte, çatının uç kısmında kalan parmaklıklı bölüme yürüdük. Doğruca aşağıya, insanlarla dolu sokağa baktım. Arabaların sesleri, zaman zaman birbirlerine seslenen insanlar ve tuhaf, metalik bir şıngırtı duyuluyordu. 12. Mıntıka'da bu saatlerde hepimiz çoktan yataklarımıza girmiş olurduk.

"Cinna'ya nasıl olup yukarı çıkmamıza izin verdiklerini sordum. İçimizden birinin aşağı atlayıvermemizden korkmuyorlar mı acaba?" dedi Peeta.

"Ne dedi peki?"

"Atlayamıyormuşuz," dedi Peeta. Elini boşluğa uzattı. Keskin bir vız sesiyle geri çekti. "Bir tür elektrik perdesi, insanı geri, çatıya fırlatıyormuş."

"Güvenliğimiz konusunda ne kadar endişeliler," dedim. Her ne kadar Peeta'ya çatıyı gösteren Cinna olsa da, bu saatte tek başımıza burada olmamızın doğru olduğundan emin değildim. Daha önce haraçların Eğitim Merkezi'nin çatısına çıktıklarını görmemiştim. Tabii bu bizim kameralarca görüntülenmediğimiz anlamına gelmiyordu. "Sence şu anda bizi izliyorlar mıdır?" diye sordum.

"Belki de," dedi. "Haydi gel, bahçeyi gör."

Kubbenin diğer tarafında, çiçek tarhları ve saksılara ekilmiş ağaçlarla dolu bir bahçe vardı. Dallardan yüzlerce rüzgâr çanı sarkıyordu. Biraz önce duyduğum metalik şıngırtının nereden kaynaklandığını böylece anladım. Bu bahçede, böyle rüzgârlı bir akşamda, duyulmamak için özel çaba harcayan iki insanın konuşmalarının dağılıp gitmesi çok kolaydı. Peeta sabırsız gözlerle bana bakıyordu.

Çiçeklerden birini inceliyormuş gibi yaptım. "Bir gün ormanda avlanıyorduk. Saklanmıştık, avlayacak bir hayvanın gelmesini bekliyorduk," diye fısıldadım.

"Babanla birlikte mi?" diye sordu.

"Hayır, arkadaşım Gale'la. Birden bütün kuşlar sustu. Bir tanesi dışında. Sanki diğerlerini uyarmaya çalışıyor gibiydi.

Sonra onu gördüm. Aynı kız olduğundan eminim. Yanında bir çocuk vardı. Kıyafetleri yırtık pırtıktı. Gözlerinin çevresi uykusuzluktan mosmor olmuştu. Can havliyle koşuyorlardı."

12. Mıntıka'ya ait olmadıkları her hallerinden belli olan bu garip çifti gördüğümüz anda nasıl donakaldığımızı anımsayıp sustum. Bu olaydan bir süre sonra, Gale'la belki de kaçmalarına yardım edebileceğimizi düşünmüştük. Belki de etmeliydik. Onları gizlemeliydik. Elimizi çabuk tutsaydık, gizleyebilirdik de. Gale de, ben de çok şaşırmıştık, evet. Ama ikimiz de avcıydık. Hayvanların yakalanma korkusu taşıdıkları zaman nasıl göründüklerini çok iyi bilirdik. O çifti gördüğümüz anda, başlarının belada olduğunu hissetmiştik. Ama durup seyretmekle yetinmiştik.

Peeta'ya anlatmaya devam ettim. "Birden bir araç çıkageldi. Yani demek istediğim, gökyüzü bir an bomboştu, sonra o araç beliriverdi. Hiç ses çıkarmamıştı ama kızla çocuk onu hemen görmüşlerdi. Kızın üstüne bir ağ atıldı. Ağ kızı sardı ve asansör gibi hızla yukarı çekti. Çocuğa mızrak gibi bir şey attılar. Ucunda bir kablo vardı. Onu da yukarı çektiler. Ama öldüğünden emindim. Kızın bir çığlık attığını duyduk. Sanırım çocuğun adını haykırmıştı. Ve sonra, araç gözden kayboldu. Gökyüzünde kaybolup gitti. Kuşlar yeniden şakımaya başladı... Hiçbir şey olmamış gibi."

"Sizi gördüler mi acaba?"

"Bilmiyorum," dedim. "Biz bir kaya parçasının altına saklanmıştık." Ama aslında biliyordum. Kuşun tek başına şakımaya başlamasının hemen ardından, araç ortaya çıkmadan önce, kız bizi görmüştü. Gözlerini gözlerime kilitleyip yardım istemişti. Ama ne ben ne de Gale tepki vermişti.

"Titriyorsun," dedi Peeta.

Rüzgâr ve bu tatsız hikâye vücudumun sıcaklığını alıp götürmüştü. Kızın çığlığı kulaklarımda yankılanıyordu. Acaba bu attığı son çığlık mıydı?

Peeta ceketini çıkarıp omuzlarıma sardı. Geri çekilmeyi düşünüyordum ama neden sonra, hem ceketini hem de kibarlığını kabul etmeye karar verdim. Gerçek bir arkadaş böyle yapardı, değil mi?

Peeta ceketinin düğmesini iliklerken, "Buralılar mıymış?" diye sordu.

Başımı salladım. Kızda da çocukta da Capitol havası vardı.

"Sence nereye gidiyorlardı?"

"Bunu bilemem." 12. Mıntıka yolun sonu sayılırdı. Bizden sonrasında sadece vahşi bir hayat vardı. Tabii eğer zehir saçan bombaların dumanlarının hâlâ tüttüğü 13. Mıntıka kalıntılarını saymazsak. Zaman zaman, bize o günleri hatırlatmak için televizyonda o görüntüleri yayınlarlardı. "Ya da neden buradan ayrılmak isteyebileceklerini..." Haymitch Avox'ların hain olduklarını söylemişti. Neye ihanet etmişlerdi ki? Tek bir şey olabilirdi: Capitol. Ama burada her şeyleri vardı. Ayaklanmak için neden yoktu ki.

Peeta, "Ben de buradan ayrılmak isterdim," dedi. Sonra gergin bir tavırla çevresine bakındı. Bunu rüzgâr çanlarına rağmen duyulabilecek kadar yüksek sesle söylemişti. Gülüyordu. "Şu anda izin verseler, hemen eve dönerdim," dedi. "Ama yemeğin birinci sınıf olduğunu kabul etmek zorundayım."

Yine kendini sağlama almıştı. Sözlerinin sadece bu kısmını duyan birisi, onun Capitol'ün tartışılmaz iyiliğini yargılayan biri değil, korkmuş bir haraç olduğunu düşünürdü.

"Hava soğuyor. İçeri girsek iyi olur." Kubbenin içi ılık ve aydınlıktı. "Arkadaşın Gale. Toplama günü kardeşini senden ayıran çocuk muydu?"

"Evet," dedim. "Onu tanıyor musun?"

"Tam olarak tanıdığım söylenemez. Kızların ondan bahsettiklerini çok duyuyorum. Kuzenin falan sanmıştım. Birbirinizi çok kolluyorsunuz."

"Hayır, akraba değiliz," dedim.

Peeta başını salladı. Aklından neler geçtiğini anlamak güçtü. "Sana veda etmeye geldi mi?"

"Evet." Onu dikkatle süzdüm. "Baban da geldi. Bana kurabiye getirmiş."

Peeta bunu ilk defa duyuyormuş gibi kaşlarını kaldırdı. Ama ne kadar kolay yalan söyleyebildiğini gördüğüm için, bu halini pek ciddiye almadım. "Öyle mi? Seni ve kardeşini sever. Sanırım bir ev dolusu erkek çocuk yerine, bir kızı olsun isterdi."

Yemek masalarının başında ya da fırındaki ocağın önünde adımın geçmiş olması ihtimali beni şaşırttı. Büyük olasılıkla annesi odada yokken olmuştu bu.

"Babam, anneni çocukluk günlerinden tanıyor," dedi Peeta.

Şaşırtıcı bir haber daha. Ama doğru olması mümkündü. "Ah, evet. Annem de şehirde büyümüş," dedim. Annemin, ekmeğine iltifat etmek dışında fırıncıdan hiç bahsetmediğini söylemem ayıp olur gibi geldi.

Kapıma gelmiştik. Ceketini geri verdim. "Sabah görüşürüz."

"Görüşürüz," dedi ve koridor boyunca uzaklaştı.

Kapımı açtığım zaman kızıl saçlı kızı, duşa girerken ortalığa bıraktığım eşyalarımı toplarken buldum. Biraz önce başını neredeyse belaya soktuğum için özür dilemek istiyordum. Ama sonra, emir vermek dışında onunla konuşmamam gerektiğini hatırladım.

"Ah, özür dilerim," dedim. "Kıyafetleri Cinna'ya geri verecektim. Özür dilerim. Onları Cinna'ya götürebilir misiniz?"

Gözlerini kaçırarak başını hafifçe eğdi ve hızla odadan çıktı.

Niyetim ona akşam yemeğinde olanlar konusunda üzgün olduğumu ifade etmekti. Ancak özrümün çok daha derinlere dayandığını biliyordum. Ona ormanda yardım etmediğim için utandığımı da. Capitol'ün arkadaşını öldürmesi ve onu dilsiz bırakması konusunda parmağımı bile oynatmadığım için...

Tıpkı oyunları seyrediyormuşum gibi...

Ayakkabılarımı çıkarıp üstümdeki kıyafetlerle yatağa girdim. Titremem bir türlü geçmiyordu. Belki de kız beni hatırlamıyordu bile. Ama hatırladığından emindim. Son çareniz olan bir insanın yüzünü kolay unutmazdınız. Kendimi o kızıl saçlı dilsiz kızdan korumak ister gibi, yorganı başıma kadar çektim. Ancak gözlerini üstümde hissetmeye devam ediyordum. Sanki bakışları duvarları, kapıları ve yorganı delip geçiyordu.

Ölümümü izlemekten keyif alıp almayacağını merak etmekten kendimi alamadım.

7

Uykum gördüğüm kâbusla bölündü. Kızıl saçlı kızın yüzü, daha önce seyrettiğim Açlık Oyunları'ndan sahneler ile bir köşeye çekilip içine kapanan annem ve bir deri bir kemik kalmış, ürkek Prim'le iç içe geçiyordu. Maden patlayıp milyonlarca ışık hüzmesine dönüşürken, babama kaçması için yalvaran sesimle yerimden sıçradım.

Gün ağarmak üzereydi. Capitol'ün üstüne sisli, uğursuz bir hava çökmüştü. Başım ağrıyordu; gece uykumda yanağımın iç tarafını ısırmış olmalıydım. Dilimi hafifçe kabarmış ete değdirince kan tadı aldım.

Ağır hareketlerle yataktan kalkıp duşa girdim. Kafama göre, kontrol panelinin üstündeki düğmelere bastım ve önce buz gibi, sonra da kaynar suyun saldırısına uğrarken bir o yana bir bu yana sıçradım. Ardından, sert kıllı bir fırçayla üzerimden kazımak zorunda kaldığım limonlu bir köpüğe boğuldum. Ah, neyse... En azından kan dolaşımım hızlanıyordu.

Kendimi kurulayıp vücudumu nemlendiricili bir losyonla kapladıktan sonra, dolabın önüne benim için bırakılmış kıyafetleri gördüm. Daracık siyah bir pantolon, uzun kollu şarap renginde bir tunik ve deri çizmeler. Saçımı arkadan ördüm. Toplama günü sabahından beri ilk defa kendime benziyordum. Süslü saçlar ya da kıyafetler yoktu. Ya da alevler saçan pelerinler... Sadece ben vardım işte. Ormana gitmeye hazır gibi görünüyordum. Bu halim beni rahatlatıyordu.

Haymitch kahvaltı için kaçta buluşacağımızı söylememişti. Bu sabah da beni arayan olmamıştı. Ama karnım acıktığı için yiyecek bir şeyler olduğunu umarak, yemek odasına gitmek üzere odamdan çıktım. Hayal kırıklığına uğramadım. Yemek masası boştu ama yan taraftaki uzun bir masanın üstüne en az yirmi çeşit yiyecek sıralanmıştı. Genç bir adam, bir Avox, açık büfenin yanında hazır bekliyordu. Bir şeyler alıp alamayacağımı sorunca başını hafifçe salladı. Tabağıma biraz yumurta, sosis, üzerleri portakal marmelatıyla kaplanmış kek ve birkaç dilim açık mor renkli kavun aldım. Aldıklarımı büyük bir iştahla mideye indirirken, güneşin Capitol'ün üstünde yükselmesini izledim. Sonra ikinci bir tabağa üzeri etle kaplanarak pişirilmiş, dumanı tüten tahıl lapasından aldım. Nihayet tabağımı çeşit çeşit çörekle doldurdum ve Peeta'nın trende yaptığı gibi küçük lokmaları sıcak çikolataya batırıp ağzıma attım.

Aklım anneme ve Prim'e gidiyordu. Büyük bir ihtimalle kalkmışlardı. Annem kahvaltıda yiyecekleri lapayı hazırlamıştır. Prim okula gitmeden keçisini sağıyordur. Daha iki sabah önce, ben de evdeydim. Bu doğru olabilir miydi? Evet, sadece iki gün olmuştu. Ve şimdi uzakta bile olsam, evin onlara ne kadar boş geldiğini hissedebiliyordum. Acaba dün gece Oyunlar'a alevler içinde giriş yapmam konusunda neler düşünmüşlerdi? Acaba beni öyle görmek onları umutlandırmış mıydı, yoksa yirmi dört haracı bir arada görünce, içimizden sadece birinin hayatta kalacağını düşünerek daha da mı telaşlanmışlardı?

Haymitch ve Peeta yemek salonuna girdi. Bana günaydın dedikten sonra tabaklarını doldurdular. Peeta'nın benimle tamamen aynı şeyleri giymiş olması sinirime dokunuyordu. Bu ikiz numarası, Oyunlar başladığı zaman fena patlayacaktı. Bunu biliyor olmalıydılar. Sonra, Haytmitch'in stilistleri harfiyen dinlememiz gerektiğini söylediğini hatırladım. Söz konusu olan Cinna değil de başka bir stilist olsaydı, duymazdan gelmek konusunda güçlük çekmezdim. Ama önceki geceki zaferin ardından, seçimlerini eleştirecek durumda değildim.

Eğitim meselesi beni geriyordu. Üç gün boyunca, bütün haraçlar bir arada eğitim alacaktık. Son öğleden sonra hepimizin oyun kurucularının önünde tek tek pratik yapma şansımız olacaktı. Diğer haraçlarla yüz yüze gelme fikri beni huzursuz ediyordu. Sepetten aldığım çöreği evirip çevirdim ama bir anda iştahım kaçıverdi.

Haymitch tabaklar dolusu yahniyi mideye indirdikten sonra derin bir iç çekerek tabağını itti. Cebinden bir içki matarası çıkarıp büyük bir yudum aldı ve dirseklerini masaya yasladı. "İşe koyulma zamanı. Eğitim meselesi. Öncelikle, eğer isterseniz ikinize ayrı ayrı koçluk edebilirim. Şimdi karar verin."

"Neden bize ayrı ayrı koçluk edesin ki?" diye sordum.

"Belki birbirinize göstermek istemediğiniz gizli yetenekleriniz vardır," dedi Haymitch.

Peeta'yla göz göze geldik. Peeta, "Benim gizli yeteneğim falan yok," dedi. "Seninkini de zaten biliyorum, değil mi? Yani demek istediğim, az sincabını yemedim."

Peeta'nın vurduğum sincapları yiyebileceğini hiç düşünmemiştim. Nedense fırıncıyı hep gizlice bir köşeye çekilip, pişirdiği sincapları tek başına yerken düşünmüşümdür. Açgözlülüğünden değil elbette. Şehirli aileler genelde kasaptan aldıkları pahalı etleri yerlerdi. Sığır eti, at eti ve tavuk eti.

Haymitch'e, "İkimize bir arada koçluk edebilirsin," dedim. Peeta da başıyla onayladı.

"Pekâlâ. O zaman bana neler yapabileceğiniz konusunda biraz fikir verin."

Peeta, "Ben hiçbir şey yapamam," dedi. "Ekmek pişirmeyi saymazsan."

"Üzgünüm, saymıyorum. Katniss. Bıçaklarla aranın iyi olduğunu biliyorum," dedi Haymitch.

"Tam olarak değil," dedim. "Ama avlanabiliyorum. Ok ve yayla."

"Peki iyi misindir?"

Düşünmem gerekti. Dört senedir soframıza et getirebiliyordum. Bu küçümsenecek bir iş değildi. Babam kadar iyi değildim elbette ama onun pratiği daha fazlaydı. Hedefi vurmak konusunda Gale'dan daha iyiydim ve benim pratiğim de ondan çoktu. Gale tuzak ve kapanlar konusunda gerçek bir dahiydi. "Fena değilimdir," dedim.

"Harikadır," dedi Peeta. "Babam ondan sincap alırdı. Oklarının hiçbir zaman hayvanın vücuduna denk gelmediğini söylerdi. Onları her zaman gözünden vurur. Kasaba sattığı tavşanlar için de aynı şey geçerli. Dahası, bir geyiği bile yere serebilir."

Peeta'nın yeteneklerimi böyle takdir etmesi beni şaşırttı. Öncelikle fark etmiş olmasına şaşırmıştım. Beni övmesi de cabasıydı. Şüpheci bir tavırla, "Ne yapmaya çalışıyorsun?" diye sordum.

Peeta, "Ya sen ne yapmaya çalışıyorsun?" dedi. "Sana yardım edecekse, neler yapabildiğini bilmeli. Kendini hafife almaktan vazgeç."

Neden bilmiyorum ama bu sözleri bende ters etki yarattı. "Ya sen?" dedim. "Seni pazar yerinde gördüm. Elli kiloluk un çuvallarını kolayca kaldırıyorsun. Bunu ona söylesene. Hiçbir şey yapamıyor sayılmazsın."

"Evet. Eminim arenanın her tarafı, insanların üstüne fırlatabileceğim un çuvallarıyla dolu olacak. Silah kullanmakla aynı şey mi? Olmadığını biliyorsun."

Haymitch'e, "Güreşebilir," dedim. "Geçen sene okul yarışmalarında ikinci olmuştu. Birinci de abisiydi."

Peeta bu defa da, "Ne faydası var?" diye sordu. "Birinin ölümüne güreştiğini ne zaman gördün?"

"Her zaman teke tek dövüşler oluyor," dedim. "Tek yapman gereken bir yerlerden bir bıçak çıkarmak. O zaman şansın olur. Bense üzerime sıçrayan biri olursa öleceğimi biliyorum." Sesimin öfkeyle yükseldiğini fark ettim.

"Ama ölmeyeceksin. Bir ağacın tepesinde çiğ sincaplar yiyerek ve insanları oklarınla avlayarak yaşamaya devam edeceksin. Vedalaşmaya geldiği zaman annem bana ne dedi biliyor musun? Güya beni neşelendirecek ya, 'Nihayet 12. Mıntıka'dan da bir şampiyon çıkacak galiba,' dedi. Sonradan fark ettim ki, kastettiği ben değildim! Sendin!"

"Ah, annen seni kastetmiş," dedim elimi boş versene der gibi havada sallayarak.

"Dedi ki, '*O kız, tam bir savaşçı.*' O kız!" dedi Peeta.

Bu sözler beni şaşırttı. Annesi gerçekten de benim hakkımda böyle bir şey söylemiş, beni oğlundan üstün tutmuş olabilir miydi? Peeta'nın gözlerindeki acıyı görünce, yalan söylemediğini anladım.

Birden kendimi fırının arka sokağında buldum. Buz gibi yağmur ensemden aşağı, bel boşluğuma sızıyordu. Konuştuğum zaman sesim on bir yaşındaki bir kız çocuğu gibi çıkıyordu. "Ama birisi bana yardım ettiği için," dedim.

Peeta'nın gözleri elimdeki çöreğe kayıyordu. Ve o anda, onun da o günü anımsadığından emin oldum. Fakat omuz silkmekle yetindi. "İnsanlar sana arenada da yardım edeceklerdir," dedi. "Sana sponsor olmak için birbirlerini çiğneyeceklerinden eminim."

"Senden daha fazla değil," dedim.

Peeta gözlerini devirerek Haymitch'e döndü. "Bu kızın dünyadan haberi yok. İnsanların üstünde nasıl bir etki bıraktığının farkında bile değil." Parmağının ucuyla masadaki bir kırıntıyla oynarken benden tarafa bakmıyordu.

Bu da ne demekti şimdi? İnsanlar bana yardım mı edecekti? Ailece açlıktan ölmek üzereyken yardım eden hiç kimse olmamıştı ama! Peeta dışında, hiç kimse! Ne zaman ki değiş tokuş edecek bir şeylerim oldu, işler o zaman değişiverdi. Zorlu bir takasçıydım. Ya da gerçekten öyle miydim? Nasıl bir etki bırakıyorum? Zayıf ve muhtaç mı görünüyordum? Yoksa Peeta insanların bana acıdıkları için iyi takaslara razı geldiklerini mi söylemeye çalışıyordu? Bunun doğru olup olmadığını kestirmeye çalışıyordum. Tamam, belki tüccarların bir kısmı alışveriş sırasında cömert davranmış olabilirdi ama ben bunu hep babamla uzun soluklu ilişkilerine bağlardım. Ayrıca benim avladığım hayvanlar birinci sınıftı. Kimsenin bana acıdığı falan yoktu!

Elimdeki çöreğe dik dik bakarken, bana hakaret etmeye çalıştığından o kadar emindim ki.

Bir an sonra Haymitch, "Pekâlâ, o zaman," dedi. "Katniss, arenada ok ve yay olacak diye bir garanti yok ama oyun kurucularla baş başa görüşürken onlara neler yapabildiğini göstermelisin. O zamana kadar okla ilgili her şeyden uzak dur. Tuzak kurmak konusunda nasılsın?"

"Birkaç basit tuzak biliyorum," dedim.

"Yiyecek açısından önemli olabilir," dedi Haymitch. "Ve Peeta. Katniss haklı. Arenada fiziksel gücü hafife almamalısın. Fiziksel gücün durumu oyuncunun lehine çevirmesi sık rastlanan bir durumdur. Eğitim Merkezi'nde ağırlıklar var. Ama kaç kilo kaldırabildiğini diğer haraçlara sakın belli etme. Planımız ikiniz için de geçerli. Grup eğitimine gidiyorsunuz. Zamanınızı bilmediğiniz bir şeyleri öğrenmeye çalışarak değerlendirin. Mızrak atın. Gürz savurun. Adam gibi düğüm atmayı öğrenin. Ama en iyi olduğunuz konuları, özel görüşmenize saklayın. Anlaştık mı?"

Peeta da, ben de başımızı salladık.

"Son bir şey daha var. Halkın önündeyken ikinizi sürekli bir arada görmek istiyorum," dedi Haymitch. İkimiz de itiraz etmeye yeltendik ama Haymitch elini masaya vurup bizi susturdu. "Her saniye dedim! Bu tartışmaya açık bir konu değil. Her söylediğimi yapmayı kabul etmiştiniz. Bir arada olacak, birbirinize yakın görüneceksiniz. Şimdi çıkın! Saat onda eğitime gitmek üzere asansörde Effie'yle buluşun."

Dudağımı ısırdım ve hışımla odama girip kapımı Peeta'nın duyacağı şekilde çarptım. Yatağıma otururken Haymitch'ten, Peeta'dan, uzun zaman öncesinde kalan o yağmurlu günden bahsettiğim için de kendimden nefret ediyordum.

Şaka gibiydi! Peeta'yla dostmuşuz gibi görünecekmişiz. Birbirimizin güçlü yanlarını övüp, yetenekleri sayesinde övgü almasını sağlayacakmışız. Bir noktada bu işi bir kenara bırakıp, aslında rakip olduğumuzu kabullenmemiz gerekecekti. Haymitch eğitim boyunca bir arada hareket etmemiz konusunda aptalca bir talimat vermese, ben bu işe hemen şu anda soyunurdum. Sanırım ona ikimize ayrı ayrı koçluk yapması gerekmediğini söylediğim için hata bendeydi. Ama bu benim her şeyi Peeta'yla birlikte yapmak isteyeceğim anlamına gelmezdi ki. Bu arada onun da benimle ortak hareket etme konusunda istekli olduğunu hiç sanmıyordum.

Peeta'nın sesi beynimde yankılandı. *"Bu kızın dünyadan haberi yok. İnsanların üstünde nasıl bir etki bıraktığının farkında bile değil."* Bunu beni küçümsemek için söylediği o kadar belliydi ki. Öyle değil mi? Ama içimden bir ses, bunun bir iltifat olabileceğini söylüyordu. Benim bir anlamda çekici olduğumu ima ettiğini... Bana bu kadar dikkat etmiş olması bile garipti. Ya da avlanma şeklime. Ayrıca, görünüşe bakılırsa ben de ona sandığım kadar ilgisiz değilmişim. Un çuvalları. Güreş müsabakaları. Ekmekçi çocuğun basbayağı kaydını tutmuştum.

Saat neredeyse ona geliyordu. Dişlerimi fırçalayıp saçlarımı düzelttim. Öfkem, geçici bir süre için de olsa diğer haraçlarla bir araya gelme gerginliğimi bastırmıştı. Ama şimdi sıkıntımın yeniden su yüzüne çıktığını hissediyordum. Peeta ve Effie'yle asansörde buluşurken tırnaklarımı kemirdiğimi fark ettim. Ve hemen durdum.

Esas eğitim odaları, binamızın bodrum katında yer alıyordu. Bu asansörle yolumuz bir dakikadan az sürüyordu. Kapılar, binbir çeşit silah ve engel pistleriyle dolu devasa bir spor salonuna açılıyordu. Saat henüz on bile olmamıştı ama görünüşe bakılırsa, en sona biz kalmıştık. Diğer haraçlar bir çember oluşturmuştu. Hepsinin tişörtüne, üzerilerinde geldikleri mıntıka numaralarının yazılı olduğu birer bez parçası iğnelenmişti. Birisi sırtıma 12 sayısını tuttururken, kafamda hızlı bir değerlendirme yaptım. Peeta ve ben bir örnek giyinen tek çiftik.

Biz çembere katılır katılmaz, uzun boylu ve atletik yapılı bir kadın olan baş eğitmenimiz Atala bir basamağın üstüne çıkıp, eğitim programını anlatmaya başladı. Alanlarındaki uzmanlar kendi istasyonlarında bekleyeceklerdi. Bizler, akıl hocalarımızın talimatlarına göre, kendi istediğimiz şekilde bir alandan diğerine geçmekte özgürdük. Bazı istasyonlarda hayatta kalma teknikleri, diğerlerindeyse dövüş yöntemleri öğretilecekti. Başka bir haraçla dövüş egzersizi yapmamız kesinlikle yasaktı. Eşli çalışma yapmak istememiz halinde bize yardımcı olacak asistanlar vardı.

Atala beceri istasyonlarının isimlerini okurken bakışlarımın diğer haraçlara kaymasına engel olamadım. İlk defa aynı seviyede ve sade kıyafetler içinde bir aradaydık. Kalbim sıkışıyordu. Erkeklerin hemen hepsi ve kızların neredeyse yarısı benden daha iri yarıydılar. Yine de kemiklerinden, ciltlerinden ve gözlerindeki boş bakışlardan yetersiz beslendiklerini anlamak mümkündü. Doğuştan ufak tefek olabilirdim ama genel olarak, ailemden gelen yetenekler bana bu arenada üstünlük sağlıyordu. Dik durabiliyordum, zayıf olmakla birlikte güçlüydüm. Ormandan sağladığımız et ve otlar, bu yiyecekleri bulmak için sarf ettiğim çabayla birleşince, çevremdeki bu insanların çoğundan daha sağlıklı bir vücudum olduğundan emindim.

Daha varlıklı mıntıkaların çocukları, gönüllüler ve bütün hayatları boyunca bu deneyim için eğitilip beslenen haraçlar istisna oluşturuyorlardı. 1, 2 ve 4. mıntıkaların haraçları, geleneksel olarak bu duruşa sahiptiler. Teknik olarak, haraçları Capitol'e gelmeden önce eğitmek yasaktı ama her sene böyle şeyler oluyordu. 12. Mıntıka'da bu tarz haraçlara Kariyer Haraçları diyorduk. Ve hemen her sene, kazanan içlerinden biri oluyordu.

Eğitim Merkezi'ne girerken sağladığım o küçük avantaj ve önceki geceki ateşli girişim, rakiplerimin arasına karıştığım anda yok olup gidiyordu. Diğer haraçların bizi kıskanmasının nedeni bizim değil, stilistlerimizin müthiş olmalarıydı. Şimdiyse, Kariyer Haraçları'nın gözlerinde küçümsemeden başka bir şey göremiyordum. Hepsinin benden yirmi beş ila kırk beş kilo fazlası var gibi görünüyordu. Çevrelerine küstahlık ve acımasızlık saçıyorlardı. Atala bizi bırakınca, her biri spor salonundaki en öldürücü görünüşlü silahlara yöneliyor ve silahları büyük bir ustalıkla evirip çeviriyordu.

Peeta kolumu dürtüp beni yerimden zıplattığında, hızlı bir koşucu olduğum için şanslı olduğumu düşünmekle meşguldüm. Haymitch'in talimatları gereği, yanımdan ayrılmıyordu. Yüzünde düşünceli bir ifade vardı. "Nereden başlamak istersin?"

Gösteriş yapmaya ve aleni bir şekilde sahadaki herkesin moralini bozmaya çalışan Kariyer Haraçları'na şöyle bir baktım. Sonra bakışlarım diğerlerine, yetersiz beslenmiş, beceriksiz ve titrek olanlara kaydı. Hayatlarında ilk defa bir bıçak ya da baltayla haşır neşir oluyorlardı.

"Sanırım biraz düğüm atsak iyi olacak," dedim.

"Haklısın," dedi Peeta. Bizi öğrenci bulduğu için sevindiği her halinden belli olan bir eğitmenin karşıladığı boş bir istasyona gittik. Düğüm dersinin Açlık Oyunları'nın en gözde dersi olmadığını hissediyordunuz. Benim kapanlar konusunda bir şeyler bildiğimi fark edince, bize basit ama kusursuz bir tuzak yöntemi gösterdi. Bu yöntemle rakibimizi ayağından yakalayıp bir ağaçtan aşağı tepetaklak sallandırabilirdik. Bir saat kadar boyunca, ikimiz de uzmanlaşana kadar bu konu üzerinde çalıştık. Sonra kamuflaj istasyonuna geçtik. Peeta bu istasyondan, çamur, kil ve orman meyvelerinin sularından elde ettiği karışımları açık renkli tenine sürmekten, asma ve yapraklardan kamuflaj malzemeleri örmekten gerçek anlamda keyif alıyor gibi görünüyordu. İstasyondan sorumlu olan eğitmen işini büyük bir hevesle yapıyordu.

Peeta bana, "Pastaları ben yapıyorum," dedi.

"Hangi pastaları?" diye sordum. Dikkatim bir süredir, mızrağını on beş metrelik bir mesafeden cansız bir mankenin kalbine isabet ettirmeyi başaran 2. Mıntıka haracına odaklıydı.

"Evde," dedi. "Pastanedeki kremalı pastaları ben yapıyorum."

Vitrinde sergilenen pastalardan bahsediyordu. Üstleri çiçek ve başka renkli süslemelerle kaplanan şeker kremalı, şık pastalardan. Doğum günleri ve yılbaşında alınanlardan. Meydana indiğimizde, her ne kadar almaya gücümüz yetmese de pastalara bakmak için Prim beni fırının vitrinine mutlaka sürüklerdi. 12. Mıntıka'da güzel bir şeylere sık rastlamadığımız için ben de hiç sesimi çıkarmazdım.

Peeta'nın kolundaki desene alıcı gözle baktım. Işığın geliş yönü ve karanlık ormanda yaprakların arasından süzülen güneş ışığını çağrıştırıyordu. Bunu nereden bildiğini çok merak ediyordum çünkü onun tellerin diğer tarafına geçtiğinden bile şüpheliydim. Böyle bir görüntüyü arka bahçelerindeki o yaşlı ve eğri büğrü elma ağacından yakalamış olabilir miydi? Birden durumun tamamı –yetenekleri, kolay kolay elde edilemeyen pastaları ve kamuflaj uzmanından aldığı övgüler– beni rahatsız etmeye başladı.

"Çok hoş," dedim. "Keşke şeker kremasıyla birini öldürmek mümkün olsaydı."

"Üstünlük taslamaktan vazgeç," dedi. "Arenada neyle karşılaşacağını asla bilemezsin. Diyelim ki devasa bir pasta..."

"Bence yolumuza devam edelim," dedim.

Böylece üç günümüz Peeta'yla birlikte sessiz ve sakin bir biçimde, bir istasyondan diğerine ilerlememizle geçti. Ateş yakmak, bıçak atmak ve barınak kurmak gibi birtakım kıymetli yetenekler de edindik. Haymitch'in vasat görünmemiz konusundaki tembihlerine rağmen, Peeta bire bir dövüşte sivriliyordu. Bense yenilebilir bitkiler testini gözümü bile kırpmadan geçmiştim. Yine de okçuluk istasyonundan ve ağırlık kaldırma bölümünden uzak durduk. O yeteneklerimizi özel oturumlara sakladık.

Oyun kurucular ilk gün erkenden geldiler. Koyu mor cüppeler giymiş yirmi kadar kadın ve erkek, spor salonunun çevresindeki yükseltilmiş tribünlere yerleştiler. Zaman zaman ortalıkta dolaşıp bizi izliyor, notlar alıyorlardı. Zaman zaman da bizleri yok sayarak, kendileri için hazırlanan uçsuz bucaksız açık büfenin keyfini çıkarıyorlardı. Ancak bana, gözlerini 12. Mıntıka haraçlarından ayırmıyorlarmış gibi gelmişti. Kimbilir kaç defa, başımı kaldırdığım zaman içlerinden bir tanesinin bakışlarını üstümde yakalamıştım. Bizim yemek yediğimiz saatlerde eğitmenlerimizle fikir alışverişinde bulunuyorlardı. Yemekten döndüğümüz zaman onları hep bir araya toplanmış halde buluyorduk.

Kahvaltı ve akşam yemeğini kendi katımızda yedik ama öğle yemeklerini, yirmi dört haraç bir arada yiyebileceğimiz şekilde spor salonunun hemen yanındaki bir yemek odasına hazırladılar. Yemekler odanın dört bir yanına yerleştirilmiş tekerlekli servis arabalarında sunuluyordu. Kendi yemeğimizi kendimiz aldık. Kariyer Haraçları, üstünlüklerini ve başka kimseden korkmadıklarını ve bizi –yani diğerlerini– dikkate değer görmediklerini ispatlamak istercesine aynı masanın çevresine toplanma eğilimi sergiliyorlardı. Diğer haraçların büyük çoğunluğu, yolunu kaybetmiş koyunlar gibi tek başlarına oturuyordu. Kimse bize tek kelime etmedi. Peeta ve ben yemeğimizi birlikte yedik. Haymitch bize bu konuda rahat vermediği için, yemekler sırasında sohbet etmek için elimizden geleni yaptık.

Konu bulmak hiç kolay değildi. Evden bahsetmek acı veriyordu. Şimdiki zamandan bahsetmek tahammül edilecek gibi değildi. Bir gün, Peeta ekmek sepetimizi boşalttı ve farklı mıntıkaların ekmekleri ile Capitol'ün kaliteli ekmeğini bir arada sunmaya nasıl özen gösterdiklerine işaret etti. İçindeki yosun sayesinde yeşil bir renk alan, balık şeklindeki somunlar 4. Mıntıka'ya özgüydü. Hilal biçiminde, üstü çekirdeklerle kaplı olanlar 11. Mıntıka'ya. Her nasılsa, aynı malzemelerden yapılmış olsalar da evde standart olan o çirkin, ezik bisküvilerden çok daha lezzetli görünüyorlardı.

"İşte böyle," dedi Peeta, ekmekleri yeniden sepete doldururken.

"Çok şey bildiğin kesin," dedim.

"Sadece ekmek konusunda," dedi. "Haydi, komik bir şey söylemişim gibi gül bakalım."

İkimiz de bir şekilde ikna edici kahkahalar attık ve odanın farklı köşelerinden üstümüze çevrilen bakışları görmezden geldik.

"Pekâlâ, ben keyifli bir şekilde gülümsemeye devam ederken, sen bir şeyler anlat," dedi Peeta. Haymitch'in samimi görünmemiz yönündeki talimatı ikimizi de yıpratıyordu. Çünkü kapımı çarptığım andan beri aramızda bir soğukluk vardı. Ama emir büyük yerdendi.

"Ayının tekinin peşime düştüğü günü anlatmış mıydım?" diye sordum.

"Hayır ama kulağa çok ilginç geliyor," dedi Peeta.

Başımdan geçen olayı anlatırken yüzümü eğip bükmeye başladım. Aptalca bir cesaretle, siyah bir ayıyla bir bal kovanı için kapıştığım günü ballandıra ballandıra anlatıyordum. Peeta doğru anlarda gülüp sorular soruyordu. Bu konuda benden çok daha iyiydi.

İkinci gün, mızrak atma antrenmanı yaparken kulağıma, "Sanırım bir gölgemiz var," diye fısıldadı.

Mızrağı attım. Çok uzağa atmam gerekmediği zamanlarda pek fena sayılmazdım doğrusu. Hafifçe dönüp bakınca, 11. Mıntıka'dan gelen kızın, biraz geriden bizi izlediğini gördüm. Bu bana Prim'i hatırlatan on iki yaşındaki kızdı. Yakından bakıldığında en çok on yaşında duruyordu. Parlak, koyu renk gözleri, saten gibi, kahverengimsi bir teni vardı. Kollarını iki yana uzatmış, parmaklarının ucunda duruyordu. En ufak bir seste kaçmaya hazır gibi bir hali vardı. Ona bakarken kuşları düşünmemek mümkün değildi.

Peeta atışını yaparken bir mızrak daha aldım. "Sanırım adı Rue," dedi yumuşak bir sesle.

Dudağımı ısırdım. Rue, Çayır'da yetişen küçük, sarı bir çiçeğin adıydı. *Rue. Primrose.* İkisi de sırılsıklam halleriyle bile otuz kilodan fazla gelmezdi.

Niyet ettiğimden çok daha sert bir sesle, "Bu konuda ne yapabiliriz?" diye sordum.

"Yapacak bir şey yok," dedi Peeta. "Ben sohbet olsun diye söyledim."

Orada olduğunu bile bile çocuğu görmezden gelmem o kadar zordu ki. Bir hata yaptı ve bizim olduğumuz istasyonlara gelmeye başladı. Benim gibi o da bitkiler konusunda çok başarılıydı, çok hızlı tırmanabiliyordu ve eli çok isabetliydi. Sapanla her atışı isabet buluyordu. Ama tabii kılıcını kuşanmış, yüz kiloluk bir erkek karşısında sapanın lafı bile olmazdı.

Her kahvaltı ve akşam yemeğinde 12. Mıntıka'ya ayrılan katta bir araya geldiğimizde, Haymitch ve Effie o gün yaşananlar konusunda bizi sıkı bir sorguya çekiyorlardı. Neler yaptığımızı, kimlerin bizi seyrettiğini, diğer haraçların bizimle boy ölçüşüp ölçüşemeyeceğini bilmek istiyorlardı. Cinna ve Portia ortalıkta olmadıkları için, yemeklerimize sağduyu katabilecek kimse yoktu. Gerçi Haymitch ve Effie kavga etmeyi bırakmışlardı. Hatta şimdi artık bizi şekle sokmaya kararlı, tek bir beyin gibi hareket ediyorlardı. Eğitim sırasında yapmamız ve yapmamamız gereken şeyler konusunda yağdırdıkları talimatların haddi hesabı yoktu. Peeta benden daha sabırlıydı. Ben kolayca bunalıp surat asabiliyordum.

İkinci gece, nihayet yataklarımıza kaçarken Peeta, "Birisi Haymitch'e bir içki verse fena olmayacak," diye mırıldanıyordu.

Gülmek ve homurdanmak arası bir ses çıkardım. Sonra hemen toparlandım. Ne zaman arkadaşça davranmamız gerektiği, ne zaman buna mecbur olmadığımız konusunda kafam o kadar karışıktı ki, artık ne yapacağımı bilemiyordum. En azından arenaya çıktığımız zaman durumumuzu net olarak bilecektim. "Yapma," dedim. "Ortalıkta birileri olmadığı zaman rol yapmamız gerekmiyor."

"Pekâlâ, Katniss," dedi yorgun bir sesle. Ve o andan itibaren sadece diğer insanların önünde konuştuk.

Eğitimin üçüncü gününde, öğle yemeğinden sonra hepimizi oyun kurucularla özel oturumlara çağırmaya başladılar. Tek tek bütün mıntıkalar, önce erkekler, sonra kızlar olmak üzere görüşmeye girdik. Her zamanki gibi 12. Mıntıka sona kaldı. Başka nereye gidebileceğimizi bilmediğimiz için, yemek odasında pinekledik. Görüşmeye gidenler, bir daha ortalarda görünmüyordu. Oda boşaldıkça, üzerimizdeki arkadaş gibi görünme baskısı da hafifliyordu. Rue'yu da çağırmalarıyla baş başa kaldık. Peeta çağrılana kadar sessizce oturduk. Nihayet ayağa kalktı.

"Haymitch'in ağırlıklar konusunda söylediklerini aklından çıkarma." Bu sözcükler dudaklarımdan kontrolüm dışı dökülmüştü.

"Teşekkürler, çıkarmam," dedi. "Sen de... Düzgün atış yap."

Başımı salladım. Neden bir şeyler söyleme ihtiyacı duyduğumu bile bilmiyordum. Gerçi eğer kaybedeceksem, kazananın Peeta olmasını tercih ederdim. Bu bizim mıntıkamız için, annem ve Prim için çok daha iyi olurdu.

On beş dakika kadar sonra benim adım okundu. Saçlarımı düzelttim, sırtımı dikleştirdim ve spor salonuna girdim. Ve daha içeri adımımı atar atmaz başımın belada olduğunu anladım. Oyun kurucuları çok uzun saatlerden beri buradaydılar. Diğer yirmi üç görüşme boyunca hep aynı yerde oturmuşlardı. Çoğu şarabı fazla kaçırmıştı. Ve evlerine gitmekten başka bir istekleri yoktu.

Plana bağlı kalmaktan başka şansım yoktu. Doğruca okçuluk istasyonuna gittim. Ah, silahlar! Günlerdir onlara elimi sürebilmek için can atıyordum. Ahşap, plastik, metal ve adını dahi bilmediğim malzemelerden yapılma yaylar. En ufak bir kusuru olmayan, tüylerle süslenmiş oklar. Bir yay seçip gerdim ve o yaya uygun okların durduğu kılıfı omzuma astım. Bir atış alanı vardı ama bana göre fazla kısıtlıydı. Standart hedef tahtaları ve insan silüetleri. Salonun ortasına yürüyüp, ilk hedefimi seçtim: Bıçak egzersizleri için kullanılan cansız manken. Daha yayı çekerken bir şeylerin yolunda gitmediğini hissedebiliyordum. Evde kullandıklarımdan çok daha sıkı bir yaydı. Oklar da fazla sertti. Birkaç santim farkla mankeni ıskaladım ve içeri girdiğim anda üzerime toplanan ilgiyi büyük ölçüde kaybettim. Bir an kendimi çok kötü hissettim. Ama hemen hedef tahtasına yöneldim. Bu yeni silahlara uyum sağlayana kadar atış yapmaya devam ettim.

Spor salonunun merkezine geri dönüp ilk konumumu yeniden aldım. Ve mankeni tam kalbinden vurdum. Sonra boks antrenmanı için asılmış olan kum torbasının halatını parçaladım. Kum torbası hızla yere çarparken dikişleri açıldı. Hiç durmadan, ileri doğru omzumun üstünde yuvarlanıp dizimin üstünde doğruldum ve spor salonunun aydınlatan lambalardan birine hedef aldım. Patlayan lambadan kıvılcımlar saçılıyordu.

Mükemmel bir vuruştu. Oyun kuruculara döndüm. Birkaç tanesi beğeniyle kafasını salladı ama büyük kısmının bakışları tam o anda açık büfeye dâhil olan kızarmış domuza kilitliydi.

Birden, hayatımın pamuk ipliğine bağlı olduğu bu ortamda bana dikkat etme inceliğini bile göstermedikleri için sinirlendim. Ölü bir domuzun benden rol çalıyor olması kanıma dokunuyordu. Kalbim deli gibi çarpmaya, yüzüm alev alev yanmaya başladı. Hiç düşünmeden, sırtımdaki kılıftan bir ok çekip doğruca oyun kurucuların masasına nişan aldım. İnsanlar geriye doğru kaçarken, birkaç kişinin korku içinde çığlık attığını duydum. Ok, domuzun ağzına yerleştirilmiş olan elmayı da önüne katıp arkadaki duvara saplandı. Hayret dolu gözler bana çevriliyordu.

"Dikkate aldığınız için teşekkürler," dedim. Sonra hafifçe eğildim ve çekilme iznimi beklemeden salondan çıktım.

8

Asansöre doğru yürürken yayımı bir tarafa, ok kılıfını da diğer tarafa attım. Görevi asansöre göz kulak olmak olan, ağzı hayretten açık kalmış Avox'ların yanından geçip kabine girdim ve yumruğumla on iki düğmesine bastım. Kapılar kapandı ve yukarı doğru yola çıktım. Gözyaşlarım yanaklarımdan süzülmeye başlamadan önce, bizim kata ulaştım. Oturma odasındakiler bana sesleniyorlardı ama ben onlara bakmadan, uçarcasına odama gittim. Kapıyı sürgüleyip kendimi yatağın üstüne attım. Ve sonra kelimenin tam anlamıyla hıçkırarak ağlamaya başladım.

İşte becermiştim! Her şeyi mahvetmiştim. Birazcık şansım varsa bile, o oku oyun kuruculara doğru fırlattığım anda yok olmuştu. Şimdi bana ne yapacaklardı? Tutuklayacaklar mıydı? İdam mı edeceklerdi? Dilimi kesip Panem'in gelecekteki haraçlarına garsonluk etmek üzere bir Avox'a mı dönüştüreceklerdi? Okumu oyun kuruculara çevirirken ne yaptığımı sanıyordum acaba? Aslında okumu onlara değil, elmaya yöneltmiştim. Çünkü görmezden gelindiğim için çok sinirlenmiştim. İçlerinden birini öldürmek gibi bir niyetim yoktu. Öyle bir niyetim olsaydı, çoktan ölmüş olurlardı.

Ah, ne önemi vardı ki? Zaten oyunları kazanma ihtimalim yoktu. Bana ne yapacakları kimin umurundaydı? Beni asıl korkutan anneme ve Prim'e neler yapabilecekleriydi. Ailemin benim düşünmeden yaptığım bir hareket yüzünden cezalandırılması... Ellerindeki birkaç parça eşyayı da alırlar mıydı acaba? Ya da annemi hapse, Prim'i de halkevine gönderirler mi? Ya onları öldürürlerse? Yok canım, öldürmezlerdi, değil mi? Ama neden olmasındı ki? Umurlarında olur muydu sanki?

Kalıp özür dilemem gerekirdi. Ya da şaka yapmışım gibi kahkahayla gülmem. Belki o zaman biraz hoşgörüye hak kazanabilirdim. Oysa ben ne yapmıştım? Olabilecek en saygısız tavırla, arkama bile bakmadan mekânı terk etmiştim.

Haymitch ve Effie kapımı çaldı. Bağırarak gitmelerini söyledim. Biraz sonra gittiler. Gözyaşlarımın dinmesi nereden baksanız bir saat sürdü. Sonra bir süre dizlerimi karnıma çekip, ipekli çarşafları okşayarak yatmaya devam ettim. Güneşin, yapay bir şekere benzeyen Capitol'ün üstünden batışını seyrettim.

Önce, muhafızların beni almaya gelmelerini bekliyordum. Ama zaman geçtikçe bu ihtimal azaldı. Sakinleştim. Ne de olsa hâlâ 12. Mıntıka'dan gelme bir kız haraca ihtiyaçları vardı, değil mi? Oyun kurucuları beni cezalandırmak istiyorlarsa, bunu göz önünde de yapabilirlerdi. Arenaya gitmemi bekleyip açlıktan ölmek üzere olan vahşi hayvanları üstüme salabilirlerdi. Kendimi koruyacak yay ve oklarımın olmasına izin vermeyeceklerine bahse girebilirdiniz.

Gerçi ondan önce bana öyle düşük bir not verirlerdi ki, aklı başında kimse sponsorum olmak istemezdi. Bu akşam olacak olan buydu. Eğitim süreci halka açık gerçekleşmediği için, oyun kurucular her oyuncuya bir not verirlerdi. Bu notlar, izleyicilere oyunlar boyunca devam edecek bahislere giriş yaparken, biraz olsun fikir verirdi. Notlar bir ila on iki arasında değişirdi. Bir iflah olmayacak derecede kötüyü, on iki ise ulaşılamaz derecede iyiyi ifade eder ve söz konusu haracın umut vadettiğini simgelerdi. Bu notlar, kimin kazanacağını garantilemez. Sadece bir haracın eğitim sırasında sergilediği potansiyelin bir göstergesiydi. Genelde, asıl arenadaki değişkenler nedeniyle en yüksek notları olan haraçlar kısa sürede alaşağı olurlardı. Birkaç sene önce, oyunun galibi olan çocuk, eğitim döneminde sadece üç puan almıştı. Yine de söz konusu notlar, haraçlara sponsorluk konusunda bireysel fayda ya da zarar sağlayabilirdi. Özellikle güçlü olmasam bile, atıcılık yeteneklerimin bana altı ya da yedi puan getireceğini umuyordum. Şimdiyse, yirmi dört kişi arasında en düşük notu benim alacağımdan emindim. Ve bana sponsorluk yapan kimse olmazsa, hayatta kalma şansım neredeyse sıfıra inerdi.

Effie beni yemeğe çağırmak için kapıma gelince, gitmemin doğru olacağına karar verdim. Notlar bu gece televizyondan açıklanacaktı. Olanları sonsuza dek saklayacak değildim. Banyoya girip yüzümü yıkadım ama kırmızılığı bir türlü geçmiyordu.

Cinna ve Portia da dâhil herkes masada bekliyordu. Stilistlerin herhangi bir nedenden ötürü gelememiş olmalarını tercih ederdim; onları hayal kırıklığına uğratmak hiç hoşuma gitmiyordu. Açılış töreninde harcadıkları onca çabayı, düşüncesizliğimle bir çırpıda çöpe atmış gibi hissediyordum. Balık çorbasından küçük yudumlar alırken, kimseyle göz göze gelmemeye özen gösterdim. Çorbanın tuzu bana gözyaşlarımı anımsatıyordu.

Yetişkinler hava durumuyla ilgili sohbete başlayınca, Peeta'ya baktım. Kaşlarını kaldırdı. Bir soru sormaya çalıştığı belliydi. Ne oldu? Başımı hafifçe salladım. Ana yemek servisi başlarken Haymitch'in sesini duydum: "Eee, anlatın bakalım. Bugün ne kadar kötüydünüz?"

Peeta hemen lafa girdi. "Önemli olduğunu sanmıyorum," dedi. "Ben içeri girdiğimde, kimse benden tarafa bakmadı bile. Eski bir sarhoş şarkısı söylüyorlardı sanırım. Bana gidebileceğim söylenene kadar bulduğum ağır parçaları oradan oraya fırlatıp durdum."

Peeta'nın anlattıkları kendimi daha iyi hissetmemi sağlamıştı. Oyun kuruculara saldırmak Peeta'dan beklenecek bir hareket değildi ama en azından o da kışkırtılmıştı.

Haymitch, "Ya sen, tatlım?" diye sordu.

Haymitch'in bana tatlım diye seslenmesi beni biraz sinirlendiriyordu ama yine de konuşacak gücü bulabildim. "Oyun kurucuların üstüne bir ok attım," dedim.

Herkes yemeyi bıraktı. "Ne yaptım dedin?" Effie'nin sesine yansıyan dehşet, en kötü şüphelerimi doğruluyordu.

"Üstlerine bir ok attım," diye tekrar ettim. "Yani tam olarak üstlerine değil. Onların olduğu tarafa. Peeta'nın dediği gibi, ben ok atarken kimse beni izlemiyordu ve ben de... Bir anda gözüm döndü. Bu yüzden aptal domuzlarının ağzında duran elmayı vurdum."

Cinna dikkatle, "Ne dediler peki?" diye sordu.

"Hiçbir şey. Ya da bilmiyorum demek daha doğru. Hemen salondan çıktım."

"Çıkmana izin verilmeden önce mi?" Effie'nin ağzı şaşkınlıktan bir karış açık kalmıştı.

"Kendi kendime izin verdim," dedim. Prim'e kazanacağıma dair verdiğim sözü hatırladım. Sanki kafamdan aşağı tonlarca kömür boca ediliyordu.

"Buraya kadar," dedi Haymitch ve çöreğini yağlamaya başladı.

"Sizce beni tutuklarlar mı?" diye sordum.

"Sanmam," dedi Haymitch. "Bu aşamada yerine birini koymak zahmetli bir iş olur."

"Ya ailem?" dedim. "Onları cezalandırırlar mı?"

"Hiç sanmıyorum. Hiçbir anlamı olmaz ki. Nüfusun üzerinde kayda değer bir etki bırakabilmek için Eğitim

Merkezi'nde olanları açıklamaları gerekir. Ama bütün bunlar bir sır olduğu için böyle bir açıklama yapamazlar. Yani boşa çaba harcamış olurlar," dedi Haymitch. "Arenadaki hayatını cehenneme çevirmeleri daha olası görünüyor."

Peeta, "Zaten çevirmeyecekler miydi?" diye sordu.

"Çok doğru," dedi Haymitch. Ve o anda imkânsızın gerçekleştiğini anladım. Gerçekten de neşelenmemi sağlamışlardı. Haymitch, Effie'nin kaşlarını çatmasına neden olacak bir hareketle eline bir domuz pirzolası alıp şarabının içine batırdı. Sonra pirzolasından koca bir lokma ısırıp kıkırdayarak, "Yüzleri nasıldı?" diye sordu.

Dudaklarımın kıvrıldığını hissediyordum. "Şaşkın. Dehşete düşmüş. Bazılarının yüzünde aptal bir ifade vardı." Gözümün önünde bir görüntü belirdi. "Hatta içlerinden birisi az kalsın punç kâsesinin içine düşüyordu."

Haymitch gürültülü bir kahkaha koyverdi. Effie dışında hepimiz güldük. Hatta o bile gülümsemesini saklamaya çalıştı. "Oh olsun onlara. Onların işi size dikkat etmek. 12. Mıntıka'dan geliyor olmanız, görmezden gelinmenizi mazur göstermez." Sonra, korkunç cüretkâr bir şey söylemiş gibi gözleriyle çevreyi taradı. "Üzgünüm ama böyle düşünüyorum," dedi ortaya.

"Kötü bir not alacağım," dedim.

"Not denen şey ancak yüksek olursa önem taşır. Kimse kötülere ve vasatlara dikkat etmez. Hatta bilerek düşük bir not almak için özelliklerini saklayabileceğini düşünenler bile çıkacaktır. Bu stratejiyi kullananlar yok değil," dedi Portia.

"Umarım insanlar alacağım dört puanı böyle yorumlarlar," dedi Peeta. "Tabii dört alabilirsem. Ciddiyim, bir insanı ağır bir topu kucaklayıp birkaç metre öteye fırlatırken izlemekten daha sıkıcı ne olabilir? Hatta ağırlıklardan birini neredeyse ayağıma düşürüyordum."

Sırıttım ve o anda karnımın çok acıktığını fark ettim. Bir parça domuz eti kesip patates püresine buladım ve yemeye başladım. Durum gayet iyiydi. Ailem güvendeydi. Onlar güvende olduğu sürece, hiçbir şey çok kötü sayılmazdı.

Yemekten sonra, notların açıklanmasını izlemek için oturma odasına geçtik. Önce ilgili haracın fotoğrafını gösterip, arkasından notunu ilan ettiler. Kariyer Haraçları doğal olarak sekiz ila on arasında değişen notlar aldılar. Diğer haraçların büyük kısmı beş civarında kalmıştı. Rue şaşırtıcı bir performansla yedi almıştı. Jüriye ne göstermişti bilmiyorum ama o kadar ufak tefekti ki, gerçekten çok etkileyici bir şey yapmış olmalıydı.

Her zamanki gibi 12. Mıntıka en sona kaldı. Peeta sekiz almıştı; demek ki oyun kurucuların en azından birkaç tanesi onu izlemiş. Tırnaklarımı avuçlarıma batırıp, ekranda kendi yüzümü görmeyi ve en kötü sonucu bekledim. Ve o anda ekranda on bir sayısı belirdi.

On bir!

Effie Trinket bir çığlık koyverdi. Herkes sırtımı sıvazlamaya, tezahüratlar eşliğinde beni tebrik etmeye başladı. Ama bunun doğru olduğuna inanamıyordum.

"Bir hata olmalı. Böyle bir şey... nasıl olabilir ki?"

Haymitch, "Sanırım öfken hoşlarına gitmiş," dedi. "Yayınlamakla yükümlü oldukları bir şov ve tabi hararetli oyunculara ihtiyaçları var."

Cinna, "Katniss. Alevler içindeki kız," dedi ve beni kucakladı. "Ah... Mülakat kostümünü bir görsen!"

"Yine mi alev?" diye sordum.

Gizemli bir tavırla, "Sayılır," dedi.

Peeta'yla birbirimizi tebrik ettik. Yine tuhaf bir an yaşıyorduk. İkimiz de iyi iş çıkarmıştık ama bunun bir diğerimiz için anlamı neydi ki? Olabildiğince çabuk odama kaçtım ve yorganın altına saklandım. Günün stresi, özellikle o kadar çok gözyaşı dökmek bütün enerjimi tüketmişti. Büyük bir rahatlamayla uykuya dalarken, gözümün önünde hâlâ on bir sayısı yanıp sönüyordu.

Şafak sökerken uyandım ve bir süre yatağımdan çıkmadan, güzel bir sabahın doğmasını seyrettim. Bugün pazardı. Evde tatil günü. Acaba Gale ormana çıkmış mıdır diye merak ediyordum. Genelde bütün pazar gününü haftalık stok yaparak geçirirdik. Sabah erken kalkar, avlanır, bir şeyler toplardık. Sonra da takas için Hobs'a giderdik. Gale'ı bensiz düşündüm. İkimiz de tek başımıza avlanabilirdik ama çift olarak daha iyiydik. Özellikle de daha büyük av hayvanlarını hedeflediğimiz zamanlarda. Hatta küçük avlarda bile yanında bir ortağın olması yükü hafifletiyor ve ailemin sofrasına yiyecek bir şeyler getirebilmek gibi güç bir görevi, keyifli hale getiriyordu.

Ormanda Gale'a ilk rastladığımda, tam altı aydır tek başıma mücadele vermekteydim. Ekim ayında bir pazar günüydü, hava serindi. Ölmeye yüz tutmuş şeyler yüzünden keskin bir koku duyuluyordu. Bütün sabahımı sincaplarla yemiş yarışı yaparak, havanın nispeten daha ılındığı öğleden sonrayı da gölde, katniss toplayarak geçirmiştim. Elime geçen tek et, meşe palamudu peşinde koşarken ayağımın üstünden geçen bir sincap olmuştu. Kar diğer yiyecek kaynaklarımı kapladığı zaman geriye yine hayvanlar kalacaktı. Her zamankinden daha uzağa gittiğim için hızlı adımlarla çuval bezinden yapılma çantamı sürükleyerek eve dönüyordum ki, ölü bir tavşana denk geldim. Baş hizamın biraz üstünde, boynundan ince bir tele dolanmış halde havada sallanıyordu. On beş metre kadar ötede bir tane daha gördüm. Hızlı çekişli tuzağı görür görmez tanımıştım çünkü babam da onlardan kullanırdı. Yem yakalandığı zaman, diğer aç hayvanların ulaşamayacağı kadar yukarı çekilirdi. Bütün bir yazı tuzak kurmaya çalışarak ama bir türlü başarılı sonuç alamayarak geçirmiştim. Bu yüzden çantamı bir kenara bırakıp, tuzağı yakından incelemek için tavşana sokuldum. Tam elimi tavşanı havada tutan tele uzatıyordum ki güçlü bir sesle irkildim. "Çok tehlikeli bir şey yapıyorsun."

Gale bir ağacın arkasından çıkarken birkaç adım geri kaçtım. Bir süredir beni izliyor olmalıydı. Sadece on dört yaşındaydı ama bir seksenlik boyuyla bana bir yetişkinden farksız görünmüştü. Onu daha önce Dikiş'te ve okulda görmüştüm. Ve bir yerde daha. Babamın öldüğü patlama, onun babasının da sonu olmuştu. Ocak ayında, Adalet Binası'nda, babasız kalmış bir başka ailenin en büyük çocuğu olarak şeref madalyasını alırken ben de oradaydım. İki erkek kardeşi, şişkin karnına bakılırsa birkaç güne kalmaz yeniden doğum yapacak olan annelerine yapışık duruyordu.

"Adın ne?" diye sorarak yanıma yaklaştı ve telde asılı duran tavşanı çıkardı. Kemerinden üç tavşan daha sarkıyordu.

Zor duyulur bir sesle, "Katniss," dedim.

"Pekâlâ, Catnip, hırsızlığın cezası ölümdür. Yoksa hiç duymadın mı?"

Daha yüksek sesle, "Katniss," dedim. "Ve o tavşanı çalmak gibi bir niyetim yoktu. Ben sadece tuzağa bakmak istemiştim. Benim tuzaklarım bir şey yakalamaya yaramıyor."

İkna olmadığı her halinden belliydi. Yüzünü buruşturarak, "O zaman sincabı nereden buldun?" diye sordu.

"Vurdum." Yayımı omzumdan çektim. Hâlâ babamın benim içim yaptığı küçük yayı kullanmaya devam ediyordum ama fırsat buldukça gerçek ölçülerdeki yaylarla da pratik yapıyordum. Bahara doğru daha büyük avlar yakalayacak duruma gelmeyi umuyordum.

Gale'ın bakışları yaya sabitlenmişti. "Bir bakabilir miyim?"

Yayı ona uzattım. "Unutma, hırsızlığın cezası ölümdür."

Ve onu ilk defa gülümserken gördüm. Gülümsemesi Gale'ı insanın içine korku salan birinden, mutlaka tanımak isteyeceği birine dönüştürmüştü. Ama benim o gülümsemeye karşılık vermem için aradan aylar geçecekti.

Sonra av üzerine koyu bir sohbete girdik. Ona takas edebilecek bir şeyi varsa, bir yay bulabileceğimi söyledim. Yiyecek değil, bilgi istiyordum. Bir günde bir kemer dolusu tavşan yakalayacak tuzaklar kurabilmeliydim. Bir şeyler yapabileceğini söyledi. Mevsim ilerlerken, istemeye istemeye de olsa bilgilerimizi, silahlarımızı ve hatta yaban eriği ve hindi açısından zengin gizli bölgelerimizi paylaşmaya başladık. Bana tuzak kurmayı ve balık tutmayı öğretti. Ben de ona hangi bitkilerin yenebileceğini anlattım ve bir süre sonra da en kıymetli yaylarımızdan birini verdim. Ve günün birinde, ikimizin de bir şeyler söylemesine gerek kalmadan, bir takım olduk. İşleri ve ganimetleri paylaşıyor, ikimizin ailesinin de yeterince yiyeceğinin olmasını sağlıyorduk.

Gale bana, babamın ölümünden beri yokluğunu çektiğim güven duygusunu aşılamıştı. Ormanda geçirdiğim uzun ve yalnız saatler, yerini onun yoldaşlığında çıkılan keyifli av maceralarına bırakmıştı. Arkamı kollayacak birisi olduğu ve omzumun üstünden sürekli çevreyi kollamak zorunda olmadığım için daha iyi bir avcıya dönüşmüştüm. Gale benim için iyi bir av ortağından çok daha fazlasıydı. Çitin diğer tarafındayken asla dile getiremeyeceğim düşüncelerimi paylaşabileceğim çok iyi bir sırdaştı. Karşılığında o da bana kendi düşüncelerini açıyordu. Gale'la ormana çıktığım zamanlarda, bazen kendimi gerçek anlamda mutlu hissediyordum.

Ona dostum diyordum ama son bir senedir bu kelimenin fazla sıradan kaldığını düşünmeye başlamıştım. Birden göğsümde derin bir sızı hissettim. Keşke yanımda olsaydı.

Ama aslında bunu istemiyordum. Birkaç gün içinde can vereceği bir arenaya çıkmasını nasıl isteyebilirdim ki? Ben sadece... Onu çok özlüyordum. Ve bu kadar yalnız olmaktan nefret ediyordum. Acaba o da beni özlüyor muydu? Özlüyor olmalıydı...

Dün gece adımın altında yanıp sönen on bir sayısını düşündüm. Bana tam olarak ne diyeceğini çok iyi biliyordum. "Kendini daha da iyileştirebilirsin." Sonra bana gülümserdi ve ben de hiç tereddütsüz karşılık verirdim.

Gale'layken sahip olduğum şeyleri, şimdi Peeta'yla sahipmişiz gibi yaptığımız şeylerle karşılaştırmaktan kendimi alamadım. Gale'ın neyi neden yaptığını asla sorgulamazken, Peeta'nın her hareketini kuşkuyla karşılıyordum. Bunun adaletli bir karşılaştırma olmadığını biliyordum aslında. Gale ve ben, ortak bir hayatta kalma dürtüsüyle birbirimize yakınlaşmıştık. Peeta'yla ise, ikimizden birinin hayatta kalmasının, diğerinin ölümü anlamına geldiğini biliyorduk. Böyle bir şeyi nasıl yok sayabilirdiniz ki?

Effie'nin kapıyı tıklatması, bana önümüzde yepyeni bir, "Büyük, büyük günün!" uzandığını hatırlattı. Yarın akşam, mülakatlarımız televizyonda yayınlanacaktı. Sanırım bizi hazırlamak ekibin bütün zamanını alacaktı.

Yatağımdan kalkıp hızlı bir duş aldım. Bu defa basacağım düğmeleri dikkatle seçtim. Yemek odasına gittiğimde Peeta, Effie ve Haymitch'i alçak sesle bir şeyler konuşurken buldum. Size tuhaf gelebilir ama açlığım merakıma baskın çıktı ve onlara katılmadan önce tabağımı tepeleme doldurmayı seçtim.

Bugünkü yahni kuzu eti ve kuru eriklerle süslenmişti. Yaban pirinçlerinin üstünde mükemmel bir görüntü sergiliyordu. Ancak tabağımın yarısını mideye indirdikten sonra, masadaki hiç kimsenin konuşmadığını fark ettim. Portakal suyumdan büyük bir yudum alıp ağzımı kuruladıktan sonra,

"Neler oluyor?" diye sordum. "Bugünkü mülakatlarda bize koçluk yapacaksın, değil mi?"

"Yapacağım," dedi Haymitch.

"Kahvaltımı bitirmemi beklemene gerek yok. Bir taraftan yemeğimi yiyip bir taraftan da seni dinleyebilirim," dedim.

"Planlarda bir değişiklik oldu," dedi Haymitch. "Yaklaşımımızı değiştirmemiz gerekiyor."

"Ne gibi?" diye sordum. Zaten mevcut yaklaşımımızın ne olduğundan da emin değildim. Hatırladığım tek strateji, diğer haraçların önünde vasat görünmekti.

Haymitch omuz silkti. "Peeta size ayrı ayrı koçluk etmemi istiyor."

9

İhanet... Aklıma ilk gelen şeyin bu olması gerçekten komikti. İhanetten bahsedilmesi için, önce ortada güven duygusu olması gerekirdi. Peeta'yla benim aramda. Ve güven duygusunun bu anlaşmada hiç yeri olmamıştı. Biz haraçtık. Bana ekmek vermek için dayak yemeyi göze alan, atların çektiği arabada ayakta kalmama yardım eden, kızıl saçlı Avox kızı konusunda açığımı kapatan, Haymitch'in av konusundaki yeteneklerimi öğrenmesi konusunda ısrar eden o çocuk... Yoksa içten içe ona güveniyor muydum?

Diğer taraftan arkadaş rolü yapmaktan kurtulduğumuz için seviniyordum. Bir şekilde, aptalca bir biçimde kurduğumuz o zayıf bağ kopup gitti. Ayrıca kaybedecek zamanımız da yoktu. Oyunlar iki gün içinde başlayacak ve birine güvenmek zayıflıktan başka bir şey getirmeyecekti. Peeta'nın kararını tetikleyen şey her neyse –ki bunun eğitimde onu gölgede bırakmam olduğunu sanıyordum– minnetle karşılamalıydım. Belki de aslında düşman olduğumuzu ne kadar çabuk kabullenirsek, o kadar iyi olacağını anlamıştı.

"İyi," dedim. "Program nedir?"

"İkinizin de sunum konusunda görüşmek üzere, Effie'yle dörder saatlik zamanınız olacak. İçerik konusunda da benimle dört saatiniz olacak," dedi Haymitch. "Katniss, sen Effie'yle başlıyorsun."

Effie'nin bana dört saat boyunca ne öğretebileceğini merak ediyordum doğrusu ama beni son dakikaya kadar çalıştırdı. Daireme gittik. Üzerime yerlere kadar inen bir tuvalet, ayaklarıma da yüksek topuklu pabuçlar giydirdi. Bunlar asıl röportajlar sırasında giyeceğim kıyafetler değildi; amacı bana nasıl yürümem gerektiğini öğretebilmekti. Ayakkabılar işin en kötü kısmıydı. Daha önce hiç topuklu ayakkabı giymemiştim ve ayak tabanlarımın ön kısmı üstünde sallanarak dolaşmak hiç bana göre değildi. Effie topuklu ayakkabılarla sürekli oradan oraya koşturuyordu. O yapabiliyorsa ben de yapabilirim diye düşündüm. Elbise başka bir sorundu. Ayaklarıma dolanıp duruyor ve tabii ki eteklerimi yukarı toplama ihtiyacı duyuyordum. O zaman da Effie bir şahin gibi üstüme atlayıp ellerime vuruyor ve, "Bileklerin üstüne çıkmayacak!" diye haykırıyordu. Nihayet yürüme işinin üstesinden geldiğim zaman, bu defa da oturma ve duruş egzersizleri başladı. Görünüşe bakılırsa, başımı öne doğru uzatmak gibi bir sorunum vardı. Göz teması, el hareketleri ve gülümsemek de çok önemliydi. Gülümsemekten kastım, daha çok gülümsemek. Effie bana gülümsemeyle başlayan, gülümsemeyle devam eden ve gülümsemeyle biten yüzlerce sıradan cümle söyletirdi. Öğle yemeği saati geldiğinde, yanak kaslarım fazla kullanılmaktan acıyordu.

Effie iç geçirerek, "Benim elimden bu kadarı geliyor," dedi. "Sakın unutma Katniss, izleyicilerin seni sevmelerini istiyorsun."

"Yoksa sevmeyeceklerini mi düşünüyorsun?" diye sordum.

"Onlara dik dik bakarsan, hayır," dedi. "Neden o bakışlarını arenaya saklamıyorsun? Kendini arkadaşlarının arasındaymış gibi düşünmeye ne dersin?"

"Bu insanlar kaç gün yaşayacağım konusunda bahse giriyorlar," diye haykırdım. "Onlar benim arkadaşım falan değil!"

"Rol yapmayı denesen," dedi Effie. Sonra toparlandı ve gülümseyerek, "İşte böyle," dedi. "Beni sinir etmene rağmen sana gülümseyebiliyorum."

"Çok ikna edici gerçekten," dedim. "Bir şeyler yiyeceğim." Ayakkabılarımı çıkardığım gibi, eteklerimi neredeyse dizlerime kadar kaldırarak yemek odasına gittim.

Peeta ve Haymitch'in keyifleri gayet yerindeydi. İçerik dersinin sabah saatlerine göre daha iyi geçeceğini tahmin ediyordum. Fakat daha fazla yanılamazdım. Yemekten sonra Haymitch beni oturma odasına götürüp kanepeye oturttu. Bir süre çatık kaşlarının altından beni süzdü.

"Ne?" diye sordum.

"Seninle ne yapacağımı kestirmeye çalışıyorum," dedi. "Seni nasıl sunacağımızı. Büyüleyici mi olmalısın? Kayıtsız mı? Ateşli mi? Şu ana kadar bir yıldız gibi parladın. Kardeşin için kendini feda ettin. Cinna sana unutulmaz bir görüntü kazandırmayı başardı. Eğitimden en yüksek notu sen aldın. İnsanların ilgisi uyandı ama kimse senin gerçekten nasıl biri olduğunu bilmiyor. Yarın yaratacağın izlenim, seni tercih edecek sponsorlar açısından hayati önem taşıyor."

Hayatı boyunca sayısız haraç mülakatı izlemiş biri olarak, sözlerinde haklılık payı olduğunu biliyordum. Komik, vahşi ya da ilginç görünerek izleyicilerin ilgisini çekmeyi başarabilirseniz, durum lehinize dönüyordu.

"Peeta'nın imajı nasıl olacak? Yoksa bunu sormamam mı gerekiyor?"

"Sevilebilecek biri," dedi. "Kendini küçümseme üzerine kurulu, doğasından gelen bir mizah yeteneği var. Bununla birlikte, sen ağzını açtığın anda aksi ve güven uyandırmayan birine dönüşüyorsun."

"Dönüşmüyorum!" dedim.

"Lütfen. Atlı arabadaki o neşeli ve sağa sola el sallayan kızı nereden bulup çıkardın hiç bilmiyorum ama o günden beri o kızı bir daha hiç görmedim."

"Tabii ya, bana neşelenmem için o kadar çok neden sundunuz ki..." dedim.

"Ama benim hoşuma gitmen gerekmiyor. Ben sana sponsor olmayacağım. Varsayalım ki ben izleyiciyim," dedi Haymitch. "Haydi beni neşelendir!"

"Pekâlâ," diye homurdandım. Haymitch sunucu rolüne büründü, ben de sorularına dostça tavırlarla cevap vermeye çalıştım. Ama yapamadım. Söylediği şeyler yüzünden ve sorularına cevap vermek zorunda olduğum için Haymitch'e o kadar kızgındım ki... Tek düşünebildiğim olayın tamamının büyük bir haksızlık olduğuydu. Neden eğitimli bir köpek gibi oradan oraya zıplayıp insanları neşelendirmek zorunda olacaktım ki? Mülakat sürdükçe, öfkem iyice su yüzüne çıktı. Ta ki cevapları, kelimenin tam anlamıyla tükürür gibi söylemeye başlayana kadar.

"Pekâlâ. Yeter," dedi Haymitch. "Başka bir bakış açısı yakalamak zorundayız. Sadece düşmanca davranmakla kalmadın. Hakkında hiçbir şey öğrenmiş değilim. Sana tam elli tane soru sordum ama hayata bakışın, ailen ve neleri önemsediğin konusunda hiçbir fikrim yok. O insanlar seninle ilgili bir şeyler duymak istiyorlar, Katniss."

"Ama ben duymalarını istemiyorum," dedim. "Geleceğimi elimden almak üzereler. Geçmişte önem verdiğim şeyleri de elimden alamazlar."

"O zaman yalan söyle. Uydur bir şeyler."

"Yalan söylemek konusunda hiç iyi değilimdir."

"Çabuk öğrensen iyi olur. Cazibenin ölü bir sümüklü böceğinkinden daha çok olmadığını söylemek zorundayım."

Ah... İşte bu canımı fena yakmıştı. Haymitch de fazla sert konuştuğunu fark etmiş olmalı ki, birden sesi yumuşadı. "Bak, bir fikrim var. Neden mütevazı biri gibi davranmıyorsun?"

"Mütevazı," diye tekrar ettim.

"Mesela 12. Mıntıka'dan çıkmış bir kızın bu kadar iyi sonuçlar elde etmesine inanamadığını söyleyebilirsin. Olup bitenlerin, hayal ettiğinden çok daha iyi olduğunu... Cinna'nın kıyafetlerinden bahsedebilirsin. İnsanların ne kadar hoş ve iyi olduklarından. Şehrin seni büyülediğini anlat. Kendinle ilgili bir şeyler anlatmayacaksın madem, bari izleyicilerin ruhunu okşa. Lafı çevir dur işte. Sevgi gösterilerinde bulun."

Bundan sonraki birkaç saat gerçekten büyük bir işkence oldu. Öncelikle, sevgi gösterisinde bulunmak konusunda pek başarılı olmadığımı anladık. Sonra beni kendini beğenmiş biri gibi göstermeye çalıştık ama bunun için gerekli olan küstahlık bende yoktu. Görünüşe bakılırsa gaddar görünmek için fazla savunmasızdım. Espritüel biri değildim. Ya da eğlenceli. Ya da seksi. Ya da gizemli.

Oturumun sonunda, hiç kimse olmadığıma karar verdik. Haymitch, espritüel olmadığımı fark ettiğimiz noktada içmeye başladı ve sesi tuhaflaştı. "Benden bu kadar, tatlım," dedi. "Sorulara cevap ver ve izleyicilere onlardan ne kadar nefret ettiğini göstermemeye çalış."

O akşam yemeğimi odamda yedim. O kadar çok ve gereksiz yiyecek ısmarladım ki, bir süre sonra yediklerimden midem bulanmaya başladı. Sonra tabakları sağa sola atıp kırarak, Haymitch'e, oyunlara ve Capitol'de yaşayan bütün canlılara olan öfkemi çıkarmaya çalıştım. Kızıl saçlı kız yatağımı açmaya geldiğinde, odanın halini gördü. Dehşet içinde donakaldı. "Bırakın!" dedim. "Bırakın! Beni rahat bırakın!"

O çok şey bilen sitemkâr gözleriyle beni korkaklıkla, canavarlıkla ve Capitol'ün kuklası olmakla itham ettiği için ondan da nefret ediyordum. Belki de ona göre adalet nihayet yerini buluyordu. En azından ölümümle, ormanda hayatını kaybeden o çocuğun intikamı alınmış olacaktı.

Ancak kız odayı hemen terk etmek yerine, kapıyı kapatıp banyoya gitti. Islak bir havluyla geri geldi ve önce yüzümü, sonra da kırık bir tabağın kestiği elimdeki kanı sildi. Bunu neden yapıyordu? Ve ben bunu yapmasına neden izin veriyordum?

"Sizi kurtarmayı denemeliydim," diye fısıldadım.

Başını salladı. Bu, kenara çekilmekle doğru olanı yaptığımız anlamına mı geliyordu? Beni affetmiş miydi yani?

"Hayır," dedim. "Yanlıştı."

Parmaklarını dudaklarına götürdü, sonra göğsümü işaret etti. Sanırım, onları kurtarmaya kalkmış olsam benim de kendimi bir Avox olarak bulacağımı söylemeye çalışıyordu. Büyük olasılıkla öyle olurdu zaten. Ya bir Avox olurdum ya da ölürdüm.

Bundan sonraki bir saat boyunca, kızıl saçlı kızın odayı toparlamasına yardım ettim. Çöpler bir çöp kovasına doldurulup yemekler temizlendikten sonra yatağımı açtı. Beş yaşındaki bir çocuk gibi örtünün altına girdim ve üstümü örtmesine izin verdim. Sonra gitti. Uyuyana kadar yanımda kalmasını, uyandığım zaman orada olmasını istiyordum. Ben onu koruyamamış olsam da, bu kızın koruyuculuğuna ihtiyacım vardı.

Sabahleyin gözümü açtığımda kızıl saçlı kızı değil, hazırlık ekibimi karşımda buldum. Effie ve Haymitch'le derslerimiz sona ermişti. Bugün Cinna'nın günüydü. O benim son umudumdu. Belki o kadar muhteşem görünmemi sağlardı ki, hiç kimse sarf edeceğim sözcüklere aldırmazdı.

Ekip akşamüstüne kadar harıl harıl çalıştı. Tenimi ışıl ışıl bir satene dönüştürüp kollarıma desenler çizdiler. Yirmi kusursuz tırnağıma alev desenleri boyadılar. Sonra Venia saçlarımla uğraşmaya başladı. Saçlarımın arasından sol kulağımdan başlayıp, başımın çevresini saran kızıl tutamlar geçirerek sağ omzuma doğru inen kalın bir örgü yarattı. Yüzüme tenimin renginde bir fondöten sürüp, hatlarımı belirginleştirecek bir makyaj yaptılar. İri, koyu renk gözler, dolgun kırmızı dudaklar, gözlerimi kırpıştırdığım zaman ışıklar saçan kirpikler. Son olarak bütün vücudumu altın ışıltıları barındıran bir pudrayla kapladılar.

Cinna benim elbisem olduğunu tahmin ettiğim bir şeyle içeri girdi. Elbisem olduğunu sadece tahmin edebiliyordum çünkü üstünde bir kılıf vardı. "Gözlerini kapat," dedi.

Elbiseyi çıplak vücuduma giydirirlerken önce ipeksi yumuşaklığını, sonra da ağırlığını hissettim. Herhalde yirmi kilo kadar çekiyordu. Kapalı gözlerle ayakkabılarımı giyerken Olivia'dan destek aldım. Neyse ki bu ayakkabılar Effie'nin beni çalıştırdıklarından biraz daha kısa topukluydu. Son ayarlamaları yaptılar. Ve sonra birkaç saniyelik bir sessizlik oldu.

"Artık gözlerimi açabilir miyim?" diye sordum.

"Evet," dedi Cinna. "Aç bakalım."

Karşımdaki boy aynasında, farklı bir gezegenden gelmiş gibi görünen bir yaratık duruyordu. Tenlerin ve gözlerin ışık saçtığı, elbiselerin mücevherlerden yapıldığı bir gezegen. Çünkü elbisem... Elbisemin tamamı ışığı yansıtan, kırmızı ve sarı renkli kıymetli taşlarla ve aralara serpiştirilmiş, alev etkisini daha da belirginleştiren küçük, mavi zerreciklerle kaplıydı. En ufak bir hareketim, alevler arasında kaldığım hissini yaratıyordu.

Hoş değildim. Güzel hiç değildim. Ama en az güneş kadar parlaktım.

Bir süre herkes bana baktı. Nihayet, "Ah, Cinna," diye fısıldadım. "Teşekkürler."

"Benim için şöyle bir döner misin?" dedi. Kollarımı iki yana açıp kendi etrafımda döndüm. Hazırlık ekibimden hayranlık dolu çığlıklar yükseldi.

Cinna ekibi gönderdikten sonra bana elbisenin içinde nasıl hareket edeceğimi gösterdi. Neyse ki bu elbiseyi idare etmek, Effie'ninkinden daha kolaydı. Elbisenin modeli yüzünden yürürken eteklerimi kaldırmam gerekmiyordu. Böylece endişelerimden biri kendiliğinden yok oldu.

"Mülakat için her şey hazır desene," dedi Cinna. Yüz ifadesinden, Haymitch'le konuştuklarını anladım. Ve benim ne berbat bir performans sergilediğimden haberdar olduğunu.

"Korkuncum," dedim. "Haymitch ölü bir sümüklü böcekten farkım olmadığını söyledi. Denediğimiz hiçbir şeyi beceremedim. Olmamı istediği insan gibi davranamıyorum."

Cinna biraz düşündü. "Neden kendin olmuyorsun?"

"Kendim mi? Bu da işe yaramaz. Haymitch benim aksi ve düşman tavırlı olduğumu söyledi."

"Evet, öylesin," dedi Cinna. "Ama sadece Haymitch'in yanında." Sırıttı. "Ben senin öyle biri olduğunu düşünmüyorum. Hazırlık ekibi sana tapıyor. Hatta oyun kurucuların bile kalbini kazandın. Capitol halkına gelince, sürekli senden bahsediyorlar. Ruhundan etkilenmeyen tek bir insan yok."

Ruhum... İşte bunu hiç düşünmemiştim. Bunun tam olarak ne anlama geldiğini bilmiyordum ama savaşçı yönümden bahsediyor olsa gerekti. Cesur bir savaşçı. Ayrıca hiç dostça davranmıyor da değilim. Tamam, belki karşılaştığım herkese bayılmıyor ve belki sık sık gülümsemiyordum ama bazı insanları önemsiyordum.

Cinna buz gibi ellerimi, sıcacık ellerinin arasına aldı. "Soruları cevaplarken geride bıraktığın dostlarından biriyle konuştuğunu varsay. En iyi arkadaşın kim?"

Hiç düşünmeden, "Gale," dedim. "Ama bence bu hiç mantıklı değil, Cinna. Gale'a böyle şeyleri anlatmama gerek yok, çünkü o her şeyi zaten biliyor."

"Ya ben? Beni dostun olarak düşünebilir misin?"

Evden ayrıldıktan sonra tanıştığım insanlar arasında, Cinna kesinlikle bir numaraydı. Onu daha ilk gördüğüm anda sevmiştim ve henüz beni hayal kırıklığına uğratacak hiçbir şey yapmamıştı. "Sanırım, ama..."

"Diğer stilistlerle birlikte ana platformda oturuyor olacağım. Doğruca bana bakabileceksin. Sana bir soru sorulduğu zaman, gözlerinle beni bul ve olabildiğince dürüstçe cevap ver," dedi Cinna.

"Düşündüğüm şey korkunç olsa bile mi?" Çünkü gerçekten de korkunç şeyler düşünebilirdim.

"Özellikle düşündüğün şey korkunçsa... Deneyecek misin?"

Başımı evet der gibi salladım. İyi bir plandı. Ya da en azından tutunacak ince bir dal.

Gitme zamanı geldi. Mülakatlar, Eğitim Merkezi'nin önüne kurulan bir sahnede gerçekleşecekti. Odamdan çıkıp kalabalığın, kameraların ve bütün Panem'in karşısına geçmem sadece birkaç dakikamı alacaktı.

Cinna, kapının tokmağına uzanırken onu durdurdum. "Cinna..." Sahne korkusu her yanımı sarmış durumdaydı.

Yumuşacık bir sesle, "Seni zaten sevdiklerini aklından çıkarma," dedi. "Kendin ol, yeter."

12. Mıntıka'nın diğer fertleriyle asansörün önünde bir araya geldik. Portia ve ekibi de çok çalışmışlardı. Peeta, alev izleri taşıyan siyah takım elbisesi içinde çok hoş görünüyordu. Bir arada iyi görüntü versek de, aynı şeyleri giymemiş olmamız ikimizi de rahatlattı. Haymitch ve Effie de giyinip süslenmişlerdi. Haymitch'le konuşmamaya özen gösterirken, Effie'nin iltifatlarını keyifle kabul ettim. Effie zaman zaman

bunaltıcı ve budala biri olabiliyordu ama en azından Haymitch kadar yıkıcı bir insan değildi.

Asansörden indiğimiz zaman, diğer haraçların sahneye çıkmak üzere sıra olduğunu gördük. Mülakatlar boyunca, yirmi dördümüz birden büyük bir kemerin altında oturacaktık. Ben sonuncu, daha doğrusu sondan bir önceki haraç olacaktım. Çünkü röportajlar sırasında kız haraçlara öncelik veriliyordu. İlk haraç olmak ve bu işi üstümden bir an önce atmak için neler vermezdim! Şimdi, sıra bana gelmeden önce, herkesin ne kadar esprili, eğlenceli, mütevazı, ateşli ve büyüleyici olduğunu izlemek zorundaydım. Ayrıca, tıpkı oyun kurucular gibi, zaman içinde seyirciler de sıkılmaya başlayacaklardı. Dikkatleri çekmek için izleyicilerin üstüne bir ok fırlatamayacağıma göre...

Tam sahneye çıkmadan önce Haymitch, Peeta'yla benim arkamıza geldi ve, "Hâlâ mutlu bir çift olduğunuzu sakın unutmayın," dedi. "Ona göre davranın."

Ne? Oysa Peeta ayrı ayrı eğitilmemizi talep ettiği anda, bu oyundan vazgeçtiğimizi sanıyordum. Ama sanırım bu kural yalnız olduğumuz zamanlar için geçerliydi, halkın gözünün önüne çıktığımız zamanlar için değil. Her neyse, zaten çok fazla iletişim kurma imkânımız da yoktu. Tek sıra halinde sahneye çıkıp yerlerimizi aldık.

Sahneye çıkmak bile, nefesimin hızlanmasına yetiyordu. Nabzımın şakaklarımda attığını hissedebiliyordum. Sandalyeme oturmak bana iyi geliyordu çünkü yüksek topuklar ve titreyen dizlerimle düşmem an meselesiydi. Akşamın çökmesine rağmen, Şehir Meydanı bir yaz günü kadar aydınlıktı. En prestijli misafirleri için özel bir tribün kurulmuştu. Stilistler en ön sırada oturuyorlardı. Meydana toplanan kalabalık, eserlerine tepki verirken, kameralar onların üzerlerine çevrilecekti. Sağ taraftaki bir binanın geniş balkonu oyun kuruculara ayrılmıştı. Televizyon ekipleri diğer balkonları geniş ölçüde kaplamışlardı. Hem Şehir Meydanı hem de meydana çıkan ara sokaklar tıklım tıklım doluydu. Ülkenin dört bir yanındaki bütün evlerde ve kamu binalarındaki bütün televizyonlar açıktı. Panem'in bütün vatandaşları televizyon karşısındaydı. Bu gece elektrik kesintisi olmayacaktı.

Kırk seneyi aşkın bir süredir mülakatlara sunuculuk yapan Caesar Flickerman sahneye fırladı. Aslında, biraz korkutucu bir hali vardı çünkü görüntüsü bunca zaman içinde hiç değişmemişti. Beyaz, duru bir makyaj tabakasıyla kaplı yüzü hep aynıydı. Her Açlık Oyunları için farklı bir renge boyadığı saçlarını, her zaman aynı tarzda taratıyordu. Üstünde, yıldızlar gibi parlayan binlerce küçük ampulle donatılmış, gece mavisi bir tören kıyafeti vardı. Capitol'de insanları daha genç ve zayıf göstermek için birtakım ameliyatlar yapılıyordu. Oysa, 12. Mıntıka'da pek çok insan hayata erken yaşta veda ettiği için, yaşlı görünmek başarı sayılıyordu. Yaşlı bir insan görünce, uzun ömrü için onu tebrik etmek ve işin sırrını sormak istiyordunuz. Etine dolgun insanlara hepimiz imreniyorduk çünkü bu, o insanların bizim gibi sıkıntı çekmedikleri anlamına geliyordu. Ama burada durum çok farklıydı. Kırışıklıklar istenmiyordu. Şişkin bir göbek başarı göstergesi sayılmıyordu.

Caesar bu yıl saçlarını uçuk maviye boyamış, göz kapakları ve dudakları da aynı renkle kaplanmıştı. Ürkütücü görünse de geçen senekinden daha az korkunç olduğunu söyleyebilirim. Geçen sene koyu kırmızı bir renge bürünmüştü ve kan kaybediyor gibi görünüyordu. Caesar kalabalığın ısınmasını sağlamak için birkaç espri yaptıktan sonra işe koyuldu.

1. Mıntıka'nın kız haracı, içini olduğu gibi gösteren tahrik edici, dore tuvaletiyle sahnenin ön tarafına, Caesar'ın ya-

nına çıktı. Akıl hocasının ona bir imaj yaratırken çok zorlanmadığı belli oluyordu. Sarı, dalgalı saçları, zümrüt yeşili gözleri, uzun ve kıvrımlı vücuduyla, tepeden tırnağa çok seksi bir kızdı.

Her görüşme sadece üç dakika sürüyordu. Sonra bir zil çalıyor ve sıradaki haraç yerini alıyordu. Caesar'ın hakkını vermek gerekirdi; haraçların her birinin parlaması için elinden geleni yapıyordu doğrusu. Dost canlısı konuşmalarıyla, gergin olanları rahatlatmaya çalışıyor, berbat esprilere bile gülüyor ve tavırlarıyla en zayıf cevapları bile akılda kalacak hale dönüştürüyordu.

Mıntıkalar tek tek geçip giderken Effie'nin bana gösterdiği biçimde, bir hanımefendi gibi oturdum. İki, üç, dört. Herkes önceden kararlaştırılan imajına göre hareket ediyordu. 2. Mıntıka'nın insan azmanı erkek yarışmacısı acımasız bir ölüm makinesi gibiydi. 5. Mıntıka'nın Tilki Surat kız yarışmacısı ise kurnaz ve kaçamak cevaplar verdi. Cinna'yı daha yerini aldığı anda gözüme kestirmiştim ama onun varlığı bile beni rahatlatmaya yetmiyordu. Sekiz, dokuz, on. 10. Mıntıka'nın topal yarışmacısı çok sessizdi. Avuçlarım deli gibi terliyordu ama üzeri taşlarla kaplı elbisem teri çekecek cinsten olmadığı için kurulayacak yer bulamıyordum. On bir.

Rue, büyük kanatların tamamladığı incecik kumaştan yapılma tuvaleti içinde Caesar'a doğru âdeta uçarcasına gitti. Kalabalık, bu ufak tefek haracın narin görüntüsü karşısında, derin bir sessizliğe gömüldü. Caesar kıza çok tatlı davrandı. Eğitimde aldığı ve bu kadar ufak tefek bir cüsse için çok iyi bir not sayılabilecek yedi puan için onu tebrik etti. Kız titrek bir sesle, "Beni yakalamak çok zordur," dedi. "Beni yakalayamazlarsa öldüremezler, değil mi? Bu yüzden beni hafife almayın."

Caesar cesaret verici bir sesle, "Bir milyon yıl düşünsem de böyle bir şey aklımdan geçmez," dedi.

11. Mıntıka'nın erkek haracı Thresh'in tıpkı Rue'nunki gibi koyu renk bir teni vardı ama benzerlikleri bunun ötesine geçmiyordu. Çocuğun dev gibi bir cüssesi vardı; büyük olasılıkla bir seksen beş boyundaydı ve bir öküz gibi yapılı bir vücuda sahipti. Fakat birkaç gün önce Kariyer Haraçları'nın onlara katılma teklifini geri çevirdiğini fark etmiştim. Tek başına takılmayı, kimseyle konuşmamayı tercih etmiş, eğitime ilgi göstermemişti. Buna rağmen tam on puan almıştı. Oyun kurucularını nasıl etkilediğini hayal etmek güç değildi. Caesar'ın şakalaşma girişimlerini duymazdan geliyor ve bütün soruları evet ya da hayır diyerek cevaplıyordu. Hatta bazı sorulara cevap dahi vermiyordu.

Onun cüssesinin yarısına sahip olsaydım, düşmanca ve aksi bir görüntü sergilemem hiç yadırganmazdı. Sponsorların yarısının ona destek vermeyi düşündüğünden emindim. Doğrusu param olsaydı, ben de ona yatırırdım.

Ve işte Katniss Everdeen'i anons ettiler. Ayağa kalkıp sahnenin ön tarafına doğru yürürken rüyada gibiydim. Caesar'ın bana uzattığı eli sıktım. Adam elini hemen takım elbisesine kurulamayarak büyük bir nezaket gösterdi.

"Pekâlâ, Katniss. 12. Mıntıka'dan sonra Capitol sana çok farklı gelmiş olmalı. Buraya geldiğin günden beri, seni en çok etkileyen ne oldu?"

Ne? Ne demişti? Sanki ağzından çıkan kelimeler hiçbir anlam ifade etmiyordu.

Ağzımın içi talaş tozuyla kaplanmış gibi kupkuruydu. Kalabalığın arasında Cinna'yı buluyor ve gözlerimi çaresizlik içinde gözlerine kilitliyordum. Kelimelerin onun dudaklarından döküldüğünü hayal ediyordum. "Buraya geldiğin günden beri, seni en çok etkileyen ne oldu?" Beni burada en çok mutlu eden şeyin ne olduğunu düşündüm. İçimden bir ses, "Dürüst ol," diyordu. "Dürüst ol."

"Kuzu yahnisi," dedim.

Caesar bir kahkaha attı. Seyircilerin bir kısmının da onunla birlikte güldüğünü hayal meyal fark ettim.

"Hani şu kuru erikle yapılan mı?" diye sordu. Başımı salladım. "Ah, ben de bayılırım," dedi. Hafifçe izleyicilere doğru döndü ve elini karnına koyup, dehşete düşmüş gibi bir ifadeyle, "Belli olmuyor, değil mi?" diye sordu. Seyirciler, "Hayır!" diye bağırıp alkışladılar. Caesar konusunda söylemek istediğim tam olarak buydu işte. İnsanı zor durumlardan kurtarmakta üstüne yoktu.

"Şimdi, Katniss," dedi gizli bir şeyden bahsetmek üzereymiş gibi bir tavırla. "Açılış törenlerinde ortaya çıktığın zaman kalbim duracak sandım. Kostümün hakkında sen ne düşündün?"

Cinna tek kaşını kaldırdı. Dürüst ol. "Yanma korkumu atlattıktan sonra mı demek istiyorsunuz?" diye sordum.

Yine güldü. Seyircilerden bu defa daha güçlü bir kahkaha yükseldi.

"Evet," dedi Caesar. "O zamandan başlayalım."

Cinna, dostum. Ondan mutlaka bahsetmeliydim. "Cinna'nın çok zeki biri olduğunu düşündüm. Kostümüm, bugüne dek gördüğüm en muhteşem kostümdü ve onu giydiğime inanmakta güçlük çekiyordum. Bu kostümü giydiğime de inanamıyorum zaten." Eteklerimi hafifçe kaldırdım. "Şuna bir bakar mısınız, lütfen?"

Seyircilerden yükselen hayranlık dolu nidalar arasında, Cinna'nın parmağını şöyle bir çevirdiğini gördüm. Ne demeye çalıştığını hemen anladım. "*Benim için döner misin?*"

Kendi etrafımda döndüm, yarattığım etki muazzam oldu.

Caesar, "Şunu bir daha yapsana," dedi. Kollarımı kaldırıp, bir kez daha döndüm. Eteklerim uçuşurken, alevlerin arasında kalmışım gibi bir yanılsama oluştu. Kalabalıktan alkışlar ve tezahüratlar yükseldi. Durunca, dengemi sağlamak için Caesar'ın koluna yapıştım.

"Durma!" dedi.

"Durmak zorundayım," dedim. "Başım dönüyor." Ve hayatımda ilk defa kıkırdadım. Gerilen sinirlerin ve dönüşün etkisi olsa gerekti.

Caesar beni koluyla sardı. "Endişelenme," dedi. "Ben seni tutarım. Akıl hocanın akıbetine uğramana izin veremem."

Kameralar, toplama günündeki görkemli dalışıyla meşhur olan Haymitch'e yönelirken herkes yuhalamaya başladı. Haymitch iyi huylu bir adam gibi el salladıktan sonra, beni işaret etti.

Caesar kalabalığa, "Her şey yolunda," dedi. "Katniss benim yanımda güvende. Pekâlâ. Eğitim notuna ne diyorsun? ON BİR! Bize orada neler olduğu konusunda ipucu verebilir misin?"

Balkondaki oyun kurucular bakarken dudağımı ısırdım. "Şey... tek diyebileceğim, bir ilk yarattığımı sanıyorum."

Kameralar, gülerek başlarını sallayan oyun kuruculara yöneldi.

Caesar gerçekten de acı çekiyormuş gibi bir ifadeyle, "Bizi öldürüyorsun," dedi. "Detay isteriz."

Balkona bakarak, "Bu konuda konuşmamam gerekiyor, değil mi?" diye sordum.

Punç kâsesine düşmekten son anda kurtulan oyun kurucu, "Evet, öyle!" diye seslendi.

"Teşekkürler," dedim. "Üzgünüm, dudaklarım mühürlü."

"Pekâlâ. O zaman toplama gününe, kız kardeşinin adının okunduğu ana dönelim." Ciddi bir havaya büründü. "Yerine gönüllü oldun. Bize ondan bahseder misin?"

Hayır. Hayır. Hepinize birden olmaz. Belki Cinna'ya. Yüzündeki hüznün hayal gücümün eseri olmadığından emindim. "Adı Prim," dedim. "Henüz on iki yaşında ve ben onu her şeyden çok seviyorum."

Şehir Meydanı, iğne atsanız duyulacak bir sessizliğe gömüldü.

"Toplamadan sonra sana ne söyledi?"

Dürüst ol. Dürüst ol. Güçlükle yutkunuyordum. "Kazanmak için elimden geleni yapmamı," dedim. İzleyiciler donup kalmıştı sanki. Ağzımdan çıkan her kelimeyi dikkatle dinliyorlardı.

Caesar yumuşacık bir sesle, "Ya sen ne dedin?" diye sordu.

Bütün vücudumun buz kestiğini hissediyordum. Bütün kaslarım, tıpkı bir canlıyı öldürmeden önce olduğu gibi geriliyordu. "Kazanacağıma yemin ettim."

"Bundan eminim," dedi Caesar kolumu sıkarak. Ve zil sesi duyuldu. "Üzgünüm, zamanımız doldu. 12. Mıntıka'nın haraçlarından Katniss Everdeen'a bol şans diliyoruz."

Alkışlar ben yerimi aldıktan sonra da devam etti. Emin olmak için Cinna'ya baktım. Başparmağını havaya kaldırarak, "her şey yolunda" işaretini verdi.

Peeta'nın görüşmesinin ilk dakikaları boyunca sersemliğimi üstümden atamadım. Yine de, seyircileri etkilemeyi başardığını anladım. Kahkahalar atıyor, Peeta'yı alkışlıyorlardı. Fırıncının oğlu rolünü oynuyor ve haraçları, geldikleri mıntıkanın ekmekleriyle karşılaştırıyordu. Sonra Capitol duşlarının tehlikeleriyle ilgili bir anekdot anlatmaya başladı. Caesar'a, "Söylesene," dedi. "Hâlâ gül kokuyor muyum?" Sonra sırayla birbirlerini koklamaya başladılar ve izleyicileri kırıp geçirdiler. Caesar, Peeta'ya geride bıraktığı bir kız arkadaşı olup olmadığını sorunca yeniden kulak kesildim.

Peeta kısa bir tereddütten sonra, hiç de ikna edici olmayan bir ifadeyle başını salladı.

"Senin gibi yakışıklı bir delikanlı. Mutlaka özel bir kız vardır. Haydi, bize ismini söyle," dedi Caesar.

Peeta iç geçirdi. "Bir kız var elbette. Onu gördüğüm ilk andan beri âşığım. Ancak toplama gününe kadar varlığımdan bile habersiz olduğundan eminim."

Kalabalıktan sempati sesleri yükseldi. Karşılıksız aşk konusu büyük rağbet görüyordu.

"Yoksa başka bir sevgilisi mi var?"

"Bilmiyorum ama ondan hoşlanan çok erkek var," dedi Peeta.

"O zaman yapman gerekeni söyleyeyim. Kazanıp eve dönüyorsun. Herhalde o zaman sana hayır diyemez, değil mi?"

"Bunun bir işe yarayacağını sanmıyorum," dedi Peeta. "Yani kazanmak, benim durumumda bir şey ifade etmiyor."

Caesar kafası karışmış bir halde, "Ama neden?" diye sordu.

"Çünkü," dedi Peeta kıpkırmızı bir suratla âdeta kekeleyerek. "Çünkü... benimle birlikte, o da buraya geldi."

KISIM II

"OYUNLAR"

10

Kameralar birkaç saniye boyunca Peeta'nın önüne eğdiği bakışlarına sabitlenirken, ağzından çıkan sözlerin ne anlama geldiği yavaş yavaş kafama dank ediyordu. Sonra, şaşkınlık ve itiraz karışımı bir ifadeyle araladığım dudaklarımı ve kendimi ekranda gördüm. *Ben! Benden bahsediyor*! Dudaklarımı sıkıp yere baktım. İçimde kaynamaya başlayan duyguları bu şekilde gizleyebileceğimi umuyordum.

Caesar, "Büyük talihsizlik," dedi, sesinde samimi bir hüzün vardı. Kalabalıktan onunla hemfikir olduklarını gösteren mırıltılar yükseliyordu. Hatta acı dolu çığlıklar atan birkaç kişi bile oldu.

"Hiç iyi değil," dedi Peeta.

"Hiçbirimizin seni suçlayabileceğimizi sanmıyorum," dedi Caesar. "O genç bayana âşık olmamak çok güç. Haberi yok muydu?"

Peeta başını salladı. "Şu ana kadar, hayır."

Ekrana kaçamak bir bakış attım ve yanaklarımın beni ele verecek kadar kızarmış olduğunu gördüm.

"Onu tekrar buraya çağırıp bir cevap almak istemez miyiz?" Ceasar bunu seyircilere sormuştu. Kalabalıktan onaylayıcı sesler yükseliyordu. "Ne yazık ki, kurallara uymak zorundayız. Katniss Everdeen'e ayrılan vakit doldu. Sana bol şans diliyoruz, Peeta Mellark. Bunu bütün Panem halkı adına söylüyorum; kalplerimiz seninle çarpacak."

Kulakları sağır eden tezahüratlarla beslenen bir alkış koptu. Peeta bana olan aşkını ilan ederek, hepimizi haritadan silivermişti. İzleyiciler nihayet biraz durulunca, zor duyulur bir sesle teşekkür edip, yerine döndü. Marş için ayağa kalktık. Kurallar gereği, marş okunurken başımı dik tutmak zorundaydım. Bütün ekranlara, Peeta ile benim yan yana görüntümüz düşüyordu. Aramızda fiziksel olarak sadece birkaç karış vardı ama seyircilerin gözünde bu asla kapanmayacak bir mesafeydi. *Zavallı, trajik bizler.*

Ama benim de kafam çalışıyordu.

Marştan sonra haraçlar önce Eğitim Merkezi'nin lobisine, oradan da asansörlere götürülüyorlardı. Peeta'nın olmadığı bir kabine girmeye özen gösterdim. Stilistlerimiz, akıl hocalarımız ve refakatçilerimiz kalabalık yüzünden yanımıza ulaşamadıkları için tek başınaydık. Kimsenin ağzını bıçak açmıyordu. Asansördeki dört haraç benim katıma ulaşmadan indiği için tek başıma kaldım. On ikinci katta kapılar açıldı. Peeta'nın da diğer kabinden indiğini görünce, ellerimi göğsüne dayayıp onu ittim. Dengesini kaybetti ve yapma çiçeklerle dolu ayaklı, çirkin bir vazonun üstüne düştü. Vazo devrilip binlerce küçük parçaya ayrıldı. Peeta da kırıkların üstüne oturdu ve o anda elleri kanamaya başladı.

"Bu da neyin nesiydi?" dedi dehşet içinde.

"Buna hakkın yoktu!" diye haykırdım. "Benimle ilgili öyle şeyler söylemeye hiç hakkın yoktu."

Asansörün kapıları açıldı ve ekibin tamamı karşımızda bitti: Effie, Haymitch, Cinna ve Portia.

Effie isterik bir sesle, "Neler oluyor burada?" diye sordu. "Düştün mü yoksa?"

Effie ve Cinna kalkmasına yardım ederken, "Katniss beni itince," dedi.

Haymitch bana döndü. "Onu ittin mi?"

"Bu fikir senden çıktı, değil mi? Beni bütün ülkenin önünde aptal yerine koydunuz!"

Peeta ellerindeki porselen kırıklarını ayıklarken yüzünü buruşturarak, "Benim fikrimdi," dedi. "Haymitch sadece yardım etti, o kadar."

"Doğru ya! Haymitch çok yardımsever biri, ama sadece sana karşı..." dedim.

Haymitch tiksintiyle, "Sen aptalın tekisin," dedi. "Sana zarar verdiğini mi sanıyorsun? Bu çocuk sana tek başına asla sağlayamayacağın bir şey verdi."

"Beni zayıf gösterdi," dedim.

"Seni istenebilir biri gibi gösterdi. Gerçekle yüzleşelim. Bu konuda ne kadar yardım alırsan, o kadar iyi. O seni istediğini söyleyene kadar ancak bir pislik kadar romantiktin. Şimdi ise hepsi seni istiyor. Sadece sizden bahsediyorlar. 12. Mıntıka'nın talihsiz âşıkları!"

"Ama biz talihsiz âşıklar falan değiliz," dedim.

Haymitch beni kolumdan tutup duvara çiviledi. "Kimin umurunda? Bu büyük bir gösteri. Ve önemli olan tek şey nasıl algılandığın. Mülakatından sonra senin hakkında söyleyebileceğim tek şey, yeterince iyi görünebildiğin olurdu. Gerçi bu da başlı başına bir mucize ya, neyse! Ama şimdi senin bir kalp hırsızı olduğunu söyleyebilirim. Ah, ah, ah... Geldiğin yerde senin için yerlerde sürünen bütün o delikanlılar... Sence hangi imaj sana daha çok sponsor kazandırır?"

Nefesindeki şarap kokusu midemi bulandırıyordu. Ellerini omuzlarımdan ittim ve kafamı toplayabilmek için birkaç adım uzaklaştım.

Cinna yanıma geldi ve elini omzuma attı. "Haklı, Katniss."

Ne düşünmem gerektiğini bilmiyordum. "Daha önceden haberim olsaydı o kadar aptal görünmezdim."

"Hayır. Tepkin mükemmeldi. Bilseydin, bu kadar sahici gelmezdi," dedi Portia.

Peeta elinden çıkardığı bir porselen kıymığını yere atarken, "Tek derdi erkek arkadaşı," diye homurdandı.

Gale'ı düşününce yanaklarım yanmaya başladı. "Benim erkek arkadaşım yok."

"Her neyse," dedi Peeta. "Her iddiasına girerim ki bir blöfle karşı karşıya olduğunu anlayacak kadar zeki biridir. Ayrıca sen beni sevdiğini söylemedin ki. Bu durumda benim ne söylediğimin ne önemi olabilir?"

Kelimeler aklımda yer ettikçe, öfkem hafifledi. Kullanılmış olmak ile önüme bir fırsat serilmiş olması arasında gidip geliyordum. Haymitch haklıydı belki de. Mülakatımdan başarıyla çıkmıştım ama gerçekten nasıldım? Işıltılı bir elbise içinde dönüp duran salak bir kız... Kıkırdayıp duran... Adam gibi bir varlık sergilediğim tek an, Prim'den bahsettiğim andı. Thresh'in sessiz ve öldürücü gücüyle karşılaştırdığın zaman, beni unutmak çok kolaydı. Salak, ışıltılı ve kolayca unutulabilir. Hayır hayır, kolayca unutulma kısmı o kadar da doğru değildi. Ne de olsa eğitimden aldığım on bir puanım vardı.

Oysa Peeta beni sevilecek bir nesneye dönüştürmüştü. Hem de sadece kendi sevgisinin hedefi olarak göstermemişti. Pek çok hayranım olduğundan bahsetmişti. Ve eğer izleyiciler gerçekten birbirimize âşık olduğumuza inandılarsa... İtirafının ne yoğun bir tepki aldığını hatırlıyordum da... Talihsiz âşıklar. Haymitch haklıydı. Capitol'dekiler böyle numaraları yiyorlardı. Birden gerektiği gibi tepki verememiş olmaktan korktum.

"Aranızda Peeta bana âşık olduğunu söyledikten sonra, benim de ona âşık olabileceğimi düşünen oldu mu?" diye sordum.

"Ben düşündüm," dedi Portia. "Yanaklarının kızarması, kameraya bakmaktan kaçınman..."

Diğerleri de hemfikir olduklarını gösterecek şeyler söylediler.

"Altın gibisin, tatlım," dedi Haymitch. "Sponsorlar senin için sokağın diğer ucuna kadar sıra olacak."

Verdiğim tepkiden çok utandım. Peeta'nın hakkını vermek zorundaymışım gibi hissediyorum. "Seni ittiğim için özür dilerim."

"Önemi yok," diyerek omuz silkti. "Gerçi teknik anlamda kurallara aykırı bir şeydi."

"Ellerin iyi mi bari?" diye sordum.

"İyileşirler," dedi.

Sessizlik oldu. Yemek odasından mis gibi kokular yükseliyordu. "Haydi, bir şeyler yiyelim," dedi Haymitch. Hepimiz peşine düşüp yemek odasına girdik ve masadaki yerlerimizi aldık. Ancak Peeta'nın elleri kanamaya devam ettiği için Portia onu pansumana götürdü. Kremalı ve gül yapraklı çorbamıza onlarsız başladık. Biz çorbalarımızı bitirirken geri geldiler. Peeta'nın elleri sargılıydı. Kendimi suçlu hissetmemem mümkün değildi. Yarın arenaya çıkacaktık. O bana iyilik yapmış, bense karşılık olarak yaralanmasına neden olmuştum. Ona borçlu kalmaktan ne zaman kurtulacaktım?

Yemekten sonra, oturma odasında banttan yayını izledik. Her ne kadar diğerleri büyüleyici olduğumu söyleyip dursa da, elbisemin içinde kıkırdayarak dönerken süslü püslü ama sığ bir kız görüntüsü verdiğimi düşünüyordum. Peeta ise gerçekten çok etkileyiciydi. âşık çocuk rolünün hakkını veriyordu. Ve işte ben... Kızarmış yanaklarım, allak bullak olmuş yüzümle Cinna'nın hünerli ellerinden çıkma elbisemin içinde çok güzel ve Peeta'nın itirafıyla arzu duyulabilir bir kızdım. Şartlar bana hüzünlü bir hava veriyordu. Ve hepsi bir araya geldiğinde, ortaya kimsenin kolay kolay unutamayacağı bir şahsiyet çıkıyordu.

Marş sona erip ekran kararınca, odaya derin bir sessizlik çöktü. Yarın, şafakla birlikte yataklarımızdan çıkarılıp arena için hazırlanacaktık. Capitol sakinlerinin büyük kısmı geç saatlere kadar uyuduğu için, oyunlar saat ondan sonra başlayacaktı. Ama Peeta ve benim erkenden işbaşı yapmamız gerekiyordu. Bu senenin oyunları için hazırlanan arenaya ulaşmak için ne kadar yol almamız gerekeceğini kimse bilmiyordu.

Haymitch ve Effie'nin bizimle gelmeyeceklerini biliyordum. Buradan ayrılır ayrılmaz, Oyunlar Genel Merkezi'ne gidip bizim için –umarım!– sponsorlarla anlaşma masasına oturacaklardı. Daha sonra da gelen hediyeleri bize nasıl ve ne zaman ulaştıracakları konusunda strateji belirleyeceklerdi. Cinna ve Portia arenaya gireceğimiz noktaya kadar bizimle olacaklardı. Yine de son vedalarımızı burada etmemiz gerekiyordu.

Effie her ikimizin de elini tuttu. Gözlerinde yaşlarla bize bol şans diledi. Bize bugüne kadar sponsorluk etme ayrıcalığına sahip olduğu en iyi haraçlar olduğumuz için teşekkür etti. Ve sonra, nihayetinde Effie olduğu ve görünüşe bakılırsa yasalar gereği korkunç şeyler söylemeye mecbur olduğu için, "Nihayet önümüzdeki sene daha iyi bir mıntıkaya terfi ettirilirsem hiç şaşırmayacağım," dedi.

Sonra ikimizi de yanaklarımızdan öpüp hızlı adımlarla odadan çıktı. Bu halinin iki nedeni olabilirdi: Ya yaşanan anın duygusallığı onu fazlasıyla etkiliyor ya da talihinin nihayet dönmesinin yarattığı coşkuyla yerinde duramıyordu.

Haymitch kollarını göğsünde kavuşturup bize baktı.

Peeta, "Bize verecek son birkaç tavsiyen olacak mı?" diye sordu.

"Gong sesini duyduğunuz zaman, hemen harekete geçin. İkiniz de Cornucopia'daki katliama uygun değilsiniz. Hemen koşun ve diğerleriyle aranıza olabildiğince mesafe koyun. Ve kendinize bir su kaynağı bulun. Anladınız mı?"

"Ya sonra?" diye sordum.

"Hayatta kalmaya bakın," ded Haymitch. Trende de aynı şeyi söylemişti ancak bu defa sarhoş değildi ve gülmüyordu. Başlarımızı sallamakla yetindik. Söylenecek ne vardı ki?

Ben odama giderken, Peeta geride kalıp Portia'yla bir şeyler konuştu. Buna memnun olmuştum. Vedalaşırken birbirimize söyleyeceğimiz tuhaf sözler yarını bekleyebilirdi. Yatağım açılmıştı ama kızıl saçlı Avox kızı ortalarda görünmüyordu. Keşke adını bilseydim. Belki de sorup öğrenmeliydim. Benim için bir kâğıda yazabilirdi. Ya da el kol hareketleriyle anlatabilirdi. Ya da belki de soruma cevap verdiği için ceza alırdı.

Duş alıp tenimi kaplayan altın renkli boyadan, makyajımdan ve vücuduma sinen güzel kokudan arındım. Tasarım ekibinin onca çabasından geriye, sadece tırnaklarımdaki alev resimleri kaldı. Onları, seyirciye kim olduğumu hatırlatmak için silmedim. *Katniss. Alevler içindeki kız.* Belki de o alevler sayesinde beni bekleyen zorlu günlere katlanmayı başarabilirdim.

Kalın ve yumuşacık bir gecelik giyip yatağıma girdim. Asla uyuyamayacağımı anlamam sadece birkaç saniyemi aldı. Fakat uyumam gerekiyordu. Arenada yorgunluğa teslim olacağım her dakika, ölüme davetiye olacaktı.

Hiçbir faydası yoktu. Bir saat geçti. Sonra iki... Üç. Göz kapaklarım ağırlaşmamakta direniyordu. Yarın nasıl bir araziye atılacağımı düşünmekten kendimi alamıyordum. Bir çöl mü olacaktı? Bataklık mı? Dondurucu, çorak bir arazi mi? Bana kendimi gizleme, barınma ve yiyecek bir şeyler bulma şansını verecek ağaçların olmasını her şeyden çok diliyordum. Çorak araziler sıkıcı olduğu ve ağaç yokluğunda oyunlar çabucak nihayetlendiği için genelde ağaç olmasına özen gösteriliyordu. Peki ya iklim nasıl olacaktı? Oyun kurucular ağırlaşan anları canlandırmak için nasıl tuzaklar kurmuşlardı kimbilir. Ve tabii diğer haraçları da unutmamalı.

Kendimi zorladıkça uyku benden uzaklaşıyordu. Sonunda, yatakta kalamayacak kadar gerildim. Kalkıp odanın içinde dolaşmaya başladım. Kalbim deli gibi çarpıyor, nefesim hızlanıyordu. Odamın duvarları bir hapishane hücresi gibi üstüme kapanıyordu. Eğer hemen hava alamazsam, yine bir şeyler fırlatmaya başlayacaktım. Koridora çıkıp çatıya koştum. Kapı kilitli olmadığı gibi, yarı açık duruyordu. Belki de birisi kapatmayı unutmuştu ama önemli değildi. Çatıyı çevreleyen elektrik perdesi her tür kaçma girişimini engelleyecek şekilde düşünülmüştü. Zaten benim niyetim de kaçmak değildi. Sadece ciğerlerime biraz temiz hava çekmek istiyordum, o kadar. Kimsenin beni avlamaya çalışmayacağı bu son gecede, gökyüzünü ve ayı görmek istiyordum.

Çatıda hiç ışık yoktu ama daha çıplak ayaklarım seramik zemine temas ettiği anda Capitol'ün renkli ışıklarının önünde siyah bir gölge gibi duran silüeti gördüm. Aşağıda, sokaklarda tam bir şenlik havası vardı. Odamdaki kalın pencereler yüzünden hiç duymadığım müzik ve şarkı sesleri, arabaların klaksonlarıyla karışıyordu. O beni fark etmeden dönüp gidebilirdim; bu gürültüde beni duyamazdı. Ama hava o kadar güzeldi ki, odamın o kasvetli havasına dönmeyi canım hiç istemedi. Hem zaten konuşup konuşmamamız neyi değiştirirdi ki?

Ayaklarım seramik taşların üstünde sessizce ilerledi. Aramızda sadece bir metre kalınca, "Biraz uyumalısın," dedim.

Kıpırdandı ama arkasına dönmedi. Başını hafifçe salladığını görebiliyordum. "Partiyi kaçırmak istemedim," dedi. "Ne de olsa bizim şerefimize verilmiş bir parti."

Yanına gidip korkuluktan aşağı baktım. Geniş sokaklar dans eden insanlarla doluydu. Küçük figürleri daha net görebilmek için gözlerimi kıstım. "Kostüm mü giymişler?"

"Bilmem ki. Burada giydikleri o delice kıyafetleri düşününce... Sen de mi uyuyamadın?"

"Kafamı bir türlü boşaltamadım," dedim.

"Aileni mi düşünüyordun?"

Biraz suçlu hissederek, "Hayır," dedim. "Yarından başka bir şey düşünemiyorum. Gerçi bunun da bir anlamı yok ya." Aşağıdan vuran ışıkta yüzünü ve bandajlı ellerini tuhaf bir biçimde havada tutuşunu görebiliyordum... "Ellerin için gerçekten çok üzgünüm."

"Önemi yok, Katniss," dedi. "Başından beri iddialı değildim zaten."

"Böyle düşünmemelisin," dedim.

"Neden? Gerçek bu. Tek dileğim, kendimi küçük düşürmemek ve..." Tereddüt edip sustu.

"Ve ne?"

"Bunu tam olarak nasıl söyleyebileceğimi bilmiyorum. Sadece... kendim gibi ölmek istiyorum. Sence mantıklı mı?" Başımı salladım. İnsan nasıl kendinden başka biri gibi ölebilirdi ki? "Orada beni değiştirmelerini istemiyorum. Aslında olmadığım bir canavara dönüştürmelerini."

Alt dudağımı ısırdım. Ben ağaçlar olsun diye dua ederken, Peeta kimliğini nasıl koruyacağına kafa yoruyormuş meğer. Katıksız benliğini. "Hiç kimseyi öldürmeyeceğini mi söylüyorsun?" diye sordum.

"Hayır. Zamanı geldiğinde başkaları gibi benim de birilerini öldüreceğimden eminim. Mücadele etmeden teslim olamam. Ben sadece, Capitol'e bana sahip olamayacaklarını göstermenin bir yolu olmasını çok isterdim. Yani sadece oyunlarındaki bir piyon olmadığımı."

"Ama öylesin," dedim. "Hepimiz öyleyiz. Oyunlar böyle işliyor."

"Pekâlâ ama o ana çerçevenin içindekiler hâlâ benim, sensin. Anlıyor musun?"

"Biraz," dedim. "Sadece... Alınma ama Peeta, kimin umurunda?"

"Benim," dedi Peeta. "Yani şu anda başka neyi umursamama izin var?" Sesi öfkeliydi. Mavi gözlerini bana dikip cevap vermemi bekledi.

Arkaya doğru bir adım attım. "Haymitch'in söylediklerini umursayabilirsin," dedim. "Yani hayatta kalma meselesini."

Peeta'nın yüzünde hüzünlü ve alaycı bir gülümseme belirdi. "Pekâlâ. Püf noktası için teşekkürler, tatlım."

Yüzüme okkalı bir tokat yemiş gibi oldum. Haymitch'in kelimelerini kullanması beni sarsmıştı. "Bak, hayatının son saatlerini kendine arenada soylu bir ölüm tasarlayarak geçirmek istiyorsan, bu sana kalmış. Ben son saatlerimi 12. Mıntıka'da yaşamak istiyorum."

"Bunu başarabilmen beni şaşırtmaz," dedi Peeta. "Döndüğün zaman anneme sevgilerimi ilet, olur mu?"

"Söz," dedim. Ve sonra dönüp çatıdan ayrıldım.

Gecenin kalan kısmını yarı uyur yarı uyanık halde, ertesi sabah Peeta Mellark'a söyleyeceğim keskin sözleri tasarlayarak geçirdim. Peeta Mellark. Hayatla ölüm arasında kaldığı zaman ne kadar onurlu ve kudretli davranacağını görecektik. Büyük olasılıkla ateş püsküren, canavar haraçlardan birine dönüşecekti. Hani şu öldürdükleri rakiplerinin kalbini çıkarıp, yiyenlerden birine. Birkaç sene önce, 6. Mıntıka'dan gelme Titus adında bir haraç vardı. Tamamen vahşileşmişti. O kadar ki, oyun kurucular öldürdüğü haraçları yemesine mani olmak için onu elektrikli silahlarla geçici bir süre etkisiz hale getirmek zorunda kalmışlardı. Arenada kural yoktu ama yamyamlık, Capitol halkının hoşuna giden bir şey değildi. Bu yüzden onu durdurmak için ne gerekiyorsa yapmışlardı. Hatta sonunda Titus'un hayatına mal olan büyük çığın, delinin tekinin şampiyon olmasına engel olmak için özellikle yapıldığına dair söylentiler çıkmıştı.

Ama sabah Peeta'yı görmedim. Cinna, şafak sökmeden odama geldi ve bana giymem için çok sade bir kıyafet verdi. Asıl kıyafetimi arenanın altındaki katakomp içinde giyinecek, orada hazırlanacaktım. Çatıya çıktık. Nereden çıktığını anlayamadığım ve kızıl saçlı Avox kızını ormandan alıp götüren araca benzeyen bir araç çıkageldi. Bir merdiven sarkıttılar. El ve ayaklarımı en alttaki basamaklara koydum. Ve o anda donup kaldım. Bir tür hava akımı beni merdivene yapıştırıyordu ve güvenli biçimde aracın içine çekiliyordum.

Merdivenin beni bırakmasını beklerken, beyaz önlüklü bir kadın elinde bir şırıngayla yanıma yaklaştı. "Bu sadece izlenmen için bir çip," dedi. "Ne kadar hareketsiz durursan, çipi yerleştirmem o kadar başarılı olur."

Hareketsiz mi? Âdeta heykele dönmüştüm. Ama bu bile, metal takip çipi kolumun alt kısmında derimin altına yerleştirilirken iğnenin keskin acısını duymama engel olmadı. Şimdi artık arenada her nereye gidersem gideyim, oyun kurucular beni izleyebileceklerdi. Ne de olsa haraçlarından birini kaybetmek istemezlerdi.

Çip yerleştirildiği anda, merdiven beni serbest bıraktı. Kadın ortadan kayboldu ve bu defa Cinna yukarı çekilidi. Bir Avox gelip bizi kahvaltının hazır beklediği bir odaya götürdü. Midemdeki gerilime rağmen ve her ne kadar yemeklerin hiçbiri bana cazip gelmese de, yiyebildiğimce yedim. O kadar gergindim ki kömür tozu yiyor olsam bile fark etmeyecekti. Dikkatimi biraz olsun dağıtan tek şey, şehrin üzerinde süzülürken pencereden gördüğüm manzara ve ötesinde uzanan vahşi hayattı. Kuşlar da aynı şeyi görüyordu. Ama onlar özgür ve güvendeydiler. Ve ben değildim.

Yolculuğumuz yarım saat kadar sürdü. Sonra pencereler karardı. Arenaya yaklaşmış olmalıydık. Araç yere inince, Cinna ve ben merdivenlere gittik. Merdivenler bu defa yer altındaki bir tünele, arenanın altındaki katakompla birleşen uzun bir koridora uzanıyordu. Gideceğimiz yeri oklar sayesinde bulduk ve hazırlanmam için ayrılan odaya vardık. Capitol'de bu odalara *Giriş Odası* diyorlardı. Mıntıkalarda ise *Ağıl* olarak anılıyordu. Başka bir deyişle, hayvanların katledilmeden önce bekletildikleri yerdi.

Her şey yepyeniydi. Ben bu odayı kullanan ilk ve son haraç olacaktım. Arenalar, oyunlardan sonra oldukları gibi korunan tarihî alanlardı. Capitol halkının tatil yapmak ya da ziyaret etmek için tercih ettiği popüler adreslerdi. Bir aylığına buraya gelip oyunları yeniden izleyebiliyor, katakombları gezebiliyor ya da ölümlerin gerçekleştiği alanları ziyaret edebiliyorlardı. Hatta isterlerse canlandırmalara bile katılabiliyorlardı.

Buradaki yemeklerin kusursuz olduğu söylenirdi.

Duş alıp dişlerimi fırçalarken, midemdekileri çıkarmamak için kendimi zor tuttum. Cinna saçlarımı, artık imajımın ayrılmaz bir parçasına dönüşen örgüyle topladı. Sonra kıyafetlerim geldi. Bütün haraçlar tek tip giyinecekti. Cinna'nın kıyafetim konusunda hiçbir söz hakkı yoktu; dahası paketin içinden ne çıkacağını o bile bilmiyordu. Yine de iç çamaşırlarımı, sade kahverengi pantolonu, açık yeşil bluzu, dayanıklı görünen kahverengi kemeri ve kalçalarımın altına kadar inen ince ve kapüşonlu deri ceketi giymeme yardım etti. "Ceketin içinde vücut sıcaklığını koruyan bir malzeme var," dedi. "Serin geceler bekleyebilirsin."

Tene yapışan çorapların üstüne giyilen çizmeler umduğumdan daha iyiydi. Evdeki çizmelerimle hiç alakası olmayan yumuşacık bir derileri ile ince, esnek ve tırtıklı bir kauçuktan yapılma tabanları vardı. Koşmak için idealdi.

Artık hazır olduğumu düşünürken Cinna cebinden küçük alaycı kuş iğnesini çıkardı. Aklımdan tamamen çıkmıştı.

"Nereden buldun?" diye sordum.

"Trendeyken giydiğin yeşil kıyafetlerin üstünden aldım." O bunu söylerken iğneyi annemin elbisesinden çıkarıp tişörtüme taktığım anı hatırladım. "Mıntıkanın amblemi, değil mi?" Cinna iğneyi tişörtüme tuttururken başımla onayladım. "Gözden geçirme komitesini ikiye böldü. Bir kısmı iğneyi silah olarak kullanabileceğini, bunun sana haksız avantaj sağlayacağını söyledi. Ama sonunda sende kalmasına izin verdiler. Bununla birlikte 1. Mıntıka'daki kızın yüzüğünü elediler. Taşı çevirdiğin zaman içinden bir iğne çıkıyordu. Zehirli bir iğne. Kız yüzüğünün iğneye dönüştüğünden haberinin olmadığını iddia etti. Elbette aksini ispatlamak mümkün değildi. Ama sonuçta kız yüzüğünden oldu. İşte, bu kadar. Hazırsın. Dön bakalım. Seni rahatsız eden bir şey olmadığından emin olalım."

Şöyle bir yürüyüp kollarımı salladım ve kendi etrafımda döndüm. "Gayet iyi. Tam üstüme göre," dedim.

"Bu durumda çağrıyı beklemekten başka işimiz kalmadı," dedi Cinna. "Tabi eğer bir şeyler daha yiyebilecek gibi hissetmiyorsan."

Yiyecek kısmına yoktum ama bir bardak su aldım. Kanepede yan yana oturup beklerken, suyumdan küçük yudumlar aldım. Tırnaklarımı ya da dudaklarımı kemirmek istemiyordum. Biraz sonra kendimi yanağımın içini kemirirken buldum. Zaten birkaç gün önce açtığım yara tam olarak geçmiş değildi. Bir kez daha kan tadı almam fazla uzun sürmedi.

Olacakları beklerken bütün vücudum geriliyordu. Bir saat içinde boylu boyunca yere yığılıp ölebilirdim. Hatta o kadar bile sürmeyebilirdi. Parmaklarımı, kadının takip çipini enjekte ettiği kolumun üstüne dolaştırıyor, oluşan şişlikle oynuyordum. Şişliğin üstüne o kadar çok bastırıyorum ki canım acıyordu. Hatta yavaş yavaş bir bere oluşmaya başladı.

"Katniss, konuşmak ister misin?"

Başımı salladım ama hemen sonra elimi ona uzattım. Cinna elimi, avuçlarının arasına aldı. Hoş bir kadın sesi, girişe hazırlanma zamanı geldiğini anons edene kadar bu şekilde oturduk.

Cinna'nın elini bir an bile bırakmadan yürüdüm ve yuvarlak, metal plakanın üstünde durdum. "Haymitch'in söylediklerini sakın unutma. Koş ve su bul. Sonrası gelir," dedi. Başımı salladım. "Ve şunu sakın aklından çıkarma. Benim bahis oynamama izin yok. Ama olsaydı, bütün paramı sana yatırırdım."

"Gerçekten mi?" diye fısıldadım.

"Gerçekten," dedi Cinna. Eğilip alnıma bir öpücük kondurdu. "İyi şanslar, alevler içindeki kız." Hemen sonra, cam bir silindir üzerime kapanırken ellerimizi ayırdık. Parmaklarını çenesinin altına vurdu. *Başını dik tut,* demeye çalışıyor olmalıydı.

Çenemi havaya kaldırırken olabildiğince dik durmaya çalıştım. Silindir yükselmeye başladı. Belki on beş saniye boyunca karanlıkta kaldıktan sonra, metal plakanın beni silindirin içinden yukarı doğru, açık havaya ittiğini hissettim. Bir an, ışıktan gözlerim kamaştı. Sadece güçlü bir rüzgâr ve çamların umut vadeden kokusunu duyuyordum.

Ve hemen sonra, efsane sunucu Claudius Templesmith'in sesiyle irkildim.

"Bayanlar baylar. 74. Açlık Oyunları başlıyor."

11

Altmış saniye. Bir gong sesiyle serbest bırakılmadan önce altmış saniye boyunca metal halkalarımızın içinde durmamız bekleniyordu. Bir dakikalık süre dolmadan halkadan çıkarsanız, arazi mayınları bacaklarınızı uçurabilirdi. Haraçlar altmış saniye boyunca bir çember oluşturarak, her biri Cornucopia'ya eşit mesafede olan yerlerinde bekliyorlardı. Cornucopia konik biçiminde, üst kısmı hafifçe bükülen, sepet biçiminde devasa bir boynuzdu. Yaklaşık iki metre yüksekliğindeki ağzında bize arenada hayat verecek şeyler taşıyordu: gıda, su kapları, silahlar, ilaçlar, kıyafetler ve ateş yakmaya yarayacak malzemeler. Cornucopia'nın çevresine, boynuzdan uzaklaştıkça değeri düşen başka eşyalar da serpiştirilmişti. Mesela ayağımdan sadece birkaç adım uzakta, yaklaşık otuz santimetrekare ölçülerinde plastik bir parça duruyordu. Sağanak yağmurda faydalı olacağı kesindi. Ancak boynuzun tam ağız kısmında insanı her tür hava durumunda koruyabilecek bir çadır görebiliyordum. Keşke o çadırı kapmak için diğer yirmi üç haraçla kapışacak cesaretim olsaydı. Bana bunu yapmamam tembihlenmişti.

Dümdüz ve açık bir alandaydık. Sımsıkı bir toprakla kaplı bir düzlükte. Karşımdaki haraçların arkasında, dik bir yamacı, yokuşu ya da bir kayalığı çağrıştıracak hiçbir şey göremedim. Sağ tarafımda bir göl kalıyordu. Sol tarafımda ve arkamda geniş, çamlık bir orman vardı. Haymitch'in derhal gitmemi isteyeceği yer işte orasıydı.

Beynimde Haymitch'in talimatları yankılanıyordu: *Hemen koşun ve diğerleriyle aranıza olabildiğince mesafe koyun. Ve kendinize bir su kaynağı bulun.*

Ancak gözümün önünde duran hediyeler de son derece davetkârdı. Ve o malzemeleri ben almazsam başkalarının alacağını biliyordum. Bu kan gölünden sağsalim çıkabilecek olan Kariyer Haraçları hayat kurtarmaya yarayacak bu eşyaları aralarında paylaşacaklardı. Gözüme bir şey ilişti. Battaniye rulolarının hemen üstünde, kullanıma hazır halde gümüş renkli bir ok kılıfı ve bir yay duruyordu. *Bu benim olmalı,* diye düşündüm. *Benim için konmuş*!

Hızlıydım. Birkaç tanesi uzun mesafe koşularında beni arkada bırakmayı başarabilse de, okuldaki kısa mesafe koşularında bütün kızları alt edebiliyordum. Bu kırk metrelik mesafe tam bana göreydi. Oraya herkesten önce ulaşabileceğimi biliyordum ama asıl soru, oradan ne kadar çabuk uzaklaşabileceğimdi. Alacaklarımı toparlayıp silahları kaptığımda, diğerleri boynuza ulaşmış olurlardı. Bir ya da iki tanesini haklayabilirdim ama bir düzinesi üstüme çullansa, ellerindeki mızrak ve sopalarla beni bir çırpıda yere sererlerdi... Hatta bu iş için çıplak yumrukları bile yeterli olabilirdi.

Bununla birlikte, tek hedef ben olmayacaktım. Diğer haraçların birkaç tanesinin, her ne kadar eğitimden on bir puanla çıkmış olsam da, benim gibi ufak tefek bir kız yerine daha yapılı birilerini esas rakipleri olarak benimseyeceklerinden emindim.

Haymitch beni koşarken görmemişti. Belki görmüş olsa, mutlaka boynuza saldırmamı tavsiye ederdi. Ve silahı kapmamı. Çünkü bu silah benim kurtuluşum olabilirdi. Koca yığının içinde tek bir yay görebilmiştim. Bir dakikalık süre dolmak üzereydi ve stratejimin ne olacağına karar vermem gerekiyordu. Kendimi koşu pozisyonu alırken buldum. Ancak ormana değil, eşya yığınının olduğu tarafa, yaya doğru koşacaktım. Birden Peeta'yı gördüm. Sağ tarafımda, beş haraç ötede duruyordu. Aramızda azımsanmayacak bir mesafe vardı ama bana baktığını görebiliyordum. Hatta belki de kafasını sallıyordu. Ancak güneş gözümü aldı ve ben tam olarak ne yaptığını çözmeye çalışırken gong sesi duyuldu.

Ve işte kaçırmıştım! Tek şansımı kaybetmiştim. Çünkü hazırlanmamakla kaybettiğim o birkaç saniye, fikrimi değiştirmeye yetmişti. Ayaklarım birkaç saniye boyunca beynimin onları yönlendirdiği hedef konusunda şaşkınlık yaşadığı için birbirlerine dolandı. Sonra ileri doğru hamle yapıp yerden bir somun ekmek ve plastik parçasını kaptım. Aldıklarım çok küçük şeylerdi; bu yüzden dikkatimi dağıttığı için Peeta'ya öfke doluydum. Yirmi metrelik mesafeyi hızla koşup, içinde çok şey barındırabilecek turuncu renkli sırt çantasını kapmak niyetindeydim. Çünkü buradan gerçek anlamda eli boş ayrılmak istemiyordum.

9. Mıntıka'dan olduğunu sandığım başka bir çocuk daha aynı çantaya yöneliyordu. Birkaç saniye boyunca çekiştik. Sonra çocuk suratıma doğru öksürdü ve yüzümü kan içinde bıraktı. Ben bu ılık ve yapış yapış spreyin yarattığı sersemlikle sendeleyerek geri çekilirken çocuk yere düştü. İşte o zaman sırtındaki bıçağı fark ettim. Diğer haraçlar çoktan Cornucopia'ya ulaşmış durumdaydı. Saldırıya geçmek için yayılıyorlardı. Evet, 2. Mıntıka'dan gelen kız, on metre kadar uzaktan bana doğru koşuyordu. Bir elinde neredeyse yarım düzine bıçak vardı. Eğitim sırasında bıçak attığını görmüştüm. Hedefi asla ıskalamıyordu. Ve şimdiki hedefi bendim...

Hissettiğim genel korkunun tamamı bu kızın, yani birkaç saniye içinde canıma kastedebilecek bu yırtıcı hayvanın uyandırdığı keskin dehşette birleşiyordu. Bütün damarlarıma adrenalin pompalanıyor ve çantayı tek omzuma asıp var gücümle ormana doğru koşuyordum. Bıçağın vınlayarak bana doğru geldiğini duydum ve refleks olarak, başımı korumak için çantayı kaldırdım. Bıçak çantaya saplandı. Çantanın iki askısını da omuzlarıma geçirerek ağaçlara yöneldim. Bir şekilde, kızın peşimden gelmeyeceğini hissediyordum. Bütün iyi malzemeler kapışılmadan Cornucopia'ya dönmek isteyeceğini. Yüzümde bir gülümseme belirdi. İçimden, *Bıçak için teşekkürler*, diye geçirdim.

Ormanın kıyısına gelince açık alanı gözden geçirmek üzere sadece bir an için arkama döndüm. Boynuzun çevresinde yaklaşık bir düzine haraç birbirlerinin üstüne çullanmış haldeydi. Daha şimdiden birkaç tanesinin cansız bedeni yere yayılmıştı. Kaçmayı başarabilenler, ağaçların arasında ya da benim tam karşımda kalan boşluğun içinde kayboluyorlardı. Diğer haraçlardan saklandığıma ikna olana kadar ormanın derinliklerine doğru hızla koştuktan sonra, bir süre kendimi koruyabileceğime inandığım bir tempoya yavaşladım. Bundan sonraki birkaç saat boyunca bazen koşup bazen yürüyerek rakiplerimle aramdaki mesafeyi olabildiğince açmaya gayret ettim. 9. Mıntıka'daki çocukla boğuşurken ekmeğimi kaybetmiş fakat plastik parçasını kolumun içine saklamayı başarmıştım. Yürürken plastiği düzgünce katlayıp cebime tıktım. Bıçağı –uzun ve keskin bir ağız kısmı olan kaliteli bir bıçaktı; gerektiği zaman bir şeyleri doğramaya yarayacağından hiç şüphe yoktu– çantadan çıkarıp kemerime taktım. Henüz durup çantanın içindekilere göz atacak cesaretim yoktu. Zaman zaman peşimden gelen kimsenin olup olmadığını kontrol etmek için durduğum sayılı saniyeler dışında, sürekli hareket halindeydim.

Uzunca bir süre yürümeye devam edebilirdim. Bunu ormandaki günlerimden biliyordum. Ancak suya ihtiyacım olacaktı. Bu, Haymitch'in ikinci talimatıydı. İlk talimatını bir anlamda yüzüme gözüme bulaştırdığımı düşünerek, suya dair bir iz bulabilmek umuduyla gözümü dört açtım. Ama boşunaydı. Şans benden yana değildi.

Orman iyiden iyiye derinleşiyordu. Artık çam ağaçlarının yanı sıra farklı ağaç tipleri de görebiliyordum. Ağaçların bir kısmına aşinaydım ama diğerleri bana tamamen yabancıydı. Bir noktada, bir ses duydum ve kendimi savunmamın gerekebileceğini düşünerek bıçağımı çektim. Ancak görünüşe bakılırsa sadece bir tavşanı ürkütmüştüm. "Seni gördüğüme sevindim," diye fısıldadım. Eğer bir tavşan varsa, çevrede tuzağa düşürülmeyi bekleyen başka yüzlercesi de var demekti.

Zemin yokuş aşağı inmeye başladı. Bundan çok hoşlandığımı söyleyemezdim. Vadiler bende kapana kısılmışım gibi bir his uyandırırdı. Tıpkı 12. Mıntıka'yı çevreleyen tepelerde olduğu gibi, yaklaşan düşmanlarımı izleyebildiğim yükseklerde olmayı tercih ederdim. Ancak yola devam etmekten başka şansım yoktu.

Komik gelecekti belki ama kendimi çok da kötü hissetmiyordum. Günlerce tıka basa beslenmenin faydasını görüyor olmalıydım. Uykusuz olmama rağmen, yola devam edecek gücüm vardı. Ormanda olmak beni tazeliyordu. Her ne kadar bu sadece bir illüzyondan ibaret olsa da –çünkü şu anda büyük olasılıkla ekrandaydım– yalnızlığımdan memnundum. Sürekli ekranda olduğumu sanmıyordum ama tahminimce bir belirip bir kayboluyordum. İlk gün gösterecek o kadar çok ölüm vardı ki, ormandaki sıkıcı bir yürüyüş pek fazla ilgi çekmezdi. Ancak hayatta ve tek parça olduğumu ve hareket ettiğimi insanlara zaman zaman göstermeleri gerekiyordu. Bahislerin en yoğun günlerinden biri ilk gün, yani ilk ölümlerin yaşandığı gündü. Yine de ilk günün olaylarının hararetini, geriye sadece bir avuç oyuncunun kaldığı zamanlarla karşılaştırmak söz konusu bile olamazdı.

Akşamüstüne doğru, top atışlarını duydum. Her atış, ölen bir haracı simgeliyordu. Cornucopia'daki kavga nihayet sona ermiş olmalıydı. Katiller dağılana kadar kan gölünün içinde yatan cansız bedenleri toplamazlardı. Hatta açılış gününde ölümlerin hesabını tutmak çok zor olduğu için, ilk mücadele sona erene kadar top da atılmazdı. Nefes nefese durup atışları saydım. Bir... İki... Üç... Sayı on bire ulaşana kadar, atış devam etti. Toplamda on bir ölü vardı demek. Geriye oynayacak on üç kişi kalıyordu. Tırnaklarımın içinde, yüzüme öksüren 9. Mıntıka haracının kurumuş kanı duruyordu. Çocuğun öldüğünden emindim. Peeta'yı merak ettim. İlk günü atlatabilmiş miydi acaba? Birkaç saat içinde, hepimizin görebilmesi için ölenlerin görüntülerini gökyüzüne yansıttıkları zaman nasılsa öğrenecektim.

Ansızın Peeta'nın çoktan ölmüş, kan kaybından bembeyaz kesilmiş cansız gövdesinin alınıp temizlenmek, giydirilmek ve basit tahta bir kutu içinde 12. Mıntıka'ya iade edilmek üzere Capitol'e doğru yola çıkmış olabileceği ihtimaliyle sarsıldım. Artık burada olmayabilirdi. Hareketlilik başladıktan sonra onu görüp görmediğimi anımsamak için hafızamı yokladım. Ancak gözümün önünde canlanan son görüntü, Peeta'nın tam gong çaldığı anda bana bakarak kafasını sallayışı oldu.

Belki de çoktan ölmüş olması daha iyiydi. Zaten kazanabileceğine hiç ihtimal vermiyordu. Ve ben de onu öldürmek gibi zevksiz bir görevi üstlenmek istemiyordum. Belki de sonsuza dek bu oyundan ayrılmış olması daha iyiydi.

Bitkin halde çantamın yanına, yere çöktüm. Zaten karanlık çökmeden çantanın içindekileri elden geçirmem şarttı. Neyle idare edeceğimi görmeliydim. Tokalarını çözerken, çantanın çok talihsiz bir rengi olduğunu düşündüm. Büyük olasılıkla gece karanlıkta da parlayacaktı. Yarın sabah ilk iş çantaya kamuflaj uygulamak gerekeceğini zihnime not ettim.

Kapağı kaldırdım. Şu anda en çok istediğim şey suydu. Haymitch'in ilk iş olarak su kaynağı bulmamız yönündeki talimatı keyfi değildi. Su olmadan çok uzun süre dayanamazdım. Birkaç gün boyunca susuzluğun keyifsiz semptomlarına maruz kaldıktan sonra, çaresizlik içinde ölüme teslim olmam en çok bir hafta sürerdi. Çantanın içindeki malzemeleri büyük bir dikkatle çıkardım. Vücut ısısını koruyan, siyah, incecik bir uyku tulumu. Bir paket kraker. Bir paket kurutulmuş biftek dilimi. Bir şişe iyodin. Bir kutu kibrit. Küçük bir tel makarası. Bir güneş gözlüğü. Su taşımak için kapaklı, plastik bir şişe. Ancak içi tamtakırdı.

Su yoktu. Acaba şişeyi doldurmaları bu kadar zor bir şey miydi? Gırtlağımın ve ağzımın kuruduğunu, dudaklarımın çatlamaya başladığını hissediyordum. Bütün gün hareket halindeydim. Hava çok sıcaktı; bir hayli terlemiştim. Bunu evde de yapıyordum, evet, ama orada istifade edebileceğim su kaynakları ve mecbur kalırsam eritebileceğim karlar oluyordu.

Malzemeleri çantama toplarken aklımdan korkunç bir düşünce geçti. Göl. Gong sesini beklerken gördüğüm göl. Ya arenanın tek su kaynağı o gölse? Bu sayede hepimizi bir mücadelenin içine çekmeleri garantilenmiş olurdu. Göl, benim şu anda oturduğum yerden neredeyse bir günlük yürüyüş mesafesindeydi. O kadar yolu bir şey içmeden almam, neredeyse imkânsızdı. Ayrıca göle ulaşmayı başarsam bile, Kariyer Haraçları'nın orayı göz hapsinde tuttuklarından adım gibi emindim. Paniğe kapılmak üzereyken, birkaç saat önce ürküttüğüm tavşanı anımsadım. Onun da suya ihtiyacı vardı. Tek yapmam gereken, suyu nereden bulduğunu keşfetmekti.

Alacakaranlık çöktü, son derece huzursuzdum. Ağaçlar, saklanmaya elverişli olmayacak kadar inceydi. Ayak seslerimi bastıran çam iğneleri, su bulmak için hayvanların izini sürmemi de güçleştiriyordu. Ve hâlâ yokuş aşağı, sonsuz gibi görünen vadinin derinliklerine doğru yürüyordum.

Karnım da acıkmıştı fakat henüz kraker ve kuru et zulama dalma cesaretini gösterememiştim. Bunun yerine bıçağımı alıp bir çam ağacının dış kabuğunu soyduktan sonra daha altta kalan yumuşak kabuktan bir parça yonttum. Yürümeye devam ederken bu zımbırtıyı dişledim. Bir hafta boyunca dünyanın en güzel yemeklerini yedikten sonra, ağaç kabuğunu yutmak biraz zor gelmişti. Ancak hayatım boyunca az çam yememiştim. Kısa sürede uyum sağlayacağımdan emindim.

Bir saat kadar sonra, kamp kuracak bir yer bulma ihtiyacım baş gösterdi. Gece yaratıkları yüzlerini göstermeye başlamıştı bile. Ara sıra bir baykuş ya da uluma sesi duyuyordum. Bu sesler, tavşanlar için yırtıcı hayvanlarla da rekabet etmem gerekeceğinin göstergesiydi. Yiyecek kaynağı olarak görülüp görülmeyeceğim konusuna gelince, bunu söylemek için çok erkendi. Şu anda bile sinsi sinsi beni takip eden hayvanlar olabilirdi.

Şimdilik önceliği haraç arkadaşlarıma vermeyi uygun buluyordum. Gece boyunca, pek çoğunun ava çıkacağından emindim. Gerçi Cornucopia'da mücadele verenlerin yiyecekleri, göl sayesinde suları, meşaleleri ya da el fenerleri ve kullanmak için sabırsızlandıkları silahları vardı mutlaka. Tek umudum, yetişemeyecekleri bir süratle, ulaşamayacakları kadar uzağa kaçabilmiş olmaktı.

Yerleşmeden önce teli çıkarıp çalıların arasına bir tuzak kurdum. Tuzak kurmanın riskli olacağının farkındaydım elbette ama burada yemek çok hızlı tükenecekti. Ayrıca kaçarken tuzak kuramazdım. Yine de kamp kurmadan önce beş dakika daha yürümem gerekti.

Ağacımı büyük bir dikkatle seçtim. Uzun ve sarkık dallarıyla saklanmayı kolaylaştıracak bir söğüt kümesinin arasında, çok yüksek sayılmayacak bir söğütte karar kıldım. Gövdeye yakın ve güçlü dallardan ayrılmamaya özen göstererek yukarı tırmandım ve kendime yatak edinmek üzere dayanıklı bir çatal buldum. Biraz uğraşmam gerekiyordu elbette ama uyku tulumum sayesinde rahat bir pozisyon yakaladım. Sırt çantamı tulumun ayak kısmına yerleştirdikten sonra, ben de içine girdim. Önlem olarak kemerimi çözüp, dalı ve uyku tulumumu çevreleyecek şekilde dolayarak bel kısmımda bağladım. Bu sayede, olur da uykumda dönecek olursam kendimi yerde bulmayacaktım. Tulumun üst kısmını kafama geçirecek kadar ufak tefektim, yine de kapüşonumu da çekmeyi ihmal etmedim. Gece çökerken, hava hızla soğuyordu. Çantayı alırken göze aldığım riske rağmen, doğru bir şey yapmış olduğumu anladım. Vücut ısımı yalıtan ve muhafaza eden bu uyku tulumu paha biçilmez bir parçaydı. Diğer haraçların bazıları geceyi geçirecek ılık bir ortam bulma kaygısıyla debelenirken, ben en azından birkaç saat uyuyabilecektim. Bir de bu kadar susamış olmasaydım...

Gecenin çökmesinin hemen ardından, ölenlerin açıklanacağı yayının başlamak üzere olduğunu ilan eden marşı duydum. Dalların arasından, gökyüzünde süzülür gibi görünen Capitol mührünü görebiliyordum. Aslında gördüğüm, Capitol'e ait o özel araçlardan biri aracılığıyla oluşturulan bir ekrandı. Marş sona ererken gökyüzü kısa bir süre için karardı. Evde olsam, tek tek bütün ölümlerin görüntülerini izliyor olurduk ama burada, bu görüntülerin hayatta kalan haraçlara haksız avantaj sağlayacağı düşünülüyordu. Mesela ben yayı ele geçirip birini vurmuş olsaydım, herkes bu sırrımdan haberdar olacaktı. Hayır, burada arenada görüp göreceğimiz tek şey, eğitim skorlarımızı ilan ederken gösterdikleri fotoğraflarımız olacaktı. Portreler. Ancak bu defa skorlar yerine mıntıka numaralarını vereceklerdi. On bir haracın yüzü, tek tek gökyüzüne yansırken nefesimi tutuyor ve parmaklarımla hesap ediyordum.

Önce 3. Mıntıka'daki kızın yüzü belirdi. Bu, 1. ve 2. Mıntıka'dan gelme Kariyer Haraçları'nın hepsinin hayatta kaldığı anlamına geliyordu. Bunda şaşılacak bir şey yoktu. Sonra 4. Mıntıka'daki çocuğu gördüm. Bunu beklemiyordum doğrusu, çünkü genelde bütün Kariyer Haraçları ilk günü sapasağlam atlatırdı. 5. Mıntıka'daki çocuk. Galiba tilki suratlı kız da hayatta kalmayı başarmıştı. 6. ve 7. Mıntıkaların her iki haracı. 8. Mıntıka'daki oğlan. 9. Mıntıka'nın iki yarışmacısı. Evet, işte sırt çantası için kapıştığım çocuk. Parmaklarımı kontrol ettim. Geriye tek bir haraç kalmış olmalıydı. Peeta mıydı yoksa? Hayır. 10. Mıntıka'daki kız çıkmıştı. Hepsi bu kadardı. Kapanış müziği eşliğinde, Capitol mührünü gördüm. Ve sonra karanlık ve ormanın sessizliği yeniden çöktü.

Peeta'nın hayatta olmasına sevinmiştim. Kendime benim ölmem halinde, anneme ve Prim'e en çok faydayı onun kazanmasının sağlayacağını hatırlattım. Peeta'yı düşündüğüm zaman içimde uyanan o çetrefilli duyguları izah etmek için bulduğum en basit yöntem buydu. Mülakat sırasında bana olan aşkını ilan ederek sağladığı destek için duyduğum minnet. Çatıdaki üstün duruşu karşısında hissettiğim öfke. Ve her an, bu arenanın bir yerinde burun buruna gelebilme ihtimalimizin yarattığı korku.

On bir ölü vardı ama hiçbiri 12. Mıntıka'dan değildi. Geriye kimlerin kaldığını hesap etmeye çalıştım. Beş Kariyer Haracı. Tilki suratlı kız. Thresh ve Rue. Rue... Demek o da ilk günü sağsalim atlatmıştı. Sevinmemek elimde değildi. Toplam on kişi sayabildim. Diğer üç kişiyi de yarın hatırlamaya çalışacaktım. Şimdi hava bu kadar karanlıkken ve bunca yolu katedip bu ağaca yuva kurmuşken, biraz dinlenmeye çalışmalıydım.

İki gündür hemen hemen hiç uyuyamamıştım. Ve tabii, arenaya ulaşmak için yaptığımız yolculuğu da yabana atmamalıydı. Yavaş yavaş kaslarım gevşemeye başlıyordu. Gözlerimi yumdum. Düşündüğüm son şey, horlamadığım için ne kadar şanslı olduğumdu...

Çat! Kırılan bir dalın çıkardığı sesle uyandım. Kaç saattir uyuyordum acaba? Dört? Beş? Burnumun ucu buz kesmişti. Çat! Çat! Neler oluyordu? Bu, birinin ayakları altında ezilen dallardan gelen bir çatırtı değildi. Ağaçlardan birinden gelen keskin bir kırılma sesiydi. Çat! Çat! Sesin sağ taraftan, yaklaşık yüz metre uzaklıktan geldiğini tahmin ettim. Yavaşça ve en ufak bir ses çıkarmadan, o tarafa döndüm. Birkaç dakika boyunca karanlıktan başka bir şey görmedim ve dal seslerinden başka bir şey duymadım. Sonra bir kıvılcım gördüm ve hemen arkasından bir ateş parladı. Bir çift el, ateşin üstünde ısınmaya çalışıyordu ama daha fazlasını çıkaramıyordum.

Yangını başlatan kişiye bildiğim bütün küfürleri haykırmamak için dudaklarımı ısırıyordum. Ne sanıyorlardı ki? Akşam çökerken yakılan ateş başka bir şeydi... İhtiyaçlarını karşılayacak kadar tedarikli oldukları için o saatlerde Cornucopia'da dövüşenlerin hiçbiri, alevleri fark edecek kadar yakına gelmiş olmazdı. Ama şimdi kendilerine kurban bulmak için ormanı arşınladıklarından hiç şüphem yoktu. Ateş yakmanın kocaman bir bayrağı havada sallayıp, "Gelin, beni yakalayın," diye seslenmekten bir farkı yoktu.

Ve ben bu oyunun en aptal haracına sadece bir taş atımlık mesafede, bir ağacın dalına kemerle bağlanmış haldeydim. Kaçmaya cesaretim yoktu çünkü bulunduğum alan, bu işi benimsemiş herhangi bir katile ilan edilmiş durumdaydı. Tamam, havanın çok soğuk olduğunu ve herkesin bir uyku tulumunun olmadığını ben de biliyordum. Ama böyle bir durumda yapılacak tek şey, dişini sıkıp gün ağarana kadar dayanmak olmalıydı!

Birkaç saat boyunca hiç kıpırdamadan yatmaya devam ettim. Bu ağaçtan inmeyi başardığım zaman, yeni komşumu alt etmekte güçlük çekmeyeceğimi düşünüyordum. İçgüdülerim savaşmak değil, kaçmak üstüne kuruluydu. Ancak görünüşe bakılırsa bu kişi tehlike arz ediyordu. Aptal insanlar her zaman tehlikelidir. Ve bu aptal insanın silahlı olduğunu sanmıyordum. Benimse kusursuz bir bıçağım vardı.

Gökyüzü hâlâ karanlıktı ama şafağın ilk ışıklarını görebiliyordum. Birbirimizle –beni ve ölümünü öngördüğüm şahsı kastediyorum– yüz yüze gelmeden ayrı yönlere gitmemiz de mümkün olabilirdi. Ama sonra sesi duydum. Birkaç çift ayak koşmaya başladı. Ateşi yakan her kimse, uyuyup kalmış olmalıydı. Kız kaçmayı başaramadan üstüne çullandılar. Kız olduğunu artık biliyordum çünkü yalvarışlarını ve can sıkıcı çığlığını duyuyordum. Sonra kahkahalar ve birbirini tebrik eden insanların sesleri geldi. İçlerinden birisi, "On ikisi tamam. Geriye on bir kaldı," dedi ve diğerlerinden takdir dolu alkışlar aldı.

Demek grup halinde savaşıyorlardı. Aslında buna hiç şaşırmamıştım. Genelde oyunların ilk safhalarında bu tarz ittifaklar kurulurdu. Güçlüler bir araya gelip en zayıfları avlar; sonra iş ciddiye bindikçe bu defa birbirlerini hedef almaya başlarlardı. Bu ittifağı kimlerin kurduğunu anlamak için çok fazla kafa yormam gerekmedi. 1., 2. ve 4. Mıntıkaların sağ kalan Kariyer Haraçları olmalıydı. İki erkek, üç kız. Öğle yemeklerini birlikte yiyen grup.

Bir süre öldürdükleri kızın beraberindeki eşyaları elden geçirmelerini dinledim. Yorumlarına bakılırsa, işe yarar bir şey bulamamışlardı. Kurbanın Rue olup olmadığını merak ediyordum ama bu düşünceyi hemen bertaraf ettim. Rue fütursuzca bir ateş yakamayacak kadar zeki bir kızdı.

"Buradan hemen uzaklaşsak iyi olur. Böylece kokuşmadan cesedi bulabilirler." Sesin sahibinin 2. Mıntıka'daki gaddar çocuk olduğundan neredeyse eminim. Aralarında bir şeyler mırıldandıklarını duydum. Ve sonra, hep birlikte benim olduğum yere doğru harekete geçtiler. Burada olduğumu bilmiyorlardı. Nasıl bilebilirlerdi ki? Ağaç dallarının arasında çok iyi gizlenmiş durumdaydım. En azından güneş doğana kadar. Güneş doğunca, siyah uyku tulumum bir kamuflaj malzemesi olmaktan çıkıp belaya dönüşecekti. Hareket etmeye devam ederlerse yanımdan geçip gidebilirlerdi.

Ancak Kariyer Haraçları benim ağacımın on metre kadar ilerisindeki açık alanda durdular. Ellerinde meşaleler ve fenerler vardı. Dalların arasındaki açıklıklardan kollarını, çizmelerini görebiliyordum. Nefes almaya bile cüret edemeyerek âdeta taş kesildim. Beni fark etmiş olabilirler miydi? Hayır, daha değil. Sözcüklerinden, akıllarının başka bir yerde olduğunu anladım.

"Şimdiye kadar bir top sesi duymuş olmamız gerekmez miydi?"

"Bence evet. Hemen gelmelerini engelleyecek bir şey yok ki."

"Tabii eğer kız ölmediyse..."

"Öldü. Ellerimle vurdum."

"Birimiz geri dönüp işin tamam olduğundan emin olmalıyız."

"Evet. Yeniden iz sürmek zorunda kalmayalım."

"Öldü diyorum ya!"

İçlerinden bir tanesi diğerlerini susturana kadar tartışma devam etti. "Boşa zaman kaybediyoruz! Ben gidip işini bitireceğim. Sonra da yolumuza devam ederiz."

Neredeyse ağaçtan düşecektim! Çünkü bu, Peeta'nın sesiydi...

12

Tanrı'ya şükür kendimi dala bağlamayı akıl edebilmiştim. Çataldan aşağı doğru kaydım; yüzüm şimdi yere bakıyordu. Düşmeme sadece kemerim ve var gücüyle dala tutunmaya çalışan elim engel oluyordu. Ayaklarımla sırt çantasının aşağıya sarkmasına engel olmaya çalışıyordum. Ben böyle tepetaklak olurken mutlaka bir hışırtı çıkmış olmalıydı ama haraçlar kendi aralarında tartışmaya daldıkları için beni duymadılar.

"Git bak o zaman, Aşk Çocuğu," dedi 2. Mıntıka'nın erkek haracı. "Kendi gözlerinle gör."

Bir an için, elinde meşalesiyle ateşin yanındaki kıza doğru yürüyen Peeta'yı gördüm. Yüzü yara bere içindeydi. Bir kolunda kanlı bir sargı bezi sarılıydı ve çıkardığı seslere bakılırsa tek ayağı aksıyordu. Başını sallayıp malzeme savaşına girmemem için beni uyardığı halini anımsadım. Meğer kendisi başından beri o mücadeleye atılmayı planlıyormuş. Hem de Haymitch'in aksini telkin etmesine rağmen.

Pekâlâ... Bunu anlayabilirdim. Bütün o malzemeleri görmenin insanı baştan çıkardığı doğruydu. Ama bu... Bu başka bir şeydi. Biz diğerlerini avlamak için Kariyer Haraçları'yla birlikte hareket etmesi... 12. Mıntıka'dan hiç kimse böyle bir şeyi düşünemezdi! Kariyer Haraçları fazlasıyla hain, küstah ve sırf Capitol'ün süs köpekleri oldukları için bizden daha iyi beslenmiş tiplerdi. Kendi mıntıkalarından başka herkes onlardan nefret ederdi. Evde Peeta hakkında neler söylendiğini hayal edebiliyordum. Bana, utançtan, onursuzluktan bahsetme cüretini gösteren aynı Peeta mıydı?

Görünüşe bakılırsa, damdaki çocuk benimle son bir oyun oynuyordu. Ama bu gerçekten son oyunu olacaktı. Onu kendi ellerimle öldürmeyi başaramazsam bile her akşam ölüm haberini almak için heyecanla gökyüzünü seyrediyor olacaktım.

Peeta, onları duyamayacak kadar uzaklaşınca, Kariyer Haraçları'ndan bir tanesi fısıldayarak, "Onu neden hemen şimdi öldürmüyoruz?" diye sordu. "Böylece bu işi de aradan çıkarmış oluruz."

"Bırakalım bizimle takılsın. Kime ne zararı var? Ayrıca bıçağı çok iyi kullanıyor."

Öyle mi? İşte yeni bir haber daha. Bugün sevgili dostum Peeta hakkında ne çok şey öğreniyordum.

"Ayrıca, bizi kıza ulaştıracak en güçlü silah o."

"Kız" derken benden bahsettiklerini anlamam birkaç saniyemi aldı.

"Neden? Sence kız da o aptal aşk hikâyesini yutmuş mudur?"

"Olabilir. Bana biraz sığ beyinli biri gibi geldi. O elbisenin içinde dönerkenki halini düşündüğüm zaman, içimden kusmak geliyor."

"On bir puan almayı nasıl becerdiğini öğrenebilseydik..."

"Her iddiasına girerim, Aşk Çocuğu biliyordur."

Peeta'nın geri döndüğünü duyunca sustular.

2. Mıntıka'dan gelen çocuk, "Ölmüş mü?" diye sordu.

"Hayır, ama şimdi öldü," dedi Peeta. Ve aynı anda top atışı duyuldu. "Devam etmeye hazır mısınız?"

Şafak sökmeye yüz tutarken, Kariyer grubu koşarak uzaklaştı. Her tarafı cıvıl cıvıl kuş sesleri kapladı. Bir süre daha

–bütün kaslarım titreyerek– o tuhaf pozisyonda asılı kaldıktan sonra, bütün gücümü kullanıp dalın üstündeki ilk pozisyonumu aldım. Aşağı inmem ve yola koyulmam gerekiyordu ama bir süre daha öylece durup, işittiklerimi sindirmeye çalıştım. Peeta sadece Kariyer Haraçları'yla birlikte hareket etmekle kalmıyor, aynı zamanda beni bulmalarına da yardım ediyordu demek. Aldığı on bir puan yüzünden ciddiye alınması gereken sığ beyinli kızı. Çünkü aynı kız ok ve yay kullanabiliyor ve Peeta bunu herkesten daha iyi biliyordu.

Ama henüz onlara söylememişti. Bu bilgiyi hayatta kalmasını buna borçlu olduğu için mi saklıyordu acaba? Yoksa, seyircileri elinde tutmak için bana âşıkmış gibi rol yapmaya devam mı ediyordu? Aklından neler geçiyordu?

Birden kuşların sesi kesildi. Bir tanesi yüksek perdeden ötmeye başladı. Bu bir uyarı ötüşüydü. Tıpkı kızıl saçlı Avox kızını görmeden önce, Gale'la birlikte duyduğumuz kuş sesine benziyordu. Sönmeye yüz tutmuş kamp ateşinin hemen üstünde bir araç belirdi. Metal dişler aşağı indi. Ağır ağır ve nazik bir biçimde, ölü haracı yukarı çekti ve hemen ortadan kayboldu. Kuşlar yeniden ötmeye başladı.

Kendi kendime, "Haydi, kıpırda," diye fısıldadım. Uyku tulumumdan sıyrılıp hızla rulo yaptım ve çantanın içine tıktım. Derin bir nefes aldım. Karanlık, uyku tulumu ve ağaç dalları arasında kameraların düzgün bir görüntümü yakalayamamış olması mümkündü ama yine de izimi sürdüklerinden emindim. Tıpkı yere indiğim anda yakın plan çekileceğimden emin olduğum gibi.

Ağaçta olduğumu, Kariyerlerin konuşmalarını duyduğumu ve Peeta'nın onlarla birlikte olduğunu keşfettiğimi bilen seyirciler, kendilerinden geçmiş olmalıydılar. Nasıl oynayacağıma karar verene kadar, en azından her şey kontrolüm altındaymış gibi bir görüntü sergilemeliydim. Şaşkın görünmemeliydim. Hele hele kafası karışmış ve korkmuş gibi, asla...

Hayır, oyunda bir sonraki adımı hesaplamak zorundaydım. Bu yüzden, yeşilliklerin arasından gün ışığına çıkınca, birkaç saniye boyunca kıpırdamadan durup kameralara bana kilitlenmeleri için zaman tanıdım. Sonra başımı hafifçe yana eğip, insanların aklını başından alacak bir gülümsemeyle baktım. Haydi bakalım... Ne anlama geldiğine onlar karar versin...

Tam yola çıkmaya hazırlanırken aklıma kurduğum tuzak geldi. Diğerleri bu kadar yakındayken tuzağı kontrol etmem temkinsizlik olabilirdi ama buna mecburdum. Sanırım bu çok uzun zamandır avlanmanın getirdiği bir alışkanlıktı. Ve ete ulaşma ihtimalinin dayanılmaz cazibesi. İyi durumdaki bir tavşanla ödüllendiriliyordum. Hayvanı temizleyip derisini yüzmem fazla zamanımı almadı. Kafasını, kuyruğunu, kürkünü ve iç organlarını bir yaprak yığınının altına sakladım. Tam keşke ateş olsaydı diye düşünürken –çiğ tavşan eti ateşinizin çıkmasına neden olabilir; zamanında dersimi en kötü yoldan almıştım– aklıma biraz önce ölen haraç kız geldi. Aceleyle kamp yerine gittim. Tabii ki sönmeye yüz tutmuş ateşin közleri hâlâ sıcaktı. Tavşanı parçalara ayırıp dallardan edindiğim bir şişe geçirdim ve közlerin üstüne tuttum.

Kameraların olmasına seviniyordum. Sponsorların avlanabildiğimi, benim, üzerine bahis oynanabilecek bir aday olduğumu görmelerini istiyordum. Çünkü ben diğerleri gibi açlıktan gözü dönüp tuzağa düşürülecek bir haraç değildim. Tavşan pişerken, yanıp kararmış bir dal parçasını elime alıp turuncu sırt çantamı kamufle etmeye giriştim. Siyah, rengin parlaklığını büyük ölçüde alıyordu ama bana öyle geliyor ki çamur daha iyi olacaktı. Tabii çamur olması için önce suya ihtiyacım vardı.

Eşyalarımı toplayıp tavşan şişimi aldım. Közlerin üstüne biraz çer çöp attıktan sonra, Kariyerlerin gittiği yönün aksine doğru yürümeye başladım. Yürürken tavşanın yarısını yedim. Sonra kalanları daha sonra yemek üzere plastiğin içine sardım. Et, midemin gurultusunu bastırıyordu bastırmasına ama susuzluğumu gidermeye pek yaramıyordu. Şu anda birinci önceliğim su bulmaktı.

Ormanın içinde yol alırken Capitol ekranını meşgul ettiğimden neredeyse emindim. Bu yüzden duygularımı saklamaya özen gösterdim. Ancak Claudius Templesmith'in misafir yorumcularıyla birlikte çok iyi vakit geçirdiğini düşünmemek elde değildi. Peeta'nın davranışları, benim tepkim onlara bol bol malzeme vermiş olmalıydı. Bundan nasıl bir sonuç çıkarıyorlardı acaba? Peeta'nın gerçek rengini belli ettiğini düşünüyorlar mıydı? Bu durum bahisleri nasıl etkilemişti? Sponsor kaybetmiş miydik? Belki de, hiç sponsorumuz var mı diye sormam daha doğru olacaktı. Evet evet. Sponsorlarımızın olduğundan neredeyse emindim. En azından bu son olaya kadar...

Peeta'nın talihsiz âşıklar dinamiğimize balta vurduğuna hiç şüphe yoktu. Ya da gerçekten vurmuş sayılır mıydı? Yani, en azından benim hakkımda pek fazla konuşmadığı için bu durumdan fayda sağlamaya devam ediyor olabilirdik. Eğer ben şimdi gidişattan keyif alıyormuşum gibi bir görüntü sergilersem, insanlar bunun birlikte planladığımız bir oyun olduğunu düşünebilirlerdi.

Güneş gökyüzünde yükseliyor ve sayvanların arasından bile olabildiğince parlak görünüyordu. Dudaklarımı tavşanın yağıyla kaplayıp hızlı hızlı nefes alıp vermemeye çalıştım ama nafileydi. Daha sadece bir gün olmuştu ve ben hızla su kaybediyordum. Su bulmak konusunda bildiğim her şeyi düşünmeye gayret ettim. Su yükseklerden aşağıya doğru akacağına göre, belki de vadinin içine inmem o kadar da kötü bir şey değildi. Bir av hayvanının izini görsem ya da herhangi bir bitki topluluğuna rastlasam işim kolaylaşabilirdi. Ama en ufak bir değişiklik olmadı. Sadece hafif meyilli bir eğim, kuşlar ve birbirine çok benzeyen ağaçlar.

Gün ilerledikçe, belaya doğru yol aldığımı hissettim. Çok az miktardaki idrarım da koyu kahverengi bir renge bürünmüş durumdaydı. Başım ağrıyor ve dilimin bir kısmı nemlenmemekte direniyordu. Güneş gözlerimi acıttığı için çantamdan gözlüğümü buldum ama gözlüğü taktığım anda bakışlarımda bir tuhaflık olunca, hemen çıkarıp yeniden çantaya tıktım.

Akşamüstüne doğru bana yararı dokunacak bir şey bulur gibi oldum. Üzeri orman meyveleriyle kaplı bir fundalık gördüm ve meyvelerinden koparıp tatlı sularını emmek için telaşla o tarafa koştum. Ancak tam meyveleri dudaklarıma götürmek üzereyken dikkatle bakmak ihtiyacı duydum. Benim yaban mersini sandığım meyvelerin biçimi gözüme biraz farklı görünüyordu. İçine bakmak için bir tanesini ortadan ikiye ayırdım ve kan kırmızı bir renkle burun buruna geldim. Bu meyveleri tanımıyordum; yenilecek cinsten olmaları da mümkündü ama bunun oyun kurucularının zalim bir hilesi olması beni şaşırtmazdı. Eğitim Merkezi'ndeki bitki eğitmeni bile, zehirli olmadıklarından yüzde yüz emin olmadığımız sürece çalı meyvelerinden uzak durmamızı sıkı sıkıya tembihlemişti. Bunu zaten biliyordum ama o kadar susamış haldeydim ki, meyveleri bir kenara atacak takati bulabilmem için, eğitmenin sözlerini kendime hatırlatmam gerekiyordu.

Üzerime bir yorgunluk çöktü ama bu, uzun yürüyüşlerin sonrasında yaşanan alışıldık yorgunluğa benzemiyordu. Derdimin dermanını bulmak için aramaya devam etmem gerektiğini bilmeme rağmen, sık sık durup dinlenmek zorunda kalıyordum. Yeni bir taktik benimseyip, suya dair herhangi iz bulabilmek için bu titrek halimle gözüme kestirebildiğim en yüksek ağacın tepesine tırmandım. Ama görebildiğim kadarıyla, dört bir yanım göz alabildiğince ormanla kaplıydı.

Gece çökene kadar yola devam etmeye karar verdim ve ayaklarım birbirine dolanmaya başlayana kadar yürüdüm.

Bitkin bir halde, bir ağaç tepesine çıktım ve kendimi kemerle kalın bir dala bağladım. İştahım yoktu ama sırf ağzımı oyalamak için bir tavşan kemiği emiyordum. Karanlık çöktü, marş duyuldu ve gökyüzüne 8. Mıntıka'nın kız haracının yüzü yansıdı. Peeta'nın işini bitirmek üzere geri döndüğü kız.

Kariyer grubunun saldığı korku, içimi yakan susuzluğun yanında devede kulak kalıyordu. Hem zaten onlar tam tersi istikamete yönelmişlerdi ve şu saat itibariyle, onlar da dinlenmeye çekilmiş olmalıydılar. Su sıkıntısını göz önüne alacak olursak, belki de su tedariklerini yenilemek için göle dönmek zorunda kalmış bile olabilirlerdi.

Belki benim için de tek çıkış yolu buydu.

Sabahla birlikte sıkıntım daha da arttı. Kalbimin her atışıyla beynim zonkluyordu. En basit hareketler bile, eklemlerime bıçak gibi sancıların saplanmasına yetiyordu. Ağaçtan neredeyse inmiyor, yuvarlanıyordum. Malzemelerimi toparlamam birkaç dakikamı aldı. İçimden bir ses, bunun yanlış olduğunu fısıldıyordu. Daha temkinli davranmam, daha hızlı hareket etmem gerekiyordu. Ancak beynime bir sis perdesi çöktüğü için plan yapmakta zorlanıyordum. Sırtımı geceyi geçirdiğim ağacın gövdesine yaslayıp parmağımla ihtiyatla zımpara kâğıdına dönmüş dilimi okşadım ve seçeneklerimi değerlendirdim. Nasıl su bulabilirdim?

Göle dönmek. İmkansızdı... Bunu asla başaramazdım.

Yağmur yağmasını ummak. Gökyüzünde tek bir bulut bile yoktu.

Bakınmaya devam etmek. Evet, tek şansım buydu. Ancak aynı anda aklımda başka bir düşünce belirdi ve hissettiğim öfke aklımı başıma getirdi.

Haymitch! O bana su gönderebilirdi. Bir düğmeye basıp birkaç dakika içinde gümüş bir paraşütle bana su inmesini sağlayabilirdi. Bana yarım litre sıvı sağlayabilecek en az bir ya da iki sponsorum mutlaka olmalıydı. Tamam, bu pahalıya patlayan bir ikram olurdu ama bu insanlar para içinde yüzüyorlardı... Hem benim üstüme bahis de oynarlardı. Belki de Haymitch ihtiyacımın ne kadar büyük olduğunun farkında değildi.

Cüret edebildiğim kadar yüksek bir sesle, "Su," diye bağırdım. Umut içinde, gökyüzünden bir paraşütün inmesini bekledim. Ama hiçbir şey olmadı.

Bir sorun olmalıydı. Sponsorlarımın olduğunu düşünerek kendimi mi kandırıyordum? Yoksa Peeta'nın tavırları yüzünden bütün sponsorlar geri çekilmiş olabilir miydi? Hayır, buna inanmıyordum. Bir yerlerde bana su satın almak isteyen birileri mutlaka olmalıydı. Bence Haymitch bu işe taş koyuyordu. Akıl hocam olarak, sponsorlardan gelen hediyelerin akışını o idare ediyordu. Benden nefret ettiğini biliyordum. Bunu açıkça ifade etmişti. Ama benden, susuzluktan ölmeme izin verecek kadar nefret ediyor olabilir miydi? Bunu yapamazdı, değil mi? Eğer akıl hocası haraçlarına kötü muamele ederse, izleyiciler ve 12. Mıntıka halkı onu bu işten sorumlu tutarlardı... Haymitch bile böyle bir riski göze alamazdı, değil mi? Hob'daki takasçı dostlarım konusunda çok şey söylenebilirdi ama bu şekilde ölmeme göz yumarsa, Haymitch'i pek hoş karşılayacaklarını sanmıyordum. O zaman likörlerini nereden alırdı? Eee... Yani? Ona kafa tuttuğum için bana eziyet etmeye mi uğraşıyordu? Yoksa bütün sponsorları Peeta'ya mı yönlendiriyordu? Ya da şu anda ne olup bittiğini anlayamayacak kadar sarhoş olabilir miydi? Nedense buna inanmıyordum... Ve tabii beni öldüresiye ihmal edeceğine de. Aslına bakarsanız o kendine has nahoş tarzıyla beni bu işe ciddi ciddi hazırlamaya çabalamıştı. O zaman neler oluyordu?

Yüzümü ellerimin arasına gömdüm. Şu anda gözyaşı dökmem gibi bir tehlike yoktu çünkü hayatımı kurtarmak pahasına bile, tek bir damla gözyaşı üretemezdim. Haymitch ne yapıyordu? Öfkeme, nefretime ve şüphelerime rağmen, beynimin arka tarafında cılız bir ses cevap verdi.

Belki de sana bir mesaj gönderiyordur. Bir mesaj. Ne gibi? Sonra anladım. Haymitch'in suyu benden esirgemesinin tek bir nedeni olabilirdi. Çünkü suyu bulmak üzere olduğumu biliyordu.

Dişlerimi sıkarak, zorla ayağa kalktım. Sırt çantamın ağırlığı neredeyse üçe katlanmış gibi geliyordu. Baston olarak kullanabileceğim kırık bir dal edinip yürümeye koyuldum. Güneş, ilk iki günden daha göz alıcı bir parlaklıkla ensemi kavuruyordu. Kendimi sıcakta ölmeye ve çatlamaya yüz tutmuş eski bir deri parçası gibi hissediyordum. Her adımım çaba gerektiriyordu ama durmamakta kararlıydım. Oturmamak için direniyordum. Çünkü oturursam, büyük olasılıkla bir daha ayağa kalkamazdım; hatta ne yapmaya çalıştığımı bile hatırlayamayabilirdim.

Ne kolay bir yemdim ama! Şu anda herhangi bir haraç, hatta ufak tefek Rue bile beni alaşağı edebilirdi. Sadece üstüme atlaması bile, beni kendi bıçağımla öldürmesi için yeterli olurdu çünkü direnecek takatim yoktu. Fakat, ormanın bu kısmında bana yakın yerlerde birileri varsa bile, benim farkımda değillerdi. Gerçek şu ki, şu anda kendimi bütün canlılardan kilometrelerce uzakta hissediyordum.

Gerçi yalnız da değilim. Mutlaka beni takip eden bir kameraları vardı. Haraçların açlıktan, donarak, kan kaybından ya da susuzluktan ölmelerini izleyerek geçirdiğim seneleri düşündüm. Bir yerlerde ciddi anlamda iyi bir mücadele yoksa görüntülerim kesinlikle yayınlanıyor olmalıydı.

Düşüncelerim yeniden Prim'e kaydı. Beni canlı yayında izleyebildiğini sanmıyordum ama okulda öğle yemeği sırasında, banttan yayınlarla gidişat hakkında bilgilendiriliyor olmalıydılar. Onun hatırına, olabildiğince az sefil görüntü vermek için kendimi zorladım.

Ancak saatler öğleden sonrayı gösterirken, artık sonumun yaklaştığını biliyordum. Bacaklarım titriyor ve kalbim çok hızlı çarpıyordu. Tam olarak ne yapmakta olduğumu unutmaya başladım. Kimbilir kaç defa tökezleyip yeniden doğruldum. Ancak sonunda bastonum olmadık bir yere denk gelip kayınca yere yuvarlanıyor ve tekrar kalkamıyordum. Ve gözlerimin kapanmasına izin veriyordum.

Haymitch'i yanlış değerlendirmişim. Bana yardım etmek gibi bir niyeti yokmuş meğer.

Sorun değil, diye düşündüm. Burası o kadar da kötü değildi. Hava artık daha serindi, akşam oluyordu galiba. Bana leylakları anımsatan hafif ve tatlı bir koku duydum. Parmaklarımı düz zemine sürttüm ve kolayca kaydığını hissettim. İçimden, burası ölmek için fena bir yer değil, diye geçiriyordum.

Parmak uçlarımla serin ve kaygan zeminde daireler çiziyordum. Çamuru seviyorum, diye düşündüm. Çamurun yumuşak ve çok şey anlatan yüzeyinde, kimbilir kaç av hayvanının izini sürmüştüm. Ayrıca arı sokmasına da iyi gelirdi. Çamur. Çamur. Çamur! Gözlerim faltaşı gibi açıldı ve parmaklarımı toprağa batırdım. Çamur. Burnumu havaya diktim. Bu koku... Gerçekten çiçek kokusu alıyordum... Nilüfer kokusu...

Dizlerimin üstünde doğrulup çamurun içinde kendimi kokuya doğru sürükledim. Düşüp kaldığım yerden beş metre kadar ötede, bir bitki labirentinin arasından geçip bir gölcüğe ulaştım. Suyun üstünde, sarı çiçekleriyle güzeller güzeli nilüferlerim yüzüyordu.

Yüzümü suya batırıp içebildiğim kadar su içmemek için kendimi zor tuttum. Ancak beynim bunu yapmamam gerektiğini bilecek kadar çalışıyordu. Titreyen ellerimle çantamdaki plastik şişeyi çıkarıp, suyla doldurdum. Sonra suyu temizlemek için, hafızamda kaldığı kadarıyla birkaç damla iyodin ekledim. Yarım saatlik bekleme süresi ölüm gibi geldi ama başardım. Ya da en azından yarım saat beklediğimi sanıyordum; daha fazlasına dayanacak takatim yoktu zaten.

Kendi kendime, *Yavaş yavaş,* dedim. *Sakin ol.* Bir yudum aldıktan sonra, kendimi beklemeye zorladım. Sonra bir yudum daha aldım. Birkaç dakika içinde, şişenin tamamını içtim. Sonra bir şişe daha... Bir ağacın altına çekilip tavşandan geriye kalanları ve birkaç kraker yemeden önce kendime bir şişe daha hazırladım. Marş çalmaya başlarken, kendimi kesinlikle çok daha iyi hissediyordum. Bu akşam gökyüzünde hiçbir yüz belirmemişti. Demek ki bugün ölen haraç olmamıştı. Yarın burada kalıp dinlenecek ve sırt çantamı çamurla kamufle edecektim. Suyumu içerken gözüme takılan balıklardan tutup nilüferleri köklerinden çıkaracaktım. Ve kendime ziyafet çekecektim. Uyku tulumumun içinde büzüşüp su şişeme hayata tutunur gibi sımsıkı sarılarak yattım.

Birkaç saat sonra, koşarak yaklaşan ayak sesleriyle yerimden sıçradım. Dehşet içinde çevreme baktım. Henüz gün ağarmasa da, sızlayan gözlerim görebiliyordu.

Üzerime kapanan ateş duvarını görmemek içim kör olmam gerekirdi.

13

İçgüdüsel olarak, ilk düşüncem ağaçtan atlamak oldu. Ama kemerle bağlıydım. Titreyen parmaklarımla kemerin tokasını -bir şekilde- çözmeyi başardım ve uyku tulumumun içinde, çuval gibi yere yığıldım. Eşyalarımı toplamak için zamanım yoktu. Neyse ki sırt çantam ve su şişem zaten tulumun içindeydi. Kemeri çekiştirip tulumu omzumun üstünden arkaya atarak koşmaya başladım.

Sanki dünya bir alev ve duman topuna dönüşmüştü. Ağaçlardan yanan dallar kopup ayaklarımın dibine kıvılcım yağmurları eşliğinde düşüyordu. Tek yapabileceğim diğerlerini; tavşanları, geyiği –hatta ormanın derinliklerinden koşarak gelen vahşi bir köpek bile görüyordum– takip etmekti. Onların yön duygusuna güveniyordum. Ne de olsa içgüdüleri benden daha keskindi. Aynı zamanda benden çok daha hızlıydılar. Çalılıkların arasında büyük bir zarafetle uçuyorlardı. Oysa benim ayaklarım köklere ve yere düşmüş ağaç dallarına takılıyordu; onlara yetişmem gibi bir olasılık yoktu.

Sıcak korkunçtu ama duman, sıcaktan da beterdi; her an nefessiz kalabilirdim. Tişörtümün yakasını burnuma kadar çektim ve terden nemlenmiş olduğuna şükrettim. En azından ince de olsa bir maskem olmuştu. Nefessiz kalsam ve uyku tulumu sırtımı dövse de yüzüm bu gri pusunun arkasından hiç beklenmedik anlarda karşıma çıkan ağaç dalları yüzünden yara bere içinde kalsa da koştum. Çünkü koşmam gerektiğini biliyordum.

Bu bir haracın kontrolden çıkmış ateşi ya da kazayla başlayan bir yangın olamazdı. Üstüme üstüme gelen alevler doğal sayılmayacak bir yüksekliğe ulaştı. Dahası o kadar tek tip ve düzenliydiler ki insan yapımı, makine ürünü ya da oyun kurucuların eseri oldukları hissini uyandırıyorlardı. Bugün ortalık çok sakindi. Ölüm olmamıştı. Kimbilir belki savaşan da olmamıştı. Capitol'deki seyirciler sıkılmaya başlayabilir, oyunların tekdüzeliğinden yakınabilirlerdi. Ve oyunların tekdüze olması gibi bir şans yoktu.

Oyun kurucularının bunu nasıl bir motivasyonla yaptıklarını kestirmek zor değildi. Bir tarafta Kariyer grubu, diğer tarafta büyük olasılıkla arenanın dört bir yanına dağılmış bizler, yani diğerleri vardık. Bu yangın bizleri saklandığımız yerlerden çıkarmak ve bir araya getirmek için çıkarılmıştı. Gördüğüm en orijinal hile olmayabilirdi ama çok, çok etkili olduğu kesindi.

Yanan bir kütüğün üstünden atladım. Ama yeterince yükseğe zıplayamamıştım. Ceketimin kuyruk kısmı alev aldı. Ceketi çıkarıp alevleri söndürmek zorunda kaldım. Ama ceketi bırakmaya gönlüm razı gelmiyordu. Kararmış ve için için yanıyor olsa da, riski göze alıp uyku tulumumun içine tıktım. Havasızlık sayesinde, henüz sönmemiş olan kısımların da söneceğini umuyordum. Zaten bütün mal varlığım sırtımda taşıdıklarımdan ibaretti ve bunların bile hayatta kalmamı sağlamaya yeteceğinden emin değildim.

Birkaç dakika içinde burnum ve genzim yanmaya başladı. Ardından öksürük geldi; ciğerlerim pişiriliyormuş gibi hissediyordum. Aldığım her nefes, göğsümde keskin bir acıya neden olurken rahatsızlığım büyük bir sıkıntıya dönüşüyordu. Kusmaya başlarken bir kaya çıkıntısının altına sığınmayı başardım. Zaten yetersiz olan yemeğimi ve midemdeki bütün kalıntıları oraya bıraktım. Dizlerimin ve ellerimin üstüne çökerek içeride hiçbir şey kalmayana kadar öğürdüm.

Durmamam gerektiğini biliyordum ama artık titriyor ve başım dönüyordu; birazcık hava için hızlı hızlı soluk alıp verdim. Ağzımı çalkalamak için kendime bir kaşık su hakkı tanıdım. Tükürüp bir yudum daha aldım. Kendi kendime, *Sadece bir dakikan var,* dedim. *Dinlenmek için, sadece bir dakikan var.* Zamanımı teçhizatımı toparlamakla, uyku tulumunu buruşturup her şeyle birlikte darmadağın halde sırt çantasının içine tıkmakla geçirdim. Bir dakikam doldu. Harekete geçme zamanının geldiğini biliyordum ama duman zihnimi bulandırıyordu. Bana pusulalık eden ayağı hızlı hayvanlar çoktan uzaklaşmıştı. Daha önce ormanın bu kısmına gelmediğimden emindim çünkü altına sığınabileceğim büyüklükte bir kaya gördüğümü anımsamıyordum. Oyun kurucuları beni nereye yönlendiriyordu? Göle mi? Tehlikelerle dolu yepyeni bir araziye mi? Gölet kıyısında huzuru tam yakaladığım anda bu saldırı başlamıştı. Ateşe paralel yol alarak gölete, yani su kaynağıma ulaşmam mümkün olabilir miydi acaba? Yangın duvarının bir sonu olmalıydı. Hem zaten, sonsuza dek yanacak değildi ya. Tabii ki yangının sona erme nedeni, oyun kurucularının yangını körüklemekte sorun yaşamaları değil, izleyicilerin bir süre sonra sıkıldıklarından yakınmaya başlamaları olacaktı. Eğer yangın hattına geri dönmeyi başarabilirsem, Kariyerlerle karşı karşıya gelmekten kaçınabilirdim. Bunun, cehennemden uzaklaşmak için kilometrelerce yol katetmemi, sonra da büyük bir çember çizerek aynı noktaya geri dönmemi gerektireceğini bilmeme rağmen, şansımı denemeye karar verdim. İşte tam o anda, başımdan sadece iki karış yükseklikteki kayanın üstüne bir alev topu isabet etti. Tazelenen korkumdan enerji alarak, saklandığım yerden ok gibi fırladım.

Oyunlar yeni bir boyut kazanmıştı. Yangının amacı harekete geçirmekti ve şimdi izleyiciler gerçek bir eğlenceye şahit olacaklardı. Bir sonraki tıslamayı duyunca, bakmakla zaman kaybetmeden dümdüz yere uzandım. Hareketsiz kalmak ölümle eş anlamlıydı. Yattığım yere üçüncü bir ateş topu isabet ederken ve arkamda bir ateş sütunu dikerken, kılpayı kurtularak ayağa kalktım. Saldırılardan kaçınmak için deli gibi çabalarken, zaman mefhumumu kaybediyordum. Ateş toplarının nereden geldiğini göremiyordum ama bir gökyüzü aracı olmadığından emindim. Açılar yeterince dik değildi. Büyük olasılıkla ormanın bu kısmının dört bir tarafı ağaçlar ve kayalıklar arasına gizlenmiş, hedef ayarlı atıcılarla çevriliydi. Bir yerlerde, serin ve pırıl pırıl bir odada, kumanda masasının başında oturan bir oyun kurucu, hayatımı birkaç saniye içinde sona erdirebilecek düğmelere basıyordu. Son nefesimi vermem için gereken tek şey, isabetli bir atıştı.

Ateş toplarından kaçabilmek için kâh hoplayıp, zıplayarak, kâh yerde sürünerek zikzaklar çizerken gölete dönme planımla ilgili detaylar zihnimden siliniverdi. Ateş toplarının her biri sadece bir elma büyüklüğünde olsa da, bir yüzeye temas ettikleri anda muazzam bir etki yaratıyorlardı. Hayatta kalma dürtüsü kontrolü ele geçirirken, bütün duyularım tam gaz çalışmaya başladı. Bir hamlenin doğru olup olmadığını tartacak zamanım yoktu. Bir tıslama duyduğum zaman, ya hareket ederdim ya da ölürdüm.

Yine de bir şeyler beni ileriye doğru gitmeye itiyordu. Hayatım boyunca Açlık Oyunları'nı seyrettiğim için, arenanın bazı bölgelerinin belli saldırılar için donanımlı olduğunu biliyordum. Ve eğer bu bölgeden uzaklaşmayı başarabilirsem, atıcıların menzilinden de çıkabilirdim. Tabii o zaman da engerek yılanlarıyla dolu bir hendeğe yuvarlanabilirdim ama şu anda bunun için endişelenme lüksüm yoktu.

Ateş toplarının arasında ne kadar debelendiğimi bilmiyordum ama saldırılar nihayet yatışmaya başladı. Bu iyi bir şeydi çünkü yeniden öğürmeye başladım. Bu defa asitli bir madde gırtlağımı yakıp burnuma kadar ulaştı. Vücudum, saldırıdan beri soluduğum zehirlerden kurtulmaya çabalarken iki büklüm halde durmak zorunda kalıyordum. Bir sonraki tıslamayı, kaçma işaretimi bekledim. Ama gelmedi. Öğürmenin etkisiyle gözlerime yaşlar birikti. Kıyafetlerim terden sırılsıklam haldeydi. Bir şekilde, duman ve kusma arasında yanık saç kokusu aldım. Elim saç örgüme uzandı ve ateş toplarından birinin örgümün neredeyse on beş santimlik kısmını uçurmuş olduğunu gördüm. Parmaklarımın arasında siyahlaşmış saç telleri ufalanıyordu. Ben yaşanan bu dönüşümden büyülenmiş halde elime bakarken, tıslama yeniden duyuldu.

Kaslarım tepki gösteriyordu ama bu defa yeterince hızlı değildi. Alev topu, sağ baldırıma sürtünerek geçip hemen yanıma, toprağa isabet etti. Bacağımı alevler içinde görünce, deliye döndüm. Dönüp ellerim ve ayaklarımın üstünde, geri geri kaçmaya çalıştım. Çığlıklar atarak kendimi bu dehşetten kurtarmaya çabalıyordum. Nihayet aklım başıma gelince, bacağımı, bir o yana bir bu yana döndürerek yere sürttüm ve bu hareketimle alevlerin büyük kısmını bastırdım. Ama sonra hiç düşünmeden kalan kumaşı çıplak ellerimle yırtıp ayırdım.

Alev topunun neden olduğu ateşin biraz ötesinde, yere çöktüm. Baldırım acı içindeydi, ellerimde kırmızı izler vardı. O kadar şiddetli titriyorum ki yerimden kıpırdayamıyordum. Eğer oyun kurucularının işimi bitirmek gibi bir niyetleri varsa, bundan daha uygun bir an bulamazlardı.

Cinna'nın gösterişli kumaşlar ve ışıltılı mücevherin eşlik ettiği sesini duyar gibiydim: *"Katniss, alevler içindeki kız."* Oyun kurucular bir hayli gülüp eğleniyor olmalıydılar. Hatta belki de bu işkenceye maruz kalmamın, Cinna'nın güzel kostümleriyle bir alakası vardı. Cinna'nın bütün bunları öngöremeyeceğini ve şu anda benim için üzüldüğünü biliyordum. Çünkü onun beni gerçekten önemsediğine inanıyordum. Ama kimbilir, belki de o arabanın üstünde anadan doğma çıplak halde boy göstermiş olmam daha güvenli olabilirdi.

Saldırı sona erdi. Oyun kurucular ölmemi istemiyorlardı anlaşılan. En azından şimdilik. Herkes, istemeleri halinde hepimizi açılış gongunu izleyen birkaç saniye içinde öldürebileceklerini çok iyi biliyordu. Açlık Oyunları'nı asıl eğlenceli kılan, haraçların birbirlerini öldürmelerini izlemekti. Buna rağmen zaman zaman, sırf oyunculara buna muktedir olduklarını göstermek için birkaç haraç öldürebiliyorlardı. Fakat tercihleri genelde bizleri karşı karşıya getirmek oluyordu. Artık bana ateş etmemeleri yakınlarda başka bir haracın olduğu anlamına geliyordu.

Yapabilsem, kendimi bir ağaca sürükleyip saklanırdım. Ancak duman hâlâ beni öldürmeye yetecek kadar yoğundu. Zorla ayağa kalkıp, topallayarak gökyüzüne doğru uzanan alev duvarından uzaklaştım. Pis kokulu siyah bulutları dışında, alev duvarı artık beni izliyor gibi görünmüyordu.

Bu defa başka bir ışık –güneşin ilk ışınları– belirdi. Duman girdaplarının arasından güneş ışınları süzülüyordu. Görüşüm hiç net değildi. Ne yöne baksam, ancak on beş metre uzağı görebiliyordum. Bu halde, herhangi bir haraç bana görünmeden rahatlıkla saklanabilirdi. Tedbir olarak bıçağımı çekmeliydim ama uzun süre tutabileceğimden şüpheliydim. Yine de ellerimin acısını baldırımdaki sancıyla karşılaştırmam mümkün değildi. Oldum olası yanıklardan nefret ederdim; fırından ekmek çıkarırken oluşan küçük yanıklardan bile nefret ederdim. Bana göre tattığım en berbat acıydı ama itiraf etmeliyim ki daha önce hiç böylesini yaşamamıştım.

O kadar tuhaf bir haldeydim ki, bileklerime kadar suya gömülene kadar gölete girdiğimi anlamadım bile. Burası kayalıkların arasındaki bir gedikten köpürerek akan küçük bir kaynaktı. Suyunun serinliği ilaç gibi geliyordu. Ellerimi sığ suya daldırdım ve anında büyük bir rahatlama hissettim. Annemin her zaman söylediği bu değil miydi? Yanıkta ilk tedavi soğuk suydu. Sıcağı alırdı. Ama onun bahsettiği küçük yanıklardı. Büyük olasılıkla ellerim için suyu tavsiye ederdi. Peki ya baldırım? Her ne kadar henüz göz atma cesaretini gösterememiş olsam da, baldırımdaki yanığın tamamen başka bir sınıfa girdiğini tahmin edebiliyordum.

Bir süre, suyun kenarında yüzüstü yatıp ellerimi suyun içinde tuttum. Tırnaklarımdaki küçük alevler soyulmaya başlamıştı. İyi. Zaten hayatımın sonuna kadar yetecek alevi bir arada görmüştüm.

Yüzümdeki kan ve kül kalıntılarını yıkadım. Yanıklar hakkında bildiklerimi toparlamaya çalıştım. Evlerimizi ısıtmak ve yemeklerimizi pişirmek için kömürden istifade ettiğimiz Dikiş'te, yanıklar en sık görülen yaralanmalar arasında yer alırdı. Tabii bir de maden kazaları var. Bir defasında bir aile, şuurunu kaybetmiş genç bir adamı bize getirmiş ve yardım etmesi için anneme yalvarmıştı. Madencileri tedavi etmekten sorumlu olan doktor, adamdan umudu kesmiş ve ailesinden onu alıp evlerine götürmelerini istemişti. Ancak aile bu kadere razı olmak istemiyordu. Adam, mutfak masamızın üzerinde, dünyayla bütün bağlarını koparmış halde yatıyordu. Evden kaçmadan önce bacağının üst tarafındaki derin yaraya gözüm takılmıştı. Bacak, kemiğe kadar yanmıştı; kömürleşmiş eti korkunç görünüyordu. Ormana kaçıp gün boyunca avlanmıştım. Bacağın görüntüsü ve babamı kaybettiğim günün anıları bana rahat vermemişti. İşin komik kısmı, kendi gölgesinden bile korkan Prim'in kalıp anneme yardım etmiş olmasıydı. Annem insanın şifacı olarak doğduğunu, sonradan şifacı olunmadığını söylerdi. Ellerinden geleni yapmalarına rağmen, adam, doktorun da dediği gibi hayatını kaybetmişti.

Bacağımın ilgiye ihtiyacı olduğu kesindi ama bakamıyordum işte. Ya o adamınki kadar kötü durumdaysam ve kemiğimi görürsem? Sonra annemin, yanığın çok ciddi boyutta olması halinde, sinirler harap olduğu için kurbanın acıyı hissetmediğini söylediğini hatırladım. Bu bilgiden cesaret alarak doğrulup oturdum ve bacağımı öne uzattım.

Baldırımı –kıpkırmızı ve üstü su kabarcıklarıyla dolu etimi– görünce neredeyse bayılacak gibi oldum. Kendimi derin ve yavaş nefesler almaya zorluyordum. Kameraların yüzümü görüntülediğinden emindim. Yaramın beni zayıf düşürdüğünü görmelerine izin veremezdim. Özellikle de yardım almak istiyorsam. İnsanların acıma duyguları yardım getirmiyordu. Ancak pes etmeme azminiz, işte o işe yarıyordu. Pantolunumun dizden aşağıda kalan kısmını tamamen kesip yarama daha yakından baktım. Yanık kısım neredeyse avuç içim kadar bir alandı ve geri kalan deride herhangi bir kararma yoktu. Suya sokulmayacak kadar kötü durumda olmadığına karar verdim ve bacağımı nazik hareketlerle su birikintisine uzattım. Çizmemin topuğunu bir kaya parçasının üstüne yaslayıp çok ıslanmamasını garantiledikten sonra derin bir iç çektim. Çünkü suyun serinliği gerçekten çok iyi geliyordu. Bulabildiğim takdirde iyileşmemi hızlandıracak bazı otların var olduğunu biliyordum ama tam olarak hangileri olduğunu hatırlamakta güçlük çekiyordum. Büyük olasılıkla işi su ve zamana bırakmaktan başka çarem yoktu.

Harekete geçmem gerekir miydi acaba? Duman, yavaş yavaş dağılıyordu ancak hava hâlâ sağlıklı olmayacak kadar ağırdı. Yangından uzaklaşmaya devam edersem, doğruca Kariyerlerin silahlarına teslim olmaz mıydım? Ayrıca bacağımı sudan çıkardığım anda öyle yoğun bir acı hissediyordum ki, tekrar suya sokmak ihtiyacı duyuyordum. Ellerim biraz daha iyi durumdaydı... Arada sudan çıkarmama dayanabiliyorlardı. Bu sayede eşyalarımı düzenleme fırsatı yakaladım. Önce su şişemi doldurup içine biraz iyodin kattım. Yeterince zaman geçince, vücuduma yeniden su takviyesi yapmaya başladım. Bir süre sonra kendimi birkaç kraker atıştırmaya zorladım; mideme bir hayli faydası oluyordu. Uyku tulumumu düzgünce rulo yaptım. Birkaç siyah iz dışında nispeten iyi durumdaydı. Ceketim ayrı bir meseleydi. Hem berbat kokuyordu hem de sırt kısmının neredeyse otuz santimlik kısmı onarılamayacak kadar yanık durumdaydı. Yanık kısmı kesip çıkardığım zaman, geriye ancak kaburgalarımın alt hizasına kadar inecek bir ceket kalıyordu. Bununla birlikte kapüşon kısmı hâlâ sağlamdı; hiç yoktan iyiydi.

Acıya rağmen mayışmaya başladım. Göze çarpmam çok kolay olmasa, kendime bir ağaç seçip dinlenmeye çekilebilirdim. Hem zaten göletten ayrılmam da mümkün görünmüyordu. Eşyalarımı düzgünce toplayıp çantamı sırtıma astım ama gitmeye hiç hazır değildim. Gözüme, kökleri yenebilecek birkaç su bitkisi kestirip tavşanımdan geriye kalan birkaç parça ete katık ettim. Ve biraz su içtim. Güneşin, gökyüzünde bir kavis çizerek yükselmesini izledim. Buradan daha güvenli nereye gidebilirdim ki? Uyuşukluk hissi baş edilemez bir hale gelince, sırt çantama yaslanıp uzandım. *Eğer Kariyerler beni bulmak istiyorlarsa, varsın bulsunlar*. Uykuya dalmadan önce düşündüğüm son şey bu oldu. *Varsın bulsunlar...*

Buluyorlardı da zaten. Yola çıkmaya hazır olduğum için çok şanslıydım çünkü ayak seslerini duyduğumda, harekete geçmek için bir dakikadan daha az bir zamanım oldu. Akşam çökmek üzereydi. Uyandığım anda kalkıp sulara bata çıka koşup kendimi çalılıkların altına attım. Bacağım beni yavaşlatıyordu ama izimi sürenlerin de yangından önceki kadar hızlı olmadıklarını hissediyordum. Öksürüklerini ve birbirlerine seslenen hırıltılı seslerini duyuyordum.

Yine de, bir vahşi köpek sürüsü gibi gittikçe yaklaşıyorlardı ve ben bütün hayatım boyunca böyle durumlarda yaptığım şeyi yapıyordum. Yüksek bir ağaç seçip var gücümle tırmandım. Koşarken canım acıdı ama tırmanmak çok daha beterdi. Çünkü tırmanırken sadece daha çok çaba harcamam gerekmiyor, ellerimi ağacın kabuğuna sürtmek zorunda kalıyordum. Yine de sürat konusunda hiç fena değildim. Onlar ağacımın altına ulaştıklarında, ben altı metre kadar yukarıya çıkmıştım. Bir an durup birbirimizi tarttık. Kalbimin atışını duymamaları için dua ediyordum.

Belki de o an geldi, diye düşündüm. Karşılarında ne kadar şansım olabilirdi ki? Altısı da oradaydı. Beş Kariyer ve Peeta... Tek tesellim onların da bitik durumda olmalarıydı. Öyle bile olsa, silahlarına bakmak bile yetiyordu... Yüzlerine, sırıtışlarına ve çıkardıkları hırıltılara... Onlar için, başlarının üstünde duran bir yarı ölüydüm ben. Durumum bir hayli umutsuz görünüyordu. Fakat o anda bir şeyi fark ettim. Benden daha güçlü ve iri oldukları kesindi. Ama aynı zamanda, çok daha ağırlardı. En yüksek daldaki meyveyi koparmak ya da en ücra kuş yuvalarındaki yumurtaları aşırmak için tepelere tırmanan kişinin Gale değil, ben olmamın bir nedeni olmalıydı. Kariyerlerin en ufak tefek olanından bile en az on-on beş kilo daha hafiftim.

Gülümsedim. Keyifli bir sesle, "Nasılsınız bakalım?" diye sordum.

Sorum onları şaşırttı ama izleyicilerin bundan hoşlanacaklarını biliyordum.

2. Mıntıka'dan gelen çocuk, "İdare eder," dedi. "Ya sen?"

"Bana göre biraz fazla sıcaktı," dedim. Capitol'deki insanların güldüklerini duyar gibiydim. "Yukarıda hava daha güzel. Neden siz de gelmiyorsunuz?"

Aynı çocuk, "Sanırım ben geleceğim," dedi.

1. Mıntıka'nın kız haracı ona gümüş yayı ve ok kılıfını uzatırken, "Bunu da al, Cato," dedi. Bu benim yayımdı! Benim oklarım! Onları şöyle bir görmek bile, kendimi ve dikkatimi dağıtıp bu silahlara ulaşmama mani olan hain Peeta'ya duyduğum öfkeyi kabartıyordu. Çığlık atmamak için kendimi zor tutuyordum. Peeta'yla göz teması kurmaya çalışıyordum ama tişörtünün ucuyla bıçağını parlatırken benimle göz göze gelmemek için özel bir çaba harcıyor gibi bir hali vardı.

Cato yayı iterken, "Hayır," dedi. "Kılıcımla daha iyi iş görürüm." Kemerine takılı olan silahı –kısa ve ağır bir bıçak– görebiliyordum.

Cato'ya ağaca asılması için zaman verdikten sonra, daha da yukarılara tırmanmaya başladım. Gale her zaman, en ince dallara bile tırmanabilme yeteneğimle bir sincabı andırdığımı söylerdi. Bu becerim kısmen düşük kilomdan kaynaklanıyordu ama çok pratik yapmış olmamın payı da büyüktü. Ellerinizi ve ayaklarınızı nerelere koymanız gerektiğini bilmeliydiniz. Tam dokuz-on metre kadar daha yukarı çıkmışken, bir kırılma sesi duyup aşağıya baktım ve Cato'nun düştüğünü gördüm. Yere çok sert bir iniş yaptı. Boynunu kırmış olmasını diliyordum ama kaba saba bir adama yakışacak küfürler savurarak ayağa kalktı.

Okları elinde tutan kız –birinin ona Glimmer* diye seslendiğini duymuştum, *ıyyy,* 1. Mıntıka'daki insanların çocuklarına verdikleri saçma isimler beni öldürüyordu–, dallar ayaklarının altında çıtırdamaya başlayana kadar tırmandı ve sonra durma akıllılığını gösterdi. Şimdi artık nereden baksanız, yir-

* (İng.) Pırıltı. (ç.n.)

mi beş metre yüksekteydim. Beni vurmaya çalışıyordu ama ok atmak konusunda pek de usta olmadığı hemen belli oluyordu. Oklardan biri yakınımdaki ağaca saplandı, uzanıp aldım. Sanki oku almamın tek nedeni buymuşçasına, dalga geçer gibi başımın üstünde salladım. Oysa asıl amacım oku fırsatını bulduğum zaman kullanmaktı. O gümüş silahlar benim elimde olsaydı onları, hem de hepsini öldürebilirdim.

Kariyerler aşağıda toplanıyorlardı. Aralarında homurdandıklarını duyabiliyordum; onları aptal durumuna düşürdüğüm için öfkeliydiler. Ancak alacakaranlık çökerken bana saldırma planları suya düşüyordu. Sonunda Peeta'nın sert bir sesle, "Bırakın, orada kalsın," dediğini duydum. "Bir yere gidebileceği yok zaten. İcabına yarın bakarız."

Evet, haklı olduğu bir konu vardı. Hiçbir yere gitmiyordum. Su kaynağının sağladığı rahatlama hissi tamamen kaybolduğu için, yanıklarımın potansiyelini son raddesinde hissediyordum. Ağaç dallarının çatal oluşturduğu bir seviyeye inip sarsak hareketlerle yatmaya hazırlandım. Kendimi kemerimle dala bağlarken inlememek için gayret ediyordum. Uyku tulumunun ısısı, bacağıma fazla geliyordu. Kumaşta bir yarık açıp baldırımı açık havaya tuttum. Yaranın üstüne ve ellerime su serpiştirdim.

Gözüpek tavırlarımın yerinde yeller esiyordu. Acı ve açlık duygusu beni bitap düşürmüştü. Ancak hiçbir şey yiyecek durumda değildim. Geceyi çıkarabilsem bile, yarın sabah beni neler bekliyor olacaktı? Gözlerimi ağacın yapraklarına dikip, istirahat etmeye çalıştım ama yanıklarım buna izin vermiyordu. Kuşlar bile yatmaya hazırlanıyordu; yavrularına ninniler şakıdıklarını duyabiliyordum. Gecenin yaratıkları tek tek belirmeye başladı. Bir baykuş ötüyordu. Dumanların arasından, bir kokarcanın belli belirsiz kokusunu duydum. Yandaki ağaçtan, bir hayvanın –belki bir possumun– Kariyerlerin meşalelerinin ışıklarını yansıtan gözleri beni izliyordu. Aniden dirseğimin üstünde doğruldum. Bunlar bir possumun gözleri değildi; onların camı andıran yansımalarını çok iyi bilirdim. Aslına bakarsanız, bunlar bir hayvana ait gözler de değildi. Işığın son hüzmeleriyle, beni dalların arasından sessizce izleyen kızı seçtim.

Rue.

Acaba ne zamandır oradaydı? Belki de başından beri oradaydı. Önünde sergilenen sahneyi hiç kıpırdamadan ve fark edilmeden seyretmişti. Belki de grubun yaklaştığını duyunca ağacına benden hemen önce tırmanmıştı.

Bir süre birbirimize baktık. Sonra, tek bir yaprağın bile oynamasına neden olmadan küçük elini havaya uzattı ve başımın üstünde duran bir şeyi işaret etti.

14

Gözlerim, parmağının işaret ettiği noktaya döndü. Önce ne göstermeye çalıştığını anlamadım. Ama sonra, benden yaklaşık beş metre kadar yukarıda, ışığın iyice loş bir hale geldiği bir noktada, belli belirsiz bir karaltı seçtim. Bu ne olabilirdi ki? Bir hayvan mı? Yaklaşık bir rakun büyüklüğündeydi ama bir daldan aşağı sarkıyor ve ağır ağır sallanıyordu. Bir şey daha vardı. Ormanın gece sesleri arasında, kulağıma hafif bir vızıltı takıldı. O zaman anladım. Bu bir yaban arısı kovanıydı.

İçim korkuyla doldu. Aklım, yerimden kıpırdamayı düşünmeyecek kadar başımdaydı. Ne de olsa orada ne tür bir yaban arısının yaşadığını bilmiyordum. Bu sıradan bir "sen bizi rahat bırakırsan, biz de sana dokunmayız" tarzı bir yaban arısı olabilirdi. Ancak, söz konusu Açlık Oyunları'ydı ve burada sıradan diye bir şey yoktu. Bu arıların, Capitol'ün mutasyona uğrattığı iz sürücü yaratıklardan olmaları gayet olasıydı. Tıpkı alaycı kuşlar gibi, bu katil arılar da bir laboratuvarda yeniden yaratılıp savaş döneminde, tıpkı arazi mayınları gibi stratejik amaçlarla çeşitli mıntıkalara yerleştirilmişti. Normal yaban arılarından daha büyüklerdi ve kolayca ayırt edilen, altın renkli bir gövdeleri ve temas ettikleri anda, erik büyüklüğünde bir yumruya yol açan iğneleri vardı. Çoğu insan birkaç arı sokmasından fazlasını kaldıramıyordu. Bazıları hemen ölürdü. Hayatta kalsanız bile, zehrin neden olduğu halüsinasyonlar sizi delirme noktasına getirebiliyordu. Bir şey daha vardı. Bu arılar, yuvalarını rahatsız edenlerin peşine düşüp, onları öldürmek için ne gerekiyorsa yaparlardı. İşte isimlerinin önündeki "iz sürücü" sıfatı, bu özelliklerinden geliyordu.

Savaştan sonra Capitol, şehri çevreleyen bütün kovanları yok etmiş, mıntıkaların çevresindekilere ise dokunmamıştı. Sanırım bu da tıpkı Açlık Oyunları gibi, ne kadar zayıf olduğumuzu bize anımsatmak için seçtikleri bir yoldu. Alın size 12. Mıntıka'yı çevreleyen çitin içinde kalmak için bir neden daha. Gale ve ben, herhangi bir iz sürücü arı kovanına rastlasak arkamıza bile bakmadan tam aksi istikamete kaçardık.

Yani başımın üstünde asılı duran şey bu muydu? Yardım almak için tekrar Rue'ye döndüm ama ağacının içinde kaybolmuştu.

Şartlarımı göz önüne alınca, karşı karşıya kaldığım yaban arısı kovanının hangi türde olduğunun pek bir önemi kalmıyordu sanırım. Yaralı ve kapana kısılmış haldeydim. Karanlık bana geçici bir rahatlama sağlamıştı ama güneşin doğuşuyla birlikte, Kariyerler beni öldürme planlarını oluşturmuş olacaklardı. Onları böyle aptal yerine koymamdan sonra, aksine hiç ihtimal vermiyordum. O arı yuvası, elimdeki tek seçenek olabilirdi. Yuvayı üzerlerine düşürebilirsem, belki kaçmayı başarabilirdim. Ama bunu yapmak için hayatımı riske atmam gerekiyordu.

Tabii yuvanın kendisini kesebilecek kadar yakınına gidebilmem mümkün değildi. Bu yüzden, dalın tamamını baltalayıp bütün halinde aşağıya düşürmek zorundaydım. Bıçağımın tırtıklı tarafı bu işi görebilirdi. Peki ya ellerim? Ya dalı keserken neden olacağım titreşim, arıları harekete geçirirse? Veya Kariyerler ne yaptığımı anlayıp kamplarını taşırlarsa?

Dalı, dikkat çekmeden kesmek için en uygun –ve tek– fırsatı marş sırasında bulacağıma karar verdim. Ve marş her an başlayabilirdi. Uyku tulumumdan çıkıp bıçağımın belimde olduğunu kontrol ettikten sonra yukarı doğru tırmandım. Bu başlı başına tehlikeli bir hareketti. Çünkü yukarı çıktıkça, ağacın dalları beni bile taşıyamayacak kadar cılızlaşmaya başladı ama azmettim. Yuvayı taşıyan dala ulaştığımda, vızıltılar iyice belirginleşmişti. Yine de eğer bu arılar gerçekten iz sürücü arılar ise, çok daha fazla ses çıkarıyor olmaları gerekirdi. Aklımdan, *Sadece duman yüzünden,* diye geçirdim. Duman onları sakinleştirmiş olmalıydı. İsyancılar da yaban arılarıyla baş etmek için aynı silaha başvurmuşlardı.

Capitol'ün mührünün gökyüzünde parlamasıyla birlikte marş duyuldu. *Ya şimdi ya hiç,* diye düşünerek dalı kesmeye başladım. Bıçağı tuhaf sayılabilecek hareketlerle ileri geri hareket ettirirken sağ elimdeki yaralar açıldı. Bir oyuk açmayı başarınca sonrası daha kolay olacaktı ama bu kadarı bile beni bir hayli zorluyordu. Dişlerimi sıkıp dalı kesmeye devam ederken, başımı gökyüzüne kaldırdım. Demek bugün ölen kimse olmamıştı. Sorun değildi. Seyirciler benim yaralandığımı ve ağacın tepesinde kıstırıldığımı görmekten yeterince haz duymuş olmalıydı zaten. Ancak marş sona ermek üzereydi ve müzik bitip gökyüzü karardığında, dalın sadece dörtte üçlük kısmını kesebilmiş durumdaydım. Durmaktan başka şansım yoktu.

Şimdi ne olacaktı? İşi el yordamıyla da bitirebilirdim elbette ama bunun çok akıllıca bir plan olacağından emin değildim. Arılar çok sersemlemişse, yuva aşağıya düşerken bir dala takılırsa, ben kaçmaya çalışırsam... Bütün bunlar zaman kaybından başka bir şey olmayabilirdi. En iyisi şafak sökerken yeniden buraya çıkıp, yuvayı düşmanlarımın tepesine indirmek olacaktı.

Kariyerlerin meşalelerinin cılız ışığında aşağıya, çatalıma döndüm ve bugüne kadar gördüğüm en güzel sürprizle karşılaştım. Uyku tulumumun üstünde gümüş bir paraşüte bağlı, gümüş bir kap duruyordu. Bir sponsordan aldığım ilk hediyeydi! Haymitch bana marş sırasında ulaştırılmasını sağlamış olmalıydı. Kap, tek avucuma sığacak büyüklükteydi. Ne olabilirdi ki? Yemek olmadığı kesindi. Kapağını çevirerek açtım ve aldığım kokudan, ilaç olduğunu hemen anladım. Büyük bir dikkatle parmağımı merhemin üst yüzeyinde dolaştırdım. Daha o anda, parmak uçlarımdaki sızlama azaldı.

"Ah, Haymitch," diye fısıldadım. "Teşekkürler." Demek ki beni terk etmemişti. Beni tamamen başımın çaresine bakmaya bırakmamıştı. Bu ilacın maliyeti astronomik bir rakam olmalı. Büyük olasılıkla bu küçücük kap birden fazla sponsorun katkısıyla alınmıştı. Benim için paha biçilmezdi.

İki parmağımı kutunun içinde daldırıp aldığım merhemi baldırımın üstüne yaydım. Merhemin neredeyse büyülü bir etkisi oldu; temas ettiği yerlerdeki acıyı anında yok edip yerine hoş bir serinlik hissi bıraktı. Bu, annemin orman bitkilerinden elde ettiği bitkisel karışımlardan değildi. Capitol laboratuvarlarında geliştirilmiş bir yüksek teknoloji ilacıydı. Baldırımla işim bitince ellerime de incecik bir kat sürdüm. Sonra kutuyu büyük bir dikkatle paraşütün içine sarıp, sırt çantamın en güvenli yerine sakladım. Şimdi artık acım da yatıştığı için geriye yeniden uyku tulumumun içine girip uykuya dalmaktan başka birşey kalmamıştı.

Benden sadece bir karış uzaktaki bir dala tüneyen bir kuşun cıvıltısıyla yeni bir günün doğmakta olduğunu anladım. Sabahın gri ışığında ellerimi inceledim. Merhem, bütün kırmızı ve su toplamış lekeleri bebek teni pembeliğine dönüştürmüştü. Bacaklarımda hâlâ hafif bir yanma hissi vardı ama oradaki yanıklar ellerimdekilerden çok daha ağırdı. Bacağıma bir kat daha merhem sürdükten sonra, eşyalarımı toparladım. Ne olursa olsun hızlı, çok hızlı hareket etmek zorundaydım. Bu arada bir parça kraker ve kurutulmuş et yiyip biraz su içtim. Dün midemde hiçbir şey kalmadığı için, açlık hissi şimdiden baş göstermeye başlamıştı.

Aşağıda, yerde Kariyer grubu ve Peeta'nın uyuduklarını görüyordum. Duruşuna bakılırsa –bir ağaç gövdesine sırtını yaslamış halde uyuyordu– Glimmer'ın nöbet tutuyor olması gerekiyordu ama herhalde yorgunluk baskın gelmişti.

Gözlerimi kısarak yandaki ağaca baktım ama Rue'yu göremedim. Beni uyaran o olduğu için, onu uyarmamın adil olacağını düşünüyordum. Hem ayrıca, eğer bugün öleceksem kazananın Rue olmasını isterdim. Bu, ailem için fazladan yiyecek anlamına gelse bile, Peeta'nın kazanan tacını giymesi ihtimalini dayanılmaz buluyordum.

Zayıf bir sesle, Rue'nun adını fısıldadım. İri iri açılmış, tetikteki gözleri hemen ortaya çıktı. Bir kez daha arı yuvasını işaret etti. Bıçağımı kaldırıp testere gibi hareket ettirdim. Başını aşağı yukarı sallayıp ortadan kayboldu. Yakındaki bir ağaçtan bir hışırtı sesi geldi. Sonra, biraz ileride benzer bir hareketlilik oldu. Yüksek sesle gülmemek için kendimi zor tutuyordum. Yoksa oyun kuruculara gösterdiği marifet bu muydu? Yere değmeden, eğitim ekipmanlarının çevresinde, oradan oraya uçtuğunu hayal ettim. Bence en az bir on puanı hak ediyordu.

Doğudan pembe ışıklar belirirken daha fazla bekleme lüksümün olmadığını düşünüyordum. Dün geceki sıkıntılı tırmanışımdan sonra, bu sabahki çocuk oyuncağı gibi geldi. Arı yuvasını tutan dala ulaşınca, bıçağımı oyuğa yerleştirdim. Tam bıçağı hareket ettirecekken, dalın üstünde hareket eden bir şey gözüme çarptı. Yuvanın tam üstünde... İz sürücü bir arının parlak, altın renkli gövdesi, bir kâğıdı andıran gri yüzeyde, tembel tembel ilerliyordu. Biraz uyuşuk göründüğü doğruydu ama bu yaban arısı uyandıysa ve hareket ediyorsa, diğerleri de aynı durumda demekti. Avuçlarımdan, merhemin arasından ter fışkırıyordu. Tişörtüme silip kurulamaya çalıştım. Eğer birkaç saniye içinde dalı indirmiş olmazsam, bütün kovanın üzerime saldırması tehlikesiyle karşı karşıyaydım.

Olacakları daha fazla ertelemenin bir anlamı yoktu. Derin bir nefes alıp bıçağın sapını sımsıkı kavradım ve elimden geldiğince bastırarak ittim. *Geri, ileri, geri, ileri.* Arılar vızıldamaya başlıyordu. Kovandan çıkmak üzere olduklarını hissediyordum. *Geri, ileri, geri, ileri!* Dizimde keskin bir sızı duydum. Bir tanesi beni bulduğuna göre, diğerlerinin de üstüme saldırması an meselesiydi. *Geri, ileri, geri, ileri.* Bıçak derine inerken, dalı kendimden olabildiğince uzağa ittim. Dal kopup daha aşağıdaki dalların üstüne düştü. Bir süre orada takılı kaldıktan sonra, gürültüyle yere indi. Kovan bir yumurta gibi kırıldı ve bir yığın öfkeli iz sürücü arı ortalığa saçıldı.

Yanağımda ikinci bir batma hissi oldu. Bir tane de ensemde. Arıların zehri beni anında sersemletti. İğneleri etimden çıkarırken bir elimle ağaca sımsıkı tutunuyordum. Neyse ki, kovan aşağıya inmeden önce beni gözüne kestiren sadece üç arı vardı. Diğerleri zemindeki düşmanlarının peşine düşmüştü.

Tam bir kargaşa! Kariyerler, arıların saldırısıyla tamamen ayılmış durumdaydı. Peeta ve diğer birkaç tanesi, her şeyi bırakıp ok gibi fırlamayı akıl edebildiler. "Göle! Göle!" haykırışlarını duyabiliyordum. Arılardan, onları suya götürerek kurtulmayı umuyorlardı. Öfkeli arılardan kaçabileceklerini düşündüklerine göre, göl çok uzak olmasa gerekirdi. Glimmer ve diğer bir kız –4. Mıntıka'nın haracı– o kadar şanslı değillerdi. Daha benim görüş açımdan çıkmadan, bir yığın arı tarafından sokuldular. Glimmer tamamen delirmişe benziyordu.

Çığlıklar atarak arılara yayıyla vurmaya çalışıyordu, ki bunun hiçbir anlamı yoktu. Diğerlerinden yardım istiyordu ama tabii ki hiçbiri geri gelmiyordu. 4. Mıntıka'nın kızı sendeleyerek gözden kayboldu. Gerçi nehre ulaşamayacağına nesine isterseniz bahse girebilirdim. Glimmer'ın yere düştüğünü gördüm. Birkaç dakika boyunca isterik hareketlerle sağa sola savrulduktan sonra, taş kesildi.

Kovan artık boş bir kabuktan başka bir şey değildi. Yaban arıları, diğerlerinin peşinde gözden kaybolmuştu. Geri döneceklerini sanmıyordum ama riski göze almak istemiyordum. Hızla ağaçtan inip gölün aksi yönüne doğru koşmaya başladım. Arıların zehiri beni sersemletse de kendi küçük su birikintime döndüm ve yaban arılarının peşimde olması riskine karşılık kendimi suya attım. Beş dakika kadar sonra, kayaların üstüne çıktım. İnsanlar, iz sürücü arı sokmasını hiç ama hiç abartmamışlardı. Aslına bakarsanız, bacağımdaki yumru erikten çok portakala yakın bir büyüklükteydi. İğneleri çıkardığım yerlerden yeşil renkli, iğrenç bir sıvı sızıyordu.

Şişlik... Acı ve sızıntı. Glimmer'ı yerde can çekişirken görmek. Daha güneş ufukta belirmeden görüp kaldırmak için biraz fazlaydı. Glimmer'ın şu anda neye benzediğini düşünmek bile istemiyordum. Vücudu vücut olmaktan çıkmış. Yayı kavrayan parmakları davul gibi şişmiş.

Yay! Sersemlemiş beynimde bir düşünce diğerine bağlanıyordu. Ayağa kalktım ve ağaçların arasında sendeleyerek geçip, Glimmer'ın yattığı yere döndüm. Yay. Oklar. Onları hemen almalıydım. Henüz top atıldığını duymamıştım. Belki de Glimmer bir tür komaya girmişti; kalbi hâlâ arıların salgıladığı zehirle mücadele ediyor olabilirdi. Kalbi durduğu ve top atışı ölümünü ilan ettiği anda bir araç devreye girecek ve cesediyle birlikte yay ve okları da alıp, sonsuza dek oyun dışı kalmalarına neden olacaktı. O silahların bir kez daha parmaklarımın arasından kayıp gitmesine izin vermeyi reddediyordum!

Glimmer'ın yanına tam topun atıldığı anda ulaştım. İz sürücü arılar ortadan yok olmuştu. Mülakat gecesi altın renkli elbisesinin içinde muhteşem görünen o kız, tanınmaz hale gelmişti. Yüz hatları tamamen kaybolmuş, uzuvları normal ölçülerinin üç katına çıkmıştı. Arıların sokması sonucu oluşan yumrular patlamış ve kızın çevresini yeşil bir göle çevirmişti. Ok kılıfı sırtında asılı duruyordu. Glimmer'ı tek kolundan çekerek çevirmeye çalıştım. Ancak eti ellerimin arasında dağıldı ve sırtüstü yere düştüm.

Bu gerçek miydi? Yoksa halüsinasyon görmeye mi başlamıştım? Gözlerimi sımsıkı kapatıp ağzımdan nefes almaya ve kendimi kusmamaya ikna etmeye çalışıyordum. Kahvaltım midemde kalmalıydı. Yeniden avlanabilmem günler alabilirdi. İkinci bir top atıldı. 4. Mıntıka'daki kızın da öldüğünü tahmin ediyordum. Kuşların sustuğunu ve içlerinden birinin uyarı ötüşünü duydum. Bu bir aracın geldiğinin habercisiydi. Kafam karmakarışıktı. Aracın Glimmer için geldiğini düşündüm ama bu çok da mantıklı gelmiyordu. Çünkü ben hâlâ buradaydım ve oklar için savaş veriyordum. Dizlerimin üstünde doğruldum. Ağaçlar çevremde fır dönmeye başladı. Gökyüzündeki aracı fark ettim. Kendimi, korumak ister gibi Glimmer'ın üstüne attım ama hemen sonra, 4. Mıntıka'daki kızın havaya kaldırıldığını ve ortadan kaybolduğunu gördüm.

Kendi kendime, "Bunu yapmalısın!" dedim. Çenemi sıkıp ellerimi Glimmer'ın gövdesinin altına soktum ve göğüs kafesinin tam altı olması gereken yerden tutup, midesinin üstüne çevirdim. Elimde değildi; hızlı hızlı nefes alıp veriyordum. Her şey tam bir kâbus gibiydi; neyin gerçek neyin hayal olduğunu ayırt etmekte güçlük çekiyordum. Gümüş ok kılıfına asıldım ama askısı bir yere, belki de kızın kürek kemiğine takılıyordu. Nihayet kılıfı kurtarmayı başardım. Tam kılıfı kollarımla sardığım anda, birkaç çift ayak sesinin çalılıklar tarafından bana doğru yaklaştığını duydum ve Kariyerlerin geri geldiğini anladım. Ya beni öldürmeye ya da silahlarını geri almaya geliyorlardı.

Ancak kaçmam için artık çok geçti. Kılıftan incecik bir ok çektim ve yaya yerleştirmeye çalıştım. Ancak bir yerine tam üç yay gördüm. Arıların soktuğu yerden gelen koku o kadar tiksindiriciydi ki yapamadım. Yapamadım. Yapamadım.

İlk avcı, elinde atmaya hazırlandığı mızrağıyla ağaçların arasından fırladığında, çaresiz durumdaydım. Peeta'nın yüzündeki ifadeden bir anlam çıkaramıyordum. Atışını bekliyordum ama o kolunu indirdi.

"Hâlâ burada ne arıyorsun?" diye tısladı. Kulağının altından süzülen suya anlamayan gözlerle baktım. Bütün vücudu çiğle kaplanmış gibi ışıldamaya başladı. "Deli misin?" Mızrağının ucuyla beni dürttü. "Kalk! Ayağa kalk!" Kalktım ama o beni itmeye devam etti. Ne? Neler oluyordu böyle? Beni biraz sertçe iterek kendisinden uzaklaştırdı. "Koş!" diye haykırdı. "Koş!"

Hemen arkasındaki çalılıkların arasından Cato çıkageldi. O da su damlaları içinde ışıl ışıl parlıyordu. Arılar onu tek gözünün altından sokmuştu. Güneş vurunca kılıcı parladı ve o anda kendime gelip, Peeta'nın söylediğini yaptım. Yayıma ve oklarıma sımsıkı tutunarak ağaçların arasında koşmaya başladım. Dengemi sağlamaya çalışırken zaman zaman tökezleyip düşüyordum. Yeniden göletimin yakınından geçip, aşinası olduğum ormana daldım. Dünya, dehşet verici biçimlerde eğilip bükülmeye başlıyordu. Bir kelebek büyüyüp, ev kadar oluyordu. Sonra patlayıp, milyonlarca yıldıza dönüşüyordu. Ağaçlar kana dönüşüp çizmelerimden aşağı akıyordu. Ellerimdeki yaralardan karıncalar çıkıyordu; ne kadar sallasam da onlardan kurtulamıyordum. Kollarımdan yukarı, boynuma doğru tırmanıyorlardı. Birisi çığlık attı. Bu, sahibinin nefes almak için bile ara vermediği uzun ve yüksek perdeden bir çığlıktı. Bunun ben olabileceğime dair belli belirsiz bir fikre kapıldım. Tökezledim ve iz sürücü arılar gibi vızıldayan, küçük turuncu köpüklerden oluşan küçük bir çukura düştüm. Dizlerimi çeneme kadar çekip ölümü bekledim.

Midem bulanıyordu, aklımı toparlayamıyordum. Zihnimde tek bir düşünce belirdi: Peeta Mellark az önce hayatımı kurtardı.

Sonra karıncalar gözlerimin içine akın etti ve kendimden geçtim.

15

Sürekli uyandığım ve uyandığımda kendimi daha da büyük bir dehşetin içinde bulduğum bir kâbus gördüm. Beni en çok korkutan ve başkaları adına korktuğum her ne varsa öyle canlı detaylarla kendilerini gösteriyorlardı ki, gerçek olduklarına inanmaktan kendimi alamıyordum. Her uyandığımda, "Nihayet bitti," diye düşünüyordum ama bitmiyordu. Sadece işkencede yeni bir sayfa açılıyordu. Prim'in ölümünü daha kaç defa seyretmek zorunda kalacaktım? Babamın son dakikalarını daha kaç defa sil baştan yaşayacaktım? Kendi bedenimin lime lime edildiğini kaç kez hissetmem gerekiyordu? İz sürücü arıların zehrinin en önemli özelliği buydu: Doğrudan beyninizde korkunun saklandığı yeri hedef alıyordu.

Nihayet kendime gelmeye başlayınca, bir süre hareketsiz yatıp hayal gücümün bir sonraki saldırısını bekledim. Ancak zamanla, zehrin bir yıkıntıya dönüştürdüğü takatsiz bedenimi nihayet terk ettiğine ikna oldum. Hâlâ fetüs pozisyonunda yan dönmüş halde yatıyordum. Elimi gözlerime götürüp sağlam olduklarından ve aslında hiç var olmayan karıncalar tarafından harap edilmediklerinden emin oldum. Uzuvlarımı sadece uzatmak bile müthiş bir efor gerektiriyordu. O kadar çok yerim acıyordu ki, hesabını tutmaya gerek dahi görmedim. Çok ama çok ağır hareketlerle doğrulup oturmayı başardım.

Vızıldayan turuncu köpüklerle değil, sadece kuru yapraklarla dolu, sığ bir çukurdaydım. Kıyafetlerim nemliydi ama nedeninin göletin suyu mu, yağmur mu yoksa ter mi olduğunu kestiremedim. Uzunca bir süre tek yapabildiğim, şişemden küçük yudumlar alıp bir hanımeli öbeğine tırmanan küçük bir böceği seyretmek oldu.

Ne kadar zamandır baygındım? Aklımı yitirdiğimde, henüz sabah saatleriydi. Şimdiyse öğleden sonraydı. Ancak eklem yerlerimin katılığı aradan bir, hatta belki de iki günün geçmiş olabileceğini düşündürüyordu. Eğer öyleyse, hangi haraçların arıların saldırısından sağ çıkabildiklerini asla öğrenemeyeceğim demekti. Glimmer ve 4. Mıntıka'daki kız kurtulamamışlardı. Ancak yanlarında 1. Mıntıka'nın erkek haracı, 2. Mıntıka'nın iki yarışmacısı ve Peeta da vardı. Acaba onlar, arı sokmasından ölmüşler miydi? Eğer hayatta iseler eminim, onların da son birkaç günü en az benimki kadar korkunç geçmişti. Peki ya Rue? O kadar ufak tefek bir kızdı ki, onu yerle bir etmek için çok az bir zehir bile yeterli olabilirdi. Ancak bunun olması için önce arıların onu yakalamış olması gerekirdi ki, Rue kaçışına çok hızlı bir başlangıç yapmıştı.

Ağzımın içini kötü, çürük bir tat kapladı. Su, tadı yok etmeye yetmeyince kendimi hanımeline doğru sürükledim ve bir çiçek kopardım. Çiçeğin erciğini kibarca çektim ve dilimin üstüne bir damla nektar bıraktım. Ağzımın içine ve gırtlağımdan aşağı tatlı bir lezzet yayıldı: Damarlarım geçmiş yazlar, evimdeki ormanlar ve Gale'ın yanı başımdaki varlığıyla süslü anılarla ısınıyordu. Her nedense, o son sabah yaptığımız konuşma hatırıma geldi:

"Yapabiliriz, biliyorsun."

"Neyi?"

"Mıntıkayı terk edebiliriz. Kaçıp ormanda yaşayabiliriz. Sen ve ben. Bunu başarabiliriz."

Ve birden kendimi Gale'ı değil, Peeta'yı düşünürken buldum ve... Peeta! Hayatımı kurtarmıştı! Yani, sanırım. Çünkü karşılaştığımızda neyin doğru, neyin zehrin yarattığı bir hayal olduğunu ayırt edemez haldeydim. Ama eğer kurtardıysa –ki içgüdülerim kurtardığını söylüyordu– bunu ne için yapmıştı? Mülakat sırasında başlattığı Aşk Çocuğu imajını korumaya mı çalışıyordu? Yoksa gerçekten de beni mi korumaya çalışıyordu? Eğer öyleyse, Kariyerlerle ne işi vardı? Bütün bunlara hiçbir anlam veremiyordum.

Bir an için Gale'ın bu yaşananlardan nasıl bir sonuç çıkardığını merak ettim ama sonra bütün bu düşünceleri bir kenara ittim çünkü her nedense, Gale ve Peeta'yı düşüncelerimde bir arada barındırmayı başaramamıştım.

Bu yüzden, arenaya girdiğim andan itibaren başıma gelen en iyi olaya odaklandım. Artık bir yayım ve oklarım vardı. Ağaçtan çıkardığımı da sayarsanız tam bir düzine okum vardı. Hiçbirinde Glimmer'ın vücudundan çıkan o tehlikeli yeşil sıvıdan bir iz yoktu. Bu da beni aslında o sıvının gerçekte var olmadığını düşünmeye itiyordu ancak okların üstünde bir miktar kurumuş kan görebiliyordum. Onları daha sonra da temizleyebilirdim ama birkaç dakikamı ayırıp yakındaki bir ağaca atış yaptım. Bu yay ve oklar evdeki silahlarımdan çok, Eğitim Merkezi'ndekilere benziyorlardı ama kimin umurundaydı? İş görmeleri yeterliydi.

Silahlarım oyunlara tamamen farklı bir gözle bakmamı sağlıyordu. Geriye çok sert rakiplerin kaldığına hiç şüphe yoktu. Ancak ben artık, kaçıp saklanan ya da acınası önlemler alan o basit yem değildim. Cato, şu anda ağaçların arasından çıkacak olsa kaçmaz, hemen hedef alırdım. Hatta bu anı zevkle beklediğimi fark ettim.

Ancak önce, biraz güç toplamam şarttı. Yine çok sıvı kaybetmiştim ve zulamdaki su miktarı tehlikeli sayılabilecek kadar azalmıştı. Hazırlık döneminde Capitol'de oburca beslenerek edindiğim birkaç kiloyu, hatta belki de daha fazlasını çoktan vermiştim. Kalça kemiklerim ve kaburgalarım, babamın ölümünü takip eden o birkaç aydan beri hiç bu kadar belirgin olmamışlardı. Tabii bir de uğraşmam gereken yaralarım vardı; yanıklarım, kesiklerim, ağaçlara çarpmaktan oluşan yara berelerim ve arıların soktuğu yerlerdeki hâlâ çok acıyan şişlikler. Yanıklarımı merhemle geçirmeye çalıştım. Hatta bir miktar da arıların soktuğu bölgelere sürdüm ama hiçbir işe yaramadı. Annemin arı sokması için bir tedavisi vardı: Zehri çekecek bir tür yapraktan bahsederdi ama o kadar az kullanmıştı ki, görüntüsü bir yana, yaprağın adını dahi çıkaramadım.

Önce su, diye düşündüm. Şimdi artık yol üstünde avlanabilirdim. Deliye dönmüş bedenimin savrulurken ezip bozduğu yeşilliklere bakarak hangi yönden geldiğimi anlayabiliyordum. Ve düşmanlarımın hâlâ iz sürücü arıların zehrinin neden olduğu gerçeküstü dünyada hapis olduklarını umarak diğer yöne yürüdüm.

Çok hızlı hareket edemiyordum çünkü eklemlerim her tür ani hareketi reddediyordu. Av hayvanlarının izini sürerken kullandığım ağır avcı yürüyüşü temposuyla ilerledim. Birkaç dakika sonra, gözüme bir tavşan takıldı. Ok ve yayımla ilk avımı yakaladım. Hayvanı her zaman yaptığım gibi gözünden vuramamıştım ama yine de aldım. Bir saat kadar sonra sığ fakat geniş bir kaynak buldum. İhtiyaçlarım için yeter de artardı bile. Güneş sıcak ve haşindi. Bu yüzden suyumun arınmasını beklerken, iç çamaşırlarıma kadar soyunup, yumuşacık akıntı eşliğinde yürümeye başladım. Tepeden tırnağa leş gibiydim. Üzerime su atıp temizlenmeye çalıştım ama bir süre sonra kendimi suyun içinde buldum. Birkaç dakika boyunca öylece yatıp suyun üstüme sinen kurumu, kanı ve yanıklarımın soyulmaya başlayan derilerini alıp götürmesine izin verdim. Kıyafetlerimi de yıkayıp, kurumaları için bir çalılığın üstüne attıktan sonra bir süre güneşte oturdum. Saçlarımı parmaklarımla açmaya çalıştım. İştahımın geri döndüğünü hissedince bir kraker ve bir parça kuru et yedim. Bir avuç yosunla gümüş silahlarımın üstündeki kanı temizledim.

Tazelenmiş bir halde yaralarımı merhemleyip saçlarımı ördüm. Hâlâ nemli olan kıyafetlerimi giydim. Nasıl olsa güneşte kurumaları çok sürmezdi. Akıntının aksi yönünü takip etmek izlenebilecek en akıllıca yol gibi geliyordu. Şimdi artık tepeye doğru hareket ediyordum. Doğrusu bunu tercih ederdim çünkü bu sayede sadece kendim için değil, olası av hayvanları için de taze su kaynağına yaklaşmış oluyordum. Hiç zorlanmadan, bir tür yaban hindisi olduğunu tahmin ettiğim tuhaf bir kuşu avladım. Her neyse, bana yenebilir bir hayvan gibi görünüyordu. Akşamüstüne doğru, eti pişirmek için küçük bir ateş yakmaya karar verdim. Alacakaranlık sayesinde, dumanı saklamak daha kolay olabilirdi. Akşam çökerken ateşi söndürebilirdim. Hayvanı temizlerken çok dikkatli davrandım ama bu kuşta endişe verici bir görüntü yoktu. Tüylerini yolunca geriye tavuk büyüklüğünde etli ve sert bir kuş kaldı. İlk partiyi közlerin üstünde yerleştirirken bir çatırtı duydum.

Tek bir hareketle sesin geldiği yöne dönerken, ok ve yayla nişan aldım. Orada kimse yoktu. En azından benim görebildiğim birisi. Sonra, bir ağacın gövdesinin kenarından çıkan çocuk çizmelerinin ucunu gördüm. Omuzlarım gevşedi. Sırıtıyordum. Ormanda bir gölge misali hareket edebiliyordu. Hakkını vermek gerekirdi. Başka nasıl beni takip edebilirdi ki? Kelimelerin dudaklarımdan dökülmesine engel olamadım.

"Biliyor musun? İttifak kurmak sadece onların tekelinde değil," dedim.

Birkaç saniye boyunca cevap gelmedi. Sonra, ağaç gövdesinin arkasında Rue'nun tek gözü belirdi. "Yani müttefik olarak beni mi istiyorsun?"

"Neden olmasın? Beni arılardan sen kurtardın. Hâlâ hayatta olduğuna göre zekisin de. Ayrıca senden kurtulamıyorum da..." Küçük kız karar vermeye çalışırken gözlerini kırpıştırdı. "Aç mısın?" Gözleri ateşin üstündeki ete kayarken, güçlükle yutkundu. "Haydi, gel," dedim. "Bugün iki hayvan vurdum."

Rue, temkinli adımlarla saklandığı yerden çıktı. "Arıların soktuğu yerleri iyileştirebilirim."

"Yapabilir misin? Nasıl?"

Elini sırtında taşıdığı çantaya soktu ve bir avuç yaprak çıkardı. Bu yaprakların annemin kullandıklarından olduğundan neredeyse emindim. "Bunları nereden buldun?" diye sordum.

"Sağda solda. Meyve bahçelerinde çalışırken yanımızda mutlaka bu yapraklardan bulundururuz. Oralarda çok kovan bıraktılar. Burada da çok var..."

"Doğru," dedim, "Sen 11. Mıntıka'dan gelmiştin. Tarım bölgesi. Meyve bahçesi ha? Demek ağaçtan ağaca, sanki sırtında kanatların varmış gibi kolayca uçabilmen bundan kaynaklanıyor." Rue gülümsedi. Gurur duyduğu konulardan birine parmak basıyordum. "Haydi o zaman," dedim. "Gel beni iyileştir bakalım."

Ateşin yanına diz çöküp, pantolonumu dizimdeki yumruyu ortaya çıkaracak şekilde sıvadım. Rue, beni şaşırtacak bir şey yapıp bir avuç yaprağı ağzına attı ve çiğnemeye başladı. Annem olsa başka yöntemler kullanırdı ama burada çok fazla seçeneğimiz yoktu. Bir dakika kadar sonra, Rue çiğnenmiş yapraklardan yeşilimsi bir sıvı elde edip, bacağımın üstüne tükürdü.

"Ah..." Bu ses dudaklarımın arasından kontrolüm dışı kaçmıştı. Ancak yapraklar acıyı hemen almaya başladı.

Rue kıkırdıyordu. "İğneleri çıkarmayı akıl etmen büyük şans olmuş doğrusu. Yoksa durumun çok daha kötü olabilirdi."

Neredeyse yalvarır gibi, "Boynuma da yap," dedim. "Yanağıma da..."

Rue ağzına biraz daha yaprak attı. Yaprakların verdiği rahatlama duygusu o kadar hoştu ki bir süre sonra gülmeye başladım. Rue'nun kolunun alt tarafında uzun bir yanık görüyordum. "Bende bunun için bir şey var," dedim ve silahlarımı bir kenara bırakıp koluna merhem sürdüm.

Gıpta dolu bir sesle, "İyi sponsorların var," dedi.

"Sana bir şey geldi mi?" diye sordum. Başını hayır der gibi salladı. "Ama gelecek. Göreceksin. Sona yaklaştıkça daha çok insan ne kadar zeki olduğunu anlayacak." Etleri çevirdim.

"Beni müteffik olarak istediğini söylerken şaka yapmıyordun, değil mi?"

"Hayır, çok ciddiydim." Haymitch'in bu ufacık çocukla takım olmama homurdandığını duyar gibiydim. Ama bu kızı istiyordum. Çünkü o hayatta kalmayı becerebilen biriydi. Ve ona güveniyordum. Üstelik saklamaya ne gerek vardı, bana fazlasıyla Prim'i anımsatıyordu.

"Pekâlâ," dedi ve elini uzattı. El sıkıştık. "Anlaştık o zaman."

Tabii ki bu tür bir anlaşma ancak geçici bir anlaşma olabilirdi ama ikimiz de bu konuya değinmedik.

Rue, çantasından büyük bir avuç dolusu bitki kökü çıkararak yemeğimizi zenginleştirdi. Hafif nişastalı kökler ateşin üstünde biraz pişince yaban havucunun o tatlı ve keskin tadını hatırlatıyordu. Rue kuşu da tanıyordu. Onun mıntıkasında hindikuşu dedikleri, yabani bir kuşmuş. Dediğine göre, zaman zaman koca bir sürü meyve ağaçlarına dadanırmış. İşte o zaman meyve bahçesinde çalışanlar kendilerine ziyafet çekerlermiş. Midelerimizi doldururken, bir süre sohbete ara verdik. Kuşun bir hayli yağlı fakat çok lezzetli bir eti vardı. Isırdığınız zaman ağzınız ve çeneniz yağ içinde kalıveriyordu.

Rue iç çekerek, "Ah," dedi. "Daha önce tek başıma bütün bir but yediğim olmamıştı."

Bundan hiç şüphem yoktu. Etin onun için çok nadir bulunan bir şey olduğuna bahse girerdim. "Diğerini de al," dedim.

"Gerçekten mi?" diye sordu.

"İstediğini alabilirsin. Şimdi artık bir yayım ve oklarım olduğuna göre daha fazlasını da avlayabilirim. Ayrıca tuzak da kurabiliyorum. Sana da nasıl kuracağını gösterebilirim." Rue'nun gözleri buta takılıp kaldı. "Ah, haydi, al," dedim ve butu eline tutuşturdum. "Zaten çok dayanmaz. Ayrıca hem kuşun kalan kısmı hem de tavşan duruyor." Butu eline alınca iştahı baskın geldi ve büyük bir lokma ısırdı.

"11. Mıntıka'da bizden daha çok yiyecek şeyiniz olduğunu sanırdım," dedim. "Ne de olsa meyve sebze yetiştiriyorsunuz."

Rue'nun gözleri iri iri açıldı. "Ah, hayır. Mahsullerden yememize izin yok."

"Ne yapıyorlar? Yiyeni tutukluyorlar mı?"

"Kırbaçlıyorlar ve diğerlerini de izlemeye zorluyorlar. Belediye başkanı bu konuda hiç taviz vermez."

Yüzündeki ifadeye bakılırsa, bu nadir yaşanan bir olay değildi. 12. Mıntıka'da çok nadiren uygulansa da, herkesin gözü önünde gerçekleştirilen kamçı cezası pek sık şahit olduğumuz bir durum değildi. Teknik olarak, Gale ve ben ormana girdiğimiz için her gün kamçı cezasına maruz kalabilirdik. Hatta teknik olarak çok daha kötü cezalar da alabilirdik ama resmî görevlilerin hepsi bizden et alıyordu. Ayrıca belediye başkanı, yani Madge'ın babası bu tarz şeylerden pek haz etmiyordu. Belki de ülkenin en az prestijli, fakir ve en çok alaya alınan mıntıkasında yaşamanın da kendine göre avantajları vardı. Örneğin, kömür kotamızı doldurduğumuz müddetçe Capitol bizi genelde görmezden gelirdi.

Rue, "Siz istediğiniz kadar kömür alabiliyor musunuz?" diye sordu.

"Hayır," dedim. "Sadece satın alabildiğimiz ve çizmelerimize takıldığı kadarını..."

"İnsanlar daha uzun süre dayansınlar diye hasat zamanında bizi biraz daha fazla beslerler."

"Okulda olman gerekmiyor mu?"

"Hasat zamanı değil. O zaman herkes çalışır," dedi Rue.

Hayatını dinlemek gerçekten çok ilginçti. Kendi mıntıkamız dışında kalan insanlarla hemen hiç iletişimimiz olmazdı. Aslında şu anda oyun kurucular konuşmamızı bloke ediyor olabilirlerdi. Çünkü her ne kadar bu bilgiler zararsız gibi görünse de, farklı mıntıkaların insanlarının birbirleri hakkında bir şeyler öğrenmesini istemiyorlardı.

Rue'nun önerisiyle, ilerisini planlamak üzere bütün yiyeceklerimizi ortaya döktük. O zaten bendeki yiyeceklerin hemen hepsini görmüştü ama geriye kalan son birkaç kraker ve kuru et parçasını da ortaya sürdüm. Rue, hatırı sayılır miktarda kök, yemiş, yeşillik ve hatta biraz da orman meyvesi toplamıştı.

Bana hiç tanıdık gelmeyen bir meyveyi parmaklarımın arasında çevirdim. "Güvenli olduğuna emin misin?"

"Ah, evet. Bizim mıntıkada çok var. Günlerdir bunlardan yiyorum," diyerek bir avuç dolusu meyveyi ağzına attı. Tedirgin tavırlarla bir tanesini ısırdım ve bizim mıntıkanın böğürtlenlerden aşağı kalır yanı olmadığını gördüm. Her geçen saniye, Rue'yla ittifak kurmanın doğru bir karar olduğundan daha da emin oluyordum. Yiyecek tedariğimizi ikiye böldük. Böylece ayrılmamız halinde, ikimizi de birkaç gün boyunca idare edecek malzememiz oldu. Rue'da yiyeceklerin dışında, küçük bir su matarası, el yapımı bir sapan ve bir çift yedek çorap vardı. Ayrıca, bıçak olarak kullandığı keskin bir çömlek parçası da vardı. Mahcup bir tavırla, "Pek fazla bir şeyimin olmadığını biliyorum," dedi. "Ama Cornucopia'dan çabucak kaçmak zorunda kaldım."

"Doğru olanı yapmışsın," dedim. Bendeki malzemeleri ortaya döktüm. Gözlüğü görünce iç geçirdi.

"Bunu nereden buldun?"

"Çantadaydı," dedim. "Gerçi şu ana kadar bir işe yaramadı. Güneşi bloke etmediği gibi, görüşü de güçleştiriyor," derken omuz silktim.

"Bu gözlük güneş için değil," dedi. "Karanlık için. Bazen, geceleri hasata çıktığımızda ağaçların en üst kısımlarına tırmananlara bu gözlüklerden verirler. Meşalelerin ışıkları yükseklere kadar ulaşmıyor. Bir defasında, Martin adında bir çocuk gözlüğü kendine saklamaya kalkıştı. Pantolonunun içine saklamış. Çocuğu hemen oracıkta öldürdüler."

"Bu gözlüğü aldığı için bir çocuğu mu öldürdüler?"

"Evet. Herkes o çocuktan kimseye zarar gelmeyeceğini biliyordu. Martin'in kafası basmazdı. Yani hâlâ üç yaşında bir çocuk gibi davranıyordu. Bu gözlükleri sırf oynamak için istemişti."

Rue'nun anlattıklarını dinlerken, 12. Mıntıka'nın güvenli bir cennet olduğu hissine kapılıyordum. Tabii ki bizim mıntıkamızda da insanlar sürekli açlıkla mücadele etmek zorunda kalıyordu ama Barış Muhafızları'nın yarım akıllı bir çocuğu öldürebileceklerine ihtimal vermiyordum. Örneğin, Yağlı Sae'nin sürekli Hob'da takılan bir torunu vardı. Küçük bir kızdı. Aklı yerinde değildi ama herkes ona bir tür evcil hayvan gibi davranırdı. Ona ellerinde kalan döküntüleri falan verirlerdi.

Gözlüğü elime alırken, "Eee, bu gözlük neye yarıyor?" diye sordum.

"Zifiri karanlıkta görebilmeni sağlıyor. Bu akşam güneş batınca deneyebilirsin."

Rue'ye birkaç tane kibrit verdim ve arıların soktuğu yerlerin yeniden şişmesi ihtimaline karşılık ondan birkaç yaprak aldım. Ateşimizi söndürüp karanlık çökene kadar yokuş yukarı tırmandık.

Ona, "Nerede uyuyorsun?" diye sordum. "Ağaçlarda mı?" Başını salladı. "Sadece ceketinle mi?"

Rue, yedek çoraplarını işaret etti. "Ellerime bunları geçiriyorum."

Geceleri havanın ne kadar soğuk olduğunu düşündüm. "İstersen uyku tulumumu paylaşabiliriz," dedim. "İkimizi de alır." Yüzü aydınlandı. Sanırım bu kadarını ummaya dahi cesaret edemiyordu.

Kendimize bir ağaçta yüksek bir dal seçtik ve tam marş başlarken yerleştik. Bugün de ölen yoktu.

"Rue," dedim. "Ben bugün uyandım. Kaç gece kaçırdım?" Marş yüzünden sesimizin duyulmadığından emindim ama yine de fısıldadım. Hatta elimle dudaklarımı örterek önlem aldım. Ona Peeta'yla ilgili söyleyeceklerimi seyircilerin bilmesini istemiyordum. Ne yapmaya çalıştığımı anlayınca, Rue da aynı şeyi yaptı.

"İki," dedi. "1. ve 4. mıntıkaların kızları öldü. Geriye on kişi kaldık."

"Tuhaf bir şey oldu. Ya da en azından ben öyle olduğunu sanıyorum. İz sürücü arıların zehri yüzünden hayal görmüş de olabilirim," dedim. "Benim mıntıkamdan gelen çocuğu biliyor musun? Peeta? Sanırım hayatımı kurtardı. Ama Kariyerlerle birlikteydi."

"Artık onlarla değil," dedi Rue. "Gölün kıyısındaki kamplarını gizlice izledim. Arılar yüzünden yere serilmeden önce, kampa dönmeyi başardılar. Ama Peeta orada değildi. Belki de seni kurtardıktan sonra kaçmak zorunda kalmıştır."

Cevap vermedim. Eğer Peeta beni gerçekten kurtardıysa, ona yine borçluyum demekti. Ve bu, karşılığı ödenmeyecek bir borçtu. "Öyleyse bile, büyük ihtimalle bu da oynadığı rolün bir parçasıdır," dedim. "Bilirsin işte, insanları bana âşık olduğuna inandırmak için..."

"Ah," dedi Rue düşünceli bir sesle. "Rol yaptığını düşünmemiştim."

"Tabii ki rol yapıyordu," dedim. "Bunu akıl hocamızla birlikte planlamışlar." Marş sona erdi ve gökyüzü karardı. "Haydi, gözlüğü deneyelim." Gözlüğü çıkarıp taktım. Rue şaka yapmıyormuş. Ağaçların yapraklarından, on beş metre ötedeki çalıların arasında dolaşan kokarcaya kadar her şeyi görebiliyordum. İstesem onu hemen öldürebilirdim. Hatta, herkesi öldürebilirdim.

"Acaba bu gözlükten başka kimde var," dedim.

"Kariyerlerde iki tane var. Ama onların göl kıyısındaki kamplarında her şeyleri var," dedi Rue. "Ayrıca çok da güçlüler."

"Biz de güçlüyüz," dedim. "Farklı anlamda..."

"Sen güçlüsün. Ok atabiliyorsun. Ya ben ne yapabiliyorum?"

"Karnını doyurabiliyorsun," dedim. "Onlar bunu becerebiliyorlar mı?"

"Buna gerek yok ki? Her tür malzemeleri var."

"Diyelim, malzemeleri yok. Diyelim ki tedarikleri ortadan kayboluveriyor. Sence ne kadar dayanabilirler? Yani bu oyunun adı Açlık Oyunları, değil mi?"

"Ama Katniss, onlar aç değiller ki?"

"Hayır, değiller," dedim. "Zaten sorun da bu." Oyunlar başladığından beri ilk defa bir planım vardı. Ve bu planı yerine getirmek için uçmamız ya da kaçmamız gerekmiyordu. Çünkü bu plan, saldırmaya dayanıyordu. "Sanırım bu işin çaresine bakmamız gerekecek, Rue," dedim.

16

Rue bana bütün kalbiyle güvenmeye karar vermişti. Bunu biliyordum çünkü daha marş sona erer ermez, bana iyice sokulup uykuya daldı. Benim de onunla ilgili şüphelerim yoktu zaten; ben de özel bir önlem alma ihtiyacı duymuyordum. Ölmemi isteseydi, kovanı işaret etmeden önce ortadan kaybolmaktan başka bir şey yapması gerekmezdi. İkimiz birden bu oyunlardan galip çıkamazdık. Ancak ikimizden birinin hayatta kalma şansı yüksek görünmediği için, bu düşünceyi bir tarafa itmeyi başarabiliyordum.

Ayrıca şu anda kafamı meşgul edecek daha önemli bir düşünce vardı: Kariyerler ve malzemeleri. Rue ve ben bir şekilde yiyeceklerini yok etmenin yolunu bulmak zorundaydık. Karınlarını doyurmanın onlar için dehşet verici bir mücadele olacağından emindim. Kariyer Haraçları'nın geleneksel stratejisi, en baştan her tür yiyeceği ele geçirmek ve buna göre hareket etmekti. Yiyeceklerini iyi koruyamadıkları senelerde –bir defasında yiyeceklerini korkunç timsahlara kaptırmışlardı, başka bir sefer de oyun kurucularının başlattığı bir sel her şeyi alıp götürmüştü– galipler diğer mıntıkaların haraçları arasından çıkmıştı. Kariyerlerin çok iyi beslenerek büyütülmüş olmaları bu anlamda bir dezavantaj oluşturuyordu çünkü aç olmanın nasıl bir şey olduğunu bilmiyorlardı. En azından Rue ve benim bildiğimiz anlamda.

Ancak bu gece, detaylı bir plana girişemeyecek kadar bitkindim. Yaralarım iyileşiyordu. Zihnim, zehrin etkisiyle hâlâ biraz bulutluydu ve başını omzuma gömüp uyuyan Rue'nun sıcaklığı bana güven duygusu veriyordu. İlk defa, arenada ne kadar yalnız olduğumu anladım. Ve başka bir insanın varlığının ne kadar rahatlatıcı olabileceğini. Bu halimi uyuşukluğuma verdim. Yarın, oyunun yönü değişecekti. Yarın, arkalarını kollamak zorunda kalan, Kariyer Haraçları olacaktı.

Top sesiyle yerimden sıçradım. Gökyüzü ağarmaya, kuşlar ötmeye başlamıştı. Rue, ellerinin arasında sımsıkı tuttuğu bir şeyle, benden biraz uzaktaki bir dalda tünüyordu. Başka atış olacak mı diye bekledik ama olmadı.

"Sence kimdi?" Peeta'yı düşünmekten kendimi alamadım.

"Bilmiyorum. Diğerlerinden herhangi biri olabilir," dedi Rue. "Öğrenmek için akşamı beklememiz gerekecek."

"Kimler kalmıştı, bir daha saysana..."

"1. Mıntıka'daki erkek haraç. 2. Mıntıka'nın iki haracı birden. Üçteki çocuk. Thresh ve ben. Sen ve Peeta," dedi Rue. "Sekiz etti. Bekle, bir de 10. Mıntıka'nın bacağı aksayan erkek haracı var. Dokuz oldu."

Birisi daha olmalıydı ama kim olduğunu çıkaramadık.

"Bu sonuncunun nasıl öldüğünü çok merak ediyorum," dedi Rue.

"Bunu bilemeyiz. Ama bizim için iyi oldu. Bu ölüm, seyircileri bir süre oyalar. Belki oyun kurucular işlerin çok ağırlaştığı fikrine kapılmadan önce bir şeyler yapmayı becerebiliriz," dedim. "Elindeki ne?"

"Kahvaltı," dedi Rue. Avucunu açınca iki yumurta gördüm.

"Ne yumurtası?" diye sordum.

"Emin değilim. Şu tarafta bataklık bir bölge var. Bir tür su kuşu olsa gerek," dedi Rue.

Yumurtaları pişirmek çok iyi olabilirdi ama ikimiz de ateş yakma riskini almak istemedik. Tahminim, bugün ölen haracın Kariyerlerin kurbanı olduğu yönündeydi. Bu da yeniden oyunlara dâhil olacak gücü topladıkları anlamına geliyordu. İkimiz de birer yumurta içip tavşan bacağı ve biraz orman meyvesi yedik. Bu her şartta iyi sayılabilecek bir kahvaltıydı.

Sırt çantamı takarken, "Bunu yapmaya hazır mısın?" diye sordum.

"Neyi?" dedi Rue. Ama ayağa fırlayışına bakılırsa, önereceğim her şeyi yapmaya dünden hazırdı.

"Bugün Kariyerlerin yemeklerini yürüteceğiz," dedim.

"Gerçekten mi? Ama nasıl?" Gözlerindeki heyecan ışıltısını görebiliyordum. Bu yönden, macera denen şeyi büyük bir sıkıntı olarak gören Prim'den çok farklıydı.

"Hiçbir fikrim yok," dedim. "Haydi, avlanırken bir yolunu buluruz."

Gerçi pek fazla avlanabildiğimiz söylenemezdi. Çünkü aklım fikrim, Rue'dan Kariyerlerin üssüyle ilgili olabildiğince çok şey öğrenmekteydi. Rue, üssü sadece çok kısa bir süre gözetleyebilmişti ancak gözlem yeteneği çok güçlüydü. Kamplarını gölün hemen yakınına kurmuşlardı. Malzeme stokları yaklaşık yirmi beş metre ötedeymiş. Gün boyunca, 3. Mıntıka'daki çocuğu, eşyalarına göz kulak olması için kampta bırakıyorlarmış.

"3. Mıntıka'dan gelen çocuğu mu?" diye sordum. "O da mı onlarla çalışıyor?"

"Evet. Ve sürekli kampta kalıyor. Arıları göle çektikleri zaman o da nasibini aldı. Sanıyorum onu bekçilik etmeyi kabul etmesi şartıyla hayatta bıraktılar. Ama çok iri yarı biri değil."

"Ne tür silahları var?"

"Görebildiğim kadarıyla pek fazla değil. Bir mızrak. Onunla birkaçımızı uzak tutabilir ama mesela Thresh onu kolayca haklayabilir."

"Ve yiyecekler öylece açıkta duruyor, öyle mi?" diye sordum. Başını salladı. "Bu düzende yanlış olan bir şey var," dedim.

"Biliyorum ama tam olarak ne olduğunu anlayabilmiş değilim," dedi Rue. "Katniss, yemeklere ulaşabilsen bile, onlardan nasıl kurtulmayı düşünüyorsun?"

"Yakarak," dedim. "Ya da göle atarak. Ya da yakıta batırarak." Prim'e yaptığım gibi Rue'nin karnını dürttüm. "Ye bakalım!" Kıkırdıyordu. "Merak etme, bir yolunu bulurum. İnan bana bir şeyleri yok etmek, yapmaktan çok daha kolay."

Bir süre kök çıkarıp, orman meyvesi ve yeşillik topladık. Bir taraftan da olabildiğince kısık sesle strateji geliştiriyorduk. Bu arada Rue'nun altı çocuklu bir ailenin en büyüğü olduğunu, kardeşlerine kol kanat gerdiğini, istihkaklarını küçük kardeşlerine verdiğini ve Barış Muhafızları'nın çok daha az nazik oldukları bir mıntıkanın çayırlarında, yiyecek bir şeyler bulmak için çırpındığını öğrendim. En çok neden hoşlandığını sorduğum zaman, "Müzik," diye yanıtladı.

"Müzik mi?" dedim. Bizim dünyamızda müzik, kullanışlılık açısından saç kurdeleleri ile gökkuşağı arasında bir yerdeydi. Gökkuşağı en azından hava durumuyla ilgili ipucu verirdi. "Bunun için vaktin oluyor mu?"

"Evde şarkı söyleriz. İşte de. İğneni bu yüzden çok sevdim ya zaten." Benim varlığını bile unuttuğum iğnemi işaret etti.

"Sizin orada alaycı kuşlar mı var?"

"Ah, evet. Hatta birkaç tanesiyle çok yakın arkadaş oldum. Karşılıklı saatlerce şarkı söyleyebiliyoruz. Benim için mesaj da taşıyorlar."

"Bu da ne demek?"

"Genelde en yukarı ben tırmandığım için, işi bırakma zamanının geldiğini haber veren bayrağı ilk ben görürüm. O zaman söylediğim özel bir şarkı bile var." Rue dudaklarını araladı ve tatlı, berrak sesiyle dört notalık küçük bir melodi mırıldandı. "Alaycı kuşlar, şarkımı bütün bahçeye yayar. İnsanlar işi bırakma saatinin geldiğini böyle anlıyor. Gerçi, yuvalarına çok yaklaşırsan tehlikeli de olabiliyorlar. Ama bunun için onları suçlayamazsın."

İğnemi çıkarıp Rue'ya uzattım. "Al bunu. Senin için benden daha fazla anlam ifade ediyor."

"Ah, hayır," dedi Rue, parmaklarımı iğnenin üstüne kapatırken. "Ben bu iğneyi senin üstünde seviyorum. Zaten sana güvenebileceğime de bu sayede karar verdim. Hem bende de bu var." Tişörtünün altından bir tür çimden örülmüş bir kolye çıkardı. Ucundan kabaca oyulmuş, tahta bir yıldız sarkıyordu. Ya da bir çiçek de olabilirdi. "Şans muskası."

"Şu ana kadar işe yaradığı ortada," derken iğnemi yeniden tişörtüme tutturdum. "Belki de onunla yetinsen daha iyi olacak."

Öğle yemeği saati geldiğinde, planımızın son hatlarını da belirledik. Öğleden sonranın ilk saatlerinde planımızı yürürlüğe koyacak duruma geldik. Rue'nun ilk iki kamp ateşinin odunlarını toplamasına ve dizmesine yardım ettim. Üçüncü ateşi tek başına halletmek için bol zamanı olacaktı. Daha sonra, birlikte ilk yemeğimizi yediğimiz yerde buluşmak için sözleştik. Derenin bana rehberlik edeceğini sanıyordum. Oradan ayrılmadan önce Rue'nun yiyecek ve kibrit stoklarının tam olduğundan emin olmam gerekti. Hatta, gece çöktüğünde buluşamamış olma ihtimaline karşılık, uyku tulumunu da almasında ısrar ettim.

"Ya sen? Sen üşümez misin?" diye sordu.

"Göl kıyısından bir uyku tulumu daha kapmayı başarabilirsem, hayır," dedim. "Biliyorsun, buralarda hırsızlık yapmak yasalara aykırı değil." Sırıttım.

Rue, son dakikada bana alaycı kuş işaretini öğretmeye karar verdi. Hani şu günlük çalışma saatlerinin dolduğunu haber veren işareti. "İşe yaramayabilir," dedi. "Ama olur da alaycı kuşların böyle şakıdığını duyarsan, iyi olduğumu ama hemen yanına gelemeyeceğimi bileceksin."

"Burada çok alaycı kuş var mı?" diye sordum.

"Onları görmedin mi? Her tarafta yuvaları var," dedi. İtiraf etmeliyim ki yuvaları hiç görmemiştim.

"Pekâlâ, o zaman. Her şey plana uygun giderse akşam yemeğinde görüşürüz."

Rue hiç beklenmedik bir anda kollarıyla beni sardı. Onu kucaklamadan önce kısa bir tereddüt yaşadım.

Bana, "Dikkatli ol," dedi.

"Sen de," dedim. Dönüp dereye doğru yürürken endişeliydim. Rue'nun öldürülmesinden, Rue'nun öldürülmemesinden ve ikimizin sona kalmamızdan, Rue'yu yalnız bırakmaktan, Prim'i hayatta tek başına bırakmaktan korkuyordum. Hayır, Prim'in yanında annem, Gale ve bana onu asla aç bırakmayacağına söz veren bir fırıncı vardı. Rue içinse sadece ben vardım.

Dereye ulaşınca, tek yapmam gereken yokuş aşağı yürüyüp arı saldırısından önce bulunduğum yere inmek olacaktı. Suyun içinden geçerken temkinli olmamda fayda vardı, zira düşüncelerim cevaplanmamış sorulara odaklamış haldeydi. Ve bu soruların büyük kısmı Peeta'yla ilgiliydi. Bu sabah atılan top Peeta'nın ölümünün habercisi olabilir miydi? Eğer öyleyse, nasıl ölmüştü acaba? Bir Kariyerin elinde mi? Glimmer'ın vücudunun üstüne kapandığım ve Peeta'nın ağaçların arasından fırladığı o anı anımsamak için beynimi zorladım. Ancak Peeta'nın baştan aşağı ışıldadığını düşünmek bile, olup biten her şeyden şüphe duymama yetiyordu.

Dün gerçekten çok yavaş yürümüş olmalıydım çünkü sadece birkaç saat içinde, banyo yaptığım sığ su birikintisine ulaştım. Suyumu tazelemek ve sırt çantama bir kat daha çamur eklemek için durdum. Görünüşe bakılırsa çantam, üstünü ne kadar sıvarsam sıvayayım turuncuya dönme eğilimi sergiliyordu.

Kariyerlerin kampına bu kadar yakın olmak, algılarımın açılmasına neden oluyordu. Onlara yaklaştıkça daha temkinli davranıyordum... Sıradışı seslere kulak kesilmek için daha sık duraksıyordum. Okum ve yayım göreve hazırdılar. Ortalıkta hiç haraç yoktu ama Rue'nun bahsettiği bazı şeyleri gördüm. Mesela tatlı orman meyvesi fundaları. Arı sokmasına iyi gelen yaprakları... Benim kapana kısıldığım ağacın çevresindeki öbek öbek iz sürücü arı kovanlarını. Ve orada burada, başımın üstündeki dallarda ve yukarılarda gözüme çarpan siyahlı beyazlı alaycı kuş kanatları.

Hemen dibinde parçalanmış arı kovanının durduğu ağaca ulaşınca, cesaretimi toplamak için bir an durdum. Rue, buradan gölü en iyi gözetleyebileceğim noktaya nasıl ulaşabileceğimi uzun uzun tarif etmişti. Kendi kendime, *Unutma,* dedim. *Şu anda avcı sensin, onlar değil.* Yayımı sımsıkı kavrayıp yola devam ettim. Rue'nun bahsettiği koruluğa ulaşınca, zekâsına bir kez daha hayran kaldım. Burası tam ormanın kıyısında kalıyordu. Ama aşağıda o kadar sık bir bitki örtüsü vardı ki Kariyer kampını fark edilmeden rahatça izleyebilirdim. Aramızda, oyunların başladığı geniş meydan uzanıyordu.

Orada dört haraç vardı. 1. Mıntıka'nın erkek haracı. Cato. 2. Mıntıka'nın kız haracı ve 3. Mıntıka'dan geldiğini tahmin ettiğim, sıska ve kül rengi tenli çocuk. Capitol'de geçirdiğimiz süre boyunca bende hiçbir izlenim bırakmamış olmalıydı. Hakkında hemen hemen hiçbir şey hatırlayamıyordum. Ne kostümünü, ne eğitimden aldığı puanı, ne de mülakatını. Hatta şimdi de önünde duran plastik kutuyla oyalanırken, kendisinden çok daha iri yarı ve zorba görünüşlü müteffiklerinin arasında son derece silik görünüyordu. Yine de kayda değer bir özelliği olmalıydı; yoksa Kariyerler onun yaşamasına izin verme zahmetine girmezlerdi. Ona bakarken, Kariyerlerin bekçi olarak neden onu tayin ettikleri ve neden hayatta kalmasına göz yumdukları konusundaki huzursuzluğum iyice artıyordu.

Haraçların dördü de, iz sürücü arı saldırısının etkilerinden yeni yeni kurtuluyor gibi görünüyordu. Buradan bile vücutlarındaki şişlikleri görebiliyordum. Büyük olasılıkla iğneleri çıkarmayı akıl edememişlerdi. İğneleri çıkardılarsa bile, şifa veren yapraklardan haberleri yoktu. Öyle görünüyor ki Cornucopia'dan aldıkları ilaçların hiçbiri fayda etmemişti.

Cornucopia orijinal yerinde duruyordu ama içi tam takırdı. Küfelerin, çuvalların, plastik bidonların içinde saklanan malzemelerin büyük kısmı, kampa şüphe uyandıracak bir mesafede üst üste yığılmış halde duruyordu. Diğerleri ise bu malzeme piramidinin çevresine serpiştirilmişti. Neredeyse, Cornucopia'nın oyunlar'ın başlangıcındaki hali taklit edilmiş diyebilirdim. Piramidin tam üstüne, kuşların heveslerini kursaklarında bırakmaktan başka bir işe yaramaz gibi görünen bir fileyle bir tente kurulmuştu.

Bu sahnede insanın kafasını allak bullak eden bir şeyler vardı: Piramidin kampa mesafesi, file, 3. Mıntıka'dan gelen çocuğun varlığı. Kesin olan tek şey, bu erzakları yok etmenin sandığım kadar basit olmayacağıydı. Burada söz konusu olan başka bir faktör vardı. Ve o faktörün ne olduğunu keşfedene kadar bir yere kıpırdamamam yerinde bir karar olacaktı. Tahminim, o piramidin bir tür bubi tuzağı olduğundan yanaydı. Aklımdan gizli kuyular, tepeden inen ağlar, koparıldığı zaman kalbinize zehirli bir ok saplayan ipler geçiyordu. Doğrusu olasılıkların sınırı yoktu.

Seçeneklerimi düşünürken Cato'nun seslendiğini duydum. Ormanı, benden çok uzak bir noktayı işaret ediyordu. Rue'nun ilk kamp ateşini tutuşturduğunu anlamak için dönüp bakmama hiç gerek yoktu. Dumanın dikkat çekici olması için yeterince yeşil odun toplamaya dikkat etmiştik. Kariyerler hemen silahlanmaya koyuldular.

Aralarında bir tartışma baş gösterdi. Duyabileceğim bir sesle, 3. Mıntıka'daki çocuğun kalmasının mı, yoksa onlarla gitmesinin mi daha doğru olacağına karar vermeye çalışıyorlardı.

"Geliyor," dedi Cato. "Ona ormanda ihtiyacımız var. Zaten buradaki işi hallediliyor. Kimse erzaklarımıza el süremez."

1. Mıntıka'nın haracı, "Ya Aşk Çocuğu?" diye sordu.

"Size onu unutmanızı söylemekten dilimde tüy bitti. Onu nerede kıstıracağımı biliyorum. Henüz kan kaybından ölmemiş olması bile mucize. Her halükarda, bize baskın yapacak durumda değil."

Demek Peeta ormanın içinde bir yerde ve ağır yaralıydı. Fakat onu Kariyerlere ihanet etmeye iten şeyi hâlâ bilmiyordum.

"Haydi," dedi Cato. 3. Mıntıka'nın haracının eline bir mızrak tutuşturdu. Birlikte dumanların yükseldiği tarafa yürüdüler. Ormana girerlerken duyduğum son şey Cato'nun,

"Kızı bulduğumuz zaman onu kendi tarzımla öldüreceğim ve kimse müdahale etmeyecek, ona göre!" sözleri oldu.

Bir şekilde, bahsettiği kızın Rue olmadığını biliyordum. Ne de olsa başlarından aşağı bir arı kovanı indiren o değildi.

Yarım saat kadar olduğum yerde kalıp, erzak konusunda ne yapmam gerektiğine karar vermeye çalıştım. Ok ve yayın bana sağladığı en büyük avantaj, mesafeydi. Piramide yanan bir ok atmam çocuk oyuncağıydı. Bu işte oku ağın aralıklarına isabet ettirecek kadar ustaydım. Ancak piramidin ateş alacağının garantisi yoktu. Okun kendi kendine yanıp sönmesi daha büyük olasılıktı. O zaman ne olacaktı? Hiçbir şey elde edemediğim gibi, onlara kendimle ilgili gereğinden fazla bilgi vermiş olurdum. Buraya geldiğimi, bir suç ortağımın olduğunu ve ok ile yayı ustalıkla kullanabildiğimi anlarlardı.

Alternatifim yoktu. Daha fazla sokulmam ve erzakları asıl koruyan şeyin ne olduğunu görmeye çalışmam şarttı. Tam ortaya atılmak üzereyken, gözüme bir hareketlilik çarptı. Birkaç yüz metre sağımda, ormandan birisinin çıktığını gördüm. Bir an için Rue'nun geldiğini sandım ama hemen sonra Tilki Surat'ı tanıdım. Bu sabah kim olduğunu bir türlü çıkaramadığımız haraç oymuş demek! Sağına soluna bakınıyor ve güvende olduğundan emin hissedince, küçük fakat seri adımlarla piramide koşuyordu. Tam piramidin çevresini saran malzeme çemberine ulaşınca durdu, yere dikkatle baktı ve tek ayağını belli bir noktaya uzattı. Sonra zaman zaman tek ayağının üstünde sekerek, hafifçe sendeleyerek, zaman zaman da birkaç adım atma riskini alarak tuhaf, küçük sıçrayışlarla piramide yaklaşmaya başladı. Belli bir noktaya gelince, küçük bir varilin üstünden havaya sıçradı ve yere parmak uçlarında indi. Ancak hedeflediği noktayı biraz aştığı için, ivmesi onu ileri doğru itti. Elleri yere çarparken küçük bir feryat kopardı fakat hiçbir şey olmadı. Hemen sonra yeniden doğruldu ve malzeme yığınına ulaşana kadar yola devam etti.

Demek bubi tuzağı konusunda yanılmamışım. Ama büyük olasılıkla sistem benim sandığımdan daha karmaşıktı. Bu kız konusunda da haklıydım; ucu yemeğe çıkan bu yolu keşfedebildiğine ve bu kadar düzgün biçimde tekrarlayabildiğine göre, gerçekten çok kurnaz olmalıydı. Değişik kutulardan aldığı malzemelerle çantasını dolduruyordu: bir küfeden kraker, bir varilin yan tarafına asılmış çuvaldan birkaç elma... Ancak her şeyden çok az, eksildiği fark edilmeyecek miktarlarda almaya özen gösteriyordu. Şüphe uyandırmayacak kadar. Sonra, yine aynı tuhaf dansı yaparak çemberden çıkıyor ve tek parça halinde, sağ salim ormana dalıp gözden kayboluyordu.

Sıkıntıyla dişlerimi gıcırdatmakta olduğumu neden sonra fark ettim. Tilki Surat tahminlerimi doğrulamıştı. Fakat bu kadar hüner gerektirecek tuzak, ne tür bir tuzak olabilirdi?

Ve nasıl bir tuzağın bu kadar çok tetik noktası olabilirdi? Elleri toprağa değerken neden çığlık attı acaba? İnsanın aklına... Yavaş yavaş kafama dank etmeye başladı... İnsanın aklına, yerin bir anda patlayacağı geliyordu.

"Mayın," diye fısıldadım. Bu her şeyi açıklıyordu. Kariyerlerin erzaklarını gönül rahatlığıyla bırakabilmelerini, Tilki Surat'ın tepkisini, fabrikaların olduğu, televizyon, otomobil ve patlayıcıların üretildiği 3. Mıntıka'dan gelen çocuğun olaya nasıl dâhil olduğunu... Fakat mayınları nereden bulmuş olabilirlerdi? Yoksa malzemelerin arasında mayın da mı vardı? Mayın, haraçların bizzat kan dökmesini tercih eden oyun kurucularının genelde verdikleri silahlardan değildi. Çalılıkların arasından geçip, haraçları arenaya çıkaran yuvarlak, metal plakalardan birine koştum. Plakanın çevresindeki toprak kazılıp yeniden örtülmüştü. Arazi mayınları, bizim plakaların üstünde beklediğimiz altmış saniyelik sürenin sonunda etkisiz hale getirilmişti. Fakat 3. Mıntıka'dan gelen çocuk mayınları yeniden aktif hale getirmeyi başarmış olmalıydı. Oyunlarda kimsenin böyle bir şey yaptığını hatırlamıyordum. Bu gelişmenin oyun kurucularını bile şoka soktuğundan emindim.

Pekâlâ... Böyle bir numarayı becerdiği için 3. Mıntıka haracını tebrik ediyordum ama ben şimdi ne yapacaktım? Görünüşe bakılırsa, kendimi paramparça ettirmeden o alana girmem mümkün olmayacaktı. Yanan bir ok atma fikri, şimdi az öncekinden de gülünesi geliyordu. Mayınlar basınçla harekete geçiyordu. Ayrıca basıncın çok fazla olması da gerekmiyordu. Bir sene, bir kız haraç plakasının üstünde beklerken uğurlu eşyasını –küçük, ahşap bir toptu– kazayla elinden düşürmüş ve kelimenin tam anlamıyla un ufak olmuştu.

Kollarım fena değildi. Belki o tarafa birkaç kaya parçası fırlatmam işe yarayabilirdi. Nasıl bir işe? Tek bir mayını patlatmaya mı? Belki böylece bir zincirleme reaksiyon başlatabilirdim. Ya da başlatabilir miydim? 3. Mıntıka'nın haracı mayınları, bir mayın diğerini etkilemeyecek şekilde yerleştirmeyi –böylece istilacının ölümünü garanti altına alırken, erzaklarına zarar gelmesini engellemeyi– düşünmüş olabilir miydi? Hem zaten tek bir mayını harekete geçirsem bile Kariyerleri yeniden bu tarafa, üstüme çekmiş olurdum. Neler düşünüyordum böyle? Şu ağın bu tarz saldırıları saptırmak için örtüldüğü açıkça belliydi. Büyük bir zincirleme reaksiyon yaratabilmek ve bütün piramidi bir anda yok etmek için aynı anda otuz kaya falan fırlatmam gerekirdi.

Kafamı çevirip ormana baktım. Rue'nun ikinci ateşinin dumanları da göğe yükseliyordu. Şu an itibariyle, Kariyerler bu işte bir iş olduğunu fark etmeye başlamış olmalıydılar. Zamanım hızla daralıyordu.

Bu işin bir çözümü vardı. Olduğundan emindim... Ah, yeterince odaklanmayı bir başarabilseydim! Piramide, bir okla devrilmeyecek kadar ağır varillere, küfelere baktım. İçlerinden birinde yemeklik yağ olması ihtimali, yanan ok fikrimi yeniden canlandırıyordu. Fakat sadece tahminden yola çıkarak atış yapmam halinde, oklarımın on ikisini birden boşu boşuna kaybetmem mümkündü. Yeni tahribat imkânları bulabilme umuduyla Tilki Surat'ın tarzını taklit etmeyi ciddi ciddi düşünmeye başladığım anda, gözlerim elma çuvalına takıldı. Çuvalı yanındaki varile bağlayan halatı bir atışla koparabilirdim. Eğitimde de bu kadarını yapmamış mıydım? Çuval büyük bir çuvaldı ama sadece tek bir patlamayı tetiklemesi olasıydı. Elmaları dökmeyi başarabilirsem... Belki...

Ne yapmam gerektiğini biliyordum. Harekete geçtim ve bu işi halletmek için kendime üç okluk hak tanıdım. Ayaklarımı büyük bir dikkatle yerleştirip büyük bir titizlikle nişan alırken, duyularımı dünyaya kapattım. İlk ok, çuvalın üst kısmının yanına denk geldi ve çuval bezinde bir yarık açtı. İkincisi bu yarığı genişletti. Üçüncü oku atarken, ilk elmanın çıktığını gördüm. Son ok çuvalın yırtık ağzına denk geldi ve ağzı çuvaldan ayırdı.

Sanki bir an her şey donup kaldı. Sonra elmalar yere saçıldı ve ben geriye doğru, havaya savruldum.

17

Patlamanın ve havaya uçan sıkı toprağın etkisiyle fena sarsıldım. Sırt çantam düşüşün etkisini azaltmaya pek yaramamıştı. Neyse ki ok kılıfım dirseğimin kıvrımına takılarak hem kendini hem de beni koruyordu. Yayımı da sıkı sıkıya tutuyordum. Yer, patlamaların etkisiyle sarsılmaya devam ediyordu. Ama ben patlamaları duyamıyordum. Şu anda hiçbir şey duyamıyordum. Elmalar, yeterli sayıda mayını harekete geçirmişe benziyordu. Kimisi yanan, irili ufaklı cisim parçacıkları üstüme yağarken yüzümü kollarımla örtmeyi başardım. Havayı kesif bir duman kapladı; bu, nefes alma yetisini yeniden kazanmaya çalışan biri için hiç hoş bir ortam değildi.

Bir dakika kadar sonra, yer sarsıntısı kesildi. Yana dönüp, bir an için birkaç dakika öncesine kadar piramitin durduğu yerdeki dumanı tüten enkazın keyfini çıkardım. Kariyerlerin bu enkazdan bir şeyler kurtarabileceklerini hiç sanmıyordum doğrusu.

Buradan hemen gitsem, iyi olacak, diye düşündüm. En kısa zamanda burada biterler. Ancak ayağa kalktığım zaman, kaçışımın sandığım kadar kolay olmayacağını anladım. Başımda bir tuhaflık vardı. Bu öyle hafif bir sersemlik değil, ağaçların çevrenizde fır dönmesine ve yerin ayaklarınızın altında dalgalanmasına yarayacak türden bir baş dönmesiydi.

Birkaç adım attım ve bir şekilde, ellerimin ve dizlerimin üstüne düştüm. Geçmesi için birkaç dakika bekledim ama geçmedi.

İçimi büyük bir panik kaplamaya başladı. Burada kalamazdım. Kaçmam gerekiyordu. Fakat ne yürüyebiliyor ne de duyabiliyordum. Elimi patlamanın olduğu tarafa dönük sol kulağıma götürdüm; geri çektiğimde parmaklarıma bulaşan kanı gördüm. Patlamanın etkisiyle sağır olmuş olabilir miydim? Bu fikir beni korkutuyordu. Avlanırken gözlerim kadar –hatta bazen biraz daha fazla– kulaklarıma da güvenirdim. Ancak korkumu asla belli etmemeliydim. Çünkü şu anda Panem'deki her televizyon ekranına yüzümün yansıdığından adım gibi emindim.

Kendi kendime, *Kan izi bırakamam*, dedim ve kapüşonumu başıma geçirdim. Sarsak parmaklarımla kapüşonun kordonunu çenemde bağladım. Bu sayede kanımın yere damlamasına engel olabilirdim. Yürüyemiyordum ama emekleyebilir miydim acaba? Temkinli tavırlarla ileri doğru hareket ettim. Evet, eğer çok yavaş davranırsam emekleyebiliyordum. Ormanın büyük kısmı beni saklamak konusunda yetersiz kalacaktı. Tek umudum Rue'nun koruluğuna kendimi atıp, yeşilliklerin arasına gizlenmekti. Burada, açık alanda dizlerimin üstünde yakalanamazdım. Sadece ölümle burun buruna gelmekle kalmıyordum; Cato'nun elinden uzun ve acı veren bir ölüm yaşayacağımdan da emindim. Prim'in böyle bir sahneyi izlemek zorunda kalması düşüncesi saklanacağım yere doğru santim santim sürünürken itici güç oldu.

Yeni bir patlamayla yüzüstü serildim. Patlayan bir küfenin harekete geçirdiği aylak bir mayın olmalıydı. Bu iki kez daha tekrarlandı. Prim'le birlikte evde mısır patlattığımız zaman en sona kalan birkaç mısır tanesini hatırladım.

Kendimi oradan kıl payı kurtardığımı söylemem hafif kalırdı. Tam ağaçların dibindeki çalılıkların arasına sindiğim anda, Cato ve peşindeki arkadaşları çıkageldiler. Cato'nun öfkesi o kadar abartılıydı ki hedefinin ben, nedeninin ise benim yaptığım şey olduğunu bilmesem, komik kaçtığını bile düşünebilirdim. Yakınlığımı ve kaçacak ya da kendimi savunacak durumda olmayışımı da ekleyince, dehşete düşmemek elde değildi. Saklandığım yerde kameraların bana yakın çekim yapamayacağını bilmek çok iyi geliyordu. Çünkü yarınım olmayacakmış gibi tırnaklarımı kemiriyordum. Dişlerimin birbirine çarpmasına engel olmak için, son tırnak cilası kalıntılarını kemirmekten başka seçeneğim yoktu.

3. Mıntıka'dan gelen çocuk, enkaza taş atıyordu. Bütün mayınların harekete geçtiğini diğerlerine de söylemiş olmalıydı çünkü Kariyerler hep birlikte piramitten geriye kalanlara yaklaşıyordu.

Cato öfke nöbetinin ilk safhasını geride bıraksa da, dumanı tüten ve ağzı açık duran birkaç kutuyu tekmelemeye devam ediyordu. Diğer haraçlar bu karmaşının içinde dolanıyor ve kurtarılacak bir şey kalıp kalmadığını kontrol ediyorlardı. Ama hiçbir şey bulamıyorlardı. 3. Mıntıka'dan gelen çocuk görevini çok iyi yapmıştı. Aynı şey Cato'nun da aklına gelmiş olacak ki, dönüp ona bağırmaya başladı. 3. Mıntıka'daki çocuk tam kaçacakken Cato kolunu boynuna dolayıp onu yakaladı. Çocuğun kafasını hızla bükerken, Cato'nun kollarındaki kasların şiştiğini görebiliyordum.

İşte bu kadar çabuk... 3. Mıntıka'dan gelen çocuğun ölümü.

Diğer iki Kariyer, Cato'yu sakinleştirmeye çalışır gibiydi. Ormana doğru koşmak istediğini tahmin ediyordum ama diğerleri gökyüzünü işaret edip duruyordu. Bu hareketleri kafamı karıştırıyordu ama birkaç saniye geçmeden ne demek istediklerini anladım. Tabii ya. Bu patlamaya sebep olan kişinin öldüğünü tahmin ediyorlardı. Oklardan ve elmalardan haberleri yoktu. Bubi tuzağının kusurlu olduğuna ve erzakları havaya uçuran haracın bunu yaparken öldüğüne inanıyorlardı. Top atılmış olsa bile, sesi mayınların patlaması sırasında duyulmamış ve hırsızın paramparça olmuş cesedi gökyüzü aracı tarafından toplanmış olabilirdi. Oyun kurucuların 3. Mıntıka'dan gelen çocuğun cesedini almasına imkân yaratmak için gölün uzak bir köşesine çekildiler. Ve beklemeye başladılar.

Sanırım bir top atıldı. Sonra araç gelip çocuğu aldı. Güneş ufukta alçalıyor, karanlık çöküyordu. Gökyüzüne yansıyan mührü görünce, marşın başladığını anladım. Anlık bir karanlık oldu. Önce 3. Mıntıka'daki çocuğu gösterdiler. Sonra 10. Mıntıka'dakini. Bu sabah ölen oydu demek. Mühür tekrar belirince, gerçeği öğrendiler. Demek bombacı hâlâ hayattaydı. Mührün ışığında, Cato ve 2. Mıntıka'daki kızın gece gözlüklerini taktıklarını gördüm. 1. Mıntıka'daki çocuk, meşale yerine üç dalı bir araya getirip tutuşturdu. Alevlerin cılız ışığında, yüzlerindeki ciddi ifadeyi görebiliyordum. Kariyerler, avlanmak için ormana giriyorlardı.

Başımın dönmesi büyük ölçüde hafiflemişti. Sol kulağım hâlâ hiçbir şey duymuyor, sağ kulağım ise çınlıyordu. Bu iyiye işaretti. Yine de saklandığım yerden çıkmam için hiçbir neden yoktu. Burada, suç mahalinde, maksimum güvendeydim. Büyük olasılıkla bombacının onlardan üç dört saat önde olduğunu sanıyorlardı. Yine de, harekete geçme riskini almama daha çok vardı.

İlk işim kendi gözlüğümü bulup takmak oldu. Avcı duyularımdan en azından bir tanesini kullanabildiğim için biraz olsun rahatladım. Biraz su içip kulağımdaki kanı yıkadım. Et kokusunun istenmeyen yırtıcı hayvanları çekmesinden korkarak –taze kan kokusu yeterince kötüydü zaten– yeşilliklerden, köklerden ve Rue'yla birlikte topladığımız orman meyvelerinden oluşan bir yemek yedim.

Küçük müttefiğim neredeydi acaba? Randevu noktasına dönebilmiş miydi? Benim için endişeleniyor muydu? Neyse ki, gökyüzü en azından ikimizin de hayatta olduğumuzu göstermişti.

Parmaklarımla hayatta kalan haraçları saydım. 1. Mıntıka'daki çocuk, 2. Mıntıka'nın hem kız hem erkek haraçları, Tilki Surat. 11. ve 12. Mıntıkaların haraçları. Sekiz kişiydik. Capitol'de bahisler kızışmış olmalıydı. Şimdi artık her birimizle ilgili özel yayınlar yapmaya başlarlardı. Büyük olasılıkla ailelerimizle ve arkadaşlarımızla bizimle ilgili röportajlar yaparlardı. 12. Mıntıka haraçları uzun zamandır ilk sekize kalmamışlardı. Şimdi ikimiz birden hayattaydık. Gerçi Cato'nun söylediklerine bakılırsa, Peeta kötü durumdaydı. Yine de artık Cato'nun son sözü söylemek gibi bir ayrıcalığı kalmamıştı. Birkaç saat önce bütün erzak zulasını kaybeden o değil miydi?

İçimden, 74. *Açlık Oyunları başlasın, Cato,* diye geçiriyordum. *Gerçek anlamda başlasın.*

Soğuk bir esinti başladı. İçgüdüsel olarak uyku tulumuma uzanırken onu Rue'da bırakmış olduğumu hatırladım. İkinci bir tulum almam gerekiyordu ama mayın konusu çıkınca tamamen unutmuştum. Titremeye başladım. Bir ağaca tünemek aklı başında bir seçenek olmayacağı için, çalılıkların arasında bir boşluğa büzüşüp üzerimi yapraklar ve çam iğneleriyle örttüm. Yine de donuyordum. Plastik parçasını göğsümün üstüne koyup, sırt çantamı rüzgârı kesecek şekilde yerleştirdim. Böylesi biraz daha iyiydi. O ilk gece ateş yakan 8. Mıntıka kızına biraz daha fazla sempati duymaya başladım. Şimdi dişleri birbirine çarparak sabahı etmesi gereken biri varsa, o da bendim. Daha fazla yaprak, daha fazla çam iğnesi. Kollarımı ceketimin içine büzüştürüp dizlerimi çeneme kadar çektim. Ve bir şekilde uykuya daldım.

Uyandığımda, dünya biraz biçimsiz görünüyordu. Güneşin doğmuş olduğunu ve hâlâ gözümde olan gözlüğün görüşümü bozduğunu o zaman anladım. Doğrulup gözlüğümü çıkarırken, gölün kıyısından bir kahkaha sesi duyup, donakaldım. Bu çarpık bir gülüştü ama algılayabilmiş olmam, duyma yetimi yeniden kazandığım anlamına geliyordu. Evet, sağ kulağım –her ne kadar çınlamaya devam etse de– artık duyabiliyordu. Sol kulağıma gelince, en azından artık kanamıyordu.

Kariyerlerin dönmüş olmasından ve sonsuza dek burada tıkılıp kalmaktan korkarak, çalıların arasından göle baktım. Hayır... Piramit enkazının yanında kahkaha atan, Tilki Surat'dan başkası değildi. Kariyerlerden daha zeki olduğu için küllerin arasında birkaç parça eşya bulabiliyordu. Metal bir kap ve bir bıçak. Bir süre kızın bu işten ne büyük bir keyif aldığını seyre daldım. Sonra, Kariyerlerin stoğunun devreden çıkmasıyla Tilki Surat'ın da şansının arttığını fark ettim. Hepimiz gibi. Bir an, ortaya çıkıp onu da müteffikler arasına almayı düşündüm. Ama hemen vazgeçtim. Yüzündeki o kurnaz gülümsemede, ilk fırsatta beni sırtımdan bıçaklayacağını düşündüren bir şey vardı. Aklımdan bu düşünceler geçerken onu okla vurmak için mükemmel bir fırsat yakalamış olabilirdim. Ancak kız bir ses duydu –beni değil– ve başını çevirip ok gibi fırlayarak ormanın içine daldı. Bekledim. Hiçbir şey ya da hiç kimse gelmedi. Yine de, Tilki Surat bir tehlike olduğunu düşündüyse, belki benim de buradan ayrılma zamanım gelmiş demekti. Ayrıca Rue'ya piramidin sonunu anlatmak için sabırsızlanıyordum.

Kariyerlerin nerede oldukları konusunda hiçbir fikrim yoktu bu yüzden dere kıyısındaki yol bana diğer seçenekler kadar iyi görünüyordu. Bir elimde yayım, diğer elimde iri bir parça hindikuşu etiyle aceleci adımlarla yürüyordum. Karnım o kadar açtı ki sadece yaprak ve meyvelerle doyacak gibi değildim; yağ ve proteine de ihtiyacım vardı. Dereye giden yolu olaysız aştım. Oraya varınca, suyumu doldurup yüzümü gözümü yıkadım. Yaralı kulağıma özel ilgi gösterdim. Sonra tepeye doğru, dereyi kendime rehber edinerek tırmanmaya başladım. Bir noktada, dere yatağında çizme izleri gördüm. Kariyerler belli ki buradan geçmişler ama uzun süre kalmamışlardı. İzler, yumuşak çamurun üstünde olduğu için bir hayli derine gömülmüştü ve sıcak güneş altında çoktan kurumuştu. Benim de, yere hafif basma ve çam iğnelerine duyduğum güvenle ayak izlerimi gizlemek konusunda pek dikkatli olduğum söylenemezdi. Çizme ve çoraplarımı çıkarıp dere yatağında çıplak ayakla yürümeye başladım.

Suyun serinliği hem bedenime hem de ruhuma zindelik veriyordu. Bu yavaş akıntılı derede balık vurmak sandığımdan da kolay oluyordu; iki tane birden yakalamıştım. Yoluma devam ederken, biraz önce hindikuşu yemiş olmama rağmen balıklardan birini çiğ çiğ mideme indirdim. Diğerini Rue'ya saklayacaktım.

Sağ kulağımın çınlaması zamanla ağır ağır azaldı. Ve sonunda tamamen kayboldu. Kendimi periyodik aralıklarla sol kulağımı eller ve duyma yeteneğini öldüren şeyden kurtulmaya çalışırken buluyordum. Bir gelişme varsa bile, henüz anlayamıyordum. Kulağımın duymamasına alışamamıştım. Dengemi kaybetmeme ve sol taraftan savunmasız hissetmeme neden oluyordu. Hatta kör gibi hissettiğim bile söylenebilirdi. Sağ kulağım, dün sürekli bir bilgi akışını sağlarken, bugün hiçliğe alışmaya çalışıyordu ve ben başımı sürekli yaralı tarafa çeviriyordum. Zaman geçtikçe, kulağımın iyileşeceğine olan inancım daha da azaldı.

İlk karşılaştığımız yere varınca, kimsenin gelmemiş olduğunu fark ettim. Ne yerde ne de ağaçlarda Rue'dan en ufak bir iz yoktu. Çok tuhaftı. Şu ana kadar çoktan gelmiş olmalıydı çünkü vakit neredeyse öğlene yaklaşıyordu. Şüphesiz geceyi bir yerlerde, ağaç tepesinde geçirmişti. Işığı yokken ve Kariyerler karanlıkta bile görmelerini sağlayan gözlüklere sahipken başka ne yapabilirdi? Ayrıca kurması gereken ve benim dün gece kontrol etmeyi unuttuğum üçüncü ateş, buluşma yerimize en uzak olandı. Büyük olasılıkla, geri dönerken çok temkinli hareket etmeye çalışıyor olmalıydı. Acele ettiğini umdum çünkü buralarda uzun süre oyalanmak istemiyordum. Öğleden sonrayı daha yüksek kesimlere tırmanarak ve yol üstünde avlanarak geçirmek istiyordum. Ancak şu an için beklemekten başka seçeneğim yok gibi görünüyordu.

Ceketimdeki kanı ve saçlarımı yıkayıp, sayıları her geçen gün artan yaralarımı temizledim. Yaralarım çok daha iyi durumdaydı; yine de bir miktar daha merhem sürdüm. Şimdi asıl dikkat etmem gereken konu, yanıklarımın enfeksiyon kapmamasıydı. Yola devam ederken, ikinci balığımı yedim. Güneşin altında çok fazla dayanacağını sanmıyordum. Rue için birkaç tane daha yakalamak zor olmayacağa benziyordu. Bir gelseydi!

Orantısız duyma yetimle yerde beklerken kendimi savunmasız hissettiğim için bir ağaç tepesine çıktım. Olur da Kariyerler gelecek olurlarsa, buradan onları vurabilirdim. Güneş ağır ağır hareket ediyordu. Zaman geçirmek için bir şeyler yapıyordum. Yaprak çiğneyip yumruları çoktan inen fakat hâlâ hassasiyetlerini koruyan yerlerime koydum. Islak saçlarımı parmaklarımla tarayıp ördüm. Çizmelerimi giyip bağcıklarını bağladım. Yayımı ve elimde kalan dokuz oku kontrol ettim. Sağ kulağımda bir hayat belirtisi bulma umuduyla arada bir, bir yaprak hışırdatıyordum ama olumlu bir sonuç alamadım.

Hindikuşu ve balıklara rağmen midem guruldamaya devam ediyordu. Bunun 12. Mıntıka'da sığ gün olarak adlandırdığımız günlerden –ne yerseniz yiyin, karnınızın doymadığı o günlerden– biri olacağını tahmin ediyordum. Ağacın tepesinde yapacak hiçbir şeyim olmadan oturmak durumumu güçleştirdiği için açlığa teslim olmaya karar verdim. Ne de olsa, arenada çok kilo kaybetmiştim; ekstra kaloriye ihtiyacım vardı. Ayrıca yay ve oklarımla, geleceğim konusunda kendime daha çok güveniyordum.

Ağır ağır kabuklarını soyarak, bir avuç yemiş yedim. Son krakerim. Hindikuşunun boynu. Bu iyi gelmişti çünkü boynu ayıklamak beni bir hayli oyalamıştı. Nihayet kanadı da yedim ve kuş tarihe karıştı. Fakat bugün sığ bir gündü. Ve yediğim onca şeye rağmen, yine yemek hayalleri kurmaya başladım. Özellikle de Capitol'deyken afiyetle yediğim o leziz yemeklerin hayalini... Kremalı portakal sosuna yatırılmış tavuk. Pastalar, pudingler. Tereyağlı ekmek. Yeşil soslu Çin eriştesi. Kuzu etli ve kurutulmuş erikli yahni. Birkaç nane yaprağı emerek kendime bunu aşmam gerektiğini telkin ediyordum. Nane iyi gelmişti çünkü genelde akşam yemeklerinden sonra nane çayı içerdik. Bu sayede mideme yemek saatinin bittiği mesajını verdim. Ya da verir gibi yaptım.

Ağacın tepesinde elimde oklarım ve yayımla güneşin sıcaklığını iliklerimde hissederken, arenaya geldiğimden beri ilk defa bu kadar gevşedim. Keşke Rue da gelseydi ve ortadan kaybolabilseydik. Gölgeler uzarken huzursuzluğum da arttı. Akşamüstüne doğru onu aramaya karar verdim. En azından üçüncü ateşi yaktığı noktaya gidip nerelerde olabileceği konusunda ipucu arayabilirdim.

Gitmeden önce, eski kamp ateşimizin çevresine birkaç nane yaprağı serptim. Bunları uzak bir yerden topladığımız için Rue buraya geldiğimi anlayacak, Kariyerler ise farkına bile varmayacaktı.

Yarım saatten kısa bir süre içinde, üçüncü ateşi yakmak konusunda sözleştiğimiz noktaya ulaştım. Ve hemen bir şeylerin yolunda gitmediğini anladım. Üçüncü ateş düzgün bir şekilde kurulmuş ama tutuşturulmamıştı. Yani Rue buraya gelmiş, odun parçalarıyla ateşi hazırlamış ama geri dönememişti. Benim, erzakları havaya uçurmadan önce gözümle gördüğüm ikinci ateşten sonra başı belaya girmiş olmalıydı.

Kendi kendime onun hâlâ hayatta olduğunu hatırlatıyordum. Gerçekten hayatta mıydı acaba? Top sabahın erken saatlerinde, kulağım henüz bir şey işitecek halde değilken atılmış olabilir miydi? Bu gece gökyüzünde Rue'nun yüzünü mü görecektim? Hayır, buna inanmayı şiddetle reddediyordum. Yüzlerce açıklama bulabilirdim. Yolunu kaybetmiş olabilirdi. Yırtıcı hayvanlarla ya da Thresh gibi başka bir haraçla burun buruna gelmiş ve saklanmak zorunda kalmış olabilirdi. Her ne olduysa, ikinci ateş ile ayaklarımın dibindeki yakılmayı bekleyen ateş arasında bir yerde sıkışıp kalmış olmalıydı. Bir şey onu bir ağacın tepesine hapsetmiş...

Sanırım izini sürmeye gideceğim.

Bütün bir hafta sonunu boş boş oturarak geçirdikten sonra, bir şeyler yapma fikri bana iyi geldi. Sessizce, gölgelerin arasına saklanarak ilerledim. Ancak şüphe uyandıracak hiçbir şey görmedim. Bir mücadele işareti ya da yerdeki çam yapraklarında herhangi bir iz yoktu. Çevreye bakınmak için durunca, sesi duydum. Emin olmak için kafamı yana çevirmem gerekiyordu ama işte yine aynı ses. Rue'nun dört notalık melodisini bir alaycı kuşun sesinden dinledim. Bu, iyi olduğu anlamına geliyordu.

Sırıtarak kuş sesinin geldiği tarafa ilerledim. Biraz ileride başka bir kuş yine aynı melodiyi şakıyordu. Rue, yakın zamanda bu melodiyi mırıldanmış olmalıydı. Yoksa arada başka bir sesi kaydederlerdi. Bakışlarımı ağaçların dalları arasında dolaştırarak ondan bir iz aradım. Yutkunarak, yumuşak bir sesle aynı melodiyi mırıldandım. Belki bu sayede yanıma gelmesinin tehlike arz etmediğini anlayabilirdi. Bir alaycı kuş melodiyi tekrar etti. Ve işte o anda çığlığı duydum.

Bu bir çocuk çığlığıydı! Bir genç kızın sesiydi. Arenada, Rue'dan başka bu sesi çıkarabilecek kimse yoktu. Bunun bir tuzak olabileceğini, Kariyerlerin bana saldırmak için fırsat kolladıklarını bile bile koşmaya başladım. Elimde değildi. Yüksek perdeden bir çığlık daha koptu. Bu defa benim adımı haykırıyordu.

"Katniss! Katniss!"

Yakınında olduğumu anlaması için, "Rue!" diye bağırdım. Tabii diğerleri de yakında olduğumu anlayacaktı. Onları arıların saldırısına maruz bırakan ve eğitimden on bir puan almayı başaran kızın yakında olduklarını düşünürlerse, belki dikkatleri dağılırdı. "Rue! Geliyorum!"

Açık alana adımımı attığım anda onu yerde, bir ağın içinde hapsedilmiş halde buldum. Mızrak vücuduna saplanmadan önce, ağın arasından elini uzatıp adımı haykırdı.

18

1. Mıntıka'nın haracı, mızrağı çıkarma fırsatını bulamadan son nefesini verdi. Okum, boynunun tam ortasına saplandı. Dizlerinin üstüne yıkıldı ve canının son kırıntılarını oku çekmek ve kendi kanında boğulmak için harcadı. Yeni bir ok takıp, hızla sağa sola dönerken, Rue'ya bağırdım: "Başkası var mı? Başkası var mı?"

Duyabilmem için birkaç defa hayır demek zorunda kadı.

Rue yan dönmüş, vücudu mızrağın çevresinde bükülmüş halde yatıyordu. Çocuğu üstünden itip bıçağımı çıkardım ve Rue'yu örten ağı kesmeye başladım. Yarayı gördüğüm anda, benim iyileştiremeyeceğim kadar ciddi olduğunu anladım. Büyük olasılıkla bu yarayı hiç kimse iyileştiremezdi. Mızrağın ucu, karnına gömülmüş durumdaydı. Rue'nun yanında diz çöküp çaresiz gözlerle mızrağa baktım. Onu teselli etmemin, iyi olacağını söylememin hiçbir anlamı yoktu. Aptal değildi ya. Bana uzattığı ellerini, cankurtaran halatına tutunur gibi sımsıkı tutuyordum. Sanki ölen Rue değil, bendim.

"Yiyecekleri havaya uçurdun mu?" diye fısıldadı.

"Hem de hepsini," dedim.

"Kazanmak zorundasın," dedi.

"Kazanacağım. Artık ikimiz için kazanacağım," diye söz verdim. Bir top atışı duyuldu. Kafamı kaldırdım. 1. Mıntıka'nın haracı için olmalıydı.

"Gitme..." Rue ellerime iyice yapıştı.

"Tabii ki gitmiyorum. Buradayım," dedim. Ona iyice sokulup, başını dizlerimin üstüne yerleştirdim. Koyu renk, gür saçlarını kulağının arkasına ittim.

"Şarkı söyle," dedi ama ne dediğini zar zor duyuyordum. *Şarkı mı söyleyeyim?* diye düşündüm. Ne şarkısı söyleyecektim? Zaten bildiğim iki üç şarkı vardı. İster inanın ister inanmayın, bir zamanlar bizim evimizde de müzik vardı. Benim de katkıda bulunduğum bir müzik. Babam o güzel sesiyle, beni de şarkılara katardı. Ama o öldükten sonra hemen hemen hiç şarkı söylemedim. Sadece Prim hastalanınca onun bebekken sevdiği şarkıları söylerdim, o kadar.

Şarkı söylemek... Ağlamak üzere olduğum için boğazım sızlıyordu. Ama eğer Prim'in, yani Rue demek istedim, son arzusu buysa, denemek zorundaydım. Aklıma ilk gelen şarkı huzursuz ve karnı aç bebekleri uyutmak için söylediğimiz basit bir ninni oldu. Çok eski bir ninni olduğunu sanıyordum. Çok, çok uzun zaman önce bizim tepelerde uydurulmuş bir ninni. Müzik öğretmenimin dağ havası dediği türden. Ancak çok basit ve rahatlatıcı sözleri vardı; yarının, bugün dediğimiz o berbat zaman diliminden çok daha umutlu olacağını vadediyordu.

Hafifçe öksürüp güçlükle yutkunduktan sonra başladım:

Çayırın derinliklerinde, söğüdün altında,
Bir çim yatağı, yumuşacık bir yastık,
Başını yasla, uykulu gözlerini kapa,
Tekrar açtığında, güneş doğacak artık.

Burası güvenli, burası sıcak,
Papatyalar seni kötülüklerden koruyacak
Burada rüyaların tatlı, yarın gerçek olacak,
Burada sana olan sevgim her daim yaşayacak.

Rue gözlerini yumdu. Göğsü hâlâ inip kalkıyordu ama artık çok az nefes alıyordu. Boğazım gözyaşlarımı koyverdi; yanaklarımdan aşağı süzülüyorlardı. Ama Rue için ninniyi tamamlamak zorundaydım.

Çayırın derinliklerinde, gizli bir köşede,
Yapraklardan bir pelerin ve ayın ışıkları,
Sıkıntılarını unut, dertlerini ötele,
Sabah olduğunda kalmayacak tek kırıntı.

Burası güvenli, burası sıcak,
Papatyalar seni kötülüklerden koruyacak

Artık sesim güçlükle duyuluyordu.

Burada rüyaların tatlı, yarın gerçek olacak,
Burada sana olan sevgim her daim yaşayacak.

Bir anda her şey durdu ve derin bir sessizlik çöktü. Ve sonra, ürpertici bir şekilde alaycı kuşlar ninnimi tekrarladı.

Bir süre orada oturup gözyaşlarımının Rue'nun güzel yüzüne damlamasını izledim. Top bu kez Rue için atıldı. Öne doğru eğilip, dudaklarımı alnına değdirdim. Yavaşça, âdeta onu uyandırmaktan korkarak, başını yere indirip ellerini bıraktım.

Yanından uzaklaşmamı istediklerini biliyordum. Onları götürmek için beni bekliyorlardı. Zaten burada daha fazla kalmamı gerektiren hiçbir şey yoktu. 1. Mıntıka'dan gelen çocuğu yüzüstü çevirip çantasını ve canına mal olan okumu aldım. Rue'nın çantasını da kesip aldım –çünkü bunu yapmamı onun da isteyeceğinden emindim– ama mızrağı midesinde bıraktım. Üstlerinde kalan silahlar da bedenlerle birlikte götürülüyordu. Mızrağı kullanmayacağıma göre, arenada kalmaması daha iyi olacaktı.

Rue'ya bakmaktan kendimi alamadım. Her zamankinden daha ufak tefek görünüyordu. Yuvasında kıvrılmış uyuyan, bir yavru hayvan gibiydi. Onu böyle bırakmaya gönlüm razı olmuyordu. Artık zarar görmeyeceğini biliyordum ama o kadar savunmasız duruyordu ki. Ölü haliyle en az onun kadar savunmasız görünen 1. Mıntıka haracından nefret etmek bile anlamsız geliyordu. Asıl nefret ettiğim bize, hepimize bunu yapan Capitol'dü.

Gale'ın sesi beynimde yankılandı. Capitol aleyhinde atıp tutmaları artık anlamsız ve duymazdan gelinmesi gereken sözler değildi. Rue'nın ölümü beni, Capitol'ün bize empoze ettiği acımasızlığa ve adaletsizliğe olan öfkemle yüzleşmeye zorluyordu. Ancak burada, güçsüzlüğümü evdekinden çok daha fazla hissediyordum. Capitol'den intikam almanın bir yolu yoktu. Değil mi?

Sonra Peeta'nın çatıda söylediği sözleri anımsadım. "*Ben sadece... Capitol'e bana sahip olamayacaklarını göstermenin bir yolu olmasını çok isterdim. Yani sadece oyunlarındaki bir piyon olmadığımı.*" Ve ne demek istediğini ilk defa o anda anladım.

Onları utandırmak, bütün bu olup bitenlerden sorumlu tutmak ve ne yaparlarsa yapsınlar, her haraçta asla sahip olamayacakları bir şeyler olduğunu göstermek için bir şeyler yapmak istedim. Hemen burada, hemen şimdi... Rue'nun sadece bir piyon olmadığını ispatlamak istiyordum. Tabii benim de...

Ormanın içine birkaç metre kadar girdiğiniz zaman, yaban çiçekleri bulabiliyordunuz. Bunlar aslında sadece yabani otlardı ama mordan, sarıya ve beyaza kadar rengârenk çiçekleri vardı. Bir kucak dolusu çiçek toplayıp Rue'nun yanına döndüm. Ağır ağır, her defasında tek bir çiçek dalı yerleştirerek, bütün vücudunu çiçeklerle kapladım. Çirkin yarasını tamamen örttüm. Yüzünün çevresine bir çelenk ördüm. Saçlarını parlak renklerle süsledim.

Bunu göstermek zorunda kalacaklardı. Şu anda kamerayı başka bir tarafa çevirmeyi tercih etseler bile, cesetleri almaya gelişlerini göstermek zorundaydılar. O zaman herkes Rue'yu görecek ve bunu benim yaptığımı bilecekti. Geri çekilip Rue'ya son bir bakış attım. Gerçekten de o çayırda uyuyor gibi görünüyordu.

"Hoşçakal, Rue," diye fısıldadım. Sol elimin üç parmağını dudaklarıma bastırdıktan sonra ona doğru uzattım. Ve sonra arkama bakmadan oradan uzaklaştım.

Kuşların sesi kesildi. Bir alaycı kuş gökyüzü aracının geldiğini haber verdi. Kuşun bunu nasıl anladığını hiç bilmiyordum. Büyük olasılıkla, biz insanların duyamadığı seslere duyarlıydılar. Kısa bir an duraksadım. Gözlerim arkamda olanlara değil, ileriye odaklanıyordu. Kuş seslerinin yeniden duyulması çok sürmedi. Rue'nun gittiğini anladım.

Başka bir alaycı kuş –görünüşüne bakılırsa henüz çok küçüktü– önümdeki bir dala konup, Rue'nun melodisini şakıyordu. Benim şarkım ve gökyüzü aracının sesi, henüz çömez olan bu kuşun algı sınırlarını aşıyor olmalıydı.

Dalın altından geçerken, "İyi ve güvende," diye fısıldadım. "Artık onun için endişelenmemize gerek kalmadı." *İyi ve güvende.*

Nereye gitmem gerektiğini bilmiyordum. O gece Rue'nun yanındayken hissettiğim aidiyet duygusu artık yoktu. Güneş batana kadar ayaklarımın beni sürüklediği yönde ilerledim. Korkmuyordum. Temkinli davranmaya da gerek duymuyordum. Bu beni kolay bir hedefe dönüştürüyor olabilirdi elbette ama gözüme kestirdiğim herkesi öldürebilirdim. Hiçbir şey hissetmeden, ellerim bir an olsun titremeden. Capitol'ün uyandırdığı nefret, rakiplerime duyduğum nefreti köreltmiyordu. Hele Kariyerlere... Rue'nun ölümünün bedelini en azından onlara ödetebilirdim.

Gerçi karşıma hiç kimse çıkmıyordu. Geriye çok az kişi kalmıştık ve arena hayli geniş bir alandı. Yakında bizi bir araya toplamak için birtakım numaralar çevirmeye başlarlardı. Ama bugün yeterince kan dökülmüştü. Hatta bu gece biraz uyumayı bile başarabilirdik. Tam çantalarımla birlikte bir ağaç tepesine tırmanıp kamp kurmaya hazırlanırken, gümüş renkli bir paraşüt indi. Bir sponsorun hediyesi. İyi de, neden şimdi? Malzeme konusunda sıkıntım yoktu. Belki de Haymitch moral bozukluğumu hissettiği için beni neşelendirmeye çalışıyordur. Kulağımı iyileştirecek bir şey olabilir miydi acaba?

Paraşütü açınca, içinde bir somun ekmek buldum. Beyaz, birinci kalite Capitol ekmeği değildi. Koyu renkli bir tahıldan yapılma, hilal biçiminde bir ekmek. Üstünde çekirdekler vardı. Eğitim Merkezi'ndeyken, Peeta'nın farklı mıntıka ekmekleriyle ilgili anlattıklarını anımsadım. Bu ekmek, 11. Mıntıka'dan geliyordu. Hâlâ ılık olan somunu elime aldım. Kendi karınlarını bile doyurmaktan âciz olan 11. Mıntıka halkına, kimbilir neye mal olmuştur? Bu somunu alabilmek için, kimbilir kaç kişi para vermek ve başka şeylerden fedakârlık etmek zorunda kalmıştı. Büyük olasılıkla Rue'ya göndermek niyetindeydiler. Ama o ölünce, hediyelerini geri çekmek yerine Haymitch'in bana iletmesine izin vermişlerdi. Bir teşekkür hediyesi? Belki de onlar da benim gibi, ödenmemiş borçlarının kalmasından hoşlanmıyordu. Ne olursa olsun, oyunlar tarihinde bir ilk yaşanıyordu. Bir mıntıka ilk defa, kendi haraçları dışında bir yarışmacıya hediye gönderiyordu.

Yüzümü kaldırıp güneşin son ışıklarına baktım. "11. Mıntıka Halkı'na binlerce teşekkür," dedim. Nereden geldiğini anladığımı bilmelerini istiyordum. Hediyelerinin kıymetinin bilindiğini...

Bir ağacın, tehlikeli sayılabilecek kadar üst kısımlarına tırmandım. Niyetim güvenliğimi artırmak değildi; bugün yaşananlardan olabildiğince uzaklaşmak istiyordum. Uyku tulumum Rue'nun çantasında, düzgünce rulo yapılmış halde duruyordu. Yarın eşyalarımı düzenleyecektim. Yarın yeni bir plan yapacaktım. Bu gece, kendimi ağaca sabitlemekten ve birkaç parça ekmek yemekten başka yapabileceğim hiçbir şey yoktu. Ekmek çok güzeldi; bana evimi anımsatıyordu.

Bir süre sonra, mühür gökyüzünde belirdi. Marş duyuldu. 1. Mıntıka'daki çocuğun ve Rue'nun yüzlerini gördüm. Bu akşamlık hepsi bu kadardı. *Geriye altı kişi kaldık,* diye düşündüm. Sadece altı kişi. Ekmeği elimden bir an bile bırakmadan, hemen uykuya daldım.

Bazen işler yolunda gitmediğinde, zihnim bana çok güzel bir rüya bağışlardı. Babamla birlikte ormanda dolaşırdık. Ya da bir saat boyunca Prim'le güneşte oturup pasta yerdik. Bu akşam, rüyam bana Rue'yu getirdi. Küçük kız hâlâ çiçeklerden yapılma bir çelengin içinde bir ağaca tünemiş halde, bana alaycı kuşlarla konuşmayı öğretiyordu. Yarasından ve kandan eser yoktu. Karşımdaki ışıl ışıl, gülen bir kızdı. Berrak ve melodik sesiyle, bugüne dek hiç duymadığım şarkıları mırıldanıyordu. Hem de sabaha dek. Hatta sonuna doğru, onu yapraklar arasında göremez olduğum dakikalarda bile, güzel sesini duymaya devam ettim. Uyandığım zaman birkaç dakikalık bir huzur hissettim. Rüyamın bana yaşattığı o huzur dolu hisse tutunmaya gayret ettim ama ne yazık ki kısa sürede beni terk etti. Ve kendimi daha yalnız ve hüzünlü hissetmeye başladım.

Sanki damarlarımda kurşun dolaşıyormuş gibi, bütün bedenime bir ağırlık çökmüştü. En basit işleri bile yapmak içimden gelmiyordu. Gözlerimi üstümdeki yaprak sayvanına dikip, öylece yatmak istiyordum. Saatler boyunca hiç kıpırdamadan durdum. Bu uyuşukluktan silkinmeme, her zamanki gibi, Prim'in evde beni izlerken hissedeceği endişe neden oldu.

Kendime yerine getirmesi çok basit olan birkaç emir verdim: "Şimdi kalkıp oturuyorsun, Katniss. Şimdi su içmen gerek, Katniss." Bu emirleri, ağır ve robotlara özgü hareketlerle uyguluyordum. "Şimdi de çantaları düzenlemelisin, Katniss."

Rue'nun çantasından neredeyse boş bir su matarası, bir avuç yemiş, birkaç kök, bir parça tavşan, yedek çoraplar ve sapanı çıktı. 1. Mıntıka'nın haracının çantasında ise birkaç bıçak, iki yedek mızrak ucu, bir fener, küçük bir deri kese, bir ilk yardım seti, bir şişe su ve bir paket kurutulmuş meyve vardı. Bir paket kurutulmuş meyve! Onca şeyin arasından seçe seçe bunu mu seçmişti? Bana göre bu müthiş bir küstahlık göstergesiydi. Kampta o kadar zengin bir erzak hazinesi varken insan neden yemek taşıma zahmetine girecekti ki? Ya da daha karnı acıkmadan bütün düşmanlarını öldürüp evine dönecekken? Tek umudum, diğer Kariyerlerin de yanlarında onun kadar az yiyecek taşımaları ve böylece ellerinde hemen hiçbir şeyin kalmamış olmasıydı.

Bu arada benim erzağım da bir hayli azalıyordu. 11. Mıntıka'nın ekmeğiyle tavşandan kalanları mideye indirdim. Yiyecekler ne çabuk tükeniyordu! Elimde kala kala Rue'nun kökleri, yemişleri, diğer çocuğun kurutulmuş meyveleri ve bir parça kurutulmuş et kalmıştı. Kendi kendime, "Şimdi avlanman gerek, Katniss," dedim.

İtaatkâr bir tavırla, istediğim malzemeleri kendi çantamda bir araya topladım. Ağaçtan inince, çocuğun bıçaklarını ve mızrak başlıklarını başka kimse kullanamasın diye bir kaya yığınının altına sakladım. Dün akşam amaçsızca dolanırken, yön bulma kabiliyetimi kaybetmiştim ama biraz uğraşarak yeniden dereye doğru yürümeye başladım. Rue'nun hazırladığı ama yakamadığı üçüncü ateşe gelince, doğru yolda olduğumdan emin oldum. Kısa bir süre sonra bir dala tünemiş hindikuşu sürüsüyle karşılaştım ve daha onlar ne olduğunu anlamadan üç tanesini indirdim. Rue'nun işaret ateşine dönüp, ne kadar duman çıkacağına aldırmadan tutuşturdum. Kuşları ve Rue'nun köklerini pişirirken, *Nerelerdesin, Cato?* diye düşündüm. *Burada seni bekliyorum.*

Kariyerler kimbilir neredeydiler? Ya bana ulaşamayacak kadar uzaktalar ya da bunun bir hile olduğunu düşünüyorlardı. Veya... Bu mümkün olabilir miydi? Benden korkuyor olabilirler miydi? Tabii ki elimde yay ve ok olduğunu biliyorlardı. Cato, beni bu silahları Glimmer'ın cesedinden alırken görmüştü. Ancak hesabı doğru yapmışlar mıydı acaba? Erzaklarını havaya uçuran ve dostlarını öldüren kişinin ben olduğumu biliyorlar mıydı? Büyük olasılıkla bunları Thresh'in yaptığını sanıyorlardı. Rue'nun ölümünün intikamını onun alması daha akla yatkın değil mi? Ne de olsa aynı mıntıkadan geliyorlardı. Gerçi Thresh, Rue'yla hiçbir zaman ilgilenmemişti.

Ya Tilki Surat? Acaba oralarda bir yerde durup, benim erzakları havaya uçuruşumu izlemiş olabilir miydi? Hayır. Ertesi sabah onu küllerin arasında gülerken görmüştüm. Sanki birisi ona hoş bir sürpriz hazırlamış gibi bir hali vardı.

Bu işaret ateşini, Peeta'nın yaktığını sandıklarından şüpheliydim. Cato onun ölmek üzere olduğunu biliyordu. Keşke Peeta'ya, Rue'nun üstüne örttüğüm çiçekleri anlatabilseydim. Çatıda ne demeye çalıştığını anladığımı... Belki oyunların galibi o olursa, zafer gecesinde mülakatlarımızın yapıldığı sahnede ekrana oyunların en ilgi çekici görüntülerini yansıttıkları zaman beni görebilirdi. O gece, oyunların şampiyonu, destek ekibiyle birlikte sahnenin başköşesinde otururdu.

Fakat Rue'ya orada oturacak kişinin ben olacağıma söz vermiştim. İkimiz için. Her nasılsa, Rue'ya verdiğim söz artık Prim'e verdiğim sözden daha önemli geliyordu.

Şimdi bunu yapma şansımın gerçekten var olduğuna inanıyordum. Kazanabilirdim. Bu inancımın dayanağı oklarımın ve yayımın olması ya da Kariyerleri birkaç defa ters köşeye yatırmış olmam değildi. Tabii bunların da katkısı vardı. Rue'nun elini tutup, canının bedenini terk etmesini izlerken, bir şey olmuştu. Şimdi artık intikamını almaya, onu asla unutulmayacak bir kayba dönüştürmeye kararlıydım. Bunu ancak galip gelerek ve kendimi de unutulmaz kılarak yapabilirdim.

Vurabileceğim birilerinin çıkagelmesi umuduyla kuşları gereğinden fazla pişirdim ama gelen giden olmadı. Belki de, diğer haraçlar birbirlerinin canını almakla meşguldü. Böylesi hiç fena olmazdı doğrusu. Katliamdan beri isteğimden de çok kez ekrana yansımıştım.

Bir süre sonra yiyeceklerimi toparlayıp, suyumu tazelemek için dereye döndüm. Ancak sabahki ağırlık yeniden üstüme çöktü ve henüz erken olmasına rağmen, bir ağaç tepesine çıkıp yatmaya hazırlandım. Beynim, dünün olaylarını yeniden canlandırıyordu. Rue'nun mızrakla yaralanmış hali, benim okumun çocuğun boynuna saplandığı an bir türlü gözümün önünden gitmiyordu. O çocuğu neden düşündüğümü bilmiyordum.

Sonra fark ettim. O benim öldürdüğüm ilk insandı.

İnsanların bahis oynamalarına yardımcı olmak için, başka istatistiklerle birlikte her haracın öldürdüğü kişilerin listesi de tutuluyordu. Sanırım arı kovanını üzerlerine attığım için, teknik olarak Glimmer ve 4. Mıntıka'daki kız için de puan almış olmalıydım. Ancak 1. Mıntıka'dan gelen çocuk, benim hareketim sonucu öleceğini bildiğim ilk haraçtı. Bugüne kadar sayısız hayvan benim oklarımla can vermişti. Ve tek bir insan. Gale'ın sesini duyar gibiydim: *"Sence ne kadar farklı olabilirler ki?"*

Hayata geçirme anlamında şaşırtıcı derecede aynıydılar. Bir yay çekiliyor, bir ok atılıyor. Fakat sonrası açısından, birbirlerinden tamamen farklıydılar. Adını bile bilmediğim bir çocuğu öldürmüştüm. Ailesi bir yerlerde onun için ağlıyordu. Arkadaşları, benim kanımı dökmek için yeminler ediyor olmalıydılar. Belki de geri döneceğine gerçekten inanan bir kız arkadaşı vardı.

Ama sonra Rue'nun cansız bedenini düşündüm ve çocuğu zihnimden atmayı başardım. En azından şimdilik.

Gökyüzüne bakılırsa, olaysız bir gün geçirmiştik. Ölen yoktu. Bizi bir araya toplayacak bir sonraki felaketin ne zaman patlak vereceğini merak ediyordum doğrusu. Eğer bu gece bir şeyler olacaksa, önce biraz uyumak isterdim. Marşı duymamak için sağlam kulağımı örttüm ama sonra trompet seslerini duyunca, heyecanla doğruldum.

Genelde haraçların dışarıyla tek iletişimleri, geceleri verilen ölü listesi aracılığıyla gerçekleşirdi. Ancak nadiren, trompet seslerinin ardından bir duyuru yapılırdı. Bu genelde bir ziyafet çağrısı olurdu. Yemek kıtlığı yaşanmaya başlayınca, oyun kurucular bütün haraçları, Cornucopia gibi herkes tarafından bilinen bir yere davet ederlerdi. Bu bir tür toplanma ve savaşma çağrısıydı. Bazen ciddi ciddi bir ziyafet verilir, bazense ortada bayat bir ekmek somunundan başka bir şey olmazdı. Yemek için böyle bir şeye dâhil olmayı düşünmezdim ama şimdi bunu, birkaç rakibimi saf dışı bırakma fırsatı olarak görüyordum.

Claudius Templesmith'in sona kalan altı haracı tebrik eden coşkulu sesi her yanı kapladı. Fakat bizi ziyafete davet etmiyordu. Kafamızı karıştıracak bir şeyler söylüyordu: Oyunlarda bir kural değişikliğine gidilmişti. Kural değişikliği! İlk gün, altmış saniye boyunca çemberlerimizden çıkmamamız ve hiçbir şekilde birbirimizi yemememiz dışında, hiçbir kuralı olmayan oyunlarda kural değişikliğinden bahsedilmesi cidden kafa karıştırıcıydı. Yeni kurala göre, eğer aynı mıntıkanın iki haracı da hayatta kalmayı başarabilirse, ikisi de galip ilan edilecekti. Claudius kısa bir duraksamadan sonra, sanki anlamayacağımızı tahmin etmiş gibi, değişikliği bir kez daha ilan etti.

Haberi idrak etmem biraz zaman aldı. Bu sene, aynı mıntıkadan oldukları sürece iki haraç birlikte galip gelebilirdi. Ve her ikisi de hayatta kalabilirdi. Yani ikimiz de hayatta kalabilirdik.

Kendime mani olamayarak, Peeta'nın adını haykırdım.

KISIM III

"GALİP"

19

Elimi ağzıma bastırdım ama artık çok geçti. Gökyüzü kararırken, kurbağalardan oluşan bir koronun vıraklamaya başladığını duydum. *Aptal!* dedim kendi kendime. *Bu ne büyük bir aptallık!* Donakalmış bir halde, ormanın saldırganlarla canlanmasını bekliyordum. Ama sonra, geriye doğru dürüst kimsenin kalmadığını hatırladım.

Yaralı Peeta, artık benim müttefiğimdi. Onunla ilgili bütün şüphelerim dağılıp gidiyordu çünkü herhangi birimiz diğerinin canını almış olsaydı, 12. Mıntıka'ya döndüğü zaman, parya muamelesi görürdü. Aslında eğer oyunları izliyor olsaydım, mıntıka ortağıyla daha en başından ortaklık kurmamış olanlardan nefret edeceğimi biliyordum. Ayrıca, aynı mıntıkadan gelen iki insanın birbirini koruması son derece doğaldı. Benim durumumda –12. Mıntıka'nın talihsiz âşıklarından biri olarak– sempatik sponsorlarımdan yardım alabilmek için bu mutlak bir şart olmuştu.

Talihsiz âşıklar. Peeta en başından beri bu bakış açısına göre oynuyordu. Yoksa oyun kurucular neden geçmişi olmayan böyle bir kural değişikliğine gidecekti ki? İki haracın birlikte galip gelme ihtimali... "Aşkımız" seyirciler arasında bir hayli rağbet kazanmış ve onu cezaya çarptırmanın oyunların başarısını riske atacağı düşünülüyor olmalıydı. Bunda benim payım yoktu. Benim tek yaptığım Peeta'yı öldürmemeyi başarmak olmuştu. Fakat o arenada her ne yaptıysa, seyircileri bunu beni korumak için yaptığına inandırmışa benziyordu. Cornucopia'ya koşmama engel olmak için başını sallaması. Kaçmama imkân yaratmak için Cato'yla kavga etmesi. Hatta Kariyerlerle bir arada takılması bile, beni korumak için yaptığı bir hamle olabilirdi. Öyle görünüyordu ki, Peeta aslında hiçbir zaman benim için tehdit oluşturmamıştı.

Bu düşünce beni gülümsetti. Ellerimi indirip kameranın görüntü almasını sağlamak için yüzümü ay ışığına çevirdim.

Geriye korkulacak kim kalmıştı? Tilki Surat? Onun mıntıkasındaki diğer haraç ölmüştü. Tek başına, geceleri hareket ediyordu. Ayrıca stratejisi saldırmak değil, kaçmak üzerine kuruluydu. Beni duymuş bile olsa, herhangi bir şey yapmak yerine, bir başkasının canımı alması için dua edeceğinden emindim.

Thresh. Pekâlâ. Onun tehdit oluşturduğu aşikârdı. Fakat oyunlar başladığından beri onu bir defa olsun görmemiştim. Tilki Surat'ın, patlamaların yaşandığı bölgede duyduğu bir sesle nasıl irkildiğini hatırladım. Yüzünü ormana değil, karşı tarafa çevirmişti. Arenanın o kısmında ne olduğunu hiç bilmiyordum. Kaçtığı kişinin Thresh olduğundan ve o bölgede takıldığından neredeyse emindim. Oradan beni duymuş olması mümkün değildi. Duymuş bile olsa, onun boyutlarındaki birinin kolay kolay ulaşamayacağı bir yükseklikteydim.

Böylece geriye Cato ve 2. Mıntıka'dan gelen kız kalmıştı. Bu yeni kuralı kutlamaya başladıklarından emindim. Bu değişiklikten bizimle birlikte onlar da istifade edecekti. Peeta'nın ismini haykırdığımı duymuş olmaları ihtimaline karşılık kaçmalı mıydım acaba? Hayır, diye düşündüm. Bırak gelsinler. Gece görüşü gözlükleri, ağır ve dalları kırıp geçen cüsseleriyle varsın gelsinler ve oklarımın menziline girsinler. Ama böyle bir şey yapmayacaklarını biliyordum. Gün ışığında yaktığım ateşe gelmediklerine göre, gece yine bir tuzak olduğunu düşünebilecekleri bir çağrıya gelmezlerdi. Geldikleri zaman bunu benim haber vermemle değil, kendi şartları dâhilinde yapacaklarından emindim.

Her ne kadar Peeta'yı aramaya hemen şimdi başlamak istesem de kendime, "Olduğun yerde kal ve uyumaya bak," dedim. *Onu yarın bulursun.*

Uyudum ancak sabah çok daha temkinli uyandım. Kariyerler bana gece saldırma cesaretini göstermemiş olabilirlerdi ama bana tuzak kurabileceklerinden hiç şüphem yoktu. Ağaçtan, kendimi güne sıkı bir şekilde hazırladığımdan –sağlam bir kahvaltı, çantamın toparlanması, silahlarımın elden geçirilmesi– emin olmadan inmedim. Ancak yere indiğimde, her şey son derece normal ve huzurlu görünüyordu.

Bugün olağanüstü bir dikkat sergilemeliydim. Kariyerler, Peeta'yı bulmaya çalışacağımı biliyorlardı. Devreye girmeden önce, bunu yapmamı beklemeyi seçebilirlerdi. Eğer Cato'nun sandığı kadar ağır yaralıysa, ikimizi birden kimseden yardım almadan korumak zorunda kalacağım demekti. Eğer o kadar kötü durumdaysa, şu ana kadar hayatta kalmayı nasıl başarmış olabilirdi? Ve ben onu nasıl bulacaktım?

Peeta'nın daha önce söylediklerini zihnimden geçirerek, nerelerde saklanıyor olabileceğine dair bir işaret bulmaya çalıştım ama hiçbir çağrışım olmadı. Bu yüzden onu güneşin altında ışıl ışıl parlarken gördüğüm ve bana kaçmamı haykırdığı yere gittim. Sonra elinde kılıcıyla Cato çıkagelmişti. Ve ben oradan ayrıldıktan sonra, Peeta'yı yaralamıştı. Peki Peeta kaçmayı nasıl başarmıştı? Belki de iz sürücü arıların zehrine, Cato'dan daha dayanıklı çıkmıştı. Belki de kaçmasına yardımcı olan asıl etken buydu. Ama arılar onu da sokmuştu. Bıçaklanmış ve arılar tarafından sokulmuş halde ne kadar dayanabilirdi ki? Bunca zamandır hayatta kalmayı nasıl başarmıştı? Bıçak yarası ve arıların zehri onu öldürmemişse bile, bugüne kadar susuzluktan ölmüş olması gerekirdi.

Peeta'nın nerelerde olabileceğine dair ilk ipucumu böylece edinmiş oldum. Susuz hayatta kalamazdı. Bunu, buradaki ilk birkaç günümden çok iyi biliyordum. Bir su kaynağının yakınında bir yerde saklanıyor olmalıydı. Göl ihtimalinin üstünde durmadım çünkü orası Kariyerlerin kampına çok yakındı. Kaynağı olan birkaç gölet vardı. Ancak o göletler, kolay hedef olmak demekti. Ve dere. Rue ve benim ilk kamp yaptığımız ve sonrasında benim takip ederek, göle ve ilerisine indiğim dere. Eğer dere çevresini kendine mekân edinmişse, sürekli yer değiştirirken suya yakınlığını koruyabilirdi. Suyun içinden yürüyerek ayak izi bırakmamayı da başarabilirdi. Hatta orada balık bile avlayabilirdi.

En azından iyi bir başlangıç noktası bulmuştum.

Rakiplerimin aklını karıştırmak için, bir araya getirdiğim çok sayıda yeşil odunu tutuşturdum. Bunun bir hile olduğunu düşünseler bile, umarım yakınlarda bir yerde saklandığıma kanaat getirirlerdi. Ben bu arada Peeta'nın izini sürüyor olacaktım.

Güneş sabah pusunu çabucak yok ederken, bugün havanın önceki günlerden daha sıcak olacağını söyleyebilirdim. Derenin içinden aşağıya doğru yürürken, serin su ayaklarıma çok iyi geldi. İçimden Peeta'ya seslenmek geçiyordu ama kendimi tuttum. Ya ben onu gözlerim ve tek sağlam kulağımla bulmak zorunda kalacaktım ya da o beni bulacaktı. Ama herhalde onu aradığımı tahmin ederdi, değil mi? Bana yeni kuralı hiçe sayıp, tek başıma galip gelmeyi düşünmeyi yakıştırmazdı herhalde. Yakıştırır mıydı yoksa? Peeta'nın ne yapacağını öngörmek çok zordu. Bu bazı durumlarda ilginç bir özellik olabilirdi ama şu anda sadece yeni bir engel oluşturuyordu.

Kariyer kampına gitmek üzere işe koyulduğum noktaya varmam uzun sürmedi. Ortada Peeta'dan en ufak bir iz yokdu ama bu beni hiç şaşırtmamıştı doğrusu. Arı kovanı olayından beri aynı yerden tam üç defa geçmiştim. Buralarda olsaydı, mutlaka hissederdim. Dere sola, ormanın yabancısı olduğum bir kısmına doğru kıvrılıyordu. Üstü birbirine dolanmış su bitkileriyle kaplı çamurlu dere yatağı, kapana kısıldığım hissini veren büyük kara parçalarına kadar uzanıyordu. Şimdi artık dereden kaçmak hiç kolay olmayacağa benziyordu. Ya da kayalık araziye tırmanırken bir taraftan da Cato veya Tresh'le mücadele etmek. Tamamen yanlış bir yönde olduğumu ve yaralı bir insanın buradan su kaynağına gidip gelmesinin imkânsız olacağını düşünürken, gözüme bir kaya parçasının kıvrımından aşağı doğru inen bir kan izi çarptı. Çoktan kurumuş ama yanlara doğru uzanan lekelere bakılırsa, birisi –belki de zihinsel yetilerini tam anlamıyla kontrol edemeyen birisi– o izleri silmeye çalışmış olmalıydı.

Kayalara tutunarak kan izlerini takip ettim ve onu aradım. Üzerlerine iplikler yapışmış son birkaç damla daha gördüm. Ama hiçbir hayat belirtisi yoktu. Sinirlerim bozuldu, kısık sesle adını söyledim: "Peeta! Peeta!" Sonra bir alaycı kuş, saçaklı bir ağacın üstüne tündü ve çıkardığım sesleri taklit etmeye başladı. Bu yüzden sustum. Pes ediyordum, dere boyunca tırmanmaya devam ettim. Aklımdan devam etmiş, daha ileriye gitmiş olduğu düşüncesi geçiyordu.

Ayağım suyun yüzeyine değdiği anda bir ses duydum.

"Ne o? İşimi bitirmeye mi geldin, tatlım?"

Hızla döndüm. Ses sol tarafımdan geldiği için çok iyi duyamamıştım. Üstelik boğuk ve cılız bir sesti. Yine de Peeta'nın sesi olmalıydı. Arenada ondan başka kim bana tatlım diye hitap ederdi ki? Gözlerim dere yatağını taradı ama hiçbir şey göremedim. Sadece çamur, bitkiler ve kayalar vardı.

"Peeta?" diye fısıldadım. "Neredesin?" Cevap alamadım. Hayal görmüş olabilir miydim? Hayır, sesin çok gerçek olduğundan ve yakından geldiğinden emindim. "Peeta?" Dere yatağı boyunca ilerledim.

"Sakın üstüme basma."

İrkildim. Ses ayağımın tam altından geliyordu. Ama hiçbir şey göremedim. Sonra gözlerini açtı; kahverengi çamurların ve yeşil yaprakların arasında masmavi gözlerini ayırt etmemek mümkün değildi. Şaşkınlıktan ağzım açık kaldı ve gülümsediği zaman ortaya çıkan bembeyaz dişleriyle ödüllendirildim.

Kamuflajda son noktaydı. Çevreye ağırlıklar fırlatmayı unutun... Peeta, oyun kurucularla özel görüşmesi sırasında kendini ağaca dönüştürseymiş daha yüksek not alırmış. Ya da bir kayaya. Ya da üstü yabani otlarla kaplı, çamurlu bir dere yatağına.

"Gözlerini kapat bakayım," dedim. Dediğimi yaptı. Ağzını da kapattı ve tamamen gözden kayboldu. Vücudunun büyük kısmı bir çamur ve bitki katmanının altında gizliydi. Yüzü ve kolları o kadar büyük bir ustalıkla gizlenmişti ki âdeta görünmez olmuştu. Yanına diz çöktüm. "Sanırım, pasta süslemeye harcadığın saatler işe yaramış," dedim.

Gülümsüyordu. "Evet. Krema kaplama. Ölüme karşı son savunma."

"Sen ölmeyeceksin," dedim ciddi bir sesle.

"Kim demiş?" Sesi bitap çıkıyordu.

"Ben diyorum. Artık aynı takımdayız, biliyorsun."

Gözlerini açtı. "Duydum. Benden geriye kalanları bulman çok ince bir davranış."

Su şişemi çıkarıp ağzına biraz su döktüm. "Seni Cato mu yaraladı?"

"Sol bacağım," dedi. "Üst kısmı."

"Haydi, seni nehre götürelim. Üstünü başını yıkayalım ki, yaralarını görebilelim."

"Biraz yaklaşır mısın?" dedi. "Sana bir şey söylemem gerek." Eğildim ve sağlam kulağımı dudaklarına yaklaştırdım. Fısıldaması kulağımı gıdıklıyordu. "Sakın unutma, birbirimize deli gibi âşığız. O yüzden canın istediği zaman beni öpebilirsin."

Başımı hızla çektim ama gülmekten kendimi alamadım. "Teşekkürler," dedim. "Unutmamaya çalışırım."

En azından hâlâ şaka yapabilecek durumdaydı. Fakat onu kaldırıp dereye doğru yürümesine yardım ederken, esprilerden eser kalmadı. Sadece birkaç adımlık bir mesafe bu kadar zor olabilir miydi gerçekten? Tek başına bir iki santim bile gidemediğini görünce, gerçekten zor olduğunu anladım. O kadar zayıf bir haldeydi ki, elinden en fazla bana direnmemek geliyordu. Onu sürüklemeye çalışıyordum fakat sessiz kalmak için harcadığı müthiş çabaya rağmen, zaman zaman dudaklarının arasından acı dolu inlemeler kaçıveriyordu. Çamur ve bitkiler onu aralarına hapsetmiş gibiydiler, Peeta'yı onlardan kurtarabilmek için çekiştirmek zorunda kalıyordum. Suya hâlâ birkaç adımlık mesafedeydik. Dişlerini sıkarak yere yattı. Gözlerinden süzülen yaşlar, yüzünü kaplayan kir tabakasının arasında ince yollar açıyordu.

"Bak Peeta, seni dereye kadar yuvarlayacağım. Su çok sığ, tamam mı?"

"Harika," dedi.

Yere, yanına diz çöktüm. Ne olursa olsun, onu suya sokana kadar durmamam gerektiğini kendime hatırlatıyordum. "Üç deyince," dedim. "Bir, iki, üç." Çıkardığı korkunç ses yüzünden durmak zorunda kalmadan önce onu sadece bir kez yuvarlayabildim. Şimdi artık derenin iyice kenarındaydı. Belki de böylesi daha iyiydi.

"Pekâlâ, planda değişiklik yapıyoruz. Seni tamamen suyun içine sokmayacağım," dedim. Ayrıca suya sokmayı başarsam bile, bakalım geri çıkarabilecek miydim?

"Bir daha yuvarlamayacak mısın?" diye sordu.

"Bu kadarı yeterli. Şimdi seni temizleyelim. Benim için ormandan gözünü ayırma, lütfen." Nereden başlayacağımı kestirmek çok güçtü. Üstü başı o kadar koyu bir çamur ve yapraklarla kaplıydı ki, kıyafetlerini bile göremiyordum. Tabii üstünde kıyafet varsa. Bu düşünce bir an tereddüt etmeme neden oldu ama hemen sonra işe koyuldum. Arenada çıplak vücutlar o kadar da büyük önem taşımıyordu, değil mi?

Elimde iki su şişesi ve Rue'nun su matarası vardı. Ben üçüncü şişeyi Peeta'nın vücuduna boşaltırken sürekli dolmaları için diğer iki şişeyi kaynağa doğru, bir kayanın üstüne yerleştirdim. Biraz zaman alıyordu ama sonunda çamuru, kıyafetlerine ulaşacak kadar temizledim. Yavaş hareketlerle, ceketinin fermuarını açıp gömleğinin düğmelerini çözdüm. Fanilası yaralarıyla o kadar bütünleşmiş durumdaydı ki, ön tarafını bıçağımla kesip açmak ve vücudundan ayırabilmek için suyla ıslatmak zorunda kaldım. Göğsünde uzunca bir yanık ve arıların neden olduğu üç yumru vardı. Kulağının arkasındaki yumruyu da unutmamalıydı. Ama şimdi kendimi daha iyi hissediyordum. Çünkü şu ana kadar gördüğüm yaraları iyileştirebilirdim. Önce vücudunun üst kısmını halletmeye karar verdim. Acısını biraz olsun dindirebilirsem, Cato'nun açtığı yarayla daha kolay baş edebilirdim.

Yaralarını bir çamur gölünün ortasında yatarken temizlemek anlamsız göründüğü için onu hafifçe kaldırıp bir kayaya yaslamayı becerdim. Ben saçındaki ve tenindeki kiri yıkarken, o hiç sızlanmadan oturuyordu. Güneşin altında teni son derece soluk görünüyordu. Ayrıca artık güçlü ve sağlam bir hali kalmamıştı. İz sürücü arıların eseri yumrulardan iğneleri çıkarırken yüzünü buruşturuyor, fakat yaprakları yerleştirdiğim anda büyük bir rahatlamayla iç geçiriyordu. Sonra göğsüne yanık kremi sürdüm. Bunu yaparken teninin ne kadar ısındığını fark ediyordum. Çamur katmanı ve üzerine boca ettiğim şişelerce su ateşini saklamış olmalıydı. 1. Mıntıka'dan gelen çocuktan aldığım ilk yardım setini açtım ve ateş düşürücü hap buldum. Ev usulü tedaviler bir işe yaramadığı zaman annem de pes edip bu ilaçlardan satın alırdı.

"Yut şunları," dedim. İtaatkâr bir tavırla ilacı içti. "Aç olmalısın."

"Değilim. Çok komik, günlerdir kendimi hiç aç hissetmiyorum," dedi. Hatta ben ona hindikuşu eti ikram edince, yüzünü buruşturup kafasını çevirdi. İşte o zaman gerçekten ne kadar hasta olduğunu daha iyi anladım.

"Peeta, bir yolunu bulup bir şeyler yemeni sağlamalıyız," dedim.

"Derhal çıkarırım," dedi. Elimden ona birkaç parça kuru elma yedirmekten daha iyisi gelmiyordu. "Teşekkürler. Gerçekten çok daha iyi hissediyorum. Şimdi uyuyabilir miyim, Katniss?"

"Biraz sonra," dedim. "Önce bacağına bakmam gerek." Elimden geldiğince yumuşak davranarak çizmesini, çoraplarını ve son olarak da pantolonunu çıkardım. Cato'nun kılıcının pantolonuna açtığı kesiği görebiliyordum ama bu beni altında yatan gerçek görüntüye hazırlamaya yetmiyordu. İltihaplı derin yaradan hem kan hem irin sızıyordu. Bacağı davul gibi şişmişti. Ve en kötüsü iltihaplı etten keskin bir koku yükseliyordu.

Kaçmak istiyordum. O yanık hastayı evimize getirdikleri gün yaptığım gibi, ormanın derinliklerinde kaybolmak... Benim yüzleşmeye ne becerimin ne de cesaretimin olduğu yarayla annem ve Prim ilgilenirken avlanmak istiyordum. Fakat burada benden başka hiç kimse yoktu. Annemin özellikle kötü hastalar karşısında takındığı o sakin tavrı takınmaya çalışıyordum.

Peeta, "Bayağı kötü, değil mi?" diye sordu. Beni dikkatle izliyordu.

"Sayılır." Sanki çok önemli bir şey değilmiş gibi omuz silktim. "Anneme madenden getirdikleri insanların bazılarını görmelisin." Derdi soğuk algınlığından beter olan insanları tedavi ettiği zaman evden nasıl sıvıştığımı tabii ki söylemedim. Şöyle bir düşününce, öksürükten muzdarip insanların bile yakınında kalmaya dayanamıyordum. "Önce iyice temizlememiz gerek."

Peeta'nın iç çamaşırını üstünde bıraktım çünkü çok kötü durumda değildi. Hem külodu yaranın üstünden geçirmek de istememiştim. Ve galiba, Peeta'nın çıplak olması fikri beni huzursuz ediyordu. Annem ve Prim'in bir diğer özelliği de buydu. Çıplaklık onları etkilemiyor, utanmalarına neden olmuyordu. İronik olarak, bu noktada kız kardeşimin oyunlarda Peeta'ya daha faydalı olacağını düşündüm. Geri kalan yerlerini yıkayabilmek için, elimdeki plastik parçasını Peeta'nın altına soktum. Üzerine boşalttığım her şişenin ardından, yarası biraz daha kötü görünüyordu. Vücudunun alt kısmının geri kalan yerleri gayet iyi durumdaydı; sadece tek bir arı sokması ve kolayca iyileştirebileceğim birkaç küçük yanığı vardı. Fakat bacağındaki bıçak yarası... Bunun için ne yapabilirdim bilmiyordum.

"Neden biraz hava almasını sağlamıyoruz? Sonra..."

"Sonra oraya yama mı yapacaksın?" Peeta sanki kendimi ne kadar çaresiz hissettiğimi fark etmiş gibi, benim için üzülüyordu.

"Aynen öyle," dedim. "Bu arada sen şunları ye." Avucuna birkaç parça kurutulmuş şeftali bıraktım ve tekrar dereye dönüp kıyafetlerini yıkadım. Kurumaları için kayalıkların üstüne serdikten sonra, geri dönüp ilk yardım setine baktım. En temel ve basit ilk yardım malzemeleri. Bandajlar, ateş düşürücü haplar, mideyi yatıştıracak ilaçlar. Peeta'yı iyileştirmek için ihtiyaç duyacağım türde bir şeyler yoktu.

"Biraz deney yapmamız gerekecek," diye itiraf ettim. Arı sokmasına iyi gelen yaprakların enfeksiyonu çektiğini bildiğim için, işe yapraklarla başladım. Çiğnenmiş yaprakları yaranın üstüne yerleştirmemden sadece birkaç saniye sonra, yan tarafa doğru irin akmaya başladı. Kendi kendime, bunun iyi bir şey olduğunu söylüyor ve midemi terk etmeye hazırlanan kahvaltımı bastırmak için yanağımın içini ısırıyordum.

Peeta, "Katniss?"dedi. Yüzümün yeşil bir renk aldığını tahmin ederek ona baktım. Dudaklarını oynatarak, "Şu öpücüğe ne oldu?" diye sordu.

Bir kahkaha koyverdim çünkü olanları kaldırabileceğimi sanmıyordum.

Biraz fazla masum bir sesle, "Bir sorun mu var?" diye sordu.

"Ben... ben bu konuda hiç iyi değilim. Annem gibi değilim. Ne yaptığım konusunda hiçbir fikrim yok ve iltihaptan nefret ederim," dedim. "Iyyy..." İlk yaprakları temizleyip yerine yenilerini koyarken artık kendimi tutmak için uğraşmıyordum. "Iyyy."

"Nasıl avlanıyorsun peki?"

"Güven bana. Öldürmek bunun yanında çocuk oyuncağı kalır," dedim. "Gerçi bildiğim kadarıyla şu anda da seni öldürüyorum."

"İşlemi biraz hızlandırabilir misin?"

"Hayır. Çeneni kapat ve şeftalini yemeye bak."

Üç yaprak seansından ve yaklaşık bir kova iltihabın akmasının ardından, bacağı daha iyi görünüyordu. Şişi indiği için, Cato'nun kılıcının açtığı yaranın ne kadar derin olduğunu görebiliyordum. Kemiğe kadar iniyordu.

"Şimdi ne olacak, Doktor Everdeen?" diye sordu.

"Belki üstüne biraz yanık merhemi sürerim. Ne de olsa onun da enfeksiyona iyi geldiğini biliyoruz. Sonra da bandajlarız..." Söylediklerimi aynen yaptım. Yarası temiz, beyaz bandajla kapatılınca durum daha idare edilebilir bir hal aldı. Gerçi steril bandajın yanında, iç çamaşırının kenarı daha pis ve mikroplu görünüyordu. Rue'nun sırt çantasını çıkardım. "Al, ben iç çamaşırını yıkarken üzerini bununla ört," dedim.

"Ah, beni görmenden rahatsız olmam," dedi.

"Sen de ailemin diğer fertleri gibisin. Ama ben olurum, tamam mı?" İç çamaşırını çıkarıp dereye atana kadar ona arkamı döndüm. Atabildiğine göre, kendini daha iyi hissediyor olmalıydı.

Ben iki taşın arasında döverek iç çamaşırını temizlemeye uğraşırken Peeta, "Biliyor musun, öldürücü bir insana göre biraz fazla hassassın," dedi. "Keşke Haymitch'e duş aldırma işini sana bıraksaymışım."

O günü hatırlayınca yüzümü buruşturdum. "Şu ana kadar sana ne gönderdi?" diye sordum.

"Hiçbir şey," dedi Peeta. Sonra sustu, kafasına bir şey dank etmiş olmalıydı. "Neden? Yoksa sana bir şey geldi mi?"

"Yanık merhemi," dedim neredeyse ezik bir sesle. "Ah... Ve biraz da ekmek."

"Tercihinin senden yana olduğunu biliyordum."

"Yapma. Benimle aynı odada kalmaya bile tahammül edemiyordu."

Peeta, "Çünkü ikiniz birbirinize çok benziyorsunuz," diye mırıldandı. Onu duymazdan geliyordum çünkü bunun, aslında içimden gelmesine rağmen Haymitch'e hakaret etmem için hiç uygun bir zaman olmadığını biliyordum.

Kıyafetleri kururken Peeta'nın biraz uyumasına izin verdim. Ancak akşamüstüne doğru daha fazla beklemeye cesaretim kalmadı. Omzunu hafifçe dürterek, "Peeta, gitmeliyiz," dedim.

"Gitmek mi?" Sersemlemiş bir hali vardı. "Nereye?"

"Buradan uzaklaşacağız. Belki ırmağın aşağısına doğru. Gücünü toplayana kadar seni saklayabileceğimiz bir yere." Giyinmesine yardım ettim. Suyun içinden yürüyebilmesi için ayaklarını çıplak bıraktıktan sonra onu ayağa kaldırdım. Bacağına ağırlığını verdiği anda beti benzi soldu. "Haydi," dedim. "Bunu yapabilirsin."

Ama yapamıyordu. En azından uzun bir süre. Nehrin aşağısına doğru elli metre kadar yürüdük. Peeta omzumdan güç alarak yürüyordu ama bir süre sonra bayılacağını hissettim. Onu derenin kıyısına oturtup, başını dizlerinin arasına soktum ve çevreyi kolaçan ederken sırtını sıvazladım. Tabii ki onun bir ağacın tepesine çıkarabilmeyi çok isterdim ama böyle bir şey mümkün değildi. Durum daha da kötüleşebilirdi. Kayaların bazıları mağaraya benzeyen biçimler oluşturuyordu. Gözlerim dereden neredeyse on beş metre yükseklikteki bir kayaya takıldı. Peeta ayağa kalkabilir duruma gelince, onu yarı yönlendirip yarı taşıyarak bu oyuğa çıkardım. Aslında daha iyi bir yer aramayı çok isterdim ama elimdekiyle idare etmek zorundaydım çünkü müttefiğim yaralıydı. Yüzü bembeyaz halde hızlı hızlı nefes alıyordu ve havanın sadece birazcık serinlemiş olmasına karşın zangır zangır titriyordu.

Oyuğun tabanını çam iğneleriyle kapladım ve uyku tulumumu açıp Peeta'yı içine yerleştirdim. Biraz suyla birkaç hap yutturdum ama meyve yemeyi dahi reddediyordu. Sonra orada öylece yatıp, asma yapraklarıyla mağaranın ağzını kamufle etme çabalarımı seyretti. Sonuç yetersizdi. Bir hayvan durumu sorgulamazdı ama bir insan gözü, girişteki bu örtünün insan elinden çıktığını hemen anlardı. Bıkkın bir tavırla yaptıklarımı bozdum.

Peeta, "Katniss," dedi. Yanına gidip, gözlerini örten saçlarını arkaya ittim. "Beni bulduğun için teşekkür ederim."

"Bulabilseydin sen beni bulurdun," dedim. Alnı yanıyordu. Sanki ilacın hiç etkisi olmuyordu. Birden öleceğinden korktum.

"Evet. Bak... Olur da geri dönemezsem..." diyerek söze başladı.

"Böyle konuşma," dedim. "Onca iltihapı boşuna akıtmadım ben."

"Biliyorum. Ama olur da dönemezsem..." Devam etmeye çabalıyordu.

"Hayır, Peeta. Bunu konuşmak dahi istemiyorum." Onu susturmak için parmağımı dudağına koydum.

"Ama ben..."

İçgüdüsel olarak öne eğilip onu öperek konuşmasına mani oldum. Belki de bu çoktan yapmış olmam gereken bir şeydi çünkü evet, o haklıydı. Bizim birbirimize delicesine âşık olmamız gerekiyordu. Hayatımda ilk defa birini öpüyordum. Bunun, doğal olarak üzerimde belli bir etki bırakması gerekirdi ama benim tek düşünebildiğim, yüksek ateş yüzünden dudaklarının ne kadar sıcak olduğuydu. Geri çekilip üstünü iyice örttüm. "Sen ölmeyeceksin. Sana ölmeyi yasaklıyorum. Anladın mı?"

"Anladım," diye fısıldadı.

Açık havaya çıktığım anda gökyüzünden bir paraşüt indi. Parmaklarım hızla ipi çözdü. İçinden Peeta'nın bacağını iyileştirecek bir ilaç çıkması için dua ediyordum. Oysa paketin içinde bir kap sıcak çorba vardı.

Haymitch daha net bir mesaj gönderemezdi. Bir öpücük, bir kap çorbaya bedeldi. Homurtusunu duyar gibiydim: "Senin âşık bir kız olman gerek, tatlım. Çocuk ölüyor. Bana kullanabileceğim malzemeler vermelisin."

Hakkı vardı. Eğer Peeta'nın hayatta kalmasını istiyorsam, izleyicilere bir şeyler vermem gerekiyordu. Eve birlikte dönmeyi umutsuzca düşleyen, talihsiz âşıklar. Birlikte çarpan bir çift yürek. Aşk.

Daha önce hiç âşık olmadığım için, bu bir hayli zorlu bir numara olacaktı. Annemle babamı düşünüyordum. Babamın ormandan hiçbir zaman eli boş dönmediğini... Annemin yüzünün, babamın çizmelerinin sesini kapıda duyduğu anda nasıl aydınlandığını.

Annemin babama hitap ettiği o sevgi dolu sesle, "Peeta," dedim. Yine uykuya dalmıştı. Onu öperek uyandırdım. Şaşırdı. Sanki orada sonsuza dek bana bakarak yatabilirmiş gibi gülümsüyordu. Böyle şeyleri müthiş beceriyordu.

Kabı gösterdim. "Peeta, bak Haymitch sana ne göndermiş?"

20

Peeta'nın çorbayı içmesini sağlamak için bir saat dil dökmem, yalvarmam, tehditler savurmam ve evet, onu öpmem gerekti. Ama nihayet gıdım gıdım da olsa, kabı boşalttı. Uykuya dalmasını bekledikten sonra, kendi ihtiyaçlarımla ilgilendim. Biraz hindikuşu ve bitki kökünden oluşan yemeğimi yedikten sonra, gökyüzüne yansıyan günlük haberleri seyrettim. Yeni bir olay yoktu. Yine de Peeta'yla ikimizin izleyicilere ilginç bir gün yaşattığımızdan emindim. Oyun kurucuların huzurlu bir gece yaşamamıza izin vermelerini umdum.

Otomatik olarak kendime tüneyecek bir ağaç ararken, böyle bir seçeneğimin kalmadığını hatırladım. En azından bir süreliğine. Peeta'yı savunmasız halde yerde bırakamazdım. Dere kıyısında son saklandığı yeri öylece –nasıl saklayabilirdim ki?– bırakmıştım. Ve topu topu elli metre uzaktaydık. Gözlüğümü takıp silahlarımı kuşandım ve nöbet tutmak üzere yerimi aldım.

Sıcaklık hızla düşüyordu. Kısa süre sonra iliklerime kadar donuyordum. Bir zaman sonra dayanamayıp Peeta'nın yanına, uyku tulumunun içine girdim. Tulumun içi sıcacıktı, büyük bir minnet duyarak Peeta'ya doğru sokuldum. Ancak biraz sonra fazla sıcak gelmeye başladı. Çünkü tulum, Peeta'nın ateşini geri yansıtıyordu. Alnını kontrol ettim. Ateşler içinde ve kupkuruydu. Ne yapmam gerektiğini bilmiyordum. Onu tulumun içinde bırakıp aşırı sıcağın ateşini kırmasını mı beklemeliydim? Yoksa tulumdan çıkarıp, gecenin serinliğinin ateşini düşürmesini mi sağlamalıydım? Sonunda bir parça sargı bezi ıslatıp alnına koymaya karar verdim. Bu zayıf bir önlem olabilirdi ama esaslı bir şey yapmaya çekiniyordum.

Bütün geceyi yarı oturarak, yarı Peeta'nın yanına uzanarak, sargı bezini ıslatarak ve onunla bir takım olma kararını aldığım anda kendimi eskisinden de savunmasız bir duruma düşürdüğüme kafa yormamaya gayret ederek geçirdim. Yanımda bakıma muhtaç olan çok hasta bir insanla yere çivilendiğimi düşünmemeye çabalıyordum. Fakat yaralı olduğunu bile bile peşine düştüğümü de biliyordum. Beni onu bulmaya iten içgüdümün, iyiye işaret olduğuna inanmaktan başka çarem yoktu.

Gökyüzü pembemsi bir renk alınca, Peeta'nın dudaklarındaki ter damlacıklarını görüp ateşinin düştüğünü anladım. Henüz normale dönmese de, ateşi en azından birkaç derece inmiş olmalıydı. Dün gece asma yapraklarını toplarken, Rue'nun orman meyveleriyle dolu bir fundalık keşfetmiştim. Fundalıktan biraz meyve toplayıp, soğuk suyla çorba kabının içinde ezdim.

Mağaraya döndüğümde, Peeta'yı kalkmaya çalışırken buldum. "Uyandığımda gitmiştin," dedi. "Seni merak ettim."

Onu yerine yatırırken gülüyordum. "Beni mi merak ettin? Son zamanlarda kendine hiç baktın mı acaba?"

"Cato ve Clove seni bulmuş olabilirlerdi. Geceleri avlanmayı seviyorlar," dedi. Sesi son derece ciddiydi.

"Clove? Hangisi o?"

"2. Mıntıka'nın kız haracı. O hâlâ yaşıyor, değil mi?"

"Evet, geriye sadece onlar, Thresh, biz ve Tilki Surat kaldık. 5. Mıntıka'daki kıza bu ismi taktım. Nasılsın?"

"Dünden daha iyiyim. Burası çamurla karşılaştırılınca süper bir yer," dedi. "Temiz kıyafetler, ilaç ve uyku tulumu da cabası. Ve tabii sen."

Ah, pekâlâ. Şu aşk meselesi. Yanağına dokunmak için uzandım. Elimi yakalayıp dudaklarına götürdü. Annemin aynı şeyi babama yaptığını hatırladım. Acaba Peeta bunu kimden görmüştü? Babasıyla o cadı kadında görmediğinden emindim.

"Yemeğini yiyene kadar sana başka öpücük yok," dedim.

Sırtını duvara yaslamasına yardım ettim. Sesini çıkarmadan yedirdiğim meyve püresini yuttu. Fakat iş hindikuşuna gelince yine itiraz etti.

"Sen uyumadın," dedi.

"Ben iyiyim," dedim. Fakat aslında çok bitkindim.

"Şimdi biraz uyu," dedi. "Ben nöbeti devralırım. Bir şey olursa seni hemen uyandırırım." Tereddüt ettim. "Katniss, sonsuza dek uyanık kalamazsın," dedi.

Çok haklıydı. Eninde sonunda uyumam gerekecekti. Belki de bunu şimdi, Peeta nispeten iyi durumdayken ve hava aydınlıkken yapmamda fayda vardı. "Pekâlâ," dedim. "Ama sadece birkaç saat. Sonra beni uyandıracaksın."

Şimdi hava uyku tulumunun içine girilmeyecek kadar sıcaktı. Tulumu yere serip üzerine uzandım. Anlık bir ok atma ihtiyacının doğması ihtimaline karşılık bir elimi yayımın üstüne koydum. Peeta hemen yanıma oturup yaralı bacağını öne uzattı. Gözlerini mağaranın girişine dikti. Yumuşacık bir sesle, "Uyu artık," dedi. Eliyle alnıma düşen saçlarımı okşuyordu. Şu ana kadarki rol icabı öpüşlerin ve okşamaların aksine bu dokunuşu çok doğal ve samimi geliyordu. Durmasını hiç istemiyordum, o da durmuyordu zaten. Uykuya daldığımda saçımı okşamaya devam ediyordu.

Çok uzun. Çok uzun süre uyudum. Gözlerimi açtığım anda, öğleden sonra olduğunu anladım. Peeta hemen yanı başımdaydı. Yerinden kıpırdamamıştı. Doğrulurken, kendimi günlerdir olmadığım kadar savunmaya hazır ve bir o kadar da dinlenmiş hissediyordum.

"Peeta... Birkaç saatin sonunda beni uyandırman gerekirdi," dedim.

"Ne için? Hiçbir şey olduğu yok. Ayrıca seni uyurken seyretmek çok hoşuma gitti. Uyurken kaşlarını çatmıyorsun. Çok daha iyi görünüyorsun."

Doğal olarak ben bu sözlerine karşılık kaşlarımı çatınca, Peeta sırıttı. İşte o zaman, dudaklarının ne kadar kurumuş olduğunu fark ettim. Yanağını kontrol ettim, kömür ocağı gibi sıcaktı. Ben uyurken bir şeyler içtiğini iddia etti ama su şişeleri bana olması gerektiğinden daha dolu geliyordu. Peeta'ya birkaç ateş düşürücü hap daha verip, suyunu içerken tepesinde bekledim. Sonra eline biraz daha su tutuşturup, hafif yaralarına pansuman yaptım. Bir hayli ilerleme kaydetmişe benziyorlardı. Bütün gücümü toplayıp bacağındaki sargıyı açtım.

Kalbim mideme iniyordu sanki. Bacağı kötü, çok daha kötü durumdaydı. Ortalıkta hiç irin yoktu ama bacak iyice şişmişti; parlak ve gergin cildi hâlâ sıcaktı. Sonra bacağındaki kırmızı izleri fark ettim. Kan zehirlenmesi. Tedavi görmezse, onu öldürebilirdi. Çiğnenmiş yapraklarım ya da yanık merhemim hiçbir işe yaramazdı. Capitol'den güçlü enfeksiyon karşıtı ilaçlara ihtiyacımız olacaktı. Böyle güçlü bir ilacın kaça mal olacağını hayal dahi edemiyordum. Haymitch'in bütün sponsorların bütün bağışlarını bir araya getirse bile bu ilacı karşılayabileceğinden emin değildim. Oyunlar sürdükçe armağanların da fiyatı artıyordu. Birinci günde dört dörtlük bir masa kurmaya yeten bağış, on ikinci günde ancak bir kraker satın alabiliyordu. Ve Peeta'nın ihtiyaç duyduğu ilaç daha ilk günden beri en üst sıralarda yer alıyordu.

"Biraz şişme var ama iltihap gitmiş," dedim.

"Kan zehirlenmesinin ne olduğunu çok iyi biliyorum, Katniss," dedi Peeta. "Annem şifacı olmasa da biliyorum."

"Tek yapman gereken diğerlerinden daha uzun süre hayatta kalmak, Peeta. Kazandığımız zaman seni Capitol'de iyileştirirler," dedim.

"Evet, bu iyi bir plan," dedi. Ancak bunu daha çok benim iyiliğim için söylediğini hissediyordum.

"Bir şeyler yemelisin. Gücünü korumak zorundasın. Sana çorba yapayım," dedim.

"Ateş yakma," dedi. "Değmez."

"Göreceğiz," dedim. Kabı alıp dereye inerken, sıcak hava yüzüme çarpıyordu. Oyun kurucularının gün içinde ısıyı artırıp geceleri iyice düşürdüklerine yemin edebilirdim. Dere kıyısında güneşle kızmış olan kayalar bana ilham veriyordu. Belki de ateş yakmama gerek kalmazdı.

Dereyle mağara arasında büyük, düz bir kayanın yanına çöktüm. Yarım kap kadar suyu arındırdıktan sonra doğrudan güneşin altına bırakıp içine yumurta büyüklüğünde birkaç sıcak taş bıraktım. Pek başarılı bir aşçı olmadığımı herkesten önce ben itiraf edebilirdim. Ancak çorba denen şey her şeyi bir tencerenin içine atıp beklemekten ibaret olduğu için, en iyi yaptığım yemeklerden biri sayılabilirdi. Hindikuşunun etini pelte kıvamına gelene kadar doğradım. Sonra içine Rue'nun köklerinden ekledim. Neyse ki her ikisini de önceden pişirmiş olduğum için sadece ısıtmam gerekecekti. Su, güneşin ve kayanın sıcağı arasında ılınmaya başladı. Eti ve kökleri katıp içine birkaç taş daha ekledikten sonra, çorbayı biraz lezzetlendirecek yeşillikler aramaya başladım. Çok geçmeden bir kayanın dibinde yetişen frenk soğanlarını gözüme kestirdim. Harika. Soğanları ince ince doğrayıp kabın içine attım. Taşları bir kez daha yenileriyle değiştirip kabın kapağını örttüm ve iyice ısınmaya bıraktım.

Ortalıkta az da olsa, av hayvanı izi görmüştüm ama avlanırken Peeta'yı yalnız bırakmak içime sinmeyeceği için birkaç tuzak kurup, şansımın yaver gitmesi için dua ettim. Diğer haraçların durumunu merak etmemek elde değildi. Ana besin kaynakları havaya uçurulduğuna göre, başlarının çaresine bakabiliyorlar mıydı acaba? En az üç tanesi, Cato, Clove ve Tilki Surat o piramite bel bağlamıştı. Gerçi aynı şey Thresh için geçerli değildi. Büyük olasılıkla, Rue gibi o da topraktan beslenmenin yollarını biliyordu. Acaba birbirleriyle savaşıyorlar mıydı? Ya da bizi mi arıyorlardı? Belki de içlerinden biri yerimizi keşfetmişti ve saldırıya geçmek için doğru anı bekliyordu. Bu düşünce, hızla mağaraya dönmeme neden oldu.

Peeta kayaların gölgesinde, uyku tulumunun üstünde yatıyordu. Ben içeri girince biraz canlansa da, kendini çok kötü hissettiği her halinden belliydi. Başının üstüne serin bir kumaş yerleştirdim ama kumaş daha tenine değer değmez ısındı.

"İstediğin bir şey var mı?" diye sordum.

"Hayır," dedi. "Teşekkürler. Ya da dur bir dakika. Bana bir hikâye anlatsana."

"Hikâye mi? Nasıl bir hikâye?" Hikâye anlatmak konusunda pek iyi değildim. Bu benim için şarkı söylemek gibi bir şeydi. Sadece nadiren Prim'in hatırına bir şeyler uydururdum.

"Mutlu bir hikâye," dedi Peeta. "Hatırlayabildiğin en mutlu gününü anlat."

Dudaklarımın arasından umutsuz bir iç çekiş yükseldi. Mutlu bir hikâye, ha? Bunun için çorbaya harcadığımdan daha çok çaba harcamam gerekecekti. İyi anılar için zihnimi kurcaladım. Çoğu, Gale'la birlikte avlandığımız zamanlardan kalma anılardı ama onların da ne Peeta ne de izleyicilerine iyi geleceğini sanıyordum. Geriye bir tek Prim kalıyordu.

"Sana Prim'in keçisini nasıl bulduğumu anlatmış mıydım?" diye sordum. Peeta kafasını salladı. Umut dolu gözlerle bana bakıyordu. Böylece anlatmaya başladım. Ama dikkatliydim. Çünkü sözlerimin bütün Panem'e ulaştığını biliyordum. İnsanların ikiyle ikiyi toplayıp benim yasa dışı avlandığımı anlayacaklarından emin olsam da, Gale'ı ve başlıca müşterilerim olan Yağlı Sae'yi, kasabı ve hatta Barış Muhafızları'nı ele verip incitmek ve yasayı çiğnediklerini ifşa etmek istemezdim.

Prim'in keçisi Leydi için gereken parayı buluş hikâyemin aslı şöyleydi: Bir cuma akşamıydı. Mayıs ayının sonlarına doğru, Prim'in onuncu yaş gününün arifesindeydik. Okul biter bitmez, Gale'la birlikte kendimizi ormana atmıştık. Prim'e hediye alabilmek için yeterli takas malzemesi bulmam gerekiyordu. Yeni bir elbise için kumaş ya da bir saç fırçası alabilirdim. Tuzaklarım çok verimliydi ve orman yeşillik kaynıyordu ama ortalama cuma akşamı kazancımıza göre fazlamız da yoktu. Eve dönerken moralim bir hayli bozuktu. Gale ise ertesi gün daha iyi iş çıkaracağımızı söyleyip duruyordu. Onu gördüğümüzde, bir dere kenarında nefesleniyorduk. Boyuna bakılırsa bir yaşında, genç bir geyikti. Boynuzları daha yeni yeni büyüyor gibiydi; hâlâ küçük ve kadifemsi tüylerle kaplıydılar. Kaçmak için doğru anı kolluyordu sanki. Ama insanlara yabancı olduğu için bizden emin olamıyordu. Çok güzeldi.

Sanırım biri göğsüne, diğeri boynuna isabet eden iki oktan sonra güzelliğini büyük ölçüde kaybetmişti. Gale ve ben aynı anda atış yapmıştık. Geyik kaçmaya çalışmış ama tökezlemişti. Ve o daha ne olduğunu anlamadan, Gale gırtlağını başını gövdesinden ayırıvermişti. Kısa bir an için, bu kadar taze ve masum bir yaratığı öldürmüş olmanın acısını duydum. Fakat hemen sonra böylesi taze ve masum etin düşüncesiyle midem guruldamaya başladı.

Bir geyik! O güne kadar Gale'la birlikte topu topu üç geyik vurmuştuk. Birincisi, bir şekilde bacağından yaralanmış olan bir karacaydı. Sayılmazdı. Ancak tecrübelerimiz bize hayvanı Hob'a sürüklemememiz gerektiğini öğretmişti. İnsanlar hayvanın parçaları üzerine açık artırmaya tutuşup, neredeyse kendi aralarında pay ederken müthiş bir kaos yaşanmıştı. Yağlı Sae araya girmiş ve bizi, karacayla birlikte doğruca kasaba göndermişti. Ancak o zamana kadar karaca çoktan zarar görmüş, etin bir kısmı alınmış ve derisinde delikler açılmıştı. Her ne kadar herkes çok iyi para ödemiş olsa da hayvanın değeri boşu boşuna düşmüştü.

Bu defa, havanın kararmasını bekledikten sonra mıntıkaya kasabın yakınındaki bir boşluktan geçerek girdik. Her ne kadar avlandığımız çok insan tarafından biliniyor olsa da, resmî görevlilerin burnuna sokar gibi güpegündüz yetmiş kiloluk bir hayvanı sırtlanmış halde sokaklarda dolaşmamız hiç doğru olmazdı.

Rooba adında, kısa boylu ve tombulca bir kadın olan kasap, biz kapıyı çalınca arka tarafa geldi. Rooba'yla pazarlık edemezdiniz. O bir fiyat söylerdi. Kabul edip etmemek size kalmıştı. Ama genelde fiyatları adildi. Geyiğe karşılık önerdiği parayı kabul ettik. Bize geyikle işi bittiği zaman birkaç parça biftek vermeye söz verdi. Parayı bölüştüğümüz halde, ikimizin elinde de o güne kadar bir arada görmediğimiz bir meblağ kalmıştı. Bunu bir sır olarak saklamaya ve ertesi gün akşamüzeri ailelerimize et ve parayla sürpriz yapmaya karar verdik.

Keçinin parasını işte böyle bulmuştum ama Peeta'ya annemin eski bir gümüş madalyonunu sattığımı anlattım. Bu hikâyeden kimseye zarar gelmezdi. Sonra gerçek hikâyeye, Prim'in doğum gününden devam ettim.

Elbiselik malzeme bulmak için Gale'la birlikte meydandaki pazara gitmiştik. Parmaklarımı kalın, mavi bir kumaşın üstünde gezdirirken birden gözüme bir şey takıldı. Dikiş'in diğer tarafında küçük bir keçi sürüsü besleyen bir adam vardı. Adamın gerçek adını bilmiyordum ama herkes ona Keçi Adam derdi. Adamın bütün eklemleri şiş ve eğri büğrüydü; dahası madende geçirdiği uzun senelerden kalma, acı verdiği belli olan kötü bir öksürüğü vardı. Yine de şanslı bir adamdır. Bir şekilde, bu keçileri alacak parayı biriktirdiği için, yaşlılık günlerinde açlıktan ölmeyi beklemekten daha eğlenceli bir uğraş edinmişti. Pasaklı ve sabırsız bir adamdı ama keçileri çok temizdi. Paranız yeterse, sütleri de gayet zengindi.

Keçilerden biri –sırtında siyah lekeleri olan beyaz bir keçi– tekerlekli bir el arabasının üstünde yatıyordu. Nedenini anlamak güç değildi. Bir şey, büyük olasılıkla bir köpek omzunu yaralamıştı ve yara enfeksiyon kapmıştı. Kötü görünüyordu ve Keçi Adam, keçinin sütünü sağabilmek için hayvanı ayakta tutmak zorundaydı. Fakat ben onu iyileştirebilecek birini tanıdığımı düşünüyordum.

"Gale," diye fısıldadım. "O keçiyi Prim'e almak istiyorum."

12. Mıntıka'da bir dişi keçi sahibi olmak, hayatınızı değiştirebilirdi. Hayvanlar hemen her tür gıdayla ayakta kalabiliyordu. Örneğin çayır onlar için çok uygun bir besi alanıydı ve günde bir galon süt verebiliyorlardı. Bu sütü içebilir, peynire dönüştürebilir ve hatta satabilirdiniz. Dahası bu yasaya aykırı bir iş değildi.

Gale, "Çok kötü yaralanmış," dedi. "Daha yakından baksak iyi olacak."

Yanına gittik ve aramızda paylaşmak için bir fincan süt alıp sanki öylesine duruyormuşuz gibi keçinin başında dikilmeye başladık.

"Onu rahat bırakın," dedi adam.

"Sadece bakıyoruz," dedi Gale.

"O zaman çabuk bakın. Birazdan kasapla buluşacak. Artık kimse sütünü istemiyor. Alsalar bile ancak yarı parasını ödüyorlar."

"Kasap kaç para veriyor?" diye sordum.

Adam omuz silkti. "Bekleyin, görün." Arkama dönünce, Rooba'nın yaklaştığını gördüm. Keçi Adam ona, "İyi ki geldin," dedi. "Bu kız senin keçiyi gözüne kestirdi."

Umursamaz bir tavırla, "Üzerinde anlaştıysanız başka," dedim.

Rooba beni baştan aşağı süzdükten sonra gözlerini keçiye çevirdi. "Anlaşmadık," dedi. "Omzuna baksana. Etin yarısının sosis bile yapılmayacak kadar kötü çıkacağına bahse girerim."

"Ne?" dedi Keçi Adam. "Anlaşmıştık."

"Biz sadece birkaç diş izi olan bir hayvan için anlaştık. Bunun için değil. Eğer bu keçiyi alacak kadar aptalsa, şu kıza sat bence," dedi Rooba. Uzaklaşırken çaktırmadan göz kırptı.

Keçi Adam deliye dönmüştü ama yine de keçiden kurtulmak istiyordu. Fiyat pazarlığımız yarım saat sürdü. Çevremize fikir beyan etmek için can atan büyük bir kalabalık toplanmıştı. Keçi hayatta kalırsa, çok kârlı bir anlaşma yapmış olacaktım. Ama ölürse soyulmuş sayılabilirdim. İnsanlar her iki ihtimalde görüş belirttiler ama ben, sonunda keçiyi aldım.

Gale keçiyi taşımayı teklif etti. Sanırım, Prim'in yüzünde belirecek ifadeyi görmeyi o da en az benim kadar istiyordu. Bir çılgınlık anında pembe bir kurdele satın alıp keçinin boynuna bağladım. Sonra hızlı adımlarla bizim eve gittik.

Kucağımızda keçiyle içeri girdiğimiz anda, Prim'in verdiği tepki görülmeye değerdi. Aynı kızın, Gelin Çiçeği gibi berbat bir kediyi kurtarmak için saatlerce gözyaşı döktüğü unutulmamalı. O kadar heyecanlanmıştı ki, hem ağlıyor hem gülüyordu. Annem yarası konusunda onun kadar emin değildi. Ama ikisi birlikte çalışmaya koyuldu. Otlar ezip, hazırladıkları ilacı hayvanın gırtlağından geçirmek için saatlerce dil döktüler.

"Sana benziyorlarmış desene," dedi Peeta. Orada olduğunu neredeyse unutmuştum.

"Ah, hayır Peeta. Onların elleri sihirlidir. O hayvanın istese bile ölme şansı yoktu," dedim. Ve hemen sonra dilimi ısırdım. Bu sözler, benim beceriksiz ellerimde ölmek üzere olan Peeta'ya kimbilir ne kötü gelmişti.

"Endişelenme," dedi. "Ben de ölmeyi istemiyorum zaten," diye şaka yaptı. "Eee, hikâyeni bitirsene."

"Hepsi bu kadar işte. Sadece o gece Prim'in Leydi'yle birlikte, ateşin yanına serdiğimiz battaniyenin üstünde uyuduğunu hiç unutmayacağım. Hayvan uykuya dalmadan önce, kardeşimin yanağını yalamıştı. Herhalde iyi geceler öpücüğü vermek istemişti. Daha o zamandan Prim'e deli olmaya başlamıştı."

"Pembe kurdelesi hâlâ boynunda mıydı?"

"Sanırım, neden?"

Peeta düşünceli bir sesle, "Sadece sahneyi gözümün önünde canlandırmaya çalışıyorum," dedi. "O günün seni neden mutlu ettiğini anlamak zor değil."

"Evet. O keçinin bir altın madenine denk olduğunu anlamıştım," dedim.

"Evet, tabii. Ben de zaten toplama gününde yerini alacak kadar çok sevdiğin kardeşine uzun süreli bir sevinç yaşatmandan bahsetmiyordum."

"Keçi, parasını çıkardı. Hem de kaç kez," dedim sesimi yükselterek.

"Sanırım sen hayatını kurtardıktan sonra, aksine cesaret edememiştir," dedi Peeta. "Ben de aynı şeyi yapmak niyetindeyim."

"Öyle mi? Peki sen bana kaça patladın dersin?" diye sordum.

"Belaya... Endişelenme. Hepsinin karşılığını göreceksin."

"Saçmalıyorsun," diyerek elimi alnına götürdüm. Ateşi yükselmeye devam ediyordu. "Gerçi biraz soğumuşsun ama..."

Trompet sesleriyle irkildim. Tek bir heceyi bile kaçırmaya tahammülüm olmadığı için, ışık hızıyla ayaklanıp mağaranın girişine koştum. Yine en yakın arkadaşım Claudius Templesmith konuşuyordu ve tahmin ettiğim gibi, bizi ziyafete davet ediyordu. Biz o kadar aç değildik. Tam ben kayıtsız bir tavırla davetini boş vermeye hazırlanırken, Claudius söze devam etti: "Şimdi sıkı durun. Bazılarınız davetimi geri çevirmeyi düşünüyor olabilirsiniz. Ancak bu sıradan bir ziyafet değil. Hepinizin deli gibi ihtiyaç duyduğu bir şey."

Benim de deli gibi ihtiyaç duyduğum bir şey vardı: Peeta'nın bacağını iyileştirmeye yarayacak bir şey.

"Hepiniz, şafak sökerken Cornucopia'da sizin mıntıkanızın numarasını taşıyan sırt çantasında bir şey bulacaksınız," dedi Claudius. "Daveti geri çevirmeden önce iki defa düşünün. Bazılarınız için bu son şans olabilir."

Geriye, havada asılı duran kelimelerinden başka bir şey kalmıyordu. Peeta omzumun dibinde belirince yerimden sıçradım. "Hayır," dedi. "Hayatını benim için riske atmayacaksın."

"Atacağımı kim söyledi?"

"Yani gitmeyecek misin?"

"Tabii ki gitmiyorum. Lütfen hakkımı yeme. Cato, Clove ve Thresh'e karşı beleş bir şeyler alma yarışına gireceğimi mi sanıyorsun? Aptal olma." Onu yatağına geri götürdüm. "Bırakalım kendi aralarında kapışsınlar. Yarın akşam gökyüzüne kimin yüzünün yansıyacağını gördükten sonra yeni bir plan yaparız."

"Çok ama çok kötü bir yalancısın, Katniss. Bu zamana kadar nasıl ölmedin bilmiyorum." Peeta taklidimi yapmaya başladı. *"O keçinin bir altın madenine denk olduğunu anlamıştım... Gerçi biraz soğumuşsun ama... Tabii ki gitmiyorum."* Başını salladı. "Sakın kumar oynama. Son kuruşuna kadar kaybedersin."

Yüzüm öfkeden kıpkırmızı oldu. "Pekâlâ. Gidiyorum ve sen bana mâni olamayacaksın!"

"Peşinden gelebilirim. En azından bir yere kadar. Cornucopia'ya ulaşamayabilirim ama adını haykırdığım anda birilerinin beni bulacağından eminim. O zaman kesinkes ölürüm!"

"O bacakla şuradan şuraya gidemezsin," dedim.

"Gerekirse sürünürüm," dedi Peeta. "Sen gidersen, ben de giderim."

Yeterince inatçı olduğunu biliyordum. Belki yeterince güçlüydü de. Peşimden ormana gelebilirdi. Bir haracın eline düşmese bile, başına başka bir şey gelebilirdi. Kendini savunamazdı. Tek başıma gitmek için onu mağaraya kapatmak zorunda kalacakmışım gibi görünüyordu. Peşimden gelmek için çaba harcarken ne kadar zarar göreceğini Tanrı bilirdi.

"Ne yapmalıyım? Burada oturup ölmeni mi seyredeyim?" Bunun seçenekler dâhilinde olmadığını biliyor olmalıydı. Seyircilerin benden nefret edeceğini. Ayrıca dürüst olmam gerekirse, denemezsem ben de kendimden nefret ederdim.

"Ölmeyeceğim. Söz veriyorum. Sen de gitmeyeceğine söz verirsen," dedi. Söz vermezse seyircilerin ondan da nefret edeceklerini biliyordum.

Tam bir çıkmaza girmiş durumdaydık. Bu konuda onu ikna edemeyeceğimi bildiğim için, denemedim bile. İsteksizce ona uyuyormuşum gibi rol yaptım. "Bu durumda ben ne dersem onu yapacaksın. Suyunu içecek, beni sana söylediğim saatte uyandıracaksın. Ne kadar iğrenç olursa olsun, çorbanı son yudumuna kadar bitireceksin."

"Kabul. Hazır mı?"

"Bekle," dedim. Güneş henüz batmamış ama hava bir hayli serinlemişti. Oyun kurucuların havanın sıcaklığıyla oynuyor olması konusunda yanılmıyordum. Acaba birinin umutsuzca ihtiyaç duyduğu şey bir battaniye olabilir miydi? Çorba demir kabın içinde hâlâ sıcaktı. Ayrıca tadı hiç de fena değildi.

Peeta hiç şikâyet etmeden çorbasını içti. Hatta hevesini göstermek için kabın dibini kaşıkladı. Ne kadar güzel olduğuna dair bir şeyler zırvaladı. Yüksek ateşin insana neler yaptığını bilmesem, iltifatlarıyla havaya girebilirdim. Peeta, Haymitch'in alkolden kendini kaybetmeden hemen önceki hali gibi konuşuyordu. Tamamen kendinden geçmeden önce, ona bir doz hap daha verdim.

Üstümü başımı yıkamak için dereye giderken tek düşünebildiğim, benim ziyafete gitmemem halinde Peeta'nın ölme ihtimaliydi. Birkaç gün daha dayanmasını sağlayabilirdim belki ama enfeksiyon kalbine ya da ciğerlerine ulaşırsa, bu onun sonu olurdu. O zaman tek başıma kalırdım. Bir kez daha. Ve diğerlerini beklemeye başlardım.

O kadar derin düşüncelere dalmış haldeyim ki, neredeyse yanı başımda süzülen paraşütü fark etmiyordum. Fark ettiğim anda atıldım ve paraşütü suya düşmeden son anda yakaladım. İçindeki küçük şişeyi çıkarmak için gümüş renkli kâğıdı canhıraş bir şekilde yırttım. Haymitch başarmıştı! İlacı bulmuştu. O romantik aptallar sürüsünü mücevherlerini satmaya nasıl ikna ettiğini hiç bilmiyordum ama Peeta'yı kurtarabilecektim. Gerçi bu çok küçük bir şişeydi. Peeta kadar hasta birini tedavi edebilmesi için çok güçlü olması gerekiyordu. İçimden bir şüphe dalgası geçti. Hemen mantarını açıp içini kokladım. Hasta edici tatlı kokusu karşısında keyfim kaçtı. Emin olmak için dilimin ucuna minicik bir damla değdirdim. Hiç şüphe yoktu; bu bir uyku ilacıydı. 12. Mıntıka'da sıkça kullanılan bir ilaçtı. Çok ucuzdu ama bağımlılık yapardı. Hemen herkes bir ya da birkaç defa kullanmıştı. Hatta bizim evde de bir şişe vardı. Annem isterik hastalarının kötü yaralarını dikmek zorunda kaldığı zamanlarda, zihinleri sakinleştirmek ve birinin sancılı geçecek gecesini kolaylaştırmak için bu ilacı kullanırdı. Birazcık vermesi yeterliydi. Elimdeki şişedeki ilaç, Peeta'yı tam bir gün sürecek bir komaya sokmaya yeterdi. Neydi bu şimdi? O kadar çok öfkeleniyorum ki, bir an Haymitch'in son hediyesini dereye fırlatmaya niyetlendim. Ama o anda aklım başıma geldi. Tam bir gün, ha? Bu kadarı benim için yeter de artardı bile.

Tadını almaması için önlem olarak bir avuç orman meyvesi ve biraz nane yaprağı topladım. Sonra doğruca mağaraya gittim. "Sana bir sürpriz getirdim. Derenin aşağısına doğru yeni bir fundalık keşfettim."

Peeta ilk lokmayı almak için dudaklarını tereddütsüz araladı. Ağzındakileri yutar yutmaz kaşları çatıldı. "Çok tatlılar."

"Evet," dedim. "Şeker meyveleri. Annem bunlardan reçel yapar. Daha önce hiç yemedin mi yoksa?" İkinci kaşığı da ağzına tıktım.

"Hayır," derken şaşkın görünüyordu. "Ama tadı tanıdık geldi. Şeker meyvesi mi dedin?"

"Şey... Pazarda pek bulunmaz çünkü sadece yabani ortamlarda yetişiyor." Bir kaşık daha verdim. Bir kaşık daha verdim mi iş tamamdı.

"Şurup gibi tatlı," dedi son kaşığı alırken. "Şurup." Gerçeği anladığı zaman gözleri kocaman açıldı. Elimi ağzının ve burnunun üstüne kapatıp tükürmek yerine yutmasını sağladım. Kusmaya çalışıyordu ama artık çok geçti. Çünkü bilincini kaybetmeye başlıyordu. Yavaş yavaş içi geçerken bile, bakışlarından beni asla affetmeyeceğini okuyabiliyordum.

Doğrulurken Peeta'ya üzüntü ve tatmin karışımı bir hisle baktım. Çenesindeki meyve lekesini sildim. Beni duyamayacağını bile bile, "Kim yalan söyleyemez ki, Peeta?" diye sordum.

Bir önemi yoktu zaten. Panem'de ondan başka herkes beni duyabiliyordu.

21

Gece çökmeden önce geriye kalan birkaç saati kaya parçaları toplayıp mağaranın girişini olabildiğince kamufle etmekle geçirdim. Bu yavaş ve zorlu bir işti ama bol bol terledikten ve sağa sola koşturduktan sonra, eserimden bir hayli hoşnut kaldım. Mağara artık çevredeki benzerleri gibi, büyük bir kaya yığınının parçası gibi görünüyordu. Küçük bir aralıktan emekleyerek içeri girebiliyordum ama bu aralık dışarıdan görünmüyordu. Bu iyi haberdi çünkü bu gece yine Peeta'nın uyku tulumunu paylaşmak zorundaydım. Hem olur da ziyafetten dönemezsem, Peeta gözlerden uzak olmasına rağmen tamamen hapsedilmiş olmayacaktı. Gerçi ilaç olmadan uzun süre dayanabileceğine ihtimal vermiyordum. Ben ziyafet sırasında ölürsem, galip 12. Mıntıka'dan çıkmayacağa benziyordu.

Derenin bu bölümünde yaşayan daha küçük ve daha kılçıklı balıklardan yedikten sonra, bütün su şişelerini doldurup arıttım. Silahlarımı temizledim. Geriye dokuz tane okum kalmıştı. Bir süre, bıçağı Peeta'ya bırakıp bırakmama konusunda karar vermeye çalıştım ama bu gerçekten bir işe yaramazdı. Peeta, kamuflajın son savunma silahı olduğu konusunda haklıydı. Hem belki ben de bıçağı kullanmak zorunda kalabilirdim. Neyle karşılaşacağımı kim bilebilirdi?

Emin olduğum birkaç konu vardı: En azından Cato, Clove ve Thresh ziyafet başladığında orada olacaklardı. Tilki Surat konusunda emin değildim çünkü doğrudan yüzleşmek onun tarzı ya da güçlü olduğu bir alan değildi. Kız benden bile daha ufak tefekti. Eğer son birkaç günde bir yerlerden silah bulmadıysa, aynı zamanda silahsızdı da. Büyük olasılıkla yakınlarda takılıp, arta kalanlardan bir şeyler toplamaya çalışacaktı. Ancak diğer üç haraç... Çok işim olacağı kesindi. Uzaktan öldürebilme yeteneğim en güçlü taraflarımdan biriydi ama Claudius Templesmith'in bahsettiği, üzerinde 12 sayısı olan o sırt çantasını almak için, ateş hattına bizzat dâhil olmam gerekecekti.

Gökyüzüne bakarken, şafak vaktinde karşılaşacağım rakiplerimin sayısının eksilmesi için dua ettim. Ama bu gece gökyüzüne kimsenin fotoğrafı yansıtılmamıştı. Yarın orada yeni yüzler olacaktı. Çünkü ziyafetler her zaman ölümle sonuçlanırdı.

Mağaraya girip gözlüklerimi taktıktan sonra Peeta'nın yanına kıvrıldım. Neyse ki bugün uzun uzun uyumuştum. Çünkü uyanık kalmak zorundaydım. Bu gece kimsenin mağaramıza saldıracağını sanmıyordum ama şafak vaktini kaçırma riskini göze alamazdım.

Bu gece keskin bir soğuk vardı. Sanki oyun kurucular arenaya buz gibi bir hava püskürtüyorlardı. Uyku tulumunun içinde, Peeta'nın yanına uzandım ve ateşinden yararlanmaya çalıştım. Bana bu kadar uzak olan birine fiziksel anlamda bu kadar yakın olmak çok tuhaf bir histi. Peeta şu anda Capitol'de, 12. Mıntıka'da ve hatta ayda bile olabilirdi. Ve inanın, ona ulaşmak şu andaki kadar zor olmazdı. Oyunlar başladığından beri hiç bu kadar yalnız hissetmemiştim.

Kendi kendime, *Bu gecenin kötü bir gece olacağını kabul et gitsin,* dedim. Ne kadar çabalasam da, annemi ve Prim'i düşünmekten ve bu gece gözlerine bir damla uyku girmeyeceğini tahmin etmekten kendimi alamadım. Oyunlardaki bu son aşamada, hele ziyafet gibi önemli bir olayla karşı karşıyayken okul kesin tatil edilmiş olmalıydı. Ailem, oyunları evdeki emektar ve puslu televizyonumuzdan ya da kalabalıkla birlikte, meydana yerleştirilen büyük ve net ekrandan seyredebilirdi. Evde mahremiyetleri olurdu elbette ama meydanda mıntıka halkının desteğini alırlardı. İnsanlar onlara güzel bir şeyler söyler, ayırabildikleri yiyecekleri paylaşırdı. Acaba fırıncı onlara ulaşmış mıydı? Özellikle de artık Peeta'yla bir takım olduğumuza göre, kız kardeşimin karnını doyurmak konusundaki sözünü tutuyor muydu acaba?

12. Mıntıka'da morallerin yüksek olduğunu tahmin ediyordum. Bizim mıntıkadan, oyunların bu aşamasına kadar dayanabilen birisinin çıkmasına alışkın değildik. İnsanlar Peeta ve benim adıma büyük bir heyecan yaşıyor olmalıydı. Hele artık birlikte hareket ettiğimiz düşünülürse. Gözlerimi yumarsam, ekrana bakarak yaptıkları tezahüratları duyabilirdim belki. Bizim için bağırıp çağıran yüzlerini –Yağlı Sae'nin, Madge'ın ve hatta bizden et alan Barış Muhafızları'nın– görebilirdim.

Ve Gale. Onu tanırdım. O bağırıp tezahürat yapmazdı. Ancak her anı, her önemli dövüşü ve hamleyi büyük bir dikkatle izlediğinden ve eve dönmemi istediğinden emindim. Acaba Peeta'nın da sapasağlam dönmesi için dua ediyor muydu? Gale benim erkek arkadaşım değildi ama eğer buna fırsat verecek olursam, erkek arkadaşım olmak ister miydi? Birlikte kaçmamız konusunda bir şeyler söylemişti. Bunu söylerken mıntıkadan uzakta hayatta kalma ihtimalimizin birlikteyken daha yüksek olacağını mı düşünmüştü acaba? Yoksa altında başka şeyler de var mıydı?

Bu öpüşme işini Gale'ın nasıl karşıladığını çok merak ediyordum.

Kayalıkların arasındaki bir açıklıktan ayın gökyüzünde yükselmesini izledim. Bana göre şafağın sökmesine yaklaşık üç saat kala son hazırlıklarıma başladım. Peeta'nın yanına bir miktar su ve ilk yardım setini bıraktım. Dönmezsem, başka hiçbir şey işine yaramazdı. Bunlar bile, ömrünü sadece biraz daha uzatacaktı. Biraz düşündükten sonra, ceketini çıkarıp, kendiminkinin üstüne giydim. Nasıl olsa ceket pek bir işine yaramıyordu. Ateşi olduğu ve uyku tulumunun içinde yattığı sürece cekete ihtiyaç duymayacaktı. Gün içinde de ben yanında olup da ceketi çıkarmazsam iyice pişecekti. Ellerim daha şimdiden soğuktan kaskatı kesildiği için, parmaklarım için delik açtıktan sonra Rue'nun yedek çoraplarını ellerime geçirdim. Biraz da olsa işe yarıyorlardı. Rue'nun küçük çantasına biraz su, sargı bezi ve yiyecek koyduktan sonra, bıçağı kemerime taktım. Oklarımı ve yayımı da alıp mağaradan çıkmaya hazırlanırken, talihsiz âşıklar rolünü sürdürmenin önemini anımsayıp eğildim ve Peeta'yı uzun uzun, hiç acele etmeden öptüm. Capitol'den yükselen iç çekişleri duyar gibiydim. Gözlerime biriken yaşları siler gibi yaptım. Ve sonra kayaların arasındaki açıklıktan süzülüp, mağaradan çıktım.

Nefesim açık havayla temas edince ağzımdan beyaz buğu yükseliyordu. Evde, kasım gecelerinde yaşadığımız bir soğukla karşı karşıyaydım. Elimde fenerimle gizlice ormana girip, Gale'la daha önceden kararlaştırdığımız bir yerde buluştuğum ve diz dize oturup dışı kumaşla kaplı metal mataralarımızdan bitki çayımızı yudumlayarak, sabaha doğru birkaç av hayvanının yolumuza çıkması için dua ettiğimiz geceler... *Ah, Gale,* diye düşündüm. *Keşke arkamı kollamak için burada olsaydın.*

Olabildiğince hızlı hareket ediyordum. Gözlüğün katkısını yadsıyamazdım fakat sol kulağımın yokluğunu büyük ölçüde hissediyordum. Patlamanın tam olarak neye yol açtığını bilmiyordum ama derin ve telafisi mümkün olmayan bir iz bıraktığından emindim. Neyse. Eve dönersem o kadar zengin olacaktım ki, benim yerime işitmesi için birini bile tutabilecektim.

Orman geceleri her zaman çok farklı görünürdü. Gözlüğe rağmen, her şey biraz eğik görünüyordu. Sanki ağaçlar, çiçekler ve taşlar uykuya çekilmiş ve yerlerine uğursuz yedeklerini bırakmışlar gibi. Yeni bir yol denemek gibi ustalık isteyen bir numaraya kalkışmadım. Dere boyunca yukarı doğru yürüyüp, Rue'nun göl yakınında saklandığı yere giden yolu tuttum. Diğer haraçlardan en ufak bir işaret –ne bir dal hışırtısı ne bir nefes– yoktu. Ya ilk gelen bendim ya da diğerleri dün geceden yerlerini almışlardı. Kendimi çalılıkların arasına attığımda, kanın akmaya başlaması için en az bir ya da iki saatlik bir zamanım kalmıştı.

Birkaç nane yaprağı çiğnedim; midem daha fazlasını alacak durumda değildi. Tanrı'ya şükür Peeta'nın ceketini almıştım. Yoksa ısınmak için hareket etmek zorunda kalacaktım. Gökyüzü sisli bir sabah grisine bürünürken, diğer haraçlardan hâlâ hiçbir iz yoktu. Aslında buna şaşırmamıştım. Herkesin gücünden ya da kurnazlığından kaynaklanan bir özelliği vardı. Acaba Peeta'nın da yanımda olacağını mı tahmin ediyorlardı? Tilki Surat ve Thresh'in onun yaralı olduğundan haberleri olduğundan şüpheliydim. Ben sırt çantasını almaya giderken Peeta'nın arkamı kollayacağını düşünmeleri fena olmazdı doğrusu.

Peki çanta neredeydi? Arena yeterince aydınlanınca, gözlüğünü çıkardım. Sabah kuşlarının seslerini duyabiliyordum. Vakit tamamdı, değil mi? Bir an, yanlış yerde olduğumu düşünüp panikledim. Hayır. Claudius Templesmith'in Cornucopia'dan bahsettiğinden emindim. Ve işte, Cornucopia karşımda duruyordu. Ben de buradaydım. Eee? Ziyafetim neredeydi?

Güneşin ilk ışıkları Cornucopia'da parlamaya başlarken, düz arazide bir hareketlenme oldu. Boynuzun ağzının önündeki alan ortadan ikiye ayrılıyor ve üzerleri kar beyazı örtülerle kaplı iki masa yüzeye çıkıyordu. Masaların üstünde dört tane sırt çantası duruyordu. İki büyük siyah çantanın üstünde 2 ve 11 numalarını gördüm. Orta büyüklükte, yeşil bir çantanın üstünde ise 5 rakamı vardı. Küçük, turuncu –belime sarabileceğim– bir çanta daha vardı. Onun üstünde de 12 yazıyor olmalıydı.

Masa yerini aldığı anda, bir karaltı Cornucopia'nın içinden fırlayıp yeşil çantayı kaptı ve hızla kaçmaya başladı. Tilki Surat! Böyle zekice ve riskli bir fikir tam ona göreydi! Hepimiz düzlüğün çevresinde konuşlanıp doğru anı beklerken, o kendi çantasını kapmıştı bile. Tabii bizi de tuzağa düşürmüş oldu, çünkü şimdi, çantalarımız masanın üstünde öylece beklerken, hiçbirimiz onun peşine düşmeyi düşünemiyorduk. Tilki Surat bilerek diğer çantalara dokunmamış olmalıydı. Çünkü başka birinin çantasını çalması halinde, çanta sahibinin peşine düşmesi kaçınılmaz olurdu. Bu benim stratejim olmalıydı! Şaşkınlık, hayranlık, öfke, kıskançlık ve sıkıntı karışımı duyguları bastırmaya çalışırken, o kızılımsı saçlı tilkinin ormanın içinde ve ok menzilimin dışına kaçmasını sadece izleyebiliyordum. Hah! Ben diğerlerine takılmış durumdaydım ama belki de bu arenadaki gerçek rakibim bu kızdı.

Bu arada zaman kaybetmeme de neden olmuştu çünkü artık masaya ulaşması gereken ilk insan bendim. Çantamı bir başkasının kapması an meselesiydi. Hiç tereddüt etmeden, son hızla masaya koştum. Daha görmeden, tehlikenin kokusunu alıyordum. Neyse ki ilk bıçak sağ tarafımdan geldiği için, vızıltısını duyabildim ve yayımın sapıyla yön değiştirmesini sağlayabildim. Döndüm ve yayımı çekip doğruca Clove'un kalbini hedef alan bir ok attım. Kız tam zamanında dönerek öldürücü bir darbeden son anda kurtuldu ama ok, sol kolunun üst kısmına saplandı. Ne yazık ki bıçaklarını sağ eliyle atıyordu ama yine de aldığı yara –oku çıkarıp, yarasının ciddiyetini kontrol etmesi– onu birkaç saniyeliğine de olsa yavaşlattı. Bense hareket etmeye devam ederken, otomatik –ve sadece uzun yıllardır avlanan bir insanın yapabileceği– hareketlerle yeni bir ok hazırladım.

Masaya vardım. Parmaklarım küçük, turuncu sırt çantasını kavrıyordu. Vücudumun hiçbir yerine uymayacak kadar küçük boyuttaki çantayı hızla omzuma astım... Yeniden nişan almak üzere döndüğümde, ikinci bir bıçak beni alnımdan yakaladı. Sağ kaşımı ikiye ayırıp bütün yüzümü kan içinde bırakacak geniş bir yara açtı. Gözüm görmüyor, ağzımın içi kendi kanımın metalimsi ve keskin tadıyla doluyordu. Geriye doğru sendelesem de, okumu saldırgana doğru fırlatmayı başarabildim. Ok yaydan çıktığı anda, hedefi ıskalayacağımı anladım. Ve hemen sonra, Clove üstüme atladı ve beni yere yığdı. Omuzlarımı, dizleriyle bastırarak yere çiviledi.

İşte buraya kadar, diye düşündüm ve Prim'in hatırına çabucak olup bitmesi için dua ettim. Fakat Clove anın tadını çıkarmaya kararlı görünüyordu. Hatta sanırım bunu yapacak zamanının olduğunu düşünüyordu. Cato'nun yakınlarda bir yerde olduğuna, Clove'un arkasını kollayarak Thresh ve hatta Peeta'yı beklediğine hiç şüphesi yoktu.

Clove, "Erkek arkadaşın nerelerde, 12. Mıntıka?" diye sordu. "Hâlâ direniyor mu?"

Konuştuğumuz sürece hayatta kalacağımı biliyordum. "Yakınlarda bir yerde," dedim. "Cato'nun peşinde." Ve ciğerlerimin bütün gücüyle, "Peeta!" diye haykırdım.

Clove yumruğunu soluk boruma dayayıp sesimi kesti. Ancak kafasını bir o yana bir bu yana çevirmesinden, gerçeği söylediğime ihtimal verdiğini tahmin ediyordum. Peeta beni kurtarmak üzere ortaya çıkmayınca yeniden bana döndü.

"Yalancı," dedi sırıtarak. "O ölmek üzere! Cato onu nereden vuracağını iyi biliyordu. Kalbi durmasın diye uğraşırken onu bir ağacın tepesine bağladın, değil mi? O küçük, şirin çantada ne var? Aşk Çocuğu için ilaç mı? O ilaca hiçbir zaman ulaşamayacak olması ne fena!"

Ceketinin önünü açtı. İçinde dizi dizi bıçaklar vardı. Acımasız görünüşlü, ucu kavisli bir tanesini çekip aldı. "Cato'ya seni benim ellerime bırakırsa, izleyicilere müthiş bir şölen yaşatacağıma dair söz verdim."

Elinden kurtulmak için debeleniyordum ama nafileydi. Bana göre çok ağırdı ve beni çok sıkı tutuyordu.

"Unut artık, 12. Mıntıka. Seni öldüreceğiz. Tıpkı o hastalıklı küçük dostun gibi. Adı neydi? Hani şu daldan dala zıplayan kızdan bahsediyorum. Rue muydu? Ah, evet. Önce Rue, şimdi de sen. Sanırım Aşk Çocuğu'nu doğanın hünerli ellerine bırakacağız. Kulağa nasıl geliyor? Eee? Nereden başlayalım?"

Ceketinin koluyla, özensiz bir hareketle yüzümdeki kanı sildi. Elinin altındaki şey nasıl oyacağına karar vermeye çalıştığı bir tahta parçasıymış gibi, kafamı bir sağa bir sola çevirip beni inceledi. Elini ısırmaya yeltendim ama başımın üzerindeki saçlara yapışıp beni yere bastırdı. "Sanırım," dedi, âdeta mırlayarak, "sanırım işe ağzından başlayacağım." Clove alay edercesine, bıçağının ucunu dudaklarımın kenarında gezdirirken dişlerimi sıkıyordum.

Gözlerimi kapatmayacaktım. Rue'yla ilgili sözleri beni öyle büyük bir öfkeyle doldurmuştu ki, onurlu bir insan gibi ölmek istiyordum. Son bir meydan okuma için, onu görebildiğim sürece gözlerinin içine bakacaktım. Çok uzun süreceğini sanmıyordum ama yine de bakacaktım işte. Bağırmadan, sızlanmadan, kendime göre yenilmeden ölecektim.

"Evet. Bence artık bu dudaklara pek ihtiyacın olmayacak. Aşk Çocuğu'na son bir öpücük göndermek ister misin?" Ağzımın içinde biriken kanı suratına tükürdüm. Hiddetlendi. "Pekâlâ, madem öyle, hemen işe koyulalım!"

Bundan sonrasında kaçınılmaz olan acıya katlanmak için bütün gücümü topladım. Fakat dudağımda ilk yarığın açıldığını hissettiğim anda, büyük bir güç Clove'u üstümden çekti. Kız canhıraş bir şekilde çığlık atmaya başladı. Başlangıçta çok şaşırdım ve neler olduğunu anlamakta güçlük çektim. Yoksa Peeta bir şekilde yardımıma koşmayı başarmış mıydı? Ya da oyun kurucular işi daha eğlenceli hale getirmek için arenaya vahşi hayvanlar mı salmışlardı? Ya da bir gökyüzü aracı Clove'u –açıklanamaz bir nedenden dolayı– tutup havaya mı kaldırmıştı?

Uyuşmuş kollarımın üstünde güçlükle doğrulurken, bu ihtimallerden hiçbirinin doğru olmadığını gördüm. Clove, Thresh'in kolları arasında, yerden kesilen ayaklarını havada savuruyordu. Thresh'i Clove'u bir bez bebek gibi kollarının arasında tutarken görünce ağzım açık kaldı. İri yarı olduğunu hatırlıyordum ama şimdi hatırladığımdan daha iri ve güçlü görünüyordu. Sanki arenada kilo almış gibi bir hali vardı. Clove'u tuttuğu gibi yere çaldı.

Daha önce ondan homurtudan başka ses duymadığım için, bağırışı beni yerimden sıçratıyordu. "O küçük kıza ne yaptın? Onu öldürdün mü yoksa?"

Clove, paniğe kapılmış bir böcek gibi ellerinin ve ayaklarının üstünde geri geri kaçmaya çalışıyordu. Cato'dan yardım dileyemeyecek kadar afallamış bir hali vardı. "Hayır! Hayır, ben değildim."

"Adını söyledin. Seni duydum. Onu sen mi öldürdün?" Aklına gelen yeni bir ihtimal, Thresh'i daha da hiddetlendiriyordu. "Yoksa onu da sen mi doğradın? Bu kıza yapmak üzere olduğun gibi? Ha?"

"Hayır... Hayır... Ben..." Clove, Thresh'in elindeki somun büyüklüğündeki kaya parçasını görünce kendini kaybetti. "Cato!" diye çığlık attı. "Cato!"

"Clove!" Cato'nun cevabını duyuyordum ama Clove'a bir yararı dokunmayacak kadar uzakta olduğunu anlayabiliyordum. Ne yapıyordu acaba? Tilki Surat'ı ya da Peeta'yı haklamaya mı çalışıyordu? Ya da yanlış bir hesapla bir yerde Thresh için pusuya mı yatmıştı?

Thresh kaya parçasını Clove'un şakağına indirdi. Kan akmıyordu ama kafatasında açılan yarığı görüyordum ve öleceğini anladım. Göğsünün hızla inip kalkmasına ve dudaklarının arasından dökülen inlemeye bakılırsa, hâlâ yaşıyordu.

Thresh elinde kayayla bana dönünce, kaçmanın anlamsız olduğunu düşündüm. Yayım boştu çünkü en son taktığım oku Clove'a atmıştım. Karşımdaki tuhaf, kahverengi bakışlara esir düşmüş haldeydim. "Ne demek istedi? Yani Rue'nun küçük dostun olduğunu söylerken?"

"Ben... Ben... Rue'yla ikimiz takım olmuştuk. Birlikte erzak yığınını havaya uçurduk. Ben onu kurtarmaya çalıştım. Ama o, yani 1. Mıntıka'nın haracı, Rue'ya benden önce ulaştı," dedim. Belki Rue'ya yardım ettiğimi öğrenirse benim için yavaş ve sadistçe bir son düşünmezdi.

"Ve sen de çocuğu öldürdün, öyle mi?"

"Evet," dedim. "Sonra da Rue'yu çiçeklerle donattım. Uyuyana kadar yanında şarkı söyledim."

Gözlerim yaşlarla doldu. O ana dönünce içimde ne gerilim ne de mücadele isteği kalıyordu. Rue'ya olan özlemim, başımdaki acı, Thresh'ten korkum, birkaç metre ötede can çekişen kızın inlemeleriyle birleşince aptallaşıyordum.

Thresh aksi bir sesle, "Uyuyana kadar mı?" diye sordu.

"Ölene kadar," dedim. "Ölene kadar şarkı söyledim. Sizin mıntıkadakiler... bana ekmek gönderdiler." Elimi aslında hiç ulaşamayacağımı bildiğim oka uzanmak için kaldırdım ama burnumu silmekle yetindim. "Çabuk olsun, olur mu, Thresh?"

Thresh'in yüzünden karmaşık duygular geçiyordu. Kayayı indirip parmağıyla âdeta suçlar gibi beni işaret etti. "Bu defalık seni bırakıyorum. O küçük kız için. Sen ve ben, şimdi ödeşmiş oluyoruz. Birbirimize borcumuz kalmadı. Anlıyor musun?"

Başımı salladım, çünkü anlamıştım. Borçlu olmayı ve bundan nefret etmeyi. Thresh'in bu yarıştan galip ayrılması halinde, bütün kuralları altüst edip bana teşekkür eden bir mıntıkaya döneceğini... Ve Thresh'in şimdilik kafatasımı dağıtmayacağını...

"Clove!" Cato'nun sesi çok daha yakından geliyordu. Sesine yansıyan acıya bakılırsa, yerde yatan arkadaşını görmüş olmalıydı.

"Kaçsan iyi olur, Ateşten Kız," dedi Thresh.

Bunu bana ikinci defa söylemesine gerek yoktu. Thresh ve Clove'un olduğu yerden ve Cato'nun sesinden kaçarken neredeyse düşecek gibi oldum, ayağım yerdeki bir tümseğe takıldı. Ancak kendimi ormana atınca dönüp arkama baktım. Thresh yanında iki büyük sırt çantasıyla birlikte, düzlüğün öbür ucunda kalan ve daha önce görmediğim bir yere sapıp gözden kayboldu. Cato, elinde mızrağıyla yere çöküp Clove'a hayatta kalması için yalvarıyordu. Biraz sonra boşa nefes tükettiğini ve Clove'un kurtarılamayacağını anlayacaktı. Gözümün içine akan kanı silmeye çalışarak, yaralı bir hayvan gibi, ormanın derinliklerine doğru koştum. Birkaç dakika sonra top atışını duyunca, Clove'un öldüğünü ve Cato'nun içimizden birinin –Thresh'in ya da benim– izini süreceğini anladım. Başımdaki yara takatimi kesiyordu, korku içindeydim, titriyordum. Yayımı hazırladım ama Cato da mızrağını benim okumu atabileceğim kadar uzağa fırlatabilirdi.

Beni yatıştırabilecek tek bir şey vardı. Cato'nun umutsuzca ihtiyaç duyduğu şeyin olduğu çanta Thresh'in elindeydi. Bahse girecek olsam, paramı Cato'nun Thresh'in peşine düşeceği ihtimaline yatırırdım. Yine de suya ulaşınca hız kesmedim. Hemen ayağımda çizmelerimle suya dalıp, nehrin aşağı kısmına doğru bata çıka ilerledim. Rue'nun eldiven olarak kullandığı çoraplarını ellerimden çıkarıp alnıma bastırdım ve kan akışını durdurmaya çalıştım ama çoraplar daha birkaç saniye geçmeden kan içinde kaldı.

Bir şekilde mağaraya dönmeyi başardım. Alacakaranlıkta turuncu çantayı omzumdan çıkarıp fermuarını açtım ve yere boşalttım. İçinde bir deri altı şırıngası olan incecik bir kutu yere düştü. Hiç tereddüt etmeden iğneyi Peeta'nın koluna batırıp içindekini enjekte ettim.

Ellerim önce alnıma gitti, sonra kandan yapış yapış halde kucağıma düştü.

Hatırladığım en son şey, bileğimin kıvrımına konan, inanılmaz güzellikteki yeşilimsi gri renkli kelebek oldu.

22

Evimizin çatısına düşen yağmurun sesi beni yavaş yavaş kendime getirdi. Ancak uykuyu bırakmamak için direniyordum. Battaniyelere sarınmış halde, sıcacık evimin güvenli ortamındaydım. Başımda belli belirsiz bir sızı duyuyordum. Büyük olasılıkla grip olduğum için evde kalmama izin verilmişti. Gerçi kendimi uzun zamandır uyuyormuş gibi hissediyordum. Annemin eli yanağımı okşuyordu; uyanıkken, o yumuşacık dokunuşuna nasıl hasret olduğumu –ona hâlâ güvenmesem de ne kadar özlediğimi– göstermemek için iteceğim elini şimdi itmiyordum. Sonra bir ses duydum. Ama bu yanlış bir sesti; anneme ait değildi. Korktum.

"Katniss," dedi. "Katniss, beni duyabiliyor musun?"

Gözlerimi açtığım anda güvenlik hissi kayboldu. Evde, annemle değildim. Loş, serin bir mağaradaydım. Örtülmüş olmasına rağmen ayaklarım buz kesmişti; havaya kanın kolay kolay başka şeylerle karıştırılmayacak kokusu sinmişti. Gözümün önünde bir delikanlının yorgun ve solgun yüzü beliriyordu. O ilk korku anının ardından biraz daha iyi hissediyordum.

"Peeta."

"Hey," dedi. "Gözlerini yeniden görmek çok güzel."

"Ne zamandır kendimde değilim?"

"Emin değilim. Ben dün akşam uyandım, sen ürkütücü bir kan gölü içinde yanımda yatıyordun. Sanırım kanaman sonunda durdu ama yerinde olsam oturmaya yeltenmezdim."

Elimi başıma götürdüm ve sargılı olduğunu fark ettim. Bu ufacık hareket bile, beni bitkin düşürmeye ve sersemletmeye yetiyordu. Peeta bir şişeyi dudaklarıma tuttu, kana kana içtim.

"Daha iyisin," dedim.

"Çok daha iyiyim. Koluma enjekte ettiğin şeyin marifeti olsa gerek," dedi. "Bu sabah bacağımın şişi neredeyse tamamen inmişti."

Onu kandırdığım, ilaçla uyuttuğum ve gizlice ziyafete gittiğim için öfkeli gibi görünmüyordu. Belki de çok kötü durumda olduğum için, azarını sonraya saklıyordu. Şimdilik son derece kibar davranıyordu.

"Bir şeyler yedin mi?" diye sordum.

"Bir süre daha idare etmemiz gerekeceğini düşünmeden, hindikuşundan geriye kalan üç parçayı mideye indirdiğimi üzülerek söylemek zorundayım. Ama endişelenme, sıkı diyetime geri döndüm."

"Hayır, iyi yapmışsın. Bir şeyler yemen gerekiyor. Yakında ava çıkarım."

"Çok yakında değil ama, tamam mı? İzin ver, bir süre de ben sana bakayım."

Zaten çok fazla seçeneğim varmış gibi de durmuyordu. Peeta bana birkaç parça et ve biraz kuru üzüm yedirip bol bol su içirdi. Ayaklarımı ovarak ısıtıyor ve uyku tulumunu çeneme kadar çekmeden önce, ayaklarımı ceketiyle sardı.

"Çizmelerin ve çorapların hâlâ nemli. Havanın pek yardımı olmuyor doğrusu," dedi. Sonra bir gökgürültüsü duyuldu. Ardından, kayaların arasından şimşek çaktığını gördüm. Tavandaki sayısız delikten aşağı sular akıyordu ama Peeta, plastik parçasını üstümdeki kayaların arasına sıkıştırıp başımı ve vücudumun üst kısmını korumaya alacak bir tür tente yaratmıştı.

Peeta, "Fırtınayı neye borçluyuz acaba?" diye sordu. "Yani hedefteki haraç kim?"

"Cato ve Thresh," dedim hiç düşünmeden. "Tilki Surat bir yerlerde kendini sağlama almıştır. Ve Clove... Beni doğradıktan sonra..." Sesim giderek alçalıyordu.

"Clove'un öldüğünü biliyorum. Dün gece gökyüzünde gördüm. Sen mi öldürdün?"

"Hayır. Thresh bir kayayla kafatasını dağıttı."

"Seni yakalamaması büyük şans," dedi Peeta.

Ziyafet görüntüleri zihnimde tazelenirken midem bulanmaya başladı. "Aslında yakaladı," dedim. "Ama sonra bıraktı." Tabii ona olanları anlatmak zorunda kaldım. O soramayacak kadar hasta olduğu, bense anlatmaya hazır hissetmediğim için kendime sakladığım şeyleri... Patlamayı, kulağımı, Rue'nun ölümünü, 1. Mıntıka'daki çocuğu, ekmeği. Bütün bunlar gelip Thresh'le yaşadıklarıma ve onun bir anlamda borcunu ödemesine dayanıyordu.

"Yani sana borçlu kalmak istemediği için mi gitmene izin verdi?" Peeta'nın duyduklarına inanamadığı sesinden belli oluyordu.

"Evet. Zaten anlamanı beklemiyorum. Senin her zaman her şeyin oldu. Benim gibi Dikiş'te yaşamış olsaydın, açıklamama gerek kalmazdı," dedim.

"Denemene gerek yok," dedi. "Görünüşe bakılırsa anlayamayacak kadar kalın kafalıyım."

"Ekmek gibi," dedim. "O ekmek için sana borçlu olduğum hissinden hiçbir zaman kurtulamamam gibi."

"Ekmek mi? Ne? Yani ikimizin de çocuk olduğumuz zamandan mı bahsediyoruz? Bence o meseleyi unutabiliriz. Ne de olsa sen de beni hayata döndürdün."

"Ama sen beni tanımıyordun. Hiç konuşmamıştık. Ayrıca her zaman için, karşılığının ödenmesi en zor olan hediye, ilk hediyedir. Bana o zaman yardım etmeseydin, bugün burada olup hayatını kurtarmana yardım edemezdim," dedim. "Bunu neden yaptın ki?"

"Neden mi? Nedenini biliyorsun," dedi Peeta. Kafamı salladım. Canım acıyordu. "Haymitch seni ikna etmenin zor olduğunu söylemişti."

"Haymitch mi? Bunun onunla ne ilgisi var?"

"Hiç," dedi Peeta. "Yani Cato ve Thresh, ha? Herhalde birbirlerini aynı anda yok edeceklerini ummak fazla iyimserlik olur."

Bu düşünce sadece keyfimi kaçırıyordu. "Sanırım Thresh'i kolayca sevebiliriz. 12. Mıntıka'da olsak, dost bile olabilirdik."

"O zaman Cato'nun onu öldürmesi için dua edelim ki bunu biz yapmak zorunda kalmayalım," dedi Peeta ciddi bir sesle.

Cato'nun Thresh'i öldürmesini hiç ama hiç istemiyordum. Başka kimsenin ölmesini istemiyordum. Ancak bu tarz düşünceler, oyun galiplerinin arenada dile getirdiği şeyler değildi. Bütün çabama rağmen, gözlerimin yaşardığını hissediyordum.

Peeta bana endişeli gözlerle bakıyordu. "Ne oldu? Canın çok mu yanıyor?"

Ona alakasız bir cevap verdim çünkü her ne kadar canım acıyor da olsa bu, zayıflık olarak algılanabilirdi. Küçük bir çocuk gibi şikâyet edercesine, "Eve dönmek istiyorum, Peeta," dedim.

"Döneceksin," dedi. "Söz veriyorum." Ve üzerime eğilip beni öptü.

"Ben hemen şimdi eve gitmek istiyorum," dedim.

"Bak ne diyeceğim. Sen uyumana bak. Rüyanda evini gör. Göz açıp kapayana kadar, gerçekten dönmüş olacaksın. Tamam mı?"

"Tamam," diye fısıldadım. "Nöbet tutmam gerekirse, beni uyandır."

"Sen ve Haymitch sayesinde, gayet iyi ve dinlenmiş durumdayım. Ayrıca bu işin ne kadar süreceğini kim bilebilir?"

Ne demek istiyordu? Fırtınadan mı bahsediyordu? Bize sağladığı kısa soluklanmadan mı? Yoksa oyunların kendisinden mi? Bilmiyordum. Soramayacak kadar hüzünlü ve yorgundum.

Peeta beni ancak akşam saatlerinde uyandırdı. Yağmur sağanağa dönüşmüştü. Daha önce sadece damlaların süzüldüğü yarıklardan içeri sular doluyordu. Peeta, en kötü durumdaki yarığın altına çorba kabını yerleştirmiş ve beni sudan korumak için plastik parçasının konumunu değiştirmişti. Kendimi biraz daha iyi hissediyordum. Kalkıp otururken başım birkaç saat önceki kadar dönmüyordu. Midem gurulduyordu. Peeta'nınki de. Bir şeyler yemek için uyanmamı beklediği ve harekete geçmek için can attığı her halinden belli oluyordu.

Çok fazla bir şeyimiz kalmamıştı. İki parça hindikuşu eti, bir avuç bitki kökü ve birazcık kuru meyve.

"Sonraya da ayırsak mı?" diye sordu.

"Hayır, bitirelim," dedim. Yemeği iki eşit parçaya bölerken, "Et bir hayli durdu," dedim. "Şu anda en son ihtiyaç duyacağımız şey bozuk yemekten zehirlenmek." Olabildiğince yavaş yemeye çalışıyorduk ama o kadar acıkmıştık ki birkaç dakika içinde işimiz bitti. Midemin yatıştığını söyleyemezdim.

"Yarın av günü," dedim.

"Bu konuda sana pek yardımım olmayacak," dedi. "Daha önce hiç avlanmadım."

"Ben öldürürüm, sen pişirirsin," dedim. "Ve tabii bir şeyler toplayabilirsin."

"Keşke buralarda bir ekmek çalısı olsaydı," dedi Peeta.

İç çekerek, "11. Mıntıka'dan gelen ekmek sıcacıktı," dedim. "Al, şunları çiğne." Ona birkaç nane yaprağı uzattım. Birkaç tane de kendi ağzıma attım.

Bu hava şartlarında gökyüzüne yansıtılan görüntüleri görmek hiç kolay olmasa da, bugün kimsenin ölmediğini anlayabiliyorduk. Demek ki Cato ve Thresh henüz kapışmamışlardı.

Peeta'ya, "Thresh nereye gitti?" diye sordum. "Yani demek istediğim, çemberin uzak ucunda ne var?"

"Göz alabildiğince, benim omuz hizama kadar gelen otlarla kaplı bir arazi. Bilmiyorum. Belki de aralarında tahıllar da vardır. Parça parça, farklı renklerde otlar. Ama aralarda patikalar yok."

"Her iddiasına girerim ki bazıları tahıldır. Thresh'in hangi tahılların olduğunu bildiğinden de eminim. Sen oraya hiç gittin mi?"

"Hayır. Kimse o otların arasında Thresh'in izini sürmek istemedi. Yani pek iç açıcı bir düşünce değil. O alana baktığım zaman tek düşünebildiğim, orada gizlenen şeyler oluyor. Yılanlar, kudurmuş hayvanlar ve bataklık," dedi Peeta. "Orada her şey olabilir."

Bunu dile getirmedim ama Peeta'nın sözleri bana 12. Mıntıka'daki çitin diğer tarafına geçmememizi tembihlerken sıraladıkları uyarıları anımsatıyordu. Bir an için onu Gale'la karşılaştırmaktan kendimi alamadım. Gale olsa, o araziyi bir tehdit olduğu kadar, yiyecek potansiyeli olarak da görürdü. Thresh'in de öyle gördüğü kesindi. Konu Peeta'nın fazla yumuşak olması değildi; korkak bir insan olmadığını ispatlamıştı. Ama sanırım, eviniz mis gibi taze ekmek kokarken bazı şeyleri sorgulama ihtiyacı duymuyordunuz. Oysa Gale her şeyi sorguluyordu. Acaba Peeta, her gün yasaları çiğnerken aramızda geçen o şakalaşmaları duysa ne düşünürdü? Duydukları onu şoke eder miydi? Ya Panem hakkında söylediklerimiz? Gale'ın Capitol aleyhtarı tiradları?

"Belki o arazide ekmek çalısı da vardır," dedim. "Belki de Thresh'in oyunların başlamasından bu yana daha iyi besleniyormuş gibi görünmesinin nedeni budur."

"Ya öyle ya da çok cömert sponsorları var," dedi Peeta. "Acaba Haymitch'in bize biraz ekmek göndermesini sağlamak için ne yapmamız gerek?"

Kaşlarımı kaldırdım. Neden sonra onun, Haymitch'in birkaç akşam önce gönderdiği mesajdan haberdar olmadığını hatırladım. Bir öpücük, bir kap çorbaya denk geliyordu. Bu öylece dile getirebileceğim bir şey değildi. Düşüncelerimi seslendirmem, izleyicilerin aramızdaki aşk hikâyesini sempatilerini kazanmak için kurguladığımızı anlamalarına ve sonuç olarak bir lokma yiyecek dahi alamamamıza neden olabilirdi. Bir şekilde, işleri yeniden yoluna koymam gerekiyordu. Basit bir şeyle başlayabilirdim. Uzanıp elini tuttum.

"Bence seni bayıltmama yardım ederken kaynaklarının büyük kısmını kullanmak zorunda kalmıştır," dedim.

"Ya evet, o konu," dedi Peeta, parmaklarını parmaklarıma kenetlerken. "Bir daha sakın böyle bir şey deneme."

"Yoksa?" dedim.

"Yoksa... Yoksa..." İyi bir tehdit bulamıyordu. "Bana bir dakika ver."

Sırıtarak, "Sorun ne?" dedim.

"Sorun, ikimizin de hayatta olmamız. Bu sayede sen doğru olanı yaptığına iyice ikna oluyorsun."

"Ben gerçekten doğru olanı yaptım," dedim.

"Hayır. Sakın bunu yapma, Katniss," dedi. Parmaklarımı, elimi, canımı yakacak kadar sıkı kavrıyordu. Sesinde gerçek bir öfke vardı. "Sakın benim için ölme. Bana iyilik yapmayacaksın, anladın mı?"

Sesindeki yoğunluk beni şaşırtıyordu ama bunun yiyecek bir şeyler elde etmek için mükemmel bir fırsat olduğunu düşünerek ona ayak uydurdum. "Belki de bunu kendim için yapmışımdır, Peeta. Bunu hiç düşündün mü? Belki de içimizde... endişelenen... sadece sen değilsindir. Yani olur da..."

Takılıp kaldım. Doğru sözcükleri seçmek konusunda Peeta kadar başarılı değildim. Ve konuşurken, Peeta'yı gerçekten kaybetme ihtimali beni öyle bir sarsıyordu ki, ölmesini hiç ama hiç istemediğimi bir kez daha anladım. Bu sadece sponsorlarla alakalı bir şey de değildi. Ya da eve döndüğümüzde olacaklarla... Yalnız kalmak istemememle... Konu Peeta'ydı. Bana ekmek veren o çocuğu kaybetmek istemiyordum.

"Olur da ne, Katniss?"

Keşke bütün panjurları kapatıp bu anı Panem halkının meraklı gözlerinden saklayabilseydim. Yiyecek kaybetme pahasına bile olsa... Şu anda hissettiklerim, benden başka kimseyi ilgilendirmezdi.

"Haymitch'in uzak durmamı istediği konu işte tam buydu," dedim. Gerçi Haymitch hiç böyle şeyler söylememişti. Büyük olasılıkla, böyle duygu yüklü bir anda topu elimden düşürdüğüm için bana sövüyordu. Ama Peeta topu yakalamayı başardı.

"Bu durumda boşlukları doldurmak bana kalıyor," dedi ve bana sokuldu.

Bu ikimizin de tam anlamıyla bilincinde olduğumuz ilk öpücüktü. İkimiz de bir hastalığın ya da acının etkisiyle kendimizden geçmiş ya da bilincimizi kaybetmiş değildik. Dudaklarımız ne yüksek ateşle yanıyordu ne de buz gibi soğuktu. Aslında, bu benim göğsümün içinde bir kıpırdanma hissettiğim ilk öpücüktü. Ilık ve meraklı... Bu, bende yeniden öpüşme isteği uyandıran ilk öpücüktü...

Ama ikinci bir öpücük alamadım. Yani aslında aldım ama Peeta burnumun ucuna küçük bir öpücük kondurmakla yetindi. Sanırım aklı başka bir yere kayıyordu. "Galiba yaran yine kanamaya başladı," dedi. "Haydi, yat bakalım. Zaten yatma zamanı da geldi."

Çoraplarım giyebileceğim kadar kurumuştu. Peeta'yı ceketini giymeye zorladım. Nemli soğuk benim kemiklerime kadar işlediğine göre, o donuyor olmalıydı. Her ne kadar ikimiz de böyle bir havada kimsenin saldırıya geçmeyeceğini tahmin etsek de, ilk nöbeti almakta ısrar ettim. Fakat Peeta, ben de uyku tulumunun içine girmeden nöbeti bana bırakmayı kabul etmedi. O kadar çok titriyordum ki itiraz etmemin anlamsız olacağını biliyordum. İki gece önce Peeta'nın milyonlarca kilometre uzakta olduğunu düşünürken, bu gece yakınlığı beni altüst ediyordu. Yerlerimizi alırken başımı yastık niyetine koluna yasladı ve uykuya dalarken, diğer kolunu koruyucu bir tavırla üstüme attı. Uzun bir süredir hiç kimse bana böyle sarılmamıştı. Babamın ölümünden sonra anneme güvenmekten vazgeçeli beri başka hiç kimsenin kolu bana böyle güven vermemişti.

Gözlüğün de yardımıyla, tavandan mağaranın zeminine damlayan suları izledim. Ritmik su sesi ninni gibi geliyordu. Birkaç defa tam dalmak üzereyken, silkinerek toparlandım. Hem kendime kızıyor hem de suçluluk duyuyordum. Üç dört saatin sonunda daha fazla dayanamadım. Peeta'yı uyandırmak zorundaydım çünkü gözlerimi açık tutamıyordum. O ise bundan hiç rahatsız olmadı.

"Yarın yağmur dinince, yüksekte bir yer bulacağım," dedim uykuya dalarken. "Böylece ikimiz de rahat rahat uyuyabileceğiz."

Ancak yarın, hava durumu açısından daha parlak haberler getirmiyordu. Sanki oyun kurucular bizi sel suyunda boğmaya karar vermişler gibi, sağanak yağış devam ediyordu. Fırtına o kadar güçlüydü ki yer sarsılıyordu. Peeta yiyecek bir şeyler bulabilmek için dışarı çıkmayı düşünüyordu ama onu böyle bir havada hiçbir sonuç elde edemeyeceğimize ikna ettim. Üç metre ötesini bile göremeyecek ve sırılsıklam olacaktı. Haklı olduğumu o da biliyordu ancak midelerimizin kazınması acı verici boyuta geliyordu.

Akşama doğru, hava durumunda en ufak bir gelişme olmadı. Haymitch bizim tek umudumuzdu fakat gelen giden yoktu. Bunun iki nedeni olabilirdi: Ya kaynak sıkıntısı çekiyordu –çünkü artık her şey müthiş pahalanmış olmalıydı– ya da performansımız onu tatmin etmiyordu. Ben ikinci ihtimali daha makul buluyordum. Bugün aşkımızı tam olarak perçinlemediğimizi herkesten önce ben itiraf edebilirdim. Açlıktan tükenmiş haldeydik; yaralarımız bizi bitap düşürüyordu. Dahası eski yaralarımızı açmamaya uğraşıyorduk. Tamam, uyku tulumunun içinde sarmaş dolaş halde otuyorduk ama bunu yapmamızın asıl nedeni ısınmaktı. İkimizin de yaptığı en heyecan verici şey, şekerleme oluyordu.

Aşk meselesini nasıl alevlendirebileceğimden emin değildim. Dün geceki öpüşmemiz çok hoştu fakat yeni bir öpüşmeyi tetiklemek için biraz kafa yormam gerekecekti. Dikiş'teki bazı kızlar, tıpkı şehirdeki hemcinsleri gibi, bu sularda nasıl dolaşacaklarını çok iyi biliyorlardı. Fakat benim böyle şeylere ayıracak zamanım –ya da bu işlerden sağlayacağım bir fayda– hiç olmamıştı. Her neyse... Zaten artık öpüşmenin de yeterli olacağını sanmıyordum. Öyle olsaydı, dün gece yemek gelirdi. İçgüdülerim Haymitch'in sadece fiziksel yakınlık aramadığını, daha şahsi bir şeyler beklediğini söylüyordu. Mülakat için hazırlık yaptığımız zaman bana söyletmeye çalıştığı türde şeyler... Bu konuda beş para etmezdim ama Peeta benim gibi değildi. Belki de en iyisi onu konuşturmak olacaktı.

Hafif bir sesle, "Peeta," dedim. "Mülakatta bana uzun zamandır âşık olduğunu söylemiştin. Bu uzun zaman tam olarak ne zaman başladı?"

"Ah... Dur bir düşüneyim. Sanırım okuldaki ilk gündü. Beş yaşındaydık. Senin kırmızı pileli bir elbisen vardı. Ve saçlarını arkadan değil, iki yandan örmüştün. Sıra olmak için beklerken babam seni işaret etmişti."

"Baban mı? Ama neden?"

"Demişti ki: 'Şu küçük kızı görüyor musun? Annesiyle evlenmek istemiştim ama o bir madenciyle kaçmıştı.'"

"Ne? Uyduruyorsun," dedim.

"Hayır. Bu yaşanmış bir hikâye," dedi Peeta. "Ben de 'Madenci mi?'" demiştim. "'Neden senin yerine bir madenciyi istedi ki?' Babam demişti ki, 'Çünkü madenci şarkı söylemeye başlayınca, kuşlar bile susup dinliyor.'"

"Doğru," dedim. "Dinliyorlar. Yani, dinliyorlardı." Şaşırdım ve fırıncının Peeta'yla yaptığı konuşmayı düşününce derinden etkilendim. Ve o anda, şarkı söylemek konusundaki isteksizliğimin aslında zaman kaybı olduğunu düşünmemden kaynaklanmadığını anladım. Çünkü şarkılar bana fazlasıyla babamı hatırlatıyordu.

"O gün müzik dersinde öğretmen kimin vadi şarkısını bildiğini sormuştu. Sen hemen el kaldırmıştın. Seni bir tabu-renin üstüne çıkarıp hepimizin önünde sana şarkı söyletmişti. Ve yemin ederim, pencerenin önündeki bütün kuşlar sus pus olmuştu."

"Ah, yapma, Tanrı aşkına," dedim.

"Hayır, gerçekten öyle oldu," dedi Peeta. "Ve şarkın sona erdiği anda, tıpkı annen gibi benim de işimin bittiğini anladım. Sonra tam on bir sene boyunca seninle konuşmak için cesaretimi toplamaya uğraştım."

"Ama başaramadın," dedim.

"Başaramadım. Yani bir anlamda, toplama kurasında adımın çıkması benim için büyük şans oldu."

Bir an için içim, küçük bir aptalmışım gibi mutlulukla doldu. Ama sonra aklım karıştı. Çünkü bizden beklenen bu tarz hikâyeler uydurmamız ve âşık rolü yapmamızdı; gerçekten âşık olmamız değil. Ama Peeta'nın hikâyesinde gerçeklik payı olduğunu hissediyordum. Özellikle de babam ve kuşlarla ilgili kısmında. Ve evet, her ne kadar hangi şarkı olduğunu çıkaramasam da, okulun ilk günü gerçekten de şarkı söylemiştim. Ve kırmızı pileli elbisem... Öyle bir elbisem vardı. Benden sonra Prim de giymişti. Yıkana yıkana paçavraya dönene kadar.

Bu, başka şeylerin de açıklaması olabilirdi. O korkunç yağmurlu günde Peeta'nın bana neden ekmek attığının... Ne yani? Detaylar gerçekse... Geri kalan şeyler de gerçek olabilir miydi?

Tereddütlü bir sesle, "Süper bir hafızan var," dedim.

"Seninle ilgili her şeyi hatırlıyorum," dedi saçımı kulağımın arkasına iterken. "Olup bitenlere dikkat etmeyen sendin."

"Ama şimdi ediyorum," dedim.

"Evet ama burada pek fazla rakibimin olduğunu söyleyemeyiz," dedi Peeta.

Geri çekilmek ve yine kalkanlarımı indirmek istiyordum. Fakat bunu yapamayacağımı biliyordum. Sanki Haymitch kulağıma, "Haydi söyle, haydi söyle," diye fısıldıyordu.

Güçlükle yutkunup içimden geçen kelimeleri dile getirdim. "Başka hiçbir yerde rakibin yok." Ve bu defa ona sokulan ben oldum.

Tam dudaklarımızın birbirine değdiği anda, dışarıdan gelen bir gürültüyle yerimizden sıçradık. Derhal yayımı kapıp, oku yerleştirdim ama başka bir ses gelmedi. Peeta kayaların arasından bakıyor ve neşeyle haykırıyordu. Onu durdurmama fırsat bırakmadan hızla dışarı çıktı ve hemen sonra bana bir şey uzattı. Bu, bir sepete tutturulmuş gümüş bir paraşütten başka bir şey değildi. Sepeti parçalarcasına açtım. İçinde kelimenin tam anlamıyla bir ziyafet vardı: Taze çörekler, keçi peyniri, elmalar ve hepsinden iyisi Hint pirinçlerinin üstünde sunulan kuzu yahnisi! Caesar Flickerman'a Capitol'de beni en çok etkileyen şeyin kuzu yahnisi olduğunu söylemiştim.

Peeta kıkırdayarak içeri girdi. Yüzü güneş kadar aydınlıktı. "Sanırım Haymitch bizi açlıktan sürünürken görmekten sıkıldı," dedi.

"Sanırım," dedim.

Ama zihnimde Haymitch'in homurtusu yankılanıyordu: *"Evet, tatlım. Sizden tam olarak bunu bekliyorum!"*

23

Vücudumun tek tek bütün hücreleri yahniye dalmamı ve avuç avuç yememi söylüyordu. Fakat Peeta'nın sesi bana engel oluyordu. "Yahni konusunda işi ağırdan alsak iyi olacak. Trendeki ilk geceyi hatırlasana... Bütün o zengin yemekler beni hasta etmişti. Üstelik o zaman bu kadar aç da değildim."

Üzgün bir sesle, "Haklısın," dedim. "Oysa her şeyi bir lokmada yutabilirim!" Ama yutmadım. İkimiz de aklı başında davranıyorduk. Birer çörek, yarımşar elma ve yumurta büyüklüğünde birer parça et yedik. Yahnimi tadını çıkararak, küçük lokmalar halinde yemeye özen gösteriyordum. Yemekle birlikte gümüş çatal bıçaklar ve tabaklar bile göndermişlerdi. Yemeğim bitince iç geçirerek yahniye baktım. "Ben biraz daha istiyorum."

"Ben de. Bak ne diyeceğim. Bir saat bekleyelim. Eğer yemeği midemizde tutmayı başarırsak, birer porsiyon daha yeriz."

"Anlaştık," dedim. "Ama bu çok uzun bir saat olacak."

"Belki de olmaz," dedi Peeta. "Yemek gelmeden önce ne diyordun? Benimle ve... rakibimin olmamasıyla ilgili... Başına gelen en iyi şeyin..."

Ortamın, kameraların yanaklarımın kızardığını algılayamayacağı kadar loş olduğunu umarak, "Son kısmı hatırlamıyorum," dedim.

"Ah, doğru. Bunu ben düşünmüştüm," dedi. "Kenara kaysana... Donuyorum."

Ona uyku tulumunda yer açtım. Sırtımızı mağaranın duvarına yasladık. Ben başımı omzuna dayadım. O da kolunu omzuma attı. Haymitch'in durmamam için beni itekledigini hissediyordum. "Yani beş yaşından beri başka hiçbir kız dikkatini çekmedi, öyle mi?" diye sordum.

"Hayır. Bütün kızlar dikkatimi çekti. Ama hiçbiri senin gibi kalıcı iz bırakmadı," dedi.

"Eminim, bir Dikiş kızından hoşlanman annenle babanı sevinçten havalara uçuracaktır."

"Pek sanmam. Ama umurumda değil. Her neyse... Zaten geri döndüğümüzde sen artık bir Dikiş kızı değil, Galipler Köyü sakini olacaksın."

Bu doğruydu. Kazanırsak, ikimiz de şehrin Açlık Oyunları galiplerine ayrılan kısmından birer ev almaya hak kazanacaktık. Uzun zaman önce, oyunlar ilk başladığında Capitol, her mıntıkaya bir düzine güzel ev yaptırmıştı. Tabii bizim mıntıkamızda sadece bir ev doluydu. Diğerlerinde hiç kimse yaşamadı.

Birden rahatsız edici bir düşünceyle sarsıldım. "O zaman tek komşumuz Haymitch olacak!"

"Ah, bu çok hoş olur," dedi Peeta bana iyice sarılarak. "Sen, ben ve Haymitch. Çok samimi. Piknikler, doğum günleri, ateşin başında eski Açlık Oyunları hikâyeleri anlattığımız uzun kış geceleri."

"Sana söyledim, benden nefret ediyor!" dedim ama Haymitch'in yeni kankam olması fikri beni güldürdü.

"Bazen," dedi Peeta. "Ayık olduğu zaman, ağzından seninle ilgili tek bir kötü söz çıktığını duymadım."

"İyi de Haymitch hiçbir zaman ayık değil ki," dedim.

"Bu da doğru. Kiminle karıştırdım? Ah, evet. Seni seven Cinna'ydı. Ama sanırım bunun nedeni seni tutuşturduğu zaman dönüp kaçmamandı," dedi Peeta. "Diğer taraftan, Haymitch konusunda... Ben olsam ondan uzak durmak için ne gerekiyorsa yapardım. Senden nefret ediyor."

"Gözdesinin ben olduğumu söylememiş miydin?"

"Benden daha çok nefret ediyor," dedi. "Bana sorarsan, insanlarla genel olarak sorunu var."

İzleyicilerin, Haymitch'i hedef alan esprilerimize güleceklerinden emindim. Haymitch o kadar uzun zamandır göz önündeydi ki, insanların çoğu için eski bir dosttan farksızdı. Hele toplama gününde sahneden uçmasıyla artık herkes tarafından tanınıyordu. Şu ana kadar hakkımızda sayısız röportaj verdiğine emindim. Uydurduğu yalanları tahmin bile edemiyordum. Aslında, Haymitch'in işi diğerlerine göre daha zordu. Çünkü diğer akıl hocaları ortaklarıyla birlikte çalışıyordu. Oysa Haymitch, her an göreve hazır olmak zorundaydı. Biraz benim arenadaki yalnız halime benziyordu. Nasıl dayandığını merak ediyordum doğrusu... İçki, sürekli dikkatli olmak mecburiyeti ve bizi hayatta tutma stresi onu mahvediyor olmalıydı.

Çok tuhaf. Haymitch ve ben kişilik olarak hiç anlaşamıyorduk fakat belki de Peeta birbirimize benzediğimizi söylerken yanılmıyordu. Çünkü Haymitch hediyelerinin zamanlamasıyla benimle bir şekilde iletişim kurabiliyor gibi görünüyordu. Bana su göndermeyerek bir su kaynağına yakın olduğum mesajını vermesi, uyku şurubunu Peeta'nın acısını dindirmek amacıyla göndermediğini hemen anlayabilmem ve şimdi de aşk konusunda nasıl hareket etmem gerektiğini kavramam. Peeta'yla bir bağlantı kurabilmek için benzer bir çaba harcamıyordu. Belki de bir kâse çorbanın Peeta için bir kâse çorba olacağını, benimse altından bir anlam çıkaracağımı tahmin ediyordu.

Zihnimde parlayan yeni bir fikirle sarsıldım. Bu sorunun su yüzüne çıkmasının neden bu kadar zaman aldığına hayret ediyordum. Belki de, Haymitch'i sorgulamaya yeni yeni başladığım içindi. "Sence bunu nasıl yaptı?"

"Kim? Neyi?"

"Haymitch," dedim. "Sence oyunları nasıl kazandı?"

Peeta cevap vermeden önce kısa bir süre düşündü. Haymitch'in güçlü bir fiziği vardı ama Cato ya da Thresh gibi bir doğa harikası değildi. Özellikle yakışıklı bir erkek de sayılmazdı. Yani, sponsorların sizi hediyelere boğacağı anlamda... Ayrıca çok aksi bir adamdı. Kimsenin onunla takım oluşturmak isteyeceğini sanmıyordum. Haymitch'in kazanmasının tek bir yolu vardı ve ben kafamda bu sonuca ulaşırken, Peeta yüksek sesle cevap verdi.

"Diğerlerini zekâsıyla ezdi," dedi.

Başımı salladım ve konuyu kapattım. Fakat için için, Haymitch'in bizim kazanabileceğimize dair inancıyla uzun süre ayık kalabildiğini düşünüyordum. Belki de her zaman ayyaş bir adam değildi. Belki de ilk başlarda haraçlara yardım etmeye uğraşmıştı. Ama sonra bu iş onun için dayanılmaz bir hal almıştı. İki çocuğa akıl hocalığı yaptıktan sonra ölümlerini izlemek berbat bir şey olmalıydı. Art arda, her sene... Buradan çıkmayı başarırsam, bunu iş edinmem gerekeceğini fark ettim. 12. Mıntıka'nın kız haracına benim akıl hocalığı yapmam gerekecekti. Bu düşünce o kadar kötü geliyordu ki, hemen bir kenara ittim.

Yarım saat kadar sonra, yeniden bir şeyler yemem gerektiğine karar verdim. Zaten Peeta da bana itiraz edemeyecek kadar açtı. Ben iki tabak daha yahni ve pilav hazırlarken, marş sesini duyduk. Peeta gökyüzünü seyretmek için gözünü kayaların arasındaki çatlağa dikti.

"Bu gece görecek bir şey yok," dedim. Yahni, gökyüzünden daha çok ilgimi çekiyordu. "Bugün bir şey olmadı. Yoksa top sesini duyardık."

Peeta alçak sesle, "Katniss," dedi.

"Ne? Sence bir çörek daha paylaşalım mı?" diye sordum.

Yine, "Katniss," dedi ama ben onu duymazdan gelmek istiyordum.

"Bir çöreği ikiye böleceğim. Ama peyniri yarına saklıyorum." Peeta bana bakıyordu. "Ne oldu?"

"Thresh ölmüş," dedi.

"Olamaz," dedim.

"Topu fırtına sırasında atmış olmalılar; o yüzden duymadık herhalde."

"Emin misin? Yani deli gibi yağmur yağıyor. Gökyüzünü nasıl görebildiğini anlayamıyorum." Peeta'yı kenara itip tek gözümü kısarak aralıktan gökyüzüne baktım ve Thresh'in yüzünü gördüm. Hemen sonra görüntü kayboldu.

Yapmakta olduğum şeyi unutmuş gibi, kayaların üstüne yığıldım. Thresh ölmüştü. Mutlu olmam gerekmez mi? Karşı karşıya gelmek zorunda olduğumuz haraçlardan biri daha eksilmişti. Üstelik güçlü bir haraçtı. Ama mutlu değildim. Tek düşünebildiğim Thresh'in, karnına saplanan bir mızrakla hayatını kaybeden Rue sayesinde kaçmama izin verdiğiydi.

Peeta, "İyi misin?" diye sordu.

Omuzlarımı silkip ellerimle dirseklerimi tutarak kollarımı göğsümde birleştirdim. Gerçek acımı saklamak zorundaydım, aksi takdirde rakiplerinin yasını tutan bir haraç olarak adım çıkacaktı. Rue başka bir şeydi. Biz onunla aynı takımdaydık. O çok küçüktü. Ancak hiç kimse, Thresh'in katledilmesine üzülmemi anlayamazdı. Katledilmek! Neyse ki bu kelimeyi yüksek sesle söylemedim. Bu halim bana arenada puan getirmezdi. "Ben sadece..." dedim. "Yani biz kazanamasaydık Thresh'in kazanmasını isterdim. Çünkü o kaçmama izin verdi. Rue sayesinde..."

"Biliyorum," dedi Peeta. "Ama bu bizim 12. Mıntıka'ya bir adım daha yaklaştığımız anlamına geliyor." Elime bir tabak tutuşturdu. "Ye. Hâlâ ılık."

Gerçekten aldırmadığımı göstermek için yemeğimden bir ısırık aldım fakat lokma ağzımda bir sakız gibi büyüyordu, bir türlü yutamıyordum. "Ayrıca Cato'nun bizim peşimize düşeceği anlamına da geliyor," dedim.

"Ve yine malzeme bulduğu..." dedi Peeta.

"Her iddiasına girerim yaralanmıştır," dedim.

"Neden böyle söyledin?"

"Çünkü Thresh mücadele etmeden pes etmez. O güçlü biri. Yani güçlü biriydi. Ve onun alanındaydılar."

"İyi," dedi Peeta. "Cato ne kadar yaralıysa, işimiz o kadar kolaylaşır. Tilki Surat'ın nasıl hayatta kaldığını çok merak ediyorum."

"Ah, o gayet iyi," dedim. Cornucopia'ya saklanma fikri benim yerime onun aklına geldiği için hâlâ öfkeliydim. "Büyük olasılıkla Cato'yu yakalamak, onu yakalamaktan kolay olacak."

"Belki de ikisi birbirini haklar, biz de eve döneriz," dedi Peeta. "Ancak nöbet konusunda çok daha dikkatli olmamız gerek. Birkaç defa içim geçti."

"Benim de," dedim. "Ama bu gece olmayacak."

Sessizce yemeğimizi bitirdik. Sonra Peeta ilk nöbeti üstlendi. Yanında uyku tulumunun içine sindim ve kapüşonumu yüzüme indirip kameralardan saklandım. Duygularımın yüzüme yansımasından korkmadan birkaç dakika geçirmeye ihtiyacım vardı. Kapüşonun altında, Thresh'e sessizce veda ediyor ve canımı bağışladığı için şükranlarımı sunuyordum. Onu hatırlayacağıma, eğer kazanabilirsem ve eğer buna izin verilirse onun ile Rue'nun aileleri için bir şeyler yapacağıma söz verdim. Sonra dolu bir mide ve Peeta'nın yanımda olmasının verdiği güvenle, derin bir uykuya daldım.

Peeta beni uyandırdığı zaman zihnimin algıladığı ilk şey, keçi peynirinin kokusu oldu. Bana üzerine keçi peyniri sürülmüş ve bir dilim elma yerleştirilmiş bir çörek uzattı. "Sakın kızma," dedi. "Yeniden bir şeyler yemem gerekti. Bu da senin payın."

"Ah, iyi," diyerek kocaman bir ısırık aldım. Dolgun ve yağlı peynir, Prim'in yaptığı peynirleri hatırlatıyordu. Elma da tatlı ve kütür kütürdü. "Mmmm..."

"Fırında elma ve keçi peynirli turta yapıyoruz," dedi.

"Eminim çok pahalıdır," dedim.

"Benim ailemin yiyemeyeceği kadar pahalı. Tabii eğer bayatlamadıysa... Aslında doğal olarak yediğimiz her şey bayat oluyor," dedi. Sonra uyku tulumunu üzerine çekti. Daha bir dakika geçmeden horlamaya başlamıştı.

Hah... Bense dükkân sahiplerinin kolay bir hayatı olduğunu sanırdım. Peeta'nın her zaman yiyecek bir şeyler bulabildiği doğruydu. Fakat yine de bütün hayatınızı bayat ekmek ve başka kimsenin istemediği sert ve kuru somunlarla geçirmenin hüzünlü bir tarafı olduğu da kesindi. Bizde ise, ben eve yiyecek bir şeyler getirdiğim için yediklerimizin çoğu o kadar taze oluyordu ki, tabağınızdakilerin ayaklanıp kaçmasından korkuyordunuz.

Nöbetim sırasında bir yerde, yağmur biraz biraz azalarak durdu. Sağanak sona erince, sadece dallarda kalan sular süzülmeye ve hepsi altımızdaki dereye akmaya başladı. Çok güzel bir dolunay çıktı. Gözlük olmadan da dışarıyı görebiliyordum. Ayın gerçek mi yoksa oyun kurucularının projeksiyonu mu olduğuna karar veremiyordum. Evden ayrılmadan kısa süre önce dolunay olduğunu hatırlıyordum. Geç saatlere kadar avlanırken Gale'la birlikte doğuşunu izlemiştik.

Ne kadar zamandır evden uzaktaydım? Arenada iki hafta geçtiğini tahmin ediyordum. Öncesinde de bir haftalık bir hazırlık süreci vardı. Belki de ay bu arada döngüsünü tamamlamıştı. Nedense gördüğümün gerçek ay –12. Mıntıka'dan gördüğüm ayın ta kendisi– olmasını deli gibi istiyordum. Böylece her şeyin gerçekliğinden şüplendiğimiz arenanın gerçeküstü dünyasında tutunacak bir şeyimiz olurdu.

Geriye sadece dört kişi kalmıştı.

İlk defa, kendime eve dönme olasılığımın yüksek olduğunu düşünme izni verdim. Üne ulaşabilirdim. Ve servete. Galipler Köyü'nde kendi evime. Annem ve Prim orada benimle birlikte yaşarlardı. Açlıktan korkmamıza gerek kalmazdı. Yeni bir özgürlük... Ama sonra... Sonra ne olacaktı? Gündelik hayatım nasıl geçecekti? Normalde zamanımın çoğunu yiyecek bulmaya ayırırdım. Bu özelliğim elimden alınırsa kim olduğumu, kimliğimi kaybedebilirdim. Bu düşünce beni ürkütüyordu. Onca parası olan Haymitch'i düşünüyordum. Onunki nasıl bir hayattı? Tek başına yaşıyordu; karısı, çocukları yoktu. Uyanık geçirdiği saatlerin çoğunda sarhoştu. Ben onun gibi olmak istemiyordum.

Kendi kendime, *Ama sen yalnız olmayacaksın,* diye fısıldadım. Annem ve Prim vardı. En azından şimdilik. Sonra... Sonrasını, Prim'in büyüyeceği, annemin bizi terk edeceği zamanları düşünmek bile istemiyordum. Asla evlenmeyeceğimi, bu dünyaya bir çocuk getirme riskini almayacağımı biliyordum. Çünkü galip gelmenin garantileyemeyeceği tek şey, çocuklarınızın güvenliğiydi. Benim çocuklarımın isimleri de diğerleriyle birlikte toplama günü kuralarına dâhil edilecekti. Böyle bir şeyin olmasına asla izin vermeyeceğime yemin etmiştim.

Bir süre sonra güneş doğdu ve ışığı çatlakların arasından mağaraya dolup Peeta'nın yüzünü aydınlattı. Eve dönmeyi başarırsak Peeta nasıl birine dönüşecekti, kimbilir. Bu insanı şaşırtan, iyi huylu ve bütün Panem'i, bana delicesine âşık olduğuna inandıran yalanları –itiraf etmeliyim ki zaman zaman beni bile şüpheye düşüren– bir çırpıda sıralayan delikanlı? En azından dost olurduk diye düşünüyordum. Burada birbirimizin hayatını kurtardığımız gerçeğini hiçbir şey değiştiremezdi. Hem bunun ötesinde, o her zaman bana ekmek veren çocuk olarak kalacaktı. *İki iyi dost.* Bunun ötesinde bir şey... Gale'ın gri gözlerinin, ta 12. Mıntıka'dan Peeta'yı süzen gözlerinden beni izlediğini düşünüyordum.

Duyduğum rahatsızlıkla harekete geçmeye karar verdim. Dönüp Peeta'nın omzunu sarstım. Uykulu gözlerini araladı, beni görünce kendine çekip uzun uzun öptü. Nihayet ayrıldığımızda, "Avlanma zamanımızı boşa harcıyoruz," dedim.

"Ben buna boşa harcamak demezdim," dedi ve kalkıp gerindi. "İyice havaya girmek için boş mideyle mi avlanacağız?"

"Hayır. Gücümüzü koruyabilmek için kendimizi iyice besleyeceğiz," dedim.

"Beni de listeye yaz," dedi Peeta. Yine de yahniyle pilavın kalanını ikiye bölüp ona tepeleme bir tabak uzatmama şaşırdı. "Hepsini mi?"

"Bugün yerine yenisini koyarız," dedim. İkimiz de tabaklarımıza daldık. Yahni, soğukken bile hayatımda yediğim en güzel şeylerden biriydi. Çatalımı bir kenara bırakıp yemeğimin son lokmalarını parmaklarımla yedim. "Effie Trinket'ın sofra adabımdan yakındığını duyar gibiyim."

"Hey, Effie. Bir de şuna bak," dedi Peeta ve çatalını omzunun üstünden arkaya atıp tabağını gürültülü sesler çıkararak yalamaya başladı. Sonra havaya bir öpücük gönderdi ve, "Seni özlüyoruz, Effie!" diye seslendi.

Elimle ağzını kapattım ama bir taraftan da gülüyordum. "Dur! Cato mağaramızın önünden geçiyor olabilir..."

Elimi sımsıkı tuttu. "Kimin umurunda? Artık beni korursun!" Ve beni kendine çekti.

Kendimi kollarından kurtarmaya çalışarak, "Haydi," dedim biraz kızgın bir sesle ama beni öpmeden bırakmadı.

Eşyalarımızı toparlayıp mağaranın önüne çıkınca, ikimiz de ciddileştik. Son birkaç gündür yağmur ve Cato'nun Thresh'le meşguliyeti sayesinde kayaların arasında bir tür tatil yaptığımız, nefeslendiğimiz söylenebilirdi. Şimdi parlayan güneşe ve güzel havaya rağmen, oyunlara geri döndüğümüzü hissediyorduk. Önceden sahip olduğu silahların tamamını kaybettiği için Peeta'ya bıçağımı verdim; kemerine yerleştirdi. Geriye kalan yedi okumu –üçünü patlamada, ikisini ziyafette feda etmiştim– kılıfın içine yerleştirdim. Daha fazla ok kaybetme lüksüm yoktu.

Peeta, "Yakında peşimize düşer," dedi. "Cato, avının ortalıkta dolaşmasına izin verecek biri değil."

"Ama yaralıysa..." diyecek oldum.

"Bir şey fark etmez," dedi Peeta. "Hareket edebiliyorsa, geliyor demektir."

Yağmur yüzünden, dere her iki taraftan da yatağını bir iki metre aşmıştı. Durup su stoğumuzu tazeledik. Birkaç gün önce kurduğum tuzakları kontrol ettim ama hiçbir şey yoktu. Hava durumunu göz önüne alınca bu şaşırtıcı bir haber değildi. Ayrıca bu bölgede ne hayvan ne de hayvanlara ait bir iz görmüştüm.

"Yiyecek bir şeyler bulmak istiyorsak, eski avlanma sahama gitmeliyiz," dedim.

"Karar senin," dedi Peeta. "Bana sadece ne yapmam gerektiğini söyle, yeter."

"Gözünü dört aç," dedim. "Olabildiğince kayaların üstünde kal. Arkamızda sürülecek iz bırakmanın âlemi yok. Bir de ikimiz için de kulak kesil..."

Ben izlerimizi tamamen yok etmek için suyun içinden yürümeyi tercih ederdim ama Peeta'nın bacağının akıntıya dayanabileceğinden emin değildim. Her ne kadar ilaçlar enfeksiyonu kurutmuş olsa da, hâlâ biraz zayıftı. Alnımdaki bıçak yarası biraz sızlıyordu ama üç günün sonunda kanama tamamen durmuştu. Fiziksel zorlanma sonucu yine kanaması ihtimaline karşılık, bandajımı çıkarmadım.

Dere boyunca ilerlerken, Peeta'nın kendini çamur ve yapraklarla kamufle ettiği yerden geçtik. Neyse ki sağanak yağmur ve derenin taşması sonucu saklanma yerinin bütün izleri tamamen silinmişti. Bu da ihtiyaç halinde mağaramıza dönebileceğimiz anlamına geliyordu. Aksi takdirde, peşimizdeki Cato'yla bu riski göze almazdım.

Büyük kayalar, zamanla yerlerini daha ufak kayalara ve nihayet küçük çakıl taşlarına bırakıyordu. Nihayet çam iğnelerine ve orman zemininin yumuşak eğimine ulaştığımız zaman rahat bir nefes aldım. Kötü bir bacakla kayalık alanda dolaşırken, doğal olarak gürültü çıkarabiliyordunuz. Ancak Peeta, normalde sesleri yutan çam iğneleri üzerinde bile gürültü çıkarıyordu. Ciddi ciddi gürültüden bahsediyorum. Bacağını sürüklüyordu sanırım. Dönüp ona baktım.

"Ne?" diye sordu.

"Biraz daha sessiz olmalısın," dedim. "Cato bir yana, yakınlardaki bütün tavşanları kaçırıyorsun."

"Öyle mi? Üzgünüm, bilmiyordum."

Yeniden yürümeye başladık. Bu defa biraz daha az gürültü etmeyi başarıyordu fakat sağlam tek kulağıma rağmen, zaman zaman beni bile irkiltiyordu.

"Çizmelerini çıkarsan?" dedim.

"Burada mı?" Sanki çıplak ayakla sıcak kömürlerin üstünde yürümesini istemişim gibi, inanmayan gözlerle bakıyordu. Kendime onun ormana alışık olmadığını, 12. Mıntıka'da çitlerin arkasında kalan yasak alanı temsil eden ormanın onu ürküttüğünü hatırlatmak zorunda kaldım. Gale'ı ve kadifemsi yürüyüşünü düşündüm. Yaprakların döküldüğü ve av hayvanlarını ürkütmeden hareket etmenin başlı başına bir mücadele olduğu zamanlarda bile o kadar az ses çıkarırdı ki... Eminim, evde bizi izlerken gülüyordu.

"Evet," dedim sabırla. "Ben de çıkaracağım. Böylece ikimiz de daha sessiz oluruz." Sanki ben ses çıkarıyormuşum gibi. Böylece ikimiz de çizmelerimizi ve çoraplarımızı çıkardık. Her ne kadar durum biraz iyileşse de, Peeta'nın önümüze çıkan her dala basmak için çaba harcadığına yemin edebilirdim.

Rue'yla eski kampımıza varmamız saatler aldı ancak ben henüz hiçbir şey vurabilmiş değildim. Dere biraz durulsa, balık tutmak gibi bir seçeneğimiz olabilirdi ancak henüz akıntı çok güçlüydü. Dinlenmek ve su içmek için durunca bir çözüm üretmeye çalıştım. İdeal olan, Peeta'ya basit bir kök toplama görevi verip benim avlanmaya gitmemdi. Ancak bunu yaparsam, onu sadece bir bıçakla kaderine bırakmış olurdum. Cato'nun mızrakları ve bariz üstün gücü karşısında kendini savunamazdı. Bu yüzden, onu güvenli bir yere gizleyip ava çıkmak ve işim bitince almaya gelmek istiyordum. Ancak içimde, egosunun böyle bir öneriyi kabul etmeyeceğine dair bir his vardı.

"Katniss," dedi. "Ayrılmalıyız. Hayvanları kaçırdığımın farkındayım."

"Tek nedeni bacağındaki yara," dedim. Aslında bacağı sorunun sadece küçük bir kısmını oluşturuyordu.

"Biliyorum," dedi. "Bu yüzden, neden sen yola devam etmiyorsun? Bana toplayabileceğim bitkileri göster. Böylece ikimiz de bir işe yararız."

"Cato gelip seni öldürürse, bu plan hiçbir işe yaramaz," dedim. Olabildiğince rahat bir tavırla konuşsam da, bu onu zayıf ve kendini savunamayacak biri gibi göstermeme mâni olmuyordu.

Oysa Peeta gülmekle yetindi. "Bak, ben Cato'nun icabına bakarım. Onunla daha önce de dövüştüm, değil mi?"

Evet ve sonuç müthişti. Neredeyse bir çamur yığınının ortasında ölüyordun. Bunu söylemek istiyor ama kendimi tutuyordum. Ne de olsa Cato'yu üstüne alarak hayatımı kurtarmıştı. Başka bir taktik denedim. "Bir ağacın tepesine tırmanıp ben avlanırken gözcülük yapmaya ne dersin?" dedim. Önemli bir görev havası vermeye çalışıyordum.

Ses tonumu taklit ederek, "Bana yenilebilir şeyleri gösterip, avlanmaya gitmeye ne dersin?" dedi. "Yardıma ihtiyacın olabilir; bu yüzden çok uzaklaşma."

İç geçirip ona kök çıkarmayı gösterdim. Yemeğe ihtiyacımız vardı. Bir elma, iki çörek ve topu topu bir erik büyüklüğündeki keçi peyniri bizi ne kadar idare edebilirdi ki? Fazla uzaklaşmayacak ve Cato'nun uzaklarda olması için dua edecektim.

Ona bir ıslık –Rue'nunki gibi bir melodi değil, iki notalık kısa bir ıslık– öğrettim. İyi olduğumuzu birbirimize haber vermek için arada sırada çalacaktık. Neyse ki ıslık çalmak konusunda başarılıydı. Onu çantayla birlikte orada bırakıp yoluma devam ettim.

Kendimi yeniden on bir yaşında gibi hissediyordum. Bu defa yakınında kalmak istediğim çit değil, Peeta'ydı. Kendime yirmi ila otuz metrelik bir av mesafesi tanıdım. Peeta'dan uzaklaşınca, orman yeniden hayvan sesleriyle doldu. Periyodik ıslıklarından güç alarak biraz daha ilerledim. Kısa sürede iki tavşan ve şişman bir sincap vurdum. Bu kadarının yeterli olduğuna karar verdim. Tuzak kurabilir, balık yakalayabilirdim. Peeta'nın topladığı kökler de eklenince, bir süre idare edebilirdik.

Kısa dönüş yolunda, bir süredir işaretleşmediğimizi fark ettim. Islığıma cevap alamayınca koşmaya başladım. Kısa bir süre sonra, çantamızı ve yanındaki kök yığınını buldum. Plastik parçasının üstüne bir miktar orman meyvesi toplanmıştı. İyi de, Peeta nerelerdeydi?

Panik halinde, "Peeta!" diye haykırdım. "Peeta!" Hızla hışırtı sesine dönerken yayımı çektim. Neyse ki yayı son anda çevirmeyi başardım da, ok hemen sol tarafındaki meşe ağacının gövdesine saplandı. Peeta yerinden sıçradı ve kucağındaki meyvelerin bir kısmını döktü.

Korkum öfkeye dönüştü. "Sen ne yaptığını sanıyorsun? Burada olman gerekiyordu, ormanın içinde koşman değil..."

"Dere kıyısında orman meyveleri buldum," dedi. Belli ki bu ani patlamam onu şaşırtmıştı.

"Islık çaldım. Neden cevap vermedin?"

"Duymadım ki. Sanırım derenin gürültüsü yüzünden." Yanıma gelip ellerini omuzlarıma yerleştirdi. O zaman titrediğimi fark ettim.

"Cato seni öldürdü sandım!" diye haykırdım.

"Ben iyiyim," dedi. Kollarıyla beni sardı ama karşılık vermedim. "Katniss?"

Onu iterken, duygularımla baş etmeye çalışıyordum. "İki insan işaretleşmek konusunda sözleşince, sözlerini tutarlar! Çünkü içlerinden birinin karşılık vermemesi başının belada olduğunu gösterir, anladın mı?"

"Anladım," dedi.

"Anladın demek. Ben Rue'yla bunu yaşadım... Onun ölümünü seyrettim." Ona arkamı dönüp çantanın yanına gittim ve kendi şişemde biraz daha su olmasına rağmen, yeni bir şişe açtım. Onu affetmeye hazır değildim. Sonra gözüme yemekler takıldı. Çöreklere ve elmalara el sürülmemişti ama birisi peynirin bir kısmını almıştı. "Bir de bensiz yemek yedin, öyle mi?" Gerçi umurumda değildi ama öfkemi başka bir şeye yansıtmak istiyordum.

"Ne? Hayır, yemedim," dedi Peeta.

"Ah, o zaman peyniri elmalar yedi," dedim.

"Peyniri ne yedi bilmiyorum," dedi Peeta ağır ağır. Kendini tutmaya çalışır gibi bir hali vardı. "Ama ben yemedim. Ben dere kıyısında meyve topluyordum. Biraz meyve ister misin?"

Aslında isterdim ama yelkenleri bu kadar çabuk suya indirmek istemiyordum. Meyvelerin olduğu yere gidip çömeldim. Daha önce bu türü hiç görmemiştim. Yani görmüştüm ama arenada değil. Her ne kadar biraz benzeseler de, Rue'nun meyvelerinden değillerdi. Ayrıca eğitim sırasında öğrendiklerime de benzemiyorlardı. Eğilip birkaç tanesini elime aldım, parmaklarımın arasında evirip çevirdim.

Babamın sesi kulağımda yankılandı. *"Bunlar olmaz, Katniss. Asla. Bunlara gece kilidi denir. Daha midene inmeden ölürsün."*

İşte tam o anda top sesi duyuldu. Peeta'nın yere yığılmasını bekleyerek hızla arkama döndüm ama o sadece kaşlarını kaldırdı. Gökyüzü aracı yüz metre kadar uzakta belirdi. Tilki Surat'ın çelimsiz vücudundan geriye kalanlar yukarı çekiliyordu. Eksik peyniri gördüğüm anda anlamam gerekirdi. Güneşin altına parlayan kızıl saçlarını görebiliyordum.

Peeta beni kolumdan yakalayıp bir ağaca doğru itti. "Tırman," dedi. "Birazdan burada olur. Yukarıda olursak mücadele şansımız artar."

Durdum. Nedense sakindim. "Hayır, Peeta. Onu sen öldürdün, Cato değil."

"Ama nasıl? Kızı oyunların ilk gününden beri hiç görmedim. Nasıl öldürmüş olabilirim?"

Elimdeki meyveleri ona uzatarak cevabını verdim.

24

Durumu Peeta'ya izah etmem biraz zaman aldı. Tilki Surat'ın ben erzakları havaya uçurmadan önce nasıl yiyecek çaldığını, sadece hayatta kalmasına yetecek ve dikkat çekmeyecek kadar şey almaya özen gösterdiğini, bizim kendimiz için topladığımız orman meyvelerini düşünmeden yediğini anlattım.

"Bizi nasıl bulduğunu merak ediyorum," dedi Peeta. "Sanırım benim hatamdı. Özellikle de senin dediğin kadar çok gürültü çıkardıysam."

Bizi takip etmek, bir koyun sürüsünü takip etmekten daha zor olmazdı biliyordum ama inceliğimi kaybetmeden, "O çok akıllı bir kız, Peeta," dedim. "Şey, daha doğrusu akıllı bir kızdı. Sen kurnazlığını alt edene kadar..."

"Ama bilerek yapmadım. Bana hiç doğru gelmiyor. Yani önce o yemeseydi, ikimiz de ölebilirdik." Peeta durdu. "Hayır, ölmezdik. Sen meyvelerin zehirli olduğunu anlamıştın, değil mi?"

Başımla onayladım. "Biz bu meyvelere gece kilidi deriz."

"İsmi bile kulağa öldürücü geliyor," dedi. "Üzgünüm, Katniss. Ben onların senin topladıklarından olduğunu sanmıştım."

"Özür dileme. Bu bizim eve bir adım daha yaklaştığımız anlamına geliyor, değil mi?"

"Ben kalan meyveleri atayım." Peeta mavi plastik parçasını dikkatle aldı ve içindekileri ormana doğru atmak için harekete geçti.

"Bekle!" diye seslendim. 1. Mıntıka'daki çocuğun deri kesesini buldum ve içine bir iki avuç meyve doldurdum. "Tilki Surat kandıysa, Cato da kanabilir," dedim. "Peşimizdeyse, keseyi kazayla düşürüveririz. Eğer alıp yerse..."

"Merhaba 12. Mıntıka," dedi Peeta.

"Aynen öyle," dedim ve keseyi belime tutturdum.

"Şimdi nerede olduğumuzu anlamıştır. Yakınlarda bir yerdeyse ve aracı gördüyse, kızı bizim öldürdüğümüzü anlayıp peşimize düşecektir."

Peeta çok haklıydı. Bu, Cato'nun beklediği fırsat olabilirdi. Fakat şimdi kaçsak bile, pişirmemiz gereken etler için ateş yakmak zorunda kalacaktık. Cato dumanları görecektir. "Ateş yakalım," dedim. "Hemen şimdi." Çalı çırpı toplamaya koyuldum.

"Onunla yüzleşmeye hazır mısın?"

"Yemek yemeye hazırım," dedim. "Şansımız varken yiyeceklerimizi pişirmemiz daha iyi olur. Nerede olduğumuzu biliyorsa biliyor. Ancak ikimizin birlikte olduğunu ve Tilki Surat'ı bizim öldürdüğümüzü de tahmin ediyordur. Bu senin iyileştiğini gösterir. Ateş de saklanmadığımızı ve onu buraya davet ettiğimizi gösterir. Sen olsan gelir miydin?"

"Belki de hayır," dedi.

Peeta ateş yakmak ve ıslak odunlarla koyu bir duman yaratmak konusunda bir sihirbazdan farksızdı. Çok kısa bir süre içinde tavşanları ve sincabı pişirmeye, yapraklara sardığım kökleri közlemeye başladım. Sırayla yeşillik topluyor ve Cato'yu kolaçan ediyorduk. Ancak tahmin ettiğim gibi, ortalarda görünmüyordu. Yemek pişince, büyük kısmını paketleyip çantaya doldurdum. İkimiz de elimize birer tavşan bacağı alıp yürümeye başladık.

Ben ormanın iç kısımlarında iyi bir ağaca tırmanıp geceyi geçirmek için kamp kurmak istiyordum ama Peeta karşı çıktı. "Ben senin gibi tırmanamam, Katniss. Hele bu bacağımla. Yerden on beş metre yükseklikte uyuyabileceğimi hiç sanmıyorum."

"Ama açıkta kalmak hiç güvenli değil, Peeta," dedim.

"Mağaraya dönemez miyiz? Hem suya yakın hem de orada kendimizi savunmamız daha kolay."

İç geçirdim. Bu, sabah avlanmak için terk etmek zorunda kalacağımız bir yere ulaşmak için uzun saatler boyunca yürümek –ya da patırtı çıkarmak mı demeliydim?– demekti. Ama Peeta öyle sık sık talepte bulunan bir insan değildi. Bütün gün talimatlarıma uymuştu ve eminim, durum tam aksi olsaydı, beni geceyi ağacın tepesinde geçirmeye zorlamazdı. Birden, bugün ona karşı pek de nazik davranmadığımı fark ettim. Çok gürültü çıkardığı için de azarlayıp durduğum yetmezmiş gibi, ortadan kaybolduğu için çığlık çığlığa bağırmıştım. Açık havaya ve güneşe çıkınca, Cato'nun gölgesinde mağaradaki romantizmimiz uçup gitmişti. Eminim Haymitch bana sinir oluyordu. İzleyicilere gelince...

Uzanıp Peeta'yı öptüm. "Tabii," dedim. "Haydi, mağaramıza dönelim."

Memnun olmuş ve rahatlamışa benziyordu. "Kolay oldu," dedi.

Ucuna zarar gelmemesine özen göstererek ağaca saplanan okumu çıkardım. Bu oklar artık yemek, güvence ve hayatın ta kendisi demekti.

Ateşe birkaç dal daha attık. Dumanı daha birkaç saat tüterdi. Gerçi bu noktada Cato'nun herhangi bir çıkarımda bulunacağından da emin değildim. Dereye vardığımız zaman, suyun seviyesinin bir hayli düştüğünü ve akıntının eski hızına döndüğünü gördüm ve suyun içinden yürümemizi önerdim. Peeta bu önerimi memnuniyetle karşıladı. Suyun içinde daha az gürültü çıkaracağı için, bir taşla iki kuş vurmuş oluyorduk. Gerçi aşağı doğru yürüyecek olmamıza ve tavşanla güç toplamamıza rağmen, mağaraya yolumuz uzundu. İkimiz de bugünkü uzun yürüyüşün ardından bir hayli yorgunduk. Üstelik pek bir şey de yememiştik. Cato'yla karşılaşma ve balık görme ihtimaline karşılık okumu ve yayımı hazır tuttum ama dere, tuhaf biçimde canlı varlıklardan arınmış gibi görünüyordu.

Mağaraya yaklaşırken ayaklarımızı âdeta sürüyorduk. Güneş ufukta kaybolmak üzereydi. Su şişelerimizi doldurup sığınağımıza çıkan yokuşu tırmandık. Pek matah olmasa da, bu vahşiliğin ortasında bizim için ev kavramına en yakın yer burasıydı. Üstelik batıdan esmeye başlayan rüzgârı da göz önüne alınca, bir ağaç tepesinden daha korunaklı olacağı kesindi. Güzel bir yemek hazırladım ancak Peeta yemeğin ortasında uyuklamaya başladı. Günlerce hareketsiz kaldıktan sonra avlanmanın acısı yavaş yavaş çıkıyordu. Uyku tulumuna girmesini sağladıktan sonra yemeğinin kalan kısmını uyandığı zaman yemesi için bir kenara ayırdım. Hemen uykuya daldı. Uyku tulumunu çenesine kadar örtüp yanağına bir öpücük kondurdum. Bunu seyirciler için değil, kendim için yapıyordum. Çünkü hâlâ burada olduğu ve sandığım gibi dere kıyısında ölmediği için minnettardım. Cato'yla tek başıma karşılaşmak zorunda kalmayacağım için...

Tek bir hareketle boyun kırabilen Thresh'i alt edecek güce sahip, başından beri beni gözüne kestirmiş olan, gaddar ve kana susamış Cato. Büyük olasılıkla, eğitimdeki notumla onu geride bıraktığımdan beri bana karşı özel bir nefreti vardı. Peeta gibi bir çocuk, böyle bir şeyi umursamazdı. Ama içimden bir ses, puanımın Cato'nun dikkatini çektiğini söylüyordu. Bu o kadar da zor bir şey değildi. Erzakların havaya uçurulduğunu öğrendiği zaman gösterdiği o saçma tepkiyi hatırladım. Diğerleri de üzülmüştü elbette ama Cato tamamen aklını oynatmıştı. Artık Cato'nun akıl sağlığından şüpheleniyordum.

Gökyüzü mühürle aydınlanıyordu. Tilki Surat'ın yüzünün göğe yansımasını ve sonra dünyadan sonsuza dek silinmesini izledim. Peeta bir şey demedi ama gerekli bile olsa, kızın ölümüne neden olmaktan hoşnut olduğunu hiç sanmıyordum. Tilki Surat'ı özleyeceğimi söyleyemezdim ama bende hayranlık uyandırdığını itiraf etmeliydim. Tahminimce, hepimize bir test uygulasalar, en zeki haraç o çıkardı. Aslına bakarsanız bir tuzak kurmuş olsaydık hisseder ve meyvelerden uzak dururdu. Kızı yıkan, Peeta'nın cehaleti olmuştu. O kadar çok zamanımı rakiplerimi hafife almadığımdan emin olmaya ayırmıştım ki, onları gözümde büyütmenin de tehlikeli olabileceği hiç aklıma gelmemişti.

Düşüncelerim yeniden Cato'ya döndü. Tilki Surat'ı –nasıl biri olduğunu ve nasıl hareket ettiğini– çözdüğümü düşünürken, Cato konusunda emin değildim. Güçlü, iyi eğitimli, fakat zeki miydi? Bilmiyordum. Tilki Surat gibi değildi. Ayrıca, Tilki Surat'ın sergilediği müthiş kontrolden de yoksundu. Bana göre, Cato öfke anında kontrolünü ve karar verme yetisini kaybedebilirdi. Bu konuda, kendime de pay çıkarıyordum. Örneğin domuzun ağzındaki elmaya okumu savurduğum an, öfkeden deliye döndüğüm bir andı. Belki de Cato'yu sandığımdan daha iyi anlıyorumdur.

Vücudumun bitkinliğine rağmen zihnim son derece uyanıktı. Bu yüzden Peeta'nın her zamankinden daha uzun süre uyumasına izin verdim. Hatta uyanması için omzunu sarstığımda yumuşak ve gri bir gün ağarmak üzereydi. Neredeyse panik halinde çevresine bakındı. "Bütün gece uyumuşum. Bu hiç adil değil, Katniss. Beni uyandırman gerekirdi."

Gerinerek uyku tulumunun içine girdim. "Şimdi uyuyacağım işte. İlginç bir şey olursa beni uyandırırsın."

Görünüşe bakılırsa hiçbir şey olmamıştı çünkü gözlerimi açtığımda kayaların arasından aydınlık bir güneşin parladığını gördüm. "Dostumuzdan haber var mı?" diye sordum.

Peeta başını salladı. "Hayır. İnsanı rahatsız edecek kadar sessiz."

"Sence oyun kurucularının bizi bir araya getirmeleri ne kadar sürer?"

"Tilki Surat dün öldü. İzleyicilerin bahis oynayıp sıkılmaya başlamaları için yeterince zaman geçti. Bana sorarsan, her an bir şey olabilir."

Ben de, "Evet, içimden bir ses bugünün büyük gün olduğunu söylüyor," dedim. Oturup son derece huzurlu görünen çevreye bakındım. "Nasıl yapacaklar acaba?"

Peeta sessiz kaldı. Bu yeterli bir cevap değildi.

"Pekâlâ. Onlar harekete geçene kadar, güzel bir av gününü ziyan etmemiz için bir neden yok. Ancak başımızın belaya girmesi ihtimaline karşılık, midemizin aldığı kadar yemek yemeye gayret etmeliyiz," dedim.

Ben zengin bir yemek hazırlarken Peeta eşyalarımızı toparladı. Tavşanlardan, köklerden ve yeşilliklerden geriye kalanlarla birlikte son çörekleri ve peyniri de ortaya koydum. Stoğa sadece sincap ve elmaları bıraktım.

Karnımız doyduğunda geriye sadece tavşanın kemikleri kaldı. Yağ içindeki ellerim, pislik duygumu iyice perçinliyordu. Belki Dikiş'te her gün banyo yapma fırsatı bulamıyorduk ama son zamanlardaki halimden daha temiz olduğumuz kesindi. Ayaklarım dışında –deredeki uzun yürüyüşümüz sayesinde– bütün vücudum pislik içindeydi.

Mağaramızdan ayrılırken son noktayı koyduğumuzu hissediyordum. Arenada bir gece daha geçireceğimizi hiç tahmin sanmıyordum. Bir şekilde, ölü ya da diri, bugün buradan çıkacağımızı düşünüyordum. Kayaları okşayıp, içimden veda ettim. Yüzümüzü gözümüzü yıkamak için dereye gittik. Tenimin soğuk suyla temas etmesi için çıldırıyordum. Saçlarımı yıkayıp ıslakken örebilirdim. Dereye yaklaşırken kıyafetlerimizi de hızlı hızlı yıkayabileceğimizi düşündüm. Ya da daha doğrusu, dereden geri kalanlara demeliydim... Karşımızda kupkuru bir dere yatağı duruyordu. Eğilip elimi yere sürdüm.

"Nemli bile değil," dedim. "Biz uyurken bütün suyu çekmiş olmalılar." Daha önce susuz kaldığım günlerde dilimin nasıl kuruduğunu, vücudumun nasıl sancı çektiğini ve zihnimin nasıl bulandığını anımsayınca dehşete düştüm. Şişelerimiz ve mataramız neredeyse tamamen doluydu. Ama iki kişinin tüketimi ve bu sıcak güneşle, dibini getirmemiz çok sürmeyeceğe benziyordu.

"Göl," dedi Peeta. "Gitmemizi istedikleri yer orası."

"Belki gölcüklerde hâlâ su vardır," dedim.

"Bakabiliriz," dedi Peeta ama sadece kibarlık ediyordu. Çünkü ben de bir ara ayağımı soktuğum gölete gittiğimiz zaman neyle karşılaşacağımızı tahmin edebiliyordum. Kupkuru, tozlu bir çukurdu. Yine de, zaten sahip olduğumuz bir bilgiyi doğrulamak için yola çıktık.

"Haklısın," dedim. "Bizi göle çekmeye çalışıyorlar. Orada saklanacak yer yok. Hem bu sayede görüşlerini bloke edecek herhangi bir engel olmadan, kanlı bir kavgaya şahitlik edebilirler. Hemen mi gitmek istersin? Yoksa suyumuzun tükenmesini mi bekleyelim?"

"Şimdi hazır karnımız tokken ve yeni dinlenmişken gidelim," dedi Peeta. "Gidelim, bu işi bitirelim."

Başımla onayladım. Çok komikti. Yeniden oyunların ilk gününe dönmüşüz gibi hissediyordum. Yeniden aynı konuma gelmişiz gibi. Yirmi bir haraç hayatını kaybetmişti ama hâlâ Cato'yu öldürmemiz gerekiyordu. Aslında başından beri öldürülmesi gereken hep o değil miydi? Şimdi diğer haraçlar sadece küçük birer engelmiş, bizi oyunların asıl savaşından uzak tutan, dikkatimizi dağıtan ayrıntılarmış gibi geliyordu. Sanki asıl mücadele ben ve Cato arasında geçmeliymiş gibi.

Ama hayır. Hemen yanı başımdaki çocuk da vardı. Kolunu omzuma attığını fark ettim.

"İkiye karşı bir," dedi. "Kolay lokma olacak."

"Bir dahaki yemeğimizi Capitol'de yiyeceğiz," dedim.

"Bundan emin olabilirsin," dedi.

Bir süre öylece, birbirimizi, güneşin ışıklarını ve ayaklarımızın altında hışırdayan yaprak seslerini hissederek durduk. Sonra tek bir kelime etmeden ayrılıp, göle doğru yürümeye başladık.

Peeta'nın ayak seslerinin hangi kemirgenleri kaçırdığı, hangi kuşları ürküttüğü umurumda değildi artık. Cato'yla savaşmak zorundaydık ve bu işi düzlük arazi yerine burada yapmayı tercih ederdim. Fakat böyle bir tercih hakkım olduğunu hiç sanmıyordum. Eğer oyun kurucular bizi açıkta dövüştürmek istiyorlarsa, bu iş açıkta olacak demekti.

Birkaç dakika boyunca, Kariyerler'in beni tuzağa düşürdükleri ağacın altında durup dinlendik. İz sürücü arıların kovanından geriye kalan ve sağanak yağışlarla iyice parçalanıp sıcak güneşin altında kavrulan parçalar, doğru yerde olduğumuza işaret ediyordu. Çizmemin ucuyla kovanı ittim. Lime lime dökülüp toza dönüşüveriyordu. Rue'nun gizlice tünediği ve hayatımı kurtarmak için beklediği ağaca bakmaktan kendimi alamıyordum. İz sürücü arılar. Glimmer'ın şişmiş vücudu. O korkunç halüsinasyonlar.

"Haydi, gidelim," dedim. Bu yeri saran karanlıktan bir an önce kurtulmak istiyordum. Peeta itiraz etmedi.

Güne geç başladığımız için düzlüğe vardığımızda akşam olmak üzereydi. Cato'dan hiçbir iz yoktu. Hatta güneşte ışıl ışıl parlayan altın renkli Cornucopia'dan başka hiçbir şey yok demek daha doğru olurdu. Cato'nun bize bir Tilki Surat numarası çekmesi ihtimaline karşılık, Cornucopia'nın çevresini dolaşıp içinin boş olduğundan emin olduk. Sonra, sanki verilen talimatlara uyar gibi, itaatkâr bir tavırla göle gidip su şişelerimizi doldurduk.

Güneş batarken kaşlarımı çattım. "Onunla karanlıkta savaşmak istemeyiz. Sadece bir gözlüğümüz var."

Peeta, büyük bir dikkatle suyun içine iyodin damlattı. "Belki de bunu bekliyordur. Ne yapmak istersin? Mağaraya mı dönsek?"

"Ya mağaraya dönelim ya da bir ağaç bulalım. Fakat önce, ona yarım saat daha zaman verelim. Sonra saklanırız," dedim.

Gölün kenarında, dört bir yandan görülebilecek şekilde oturduk. Düzlüğün kenarındaki ağaçlarda, alaycı kuşların uçuştuğunu görür gibiydim. Şakıdıkları melodileri parlak renkli toplar gibi birbirlerine atıp duruyorlardı. Ağzımı açıp Rue'nın dört notalı melodisini mırıldandım. Sesimi duyunca meraklanıp duraksadıklarını ve daha fazlasını duymak için kulak kesildiklerini gördüm. Sessizliğin içinde, aynı notaları tekrar ediyordum. Önce bir alaycı kuş melodime karşılık verdi. Sonra bir tane daha. Ve sonra, bütün kuşlar aynı melodiye ses verdi.

"Baban gibi," dedi Peeta.

Parmaklarım, tişörtüme takılı duran iğneye gitti. "Bu, Rue'nun şarkısı," dedim. "Sanırım hatırladılar."

Müzik yayıldıkça, güzelliğini daha iyi idrak ediyordum. Üst üste binen notalar birbirlerini yüceltiyor ve hoş, doğaüstü bir ahenk yaratıyordu. Rue sayesinde 11. Mıntıka'nın bahçe işçilerini her akşam evlerine uğurlayan melodi buydu demek. Acaba artık Rue olmadığına göre, onun yerine bu görevi bir başkası üstlenmiş miydi?

Bir süre gözlerimi yumup sesleri dinledim. Şarkının güzelliği beni büyülüyordu. Sonra bir şey, müziği bozmaya başladı. Sesler tuhaflaşıyor, notalar eksiliyordu. Alaycı kuşların sesleri yüksek perdeden çığlıklara dönüşüyordu.

Ayağa fırladık. Peeta bıçağını çekti. Ben okumu hazırladım. Ve o anda Cato ağaçların arasından fırlayıp üzerimize saldırdı. Elinde mızrak yoktu. Aslına bakarsanız, elleri bomboştu. Yine de doğruca üstümüze koştu. İlk okum ona doğru uçtu, göğsüne çarpıp açıklanamaz şekilde sekti.

Peeta'ya, "Bir tür zırhı var," diye bağırdım.

Aslında bunu tam zamanında yapmıştım çünkü Cato neredeyse üzerimize çıkıyordu. Bütün gücümü topladım fakat Cato hızını kontrol etmeye yeltenmeden, süratle tam aramızdan geçti. Nefes alıp verişinden ve morumsu yüzünden akan terlerden, uzun süredir koştuğunu anladım. Aslında bize doğru koşmuyordu. Bir şeyden kaçıyordu. Ama neden?

Gözlerim ormanı taradı ve tam o anda düzlüğe fırlayan ilk yaratığı gördüm. Kafamı çevirince, peşinden gelen yarım düzine yaratığı daha fark ettim. Ve sonra, kendimi kurtarmaktan başka hiçbir şey düşünemeden Cato'nun arkasından deli gibi koşmaya başladım.

25

Mutasyonlar. Bu konuda en ufak bir şüphe yoktu. Bu muttaları daha önce hiç görmemiştim ama dünyaya doğal yollardan gelmiş hayvanlar olmadıkları kesindi. Büyük kurtlara benziyorlardı fakat hangi kurt arka bacaklarının üstüne inip kolayca dengesini bulabilirdi ki? Hangi kurt, sanki bileği varmış gibi pençesiyle grubun geri kalanını koşmaya çağırabilirdi. Bunları çok uzaktan bile görebiliyordum. Eminim yakından bakınca çok daha korkutucu özellikleri ortaya çıkacaktı.

Cato uçarak Cornucopia'ya daldı. Sorgusuz sualsiz peşinden gittim. Eğer o buranın en güvenli yer olduğunu düşünüyorsa, sorgulamak bana düşmezdi. Ayrıca ben ağaçlara ulaşmayı becerebilsem bile, Peeta'nın o bacakla hayvanları alt etmesi mümkün değildi. Peeta! Ellerim, Cornucopia'nın kuyruk kısmındaki metale değdiği anda, bir takımın parçası olduğumu anımsadım. Peeta benden yaklaşık on beş metre gerideydi. Elinden geldiğince hızlı koşuyordu fakat muttalar arayı kapatmak üzereydiler. Grubun üstüne doğru bir ok attım. Hayvanlardan biri yere düştü ama yerini alacak çok arkadaşı vardı.

Peeta bana elini salladı. "Koş, Katniss, koş!"

Haklıydı. Yerden ikimizi birden koruyamazdım. Ellerim ve ayaklarımı kullanarak hızla tırmanmaya başladım. Cornucopia'nın saf altın yüzeyi, hasat zamanı doldurduğumuz dokuma boynuzu sembolize etmek üzere tasarlandığı için, yer yer tutunabileceğim küçük çıkıntılar ve dikişler vardı. Ancak sıcak güneşin altında geçen uzun bir günün ardından Cornucopia'nın metal yüzeyi ellerimi dağlıyordu.

Cato boynuzun en tepesinde, yerden altı metre yükseklikte yan yatıyordu. Nefesini normale döndürmek için büyük bir çaba harcıyordu. İşini bitirmem için bundan daha uygun bir an olamazdı. Boynuza tırmanırken yarı yolda durdum ve yayıma bir ok yerleştirdim. Ancak tam yayı çekmek üzereyken Peeta'nın haykırışını duydum. Hızla döndüm ve boynuzun kuyruk kısmına yetiştiğini ancak muttaların tam dibinde olduklarını gördüm.

"Tırman!" diye bağırdım. Peeta sadece yaralı bacağı değil, elindeki bıçak tarafından da engellenerek tırmanmaya başladı. Pençesini metale yaslayan ilk muttanın gırtlağına bir ok isabet ettirdim. Hayvan son nefesini verirken sağa sola saldırmaya başladı ve istemeden arkadaşlarının birkaç tanesini yaraladı. İşte o zaman pençelerine dikkatle baktım. Yaklaşık sekiz santim uzunluğunda ve bariz bir şekilde jilet keskinliğinde tırnakları vardı.

Peeta ayağıma ulaşınca, kolunu tutup onu yukarı çektim. Sonra Cato'nun tepede beklediğini hatırlayıp hızla döndüm. Fakat Cato, kramplar içinde iki büklüm kıvranıyordu ve görünüşe bakılırsa şu anda derdi bizimle değildi. Muttalar... Öksürerek anlaşılmaz bir şeyler mırıldanıyordu. Muttalardan yükselen hırıltı ve gürlemeler işimi kolaylaştırmıyordu.

"Ne?" diye bağırdım.

"'Tırmanabilirler mi?' diye bağırdı," dedi Peeta ve dikkatimi yeniden aşağıdaki dehşete çekti.

Muttalar bir araya toplandı. Bunu yaparken arka ayakları üstünde doğrulup, tuhaf bir biçimde insanlaşıyorlardı. Hepsinin kalın postları vardı. Bazılarınınki parlak ve düz tüylü, diğerlerininki kıvırcıktı. Renkleri abanoz siyahı ile sarı diyebileceğim bir ton arasında değişiyordu. Bu hayvanlarda ensemdeki tüyleri diken diken eden bir şey vardı ama ne olduğunu tam olarak çıkaramıyordum.

Burunlarını boynuza uzatıp kokluyor, metalin tadına bakıyor, pençelerini yüzeye sürtüyorlardı.

Sonra birbirlerine yüksek perdeden uluyarak bir şeyler anlatmaya çalıştılar. Bu şekilde iletişim kuruyor olmalıydılar çünkü sürü, sanki yer açmak ister gibi geri çekiliyordu. Sonra içlerinden biri, ipeksi, sarı tüyleri olan irice bir mutta koşarak boynuza atladı. Arka bacakları gerçekten çok kuvvetli olmalıydı. Çünkü bizden yaklaşık üç metreye aşağıya indi. Bir süre orada kaldı. İşte o zaman beni huzursuz eden şeyin ne olduğunu anladım. Bana diktiği yeşil gözleri, bugüne kadar gördüğüm hiçbir kurt, köpek ya da köpek soyundan gelme herhangi bir canlınınkine benzemiyordu. Kesinlikle insan gözleri gibiydiler. Bu bilgiyi sindirmeye çalışırken, tasmasına mücevherlerle işlenmiş 1 rakamını fark ettim. Ve o anda anladım: Sarı tüyler, yeşil gözler... Ve sayı. Bu mutta, Glimmer...

Dudaklarımın arasından bir çığlık kaçtı. Okumu yerinde tutmakta güçlük çekiyordum. Atış yapmak için beklerken, oklarımın sayısının bir hayli azaldığını göz önünde tutmaya çabaladım. Önce, bu yaratıkların tırmanıp tırmanamayacaklarını görmeliydim. Fakat mutta pençeleri, metal yüzeyde tıpkı karatahtaya sürtünen tırnaklar gibi insanın içini gıdıklayan bir ses çıkararak aşağıya kaymaya başlasa da okumu attım. Boynuna isabet eden okla bedeni seğirdi ve büyük bir gürültüyle yere düştü.

"Katniss?" Peeta'nın kolumu sımsıkı tuttuğunu sonradan hissettim.

"Bu o," dedim.

"Kim?"

Gözlerimi birbirinden çok farklı boyut ve renklerdeki sürünün üstünde dolaştırırken kafamı bir o yana bir bu yana çevirdim. Kırmızı kürklü ve kehribar gözlü, ufak tefek mutta. Tilki Surat! Sırt çantası için çekişirken ölen 9. Mıntıka haracının kül rengi saçları ve kahverengi gözleri. En kötüsü, koyu renkli, parlak kürklü, iri kocaman gözlü, boynundaki hasır tasmada 11 sayısını taşıyan muttaydı. Dişleri nefretle parlıyordu. Rue...

"Neler oluyor, Katniss?" Peeta omzumu sarstı.

Güçlükle, "Onlar..." dedim. "Hepsi... Diğerleri. Rue, Tilki Surat ve diğer haraçlar..."

Ne demek istediğimi anlayan Peeta'nın ağzının şaşkınlıktan açık kaldığını gördüm. "Onlara ne yapmışlar? Sence... Bu gözler, onların gerçek gözleri olabilir mi?"

Gözleri bütün endişelerimin arasında ancak son sıralarda yer alabilirdi. Ya beyinleri? Acaba o beyinlere gerçek haraçların anıları girilmiş olabilir miydi? Biz hayatta kaldığımız, onlar acımasızca öldürüldükleri için bizden nefret etmeye programlanmış olabilirler miydi? Ve gerçekten bizim öldürdüklerimiz... Kendi ölümlerinin intikamını aldıklarını sanıyor olabilirler miydi?

Bu düşüncelerimi dile getirme fırsatı bulamadan, muttalar yeniden saldırıya geçtiler. Boynuzun iki tarafında iki gruba ayrıldılar ve bize ulaşmak için güçlü arka ayaklarını kullandılar. İki sıra diş, elimden sadece birkaç santim ötede hırsla birbirine vururken Peeta'nın haykırdığını duydum ve vücudunun çekildiğini hissettim. Hem onun hem de onu çeken muttanın ağırlığıyla yana eğildim. Peeta kolumu tutmasa çoktan yeri boylamış olacaktı. İkimizi de boynuzun üstünde tutmak için var gücümle direndim. Ve yeni haraçlar üstümüze doğru geldiler.

"Öldür onu, Peeta! Öldür onu!" diye bağırdım. Neler olduğunu göremesem de, Peeta yaratığı bıçaklamış olmalıydı çünkü beni aşağı çeken güç azalıyordu. Peeta'yı yeniden boynuza çektim ve birlikte, kötülükler arasında daha gerilerde kalan diğer düşmanımıza doğru tırmandık.

Cato henüz ayaklanabilmiş değildi. Ancak nefesi gittikçe yavaşlıyordu. Biraz sonra üstümüze gelecek ve bizi aşağıya, ölümün kucağına itecek kadar toparlanacağını biliyordum. Yayımı çektim fakat ok sadece Thresh olabileceğini düşündüğüm bir muttaya isabet etti. Başka kim bu kadar yukarı sıçrayabilirdi ki? Anlık bir rahatlama hissettim çünkü artık muttaların ulaşamayacağı kadar yukarı tırmanmış olmalıydık. Ben dönüp Cato'ya bakarken, Peeta'nın yanımdan çekildiğini hissettim. Sürünün ona ulaştığından emindim; tam o anda kanı yüzüme sıçradı.

Cato tam karşımda, boynuzun hemen kenarında duruyordu. Kolunu, nefesini kesecek şekilde Peeta'nın boynuna dolamıştı. Peeta tırnaklarını Cato'nun koluna geçirdi; ancak öyle sersem bir hali vardı ki... Nefes almasının mı yoksa bir muttanın bacağında açtığı yaradan fışkıran kanı durdurmasının mı daha önemli olduğuna karar veremiyor gibiydi...

Şimdi yakından bakınca, vücuduna sımsıkı oturan ten rengi bir ağ –Capitol usulü yüksek kalite bir zırh– ile kaplı gövdesine ya da kollarına denk gelmesi halinde hiçbir işe yaramayacağını bildiğim için, son iki okumdan birini Cato'nun kafasına nişan aldım. Acaba bu zırh –onu benim oklarımdan koruyacak zırh– ziyafette payına düşen çantadan mı çıkmıştı? Ne yazık ki yüzünü koruyacak bir şey göndermeyi düşünememişlerdi.

Cato bir kahkaha attı. "Haydi beni vur da o da benimle birlikte aşağı yuvarlansın."

Haklıydı. Eğer onu vurursam ve muttaların arasına düşerse, Peeta da onunla birlikte ölürdü. Kör bir noktaya varmıştık: Cato'yu, Peeta'nın ölümüne neden olmadan vuramazdım. Cato ise Peeta'yı beynine bir ok yemeyi garanti altına almadan öldüremezdi. İkimiz de heykel gibi durup birbirimizi süzerken, bir çıkış noktası bulmaya çalışıyorduk.

Kaslarım o kadar gergindi ki her an patlayabilirdi. Dişlerimi öyle bir sıkmıştım ki kırılmaları an meselesiydi. Muttalar sessizleşiyorlardı; duyabildiğim tek ses, sağlam kulağımda zonklayan nabzımdı.

Peeta'nın dudakları morarmaya başladı. Hemen bir şey yapmazsam, nefessiz kalıp ölecekti. O zaman hem onu kaybetmiş olacaktım hem de Cato gövdesini bana karşı bir silah olarak kullanacaktı. Aslında, Cato'nun planının bu yönde olduğundan emindim. Çünkü artık kahkaha atmıyordu ve dudaklarında zafer dolu bir gülümseme vardı.

Peeta hayatta kalmak için son kuvvetini kullanır gibi, bacağındaki yara yüzünden kana bulanan elini, Cato'nun koluna uzattı. Kendini kurtarmak için boğuşmak yerine başparmağını Cato'nun eline sürterek bir X çizdi. Cato, bunun tam olarak ne anlama geldiğini benden bir saniye sonra anladı. Bunu dudaklarındaki gülümsemenin silinmesinden anladım. Ancak çok geç kalmıştı çünkü aynı anda okum, elini delip geçti. Bir çığlık koparak refleks olarak Peeta'yı bıraktı. Peeta onu dirseğiyle itti. Hiç bitmeyecek gibi gelen, korkunç birkaç saniye boyunca, ikisinin birlikte aşağı yuvarlanacaklarını sandım. Cato kandan yapış yapış olan boynuzun üzerinde dengesini kaybedip hızla yere düşerken, ileri doğru hamle yapıp Peeta'yı kolundan yakaladım.

Gövdesinin yere çarptığını ve muttaların ona saldırdıklarını duyduk. Peeta'yla birbirimize sımsıkı tutunup top sesini duymayı, yarışmanın sona ermesini ve özgür kalmayı bekliyorduk. Ama öyle bir şey olmadı. En azından şimdilik. Çünkü bu, Açlık Oyunları'nın zirve anıydı ve seyirciler gerçek bir şov bekliyorlardı.

Bakmasam da aşağıdan gelen inlemeleri ve homurtuları duyabiliyordum. Cato mutta sürüsüne saldırırken, acı dolu insan ve canavar iniltileri birbirine karışıyordu. Onu ayak bileklerinden boynuna kadar kaplayan zırhı unuttuğum için, bir süre Cato'nun nasıl olup da hayatta kaldığını anlayamadım. Ve sonra, bunun uzun bir gece olacağını fark ettim. Cato'nun kıyafetlerinin altına gizlediği bir bıçağı, kılıcı ya da buna benzer bir şeyi olmalıydı. Çünkü zaman zaman bir muttanın ölüm çığlığını ya da metalin metale çarpma sesini duyuyorduk. Mücadele Cornucopia'nın çevresindeki alanda sürüp gidiyordu. Cato'nun hayatını kurtarabilecek manevrayı yapmaya, yani yeniden boynuzun tepesine, bizim yanımıza tırmanmaya çalıştığını tahmin ediyordum. Fakat sonunda, dikkat çekici gücüne ve yeteneğine karşın muttalar tarafından alt edildi.

Ne kadar sürdüğünü bilmiyorum. Ama sanırım bir saatin sonunda Cato'nun yere düştüğünü ve muttaların onu Cornucopia'nın içine sürüklediklerini duyduk. İçimden *Şimdi işini bitirecekler*, diye geçiriyordum. Fakat top sesi duyulmadı.

Gece çöküyor, marş çalınıyordu. Ancak Cato'nun yüzü gökyüzüne yansımadı. Sadece altımızdaki metalden ulaşan iniltileri duyuyorduk. Açık araziyi kaplayan dondurucu hava, bana oyunların henüz bitmediğini hatırlatıyordu. Daha ne kadar süreceğini ancak Tanrı bilirdi. Zaferimizin henüz bir garantisi yoktu.

Dikkatimi Peeta'ya çevirdim ve bacağının hiç olmadığı kadar kötü kanadığını fark ettim. Bütün eşya ve sırt çantalarımız göl kıyısında, muttaların ortaya çıkmasıyla kaçtığımız yerde duruyordu. Yanımda sargı bezi ya da kanamayı durduracak hiçbir şey yoktu. Soğuk rüzgârda tir tir titriyor olmama rağmen önce ceketimi, sonra tişörtümü çıkardım. Sonra ceketimi geri giydim. Çıplak kaldığım birkaç saniye bile dişlerimin birbirine vurmasına yetmişti.

Solgun ay ışığında, Peeta'nın yüzü grileşiyordu. Yarasını incelemeden önce onu boynuzun üstüne yatırdım. Parmaklarımın arasından ılık ve kaygan bir kan akıyordu. Sargı yeterli olmayacağa benziyordu. Annemin birkaç defa turnike uyguladığını görmüştüm. Aynısını yapmaya çalıştım. Tişörtümün kolunu yırtıp tam dizinin altına iki defa doladım ve yarım bir düğüm attım. Sopam olmadığı için elimde kalan son oku alıp düğümün içine soktum ve cesaret edebildiğim kadar döndürdüm. Bu çok riskli bir işti –sonunda Peeta bacağını kaybedebilirdi– ancak kötü ihtimalleri, hayatını kaybetmesiyle karşılaştırdığım zaman başka bir alternatifimin olmadığını gördüm. Yarasını tişörtümden geriye kalan parçayla sarıp yanına uzandım.

"Sakın uyuma," dedim. Bunun tıbbi protokollerde yeri olduğundan emin değildim ama uykuya dalması halinde tekrar uyanamaması ihtimali beni dehşete düşürüyordu.

"Üşüyor musun?" diye sordu. Ceketinin fermuarını açtı. Ona iyice sokuldum. Fermuarı, beni de içine alacak biçimde kapattı. Şimdi iki kat ceketin içinde olduğum ve birbirimizin vücut ısısından faydalandığımız için biraz daha ısınmıştık fakat gece daha yeni başlıyordu. Isı her dakika biraz daha düşecekti. Üzerine tırmandığımız zaman ateş gibi sıcak olan Cornucopia'nın bile buz kestiğini hissedebiliyordum.

Peeta'ya, "Cato hâlâ kazanabilir," diye fısıldadım.

"Böyle düşünme," dedi ve kapüşonumu örttü. Fakat aslında o benden daha çok titriyordu.

Bundan sonraki birkaç saat, hayatımın en berbat saatleri oldu. Aslında şöyle bir düşününce, bunun bir anlamı olmalıydı. Soğuk başlı başına bir işkence olabilirdi fakat asıl kâbus Cato'nun inlemesini ve yalvarmasını dinlemek oldu. Çok kısa bir süre sonra artık Cato'nun kim olduğunu ve neler yaptığına aldırmamaya başladım. Tek istediğim, acılarının bir an önce son bulmasıydı.

"Onu neden hemen öldüremiyorlar ki?" diye sordum.

Peeta beni kendine doğru çekerken, "Nedenini biliyorsun," dedi.

Biliyordum. Şu anda hiçbir izleyici gözlerini ekrandan alamıyor olmalıydı. Ve oyun kurucularının bakış açısından bu, eğlencede son nokta demek oluyordu.

Bu durum böyle sürüp gitti. Nihayet beynim karıncalanmaya, kendini anılara ve gelecek umutlarına kapatıp şimdiki zaman dışında her şeyi silmeye başladı. Ve artık hiçbir şeyin değişmeyeceğine inanmaya başladım. Bundan sonra korku, soğuk ve boynuzun içinde can çekişen o çocuğun acı dolu inlemelerinden başka hiçbir şey olmayacaktı.

Peeta'nın içi geçmeye başladı. Gözlerini her kapatışında, kendimi ismini daha da yüksek sesle haykırırken buldum. Çünkü olur da şimdi, kollarımın arasında ölürse aklımı kaçıracağımı biliyordum. Büyük olasılıkla kendinden çok benim için mücadele ediyordu. Bu çok zordu çünkü bilincini kaybetmesi aslında bir tür kaçış olabilirdi. Ancak benim bedenimde pompalanan adrenalin, peşinden gitmeme izin vermiyordu. Bu yüzden onu da gönderemezdim. Bunu yapamazdım.

Zamanın ilerlediğinin tek göstergesi gökyüzünde ayın yavaş yavaş yer değiştirmesinde yatıyordu. Peeta bana ayı gösteriyor ve hareket ettiğini görmemi sağlamaya çalışıyordu. Gecenin sıkıntısı beni içine çekmeden önce, kısa da olsa umut dolu bir an.

Ve sonunda, bana güneşin doğuşunu müjdeleyen sesini duydum. Gözlerimi açınca yıldızların, şafağın solgun renginde gözden kaybolduğunu gördüm. Ve tabii Peeta'nın yüzündeki bütün kanın çekmiş olduğunu da fark ettim... Ne kadar az zamanının kaldığını. Onu bir an önce Capitol'e götürmemiz gerektiğini.

Hâlâ top atılmamıştı. Sağlam kulağımı boynuza yasladım. Cato'nun belli belirsiz inlemesini duyuyordum.

"Bence artık sona yaklaştı," dedi Peeta. "Katniss, onu vurabilir misin?"

Eğer boynuzun girişine yakınsa onu vurabilirdim. Sanırım bu noktada onu vurmam merhametli bir hareket bile olabilirdi.

"Son okum turnikenin içinde," dedim.

Peeta ceketinin fermuarını açıp beni serbest bıraktı. "Bir işe yarasın."

Böylece oku kurtarıp, turnikeyi donmuş parmaklarımla becerebildiğim kadar sıkı bağladım. Kan dolaşımımı sağlamak için ellerimi birbirine sürttüm. Boynuzun kenarına gidip aşağı sarkarken, Peeta'nın düşmemem için beni tuttuğunu hissediyordum.

Loş ışıkta, kanlar içinde yatan Cato'yu görmem birkaç saniyemi aldı. Sonra bir zamanlar en büyük düşmanım olan et yığını bir ses çıkardı. Ağzının nerede olduğunu görüyordum. Sanırım, "Lütfen," demeye çalışıyordu.

Okumu kafatasına gönderirken içim intikam değil, acıma duygusuyla titriyordu. Peeta beni geri çektiğinde elimde sadece yayım vardı. Ok kılıfım artık bomboştu.

"Onu vurabildin mi?" diye sordu.

Top atışı, cevabını verdi.

"O zaman biz kazandık," dedi duygusuz bir sesle.

"Yaşasın," diye mırıldandım fakat içinde zafer sevincinden eser yoktu.

Düz arazide bir delik açıldı ve yer üstlerine kapanırken, geriye kalan muttalar gözden kayboldu.

Bir gökyüzü aracının Cato'nun cesedini almaya gelmesini ve zafer trompetlerinin çalmasını bekledik fakat hiçbir şey olmadı.

"Hey!" diye haykırdım. "Neler oluyor?" Aldığım tek cevap, yeni güne uyanan kuşların cıvıltısı oldu.

"Belki de ceset yüzündendir," dedi Peeta. "Belki de bizim uzaklaşmamız gerekiyordur."

Hatırlamak için beynimi zorladım. Son ölümden sonra ölü haraçtan uzaklaşılması gerekiyor muydu? Zihnim emin olamayacak kadar bulanıktı. Fakat gecikmenin nedeni başka ne olabilirdi ki?

"Pekâlâ... Göle ulaşabilir misin?" diye sordum.

"Sanırım denemekten başka çarem yok," dedi Peeta. Boynuzun kuyruk kısmından kayıp yere düştük. Benim bacaklarım bile böyle kaskatıyken, Peeta nasıl hareket edebilirdi ki? Ayağa ilk ben kalktım. İleri geri sallanarak, ona yardım etmeme yeteceğine inandığım bir mesafeye kadar eğildim. Bir şekilde göle ulaşmayı başardık. Peeta'ya bir avuç soğuk su verdikten sonra, kendim de içtim.

Bir alaycı kuş, uyarı ıslığını çaldı. Bir gökyüzü aracı, Cato'nun cesedini almak üzere alana inerken gözlerim sevinç gözyaşlarıyla doldu. Şimdi bizi de alacaklardı. Artık eve dönebilirdik.

Fakat yine hiçbir şey olmadı.

Peeta zayıf bir sesle, "Neyi bekliyorlar?" diye sordu. Turnikeyi çözmem ve göle ulaşmak için harcadığı çaba yarasının yeniden açılmasına neden olmuştu.

"Bilmiyorum," dedim. Bekletilmemizin nedeni her ne olursa olsun, Peeta'nın kan kaybından ölmesine izin veremezdim. Bir sopa bulmak için ayağa fırlar fırlamaz, Cato'nun zırhından seken oku gördüm. Bu da tıpkı diğer ok gibi işe yarayabilirdi. Ben oku almaya uzanırken Claudius Templesmith'in sesi bütün arenayı kapladı.

"74. Açlık Oyunları'nın final yarışmacılarına kocaman bir merhaba! Daha önce yapılan revizyon geçersiz kılınmıştır. Kurallar Kitabı yeniden incelendiğinde, yarışmadan sadece bir galibin çıkabileceğine hükmedilmiştir," dedi. "İyi şanslar... Kader sizden yana olsun!"

Hepsi bu kadardı. Kulaklarıma inanamayarak Peeta'ya baktım ve gerçeği anladım. Niyetleri hiçbir zaman ikimizin birden hayatta kalmasını sağlamak olmamıştı. Bütün bunlar tarihin en dramatik şovuna imza atmaya karar veren oyun kurucuların çevirdiği bir dalavereydi. Ve ben de bir aptal gibi bu yalanı yutmuştum.

"Şöyle bir düşününce, aslında o kadar şaşırtıcı değil," dedi Peeta. Acı içinde ayağa kalkmasını izledim. Sonra bana doğru hamle yaptı ve sanki ağır çekimle yayınlanan bir görüntüden çıkmış gibi, belindeki bıçağı çekti.

Ne yaptığımı anlamadan oku yayıma yerleştirip, kalbine nişan aldım. Peeta kaşlarını kaldırdı. O anda bıçağın elinden çıktığını, göle doğru uçtuğunu ve suya düştüğünü gördüm. Silahımı indirip geriye doğru bir adım attım. Yüzüm utançtan –başka neden olabilir ki?– alev alev yanıyordu.

"Hayır," dedi. "Yap bunu!" Topallayarak bana doğru geldi ve okla yayı elime tutuşturdu.

"Yapamam," dedim. "Yapmayacağım."

"Yap! Adamlar şu muttaları tekrar üstümüze salmadan ya da bunun gibi bir şey olmadan. Cato gibi ölmek istemiyorum."

"O zaman sen beni vur," dedim öfkeyle ve silahları ona uzattım. "Beni öldür, evine dön ve bu gerçekle yaşa!" Bunu söylerken bile, hemen şimdi ve oracıkta ölmenin çok daha kolay olacağını biliyordum.

"Bunu yapamayacağımı biliyorsun," dedi Peeta silahları yere atarken. "Pekâlâ... O zaman ben önden giderim." Eğilip bacağındaki sargıyı açtı ve kanıyla toprak arasındaki son engeli ortadan kaldırdı.

"Hayır," dedim. "Kendini öldüremezsin." Dizlerimin üstüne çöküp, yarasını yeniden sarmak için umutsuzca çabaladım.

"Katniss. Ben böyle olmasını istiyorum."

"Beni burada yalnız bırakamazsın," dedim. Çünkü eğer Peeta ölürse, asla eve dönemezdim. Gerçekten. Bütün hayatımı bu arenada geçirip, kendime bir çıkış yolu bulmaya çabalardım.

"Dinle," dedi beni ellerimden tutup ayağa kaldırırken. "İkimiz de bir galiplerinin olması gerektiğini biliyoruz. Ve o galip, içimizden sadece biri olabilir. Lütfen... Bunu kabul et. Benim için..." Sonra beni ne kadar sevdiğini, bensiz hayatın nasıl bir cehennem olacağını anlatmaya başladı ama ben onu dinlemedim çünkü zihnim, biraz önce söylediği cümleye takılıp kalmıştı.

İkimiz de bir galiplerinin olması gerektiğini biliyoruz.

Evet. Bir galiplerinin olması şarttı. Bir galip olmazsa, bütün olay oyun kurucularının elinde patlayabilirdi. Capitol'ü hayal kırıklığına uğratmış olurlardı. Hatta kameralar ülke çapındaki bütün ekranlara görüntülerini yansıtırken ağır ve acı verici bir idama kurban gidebilirlerdi.

Fakat Peeta ve ben aynı anda ölecek olursak... Ya da öldüğümüzü düşünürlerse...

Parmaklarım kemerime asılı duran keseye kaydı. Peeta ne yaptığımı görünce bileğime yapıştı. "Hayır. Buna izin veremem."

"Güven bana," diye fısıldadım. Uzunca bir süre gözlerime baktıktan sonra, elimi bıraktı. Kesenin ağzını açıp içinden aldığım bir avuç meyveyi avucuna bıraktım. Sonra kendi avucumu doldurdum. "Üç deyince..." dedim.

Peeta öne eğilip beni öptü. "Üç deyince..."

Sırtlarımızı birbirimize yaslayıp öylece durduk. Boş ellerimiz birbirine kenetlendi.

"Avucunu açıp göster," dedi. "Herkesin görmesini istiyorum."

Parmaklarımı açtım. Koyu renk orman meyveleri güneşin altında parlıyordu. İşaret vermek ve veda etmek için Peeta'nın elini bir kez sıktım. Saymaya başladık. "Bir." Belki de yanılıyordum. "İki." Belki de ikimizin birden ölmesi umurlarında olmazdı. "Üç." Artık fikrimi değiştirmek için çok geçti. Elimi ağzıma götürürken dünyaya son bir kez baktım. Meyveler dudaklarımın arasından kayarken, trompetlerin sesi duyuldu.

Ve Claudius Templesmith'in deliye dönmüş sesi, trompet seslerini bastırmak istercesine haykırıyordu: "Durun! Durun! Bayanlar baylar. Size, 74. Açlık Oyunları'nın şampiyonlarını takdim etmekten onur duyarım. Katniss Everdeen ve Peeta Mellark. 12. Mıntıka'nın haraçları..."

26

Ağzımdaki meyveleri tükürüp, geride bir damla bile suyun kalmadığından emin olmak için ceketimin eteğiyle ağzımı sildim. Peeta beni göle çekti. Her ikimiz de ağzımızı çalkaladıktan sonra birbirimize sımsıkı sarıldık.

"Hiç yutmadın ya?" diye sordum.

Peeta başını salladı. "Sen?"

"Sanırım yutsaydım çoktan ölmüş olurdum." Dudaklarının kıpırdadığını görebiliyordum ancak hoparlörlerden canlı yayınladıkları Capitol halkının tezahüratları arasında ne dediğini duyamıyordum.

Başımızın üstünde bir araç belirdi ve aşağıya iki merdiven sarktı. Fakat Peeta'yı bırakmaya hiç ama hiç niyetim yoktu. Yukarı çıkmasına yardım ederken kolumu belinden ayırmadım. İkimiz de birer ayağımızı merdivenin ilk basamağına yerleştirdik. Akım bizi olduğumuz yere sabitledi. Bu defa buna memnun oldum çünkü aksi takdirde, Peeta'nın uzun süre dayanabileceğini sanmıyordum. Aşağıya doğru bakınca, kaslarımızın kilitlenmiş olmasına rağmen, hiçbir şeyin Peeta'nın kanamasını durduramadığını gördüm. Kapı arkamızdan kapanıp akım durunca, Peeta boylu boyunca yere serilip bilincini kaybetti.

Ceketini o kadar sıkı kavramıştım ki, beni gözyaşları içinde bırakıp onu götürdükleri zaman, parmaklarımın arasında bir parça siyah kumaş kaldı. Ameliyat için hazır bekleyen steril, beyaz önlükler içinde, yüzleri maskeli ve elleri eldivenli doktorlar hemen harekete geçtiler. Peeta gümüş renkli masanın üstünde o kadar solgun ve hareketsizdi ki... Her tarafından tüpler ve hortumlar çıkıyordu. Bir an oyunlardan çıkmış olduğumuzu unuttum ve doktorları yeni bir tehdit, Peeta'yı öldürmeye azmetmiş muttalar gibi gördüm. Dehşet içinde ona doğru koştum ama beni yakaladıkları gibi, başka bir odaya kapattılar. Aramızda tamamı cam olan bir duvar vardı. Camı yumruklayıp avaz avaz bağırdım. Arkamdan gelip bana içecek bir şeyler ikram eden Capitol hizmetlisi dışında herkes beni yok saydı.

Yüzüm cama yapışık halde yere yığıldım. Anlamayan gözlerle elimdeki kristal bardağa bakıyordum. Buz gibi portakal suyuyla dolu bardağın içinde süslü, beyaz bir pipet vardı. Bu kanlı, kirli ve yara bere içindeki ellerimle, içleri pislikle dolu tırnaklarımla büyük bir tezat oluşturuyordu. Kokusu ağzımı sulandırıyordu ama büyük bir dikkatle yere bıraktım. Bu kadar temiz ve hoş bir şeye güvenecek durumda değildim.

Camın diğer tarafında, derin bir konsantrasyonla kaşlarını çatmış doktorların hararetle Peeta'yı iyileştirmeye çalıştıklarını görüyordum. Hortumlardan pompalanan sıvıları, üzeri bana hiçbir şey ifade etmeyen sayı ve ışıklarla kaplı panoyu izliyordum. Tam olarak emin değilim ama galiba kalbi tam iki kez durmuştu.

Kendimi yine evde, maden kazasında umutsuzca yaralanmış o adamı, doğumunun üçüncü gününü yaşayan kadını ya da zatürreyle baş eden o çocuğu getirdikleri günde hissettim. Annemin ve Prim'in yüzlerinde yine o bildik ifade vardı. Şimdi tam ormana kaçma zamanıydı. Hasta gidene ve Dikiş'in başka bir köşesinde tabut çakma işi bitene kadar ağaçların arasına saklanma zamanıydı. Ancak burada, aracın duvarları arasında ve ölmek üzere olanların sevdikleri insanları bırakmayan o duyguda kısılıp kaldım. Kimbilir kaç defa onları mutfak masamızın çevresinde kara kara düşünürken görmüştüm? Kimbilir kaç defa, *Neden gitmiyorlar ki? Neden kalıp seyrediyorlar?* diye merak etmişimdir.

Şimdiyse cevabı biliyordum. Çünkü başka seçenekleri yoktu.

Sadece birkaç santim öteden dik dik bana bakan yüzü fark ettiğim zaman irkildim ve hemen sonra, bunun kendi yüzümün cama yansıması olduğunu gördüm. Vahşi gözler, çukurlaşmış yanaklar, âdeta keçeye dönmüş saçlar. Kudurmuş. Vahşileşmiş. Deli. İnsanların benimle aralarına güvenli bir mesafe koymaya çalışmalarına şaşmamak gerekirdi.

Bir süre sonra, araç Eğitim Merkezi'nin çatısına indi. Peeta'yı götürdüler ama beni camın arkasında bıraktılar. Cama vurmaya ve çığlıklar atmaya başladım. Ve sanırım o anda pembe saçlar gördüm. Bu Effie olmalıydı. Beni kurtarmaya geliyordu. Ve tam o anda sırtıma bir iğnenin saplandığını hissettim.

Uyandığım zaman önce hareket etmeye korktum. Bütün tavan sarı ışıklarla kaplıydı. Görebildiğim kadarıyla içinde yatağımdan başka hiçbir şeyin olmadığı bir odadaydım. Görünürlerde herhangi bir kapı ya da pencere yoktu. Havada keskin bir antiseptik kokusu vardı. Sağ kolumdan, arkamdaki duvara kadar uzanan bir yığın hortum çıkıyordu. Çıplaktım fakat çarşaf tenime iyi geliyordu. Çekingen bir tavırla sağ elimi örtünün üstüne kaldırdım. Sadece temizlenmekle kalmamıştım, tırnaklarım da düzeltilip biçimlendirilmişti. Yaralarım biraz yatışmış gibiydi. Yanaklarıma, dudaklarıma, kaşımın üstündeki buruşuk yara izine dokundum. Ellerimi ipeksi saçlarımda gezdirirken donup kaldım. Büyük bir hevesle, saçımı sol kulağımın dibinde hışırdattım. Hayır, hayal değildi. Yeniden duyabiliyordum.

Kalkıp oturmaya çalıştım fakat belimi saran geniş bir bant, birkaç santimden fazla kalkmama izin vermiyordu. Bu fiziksel engellenme paniğe kapılmama neden oldu. Kalçalarımı oynatarak zorla kalkmaya çalışırken, duvarın bir kısmı kayarak açıldı ve içeriye elinde bir tepsiyle kızıl saçlı Avox kızı girdi. Onu görünce sakinleştim ve kaçmaya uğraşmaktan vazgeçtim. Ona binlerce soru sormak istiyordum ama bu yakınlığın kıza zarar vermesinden korktum. Çok yakından izlendiğim aşikârdı. Tepsiyi kucağıma bırakıp, beni oturur pozisyona getirecek birkaç düğmeye bastı. Yastıklarımı düzeltirken tek bir soru sorma riskini aldım. Gizli bir şey yaptığımızı düşünmemeleri için çatlak sesimin el verdiğince yüksek sesle, "Peeta yaşıyor mu?" diye sordum. Kız başını salladı ve elime bir kaşık tutuşturdu. Bunu yaparken dostça bir sıcaklık hissettim.

Sanırım bu kız ölmemi hiç istememişti. Ve Peeta hayatta kalmayı başarmıştı. Tabii ki başarmıştı. Bütün bu pahalı makinelerin, araç gereçlerin arasında... Yine de kız doğrulayana kadar emin olamamıştım.

Avox çıkarken kapı arkasından sessizce kapandı. Ben iştahla tepsiye döndüm. Bir kâse çorba, birazcık elma püresi ve bir bardak su... *Hepsi bu mu*? diye düşündüm. Eve hoş geldin yemeğimin biraz daha şatafatlı olması gerekmez miydi? Fakat bu zayıf yemeği bitirmekte bile güçlük çektim. Midem bir kestane boyutuna inmişti sanki. Ne zamandır baygın olduğumu merak ediyordum çünkü arenadaki son sabah, sağlam bir kahvaltı etmek konusunda hiç zorluk yaşamamıştım. Genelde yarışmanın sona ermesi ile galibin halka takdim edilmesi arasında birkaç gün olurdu. Bu arada açlıktan ölmek üzere, yaralı ya da perişan haldeki insan kalıntısını bir araya getirmek için fırsat yaratırlardı. Cinna ve Portia bir yerlerde halkın önüne çıktığımızda giyeceğimiz kıyafetleri hazırlamakla meşgul olmalıydılar. Haymitch ve Effie ise bir taraftan sponsorlarımız için verilecek daveti ayarlarken, diğer taraftan da son mülakatlarımız için soruları gözden geçiriyor olmalıydılar. 12. Mıntıka'da ise tam bir kaos yaşandığından emindim; Peeta ve benim için eve hoş geldiniz kutlamalarının hazırlıkları tam gaz gidiyor olmalıydı. Bu işi en son otuz sene kadar önce yaptığımız düşünülürse, heyecanın büyüklüğünü anlamak hiç zor değildi.

Ev! Prim ve annem! Gale! Prim'in huysuz kedisini düşününce bile gülümsedim. Yakında evde olacaktım.

Bu yataktan bir an önce çıkmak istiyordum. Peeta ve Cinna'yı görmek, neler olup bittiğini öğrenmek... Hem neden çıkmayacaktım ki? Kendimi gayet iyi hissediyordum. Fakat belimdeki banttan kurtulmaya çalışırken hortumlardan birinden damarıma soğuk bir sıvının aktığını hissettim ve hemen o anda bilincimi kaybettim.

Bu durum bir süre daha böyle sürüp gitti. Uyandım, bir şeyler yedim ve her ne kadar kaçmaya yeltenme dürtümü güç bela bastırsam da kendimden geçtim. Tuhaf ve sonu gelmeyen bir alacakaranlık içindeydim. Sadece birkaç şeyi algılayabiliyordum. O ilk günden sonra kızıl saçlı Avox kızı bir daha hiç görünmemişti. Yara izlerim hızla kayboluyordu. Hayal mi görüyordum? Yoksa gerçekten bir erkeğin bağırdığını mı duyuyordum? Capitol aksanıyla değil, evden aşina olduğum daha kaba bir vurguyla. Elimde değildi, birinin beni aradığı düşüncesinden kurtulamıyordum.

Ve sonunda, nihayet sağ kolumdaki bütün hortumların çıkarıldığı ve tamamen kendime geldiğim o an geldi. Beni yatağa bağlayan bandım da çıkarılmıştı, artık özgürce hareket edebiliyordum. Doğrulmaya çalıştım ama bakışlarım ellerime kilitlendi. Tenim neredeyse kusursuz denecek kadar güzelleşmişti; pürüzsüz ve ışıl ışıldı. Sadece arenada oluşan yara izleri değil, seneler boyunca avlanırken edindiğim bütün yara bereler, geriye en ufak bir iz bırakmadan kaybolup gitmişti. Alnım saten gibi pürüzsüzdü. Baldırımdaki yanığı bulmaya çalışıyordum ama geride en ufak bir eser kalmamıştı.

Bacaklarımı yataktan aşağı sarkıtırken beni taşıyıp taşımayacaklarından endişeliydim. Fakat onları son derece güçlü ve sağlam buldum. Yatağımın ayak ucunda beni, yüzümü buruşturmama neden olan bir kıyafet bekliyordu. Bu hepimizin arenada giydiğimiz kıyafetin aynısıydı. Bir süre kıyafete beni ısıracakmış gibi baktıktan sonra, takımımın karşısına bu kıyafetle çıkacağımı hatırladım.

Bir dakikadan kısa bir sürede giyinip, göremesem de kapı olduğundan emin olduğum duvarın önüne dikildim. Duvar aniden kayarak açıldı. Başka hiçbir kapı yokmuş gibi görünen geniş ve boş bir hole adım attım. Mutlaka bir kapı ve o kapının arkasında da Peeta olmalıydı. Şimdi artık bilincim yerine geldiği ve hareket edebilir durumda olduğum için Peeta konusunda her an biraz daha endişeleniyordum. İyi olmalıydı. Yoksa Avox kızı o işareti yapmazdı. Ancak onu kendi gözlerimle görmem gerekiyordu.

"Peeta!" diye seslendim çünkü sorabileceğim kimse yoktu. Cevap olarak kendi adımı duydum ama bu, Peeta'nın sesi değildi. Bu bende önce bir kızgınlık, sonra da heves uyandıran bir sesti. Effie!

Döndüğüm zaman onları –hepsini– holün sonundaki büyük odada gördüm. Effie, Haymitch ve Cinna. Ayaklarım hiç tereddüt etmeden harekete geçti. Belki de şampiyon dediğiniz kişi –özellikle bu görüntülerin kaydedildiğini düşünerek– daha kontrollü davranmalı, üstünlük taslamalıydı ama benim umurumda değildi. Onlara doğru koştum ve kendimi bile şaşırtacak bir hareket yaparak önce Haymitch'i kucakladım. Kulağıma, "İyi iş çıkardın, tatlım," diye fısıldarken sesi hiç ama hiç alaycı değildi. Effie'nin gözleri dolu doluydu. Saçlarımı okşadı ve herkese bizim gerçek birer inci olduğumuzu anlattığını söyledi. Cinna bana sımsıkı sarıldı ve hiçbir şey söylemedi. Sonra Portia'nın onlarla birlikte olmadığını fark ettim; içime tuhaf bir his doldu.

"Portia nerede? Peeta'yla mı? Peeta iyi mi? Yani hayatta mı?"

"Gayet iyi. Sadece ikinizi canlı yayında, törende buluşturmak istiyorlar," dedi Haymitch.

"Ah... Demek o kadar," dedim. Peeta'nın ölmüş olmasından duyduğum korku geçip gitti. "Sanırım ben bile o sahneyi görmek isterdim."

"Haydi, Cinna'yla git," dedi Haymitch. "Seni hazırlaması gerek."

Cinna'yla yalnız kalıp, koruyucu kolunu omzumda hissetmek beni rahatlattı. Cinna beni kameralardan uzaklaştırıp birkaç geçitten geçirdikten sonra bir asansöre bindirip Eğitim Merkezi'nin lobisine götürdü. Anlaşılan hastane bölümü yerin çok altındaydı, hatta haraçların düğüm ve mızrak atma egzersizleri yaptıkları spor salonundan bile daha aşağıda. Lobinin pencereleri karartılmıştı; birkaç koruma nöbet tutuyordu. Onlardan başka hiç kimse bizim haraç asansörüne bindiğimizi görmüyordu. Ayak seslerimiz boş mekânda yankılanıyordu. On ikinci kata çıkarken, bir daha geri dönmeyecek haraçların yüzleri gözümün önünde belirdi; göğsümde bir yanma hissettim.

Asansörün kapısı açılınca Venia, Flavius ve Octavia çevremi sardılar. O kadar hızlı ve o kadar büyük bir heyecanla konuşuyorlardı ki ne dediklerini anlamakta güçlük çekiyordum. Ancak duygularını algılamak hiç zor değildi. Beni gördüklerine gerçekten çok mutluydular, her ne kadar Cinna'yı görmekle aynı şey olmasa da ben de onları gördüğüme sevinmiştim. Bu daha çok, bir hayli zorlu bir günün sonunda evinize döndüğünüzde, sizi gördükleri için heyecandan fır dönen evcil hayvanlar karşısında kapılacağınız bir duyguydu.

Beni yemek odasına götürüyorlardı. Her ne kadar porsiyonlarımın sıkı kontrolü devam etse de, gerçek bir yemek – rosto, bezelye ve yumuşacık çörekler– yedim. İkinci porsiyon taleplerim geri çevrildi.

"Hayır, hayır, hayır," dedi Octavia. "Midendekileri sahnede çıkarmanı istemiyorlar." Fakat yanımda olduğunu göstermek için bana el altından bir çörek daha uzattı.

Odama döndük. Cinna bir süreliğine ortadan kaybolurken hazırlık ekibi beni hazırlamaya başladı.

Flavius bana gıptayla bakarak, "Ah, sana komple vücut cilası yapmışlar," dedi. "Teninde en ufak bir pürüz kalmamış, baksana."

Ancak aynadaki yansımama baktığım zaman tek görebildiğim, sıskalığım oldu. Arenadan çıktığımda daha kötü durumda olduğumu biliyordum ama resmen kaburgalarım sayılıyordu.

Duşumu hazırladıar. İşim bittiği zaman saçlarımı, tırnaklarımı, makyajımı yaptılar. Sürekli konuştukları için benim nadiren cevap vermem gerekiyordu. Bu bana iyi gelmişti aslında çünkü çok konuşkan bir havada değildim. Çok komik, çünkü hiç susmadan oyunlardan bahsederken, önemli bir olay olduğunda nerede olduklarını, neler yaptıklarını ve ne hissettiklerini anlatıp duruyorlardı. "Hâlâ yataktaydım!" "Kaşlarımı daha yeni boyatmıştım!" "Yemin ediyorum, az kalsın bayılacaktım." Her şey onlarla ilgiliydi sanki. Arenada ölen kızları ve çocukları düşünen yoktu.

12. Mıntıka'da oyunlardan bu şekilde bahsetmezdik. Dişlerimizi sıkıp seyrederdik çünkü yayın sona erdiği anda işimizin başına dönmemiz beklenirdi. Hazırlık ekibimden nefret etmemek için konuştukları şeylerin büyük kısmını duymazdan geldim.

Cinna kollarında altın sarısı bir tuvaletle geri geldi.

"Ne o? Ateşli kız imajından vaz mı geçtin yoksa?" diye sordum.

"Sen söyle," diyerek elbiseyi başımdan geçirdi. Açlığın vücudumdan çaldığı kıvrımları gizlemek için göğüs kısmına eklenen takviyeleri hemen fark ettim. Elim göğsüme gitti; kaşlarım çatıldı.

"Biliyorum," dedi Cinna bana itiraz fırsatı bırakmadan. "Ancak oyun kurucular seni estetik ameliyatla değiştirmek istediler. Haymitch'in bu konuda ciddi bir savaş vermesi gerekti. Ancak bu şekilde uzlaşabildiler." Aynaya bakmadan önce beni durdurdu. "Bekle. Ayakkabıları unutma." Venia ayağıma bir çift düz, deri sandalet geçirdi. Dönüp aynaya baktım.

Hâlâ 'alevler içindeki kız'dım. İncecik kumaş, âdeta ışıldıyordu. Havadaki en ufak hareket bile elbisemi dalgalandırıyordu. Bunun yanında araba kostümüm fazla cafcaflı, mülakat elbisem ise fazla zorlama kalıyordu. Üzerimdeki bu tuvaletle, âdeta mum ışığı giymişim gibi bir illüzyon yaratıyordum.

Cinna, "Ne düşünüyorsun?" diye sordu.

"Sanırım şu ana kadarki en güzel kostümüm bu," dedim. Gözlerimi ışıklar saçan kumaştan ayırmayı başarınca, yeni bir sürprizle daha karşılaştım. Saçlarım, sadece bir saç bandıyla tutturulup omuzlarımdan aşağı serbest bırakılmıştı. Makyaj yüzümün çukurlarını doldurup çehreme keskin çizgiler katmıştı. Tırnaklarımda açık renk bir cila parlıyordu. Kolsuz elbise belime değil, göğüs kafesimin altına oturuyordu ve bollaşarak dizlerime kadar iniyordu. Ayağımda yüksek topuklu pabuçlar olmadığı için, gerçek endamım ortaya seriliyordu. En basit tabirle, bir kız gibi görünüyordum. Küçük bir kız. En fazla on dördünde. Masum. Zararsız. Evet. Oyunları daha yeni kazandığım düşünülürse, Cinna'nın böyle bir fikir üretmesi gerçekten çarpıcıydı.

Görünüşümün büyük bir hassasiyetle hesaplandığını hissediyordum. Cinna'nın tasarladığı hiçbir şey keyfi değildi. Bunu neden yaptığını anlamaya çalışırken dudağımı ısırdım.

"Ben... Biraz daha sofistike görünürüm sanıyordum," dedim.

Büyük bir dikkatle, "Böylesi Peeta'nın daha çok hoşuna gider diye düşündüm," dedi.

Peeta mı? Hayır, bunun onunla bir ilgisi yoktu. Her şey Capitol, oyun kurucular ve seyircilerle ilgiliydi. Her ne kadar Cinna'nın tasarımını tam olarak çözemesem de, bu bana oyunların henüz sona ermediğini hatırlatıyordu. Sevecen cevabının altında, bir uyarı sezdim. Sanki diğer ekip üyelerinin önünde açıkça belirtemeyeceği bir şeyi ifade etmeye çalışıyordu.

Eğitim aldığımız kata inmek üzere asansöre bindik. Galibin ve destek takımının sahnenin altından yükselerek halkın önüne çıkması gibi bir âdet vardı. Önce hazırlık ekibi, arkasından refakatçi, stilist, akıl hocası ve nihayet galip. Bu sene, iki galip de aynı refakatçiyi ve akıl hocasını paylaştığı için, her şeyin yeniden düşünülmesi gerekmişti. Kendimi sahnenin altında, çok az aydınlatılmış bir alanda buldum. Beni yukarı taşıması için yepyeni bir metal plaka yerleştirilmişti. Hâlâ küçük talaş yığınlarını görmek ve taze boya kokusunu almak mümkündü. Cinna ve hazırlık ekibi kıyafetlerini çıkarıp özel kostümlerini giyerek yerlerini aldılar. Tek başıma kaldım. Loş ışıkta, biraz ilerideki bir paravanı seçtim; Peeta o paravanın arkasında olmalıydı.

Kalabalıktan o kadar müthiş bir uğultu yükseliyordu ki, Haymitch'i koluma dokunduğu ana kadar fark etmedim. Sanırım hâlâ arenanın etkisini üzerimden atamadığım için irkildim.

"Sakin ol, benim," dedi. "Dur da sana bir bakayım." Kollarımı iki yana açıp bir tur döndüm. "Fena değil," dedi.

Pek iltifat gibi değildi. "Ama?" diye sordum.

Haymitch'in bakışları durduğum zemine kaydı ve sanki bir karar vermiş gibi, "Hiç," dedi. "Şans için kucaklaşmaya ne dersin?"

Pekâlâ. Bu Haymitch için biraz tuhaf bir istekti ama ne de olsa biz kazanmıştık. Belki de şans için sarılmak da âdettendi. Fakat kollarımı boynuna doladığım anda sarılışına hapsolduğumu hissettim. Alçak sesle ve çok hızlı bir şekilde kulağıma bir şeyler fısıldadı. Saçlarım dudaklarını gizliyordu.

"Dinle beni. Başın belada. Söylenene göre, Capitol, arenada onları zor durumda bırakmana çok sinirlenmiş. Tahammül edemeyecekleri tek şey birilerinin onlara gülmesi ve Panem'in alay konusu olmaktır," dedi.

İçimi müthiş bir korku kaplarken, yüzüm açıkta olduğu için sanki Haymitch çok güzel bir şey söylüyormuş gibi gülümsedim. "Yani?"

"Tek savunman, deli gibi âşık olduğun için ne yaptığını bilmediğin olabilir." Haymitch geri çekilip saçımdaki bandı düzeltti. "Anladın mı, tatlım?" Herhangi bir şey söylemiş olabilirdi.

"Anladım," dedim. "Peeta'ya da aynı şeyi söyledin mi?"

"Benim söylememe gerek yok. Peeta zaten o noktaya çoktan ulaşmış."

"Benim ulaşmadığımı mı düşünüyorsun?" Cinna'nın boynuna tutturduğu kırmızı papyonu düzelttim.

"Ne düşündüğümü ne zamandan beri önemsiyorsun? Artık yerlerimizi alsak iyi olacak." Haymitch beni metal çemberin içine soktu. "Bu senin gecen, tatlım. Tadını çıkar." Beni alnımdan öpüp karanlığın içinde kayboldu.

Dizlerimin titrediğini saklayabilmek için, daha uzun olmasını dilediğim eteğimi çekiştirdim. Sonra bunun hiçbir faydasının olmadığını anladım. Çünkü bütün bedenim yaprak gibi titriyordu. Heyecanım yatışınca titrememin de geçmesini umdum. Ne de olsa, bu benim gecemdi.

Sahnenin altındaki rutubetli ve küflü koku beni boğmaya başladı. Sırtımdan aşağı buz gibi bir ter inerken, başımın üstündeki tahtaların üstüme yıkılacağı ve beni diri diri gömeceği korkusunu bir türlü aşamadım. Arenadan ayrılırken, trompetler çaldığında güvene kavuşmuş olmam gerekirdi. Ve sonrasında da güvende olmam. Hayatımın sonuna kadar. Fakat eğer Haymitch'in söyledikleri doğruysa –ki yalan söylemesi için hiçbir neden yoktu– o zaman, hayatım boyunca hiç bu kadar tehlikeli bir yerde olmadım demekti.

Bu, arenada avlanmaktan beter bir şeydi. Orada sadece ölebilirdim. Nokta. Fakat burada, Haymitch'in önerdiği aşktan gözü kör olmuş kız senaryosunun altından kalkamazsam

Prim, annem, Gale ve 12. Mıntıka'da önemsediğim herkes, cezalandırılma tehdidiyle karşı karşıya kalacaktı.

Yani, aslında hâlâ şansım vardı. İşin komik tarafı, arenada o meyveleri ortaya çıkarırken tek düşündüğüm oyun kurucuların zekâsını alt etmekti. Bu davranışımın Capitol'e nasıl yansıyacağı aklıma dahi gelmemişti. Ancak Açlık Oyunları, Capitol'ün en güçlü silahıydı ve kimsenin o silahı alt etmemesi gerekirdi. Şimdi Capitol en başından beri kontrolün ellerinde olduğunu göstermek isteyecekti. Sanki çifte intihara kadar bütün olayı kendileri kurgulamışlar gibi. Ve bunu ancak ben de onlarla birlikte hareket edersem başarabilirlerdi.

Ve Peeta. Eğer bu iş yolunda gitmezse Peeta da zarar görecekti. Haymitch'e Peeta'nın durumdan haberdar olup olmadığını, onun da delicesine âşık biri gibi davranması gerektiğini bilip bilmediğini sorduğumda ne demişti?

"Benim söylememe gerek yok. Peeta zaten o noktaya çoktan ulaşmış."

Bu, oyunlarda bir kez daha benden önde düşünüp içinde bulunduğumuz tehlikeyi sezdiği anlamına mı geliyordu? Yoksa... zaten deli gibi âşık olduğu anlamına mı? Bilmiyordum. Ben daha Peeta'ya olan hislerimi irdelemeye başlamış değildim. Her şey o kadar karmaşıktı ki. Neleri oyunların bir parçası olarak yapmıştım? Neyi Capitol'e duyduğum öfkeden yapmıştım? Ya da 12. Mıntıka'dan nasıl görüneceği endişesini taşıdığım için? Yoksa her şeyi, doğru olanı yapmak adına mı yapmıştım? Ya da Peeta'yı gerçekten önemsediğim için mi?

Bunlar eve döndüğümde, ormanın huzurlu ve barışçıl ortamında, kimse beni seyretmezken çözmem gereken sorulardı. Burada, bütün gözler üzerime çevrilmişken işin içinden çıkamazdım. Ancak kimbilir o lükse kavuşmam daha ne kadar sürecekti? Ve şimdi, Açlık Oyunları'nın en tehlikeli kısmına adım atmak üzereydim.

27

Marş kulaklarımda çınlıyordu. Sonra Caesar Flickerman'ın seyircileri selamladığını duydum. Şu andan itibaren bütün kelimeleri doğru yerde kullanmanın ne kadar hayati bir önem taşıdığının farkında mıydı acaba? Öyle olmalıydı. Bize yardım etmek isterdi. Hazırlık takımları takdim edilirken kalabalıktan müthiş bir alkış yükseldi. Flavius, Venia ve Octavia'nın oradan oraya zıplayıp, komik selamlar verdiklerini görür gibiydim. Hiçbir şeyden haberlerinin olmadığına bahse girebilirdim. Ardından Effie takdim edildi. Bu anı ne çok beklemişti! Umarım tadını çıkarıyordur çünkü her ne kadar zaman zaman yanılsa da, bazı konularda çok keskin içgüdüleri vardı. Nasıl bir tehlike içinde olduğumuzu sezdiğinden emindim. Portia ve Cinna da çok büyük alkış aldılar. Bundan doğal bir şey olamazdı çünkü gerçekten de, özellikle sebep oldukları o göz alıcı başlangıç sayesinde müthiş bir işe imza atmışlardı. Şimdi, Cinna'nın bu akşam için neden böyle bir elbise seçtiğini anlamıştım. Olabildiğince küçük bir kız gibi ve masum görünmeye ihtiyacım olacaktı. Haymitch sahnede belirince, neredeyse beş dakika sürecek bir alkış ve tezahürat yağmuru başladı. Ne de olsa bir ilki başarmıştı. Bir değil, iki haracı hayatta tutmayı başarmıştı. Beni zamanında uyarmamış olsaydı ne olurdu? Farklı mı davranırdım? Capitol'ü orman meyveleriyle alt ettiğim o anla böbürlenir miydim? Hayır, hiç sanmıyordum. Fakat şu anda olmam gerekenden çok daha az ikna edici olabilirdim. Ve işte o an gelmişti. Plakanın beni sahneye yükselttiğini hissedebiliyordum.

Gözleri kör eden ışıklar... Kulakları sağır eden alkışlar ve uğultular... Sonra birkaç metre ötede Peeta'yı gördüm. Çok temiz, sağlıklı ve güzel görünüyordu; onu tanımakta güçlük çekiyordum. Ancak gülümsemesi çamurların arasında da, Capitol'de de aynıydı. O gülümsemeyi gördüğüm anda hemen birkaç adım atıp kendimi Peeta'nın kollarına bıraktım. Dengesini kaybeder gibi oldu. İşte o anda elindeki ince, metal çubuğun bir tür baston olduğunu fark ettim. Toparlandık ve seyirciler kendilerinden geçerken birbirimize sımsıkı sarıldık. Peeta beni öptü, sürekli olarak, *Biliyor musun?* diye düşünüyordum. *Ne büyük bir tehlike içinde olduğumuzun farkında mısın?* On dakika kadar sonra, Caesar Flickerman şova devam edebilmek için Peeta'nın omzuna dokundu. Bilerek ya da bilmeyerek, Peeta hedefi bir kez daha tam on ikiden vurmuştu.

Nihayet Haymitch bizi ayırdı ve nazik tavırlarla bizi, galip koltuğuna yönlendirdi. Bu normalde tek kişilik, oymalı bir koltuktu. Galip gelen haraç, buraya oturup oyunların en önemli anlarını izlerdi. Ancak biz iki kişi olduğumuz için, oyun kurucular bize yumuşacık ve kabarık, kadife bir kanepe getirmişlerdi. Bu, annemin aşk koltuğu diye niteleyeceği türden, küçük bir kanepeydi. Peeta'ya, neredeyse kucağına çıkacak kadar yakın oturdum. Ancak Haymitch'in yüzündeki ifadeden, bunun yeterli olmayacağını anladım. Sandaletlerimi çıkarıp ayaklarımı altıma topladım, başımı ise Peeta'nın omzuna gömdüm. Kolu otomatik bir hareketle beni sardı. Kendimi ısınmak için ona sokulduğum mağaraya dönmüş gibi hissediyordum. Peeta'nın gömleği benim elbisemle aynı kumaştan yapılmış, ancak altına siyah bir pantolon giymişti. Ayağında sağlam görünüşlü siyah çizmeler vardı. Keşke Cinna da bana benzer bir şeyler giydirseydi. Bu minnacık elbise içinde kendimi savunmasız hissediyordum. Ama sanırım vermeye çalıştığı mesaj da buydu.

Caesar Flickerman birkaç espri daha yaptı. Ardından gösteri zamanı geldi. Program tam üç saat sürecekti ve bütün Panem tarafından izlenme mecburiyeti vardı. Işıklar kararıp ekranda mühür belirirken, bunu yapmaya hiç hazır olmadığımı hissettim. Yirmi iki haracın ölümünü seyretmek istemiyordum. Bu ölümlere bir defa şahit olmak yetmişti de artmıştı bile. Kalbim deli gibi çarpmaya başladı; içimde müthiş bir kaçma isteği baş gösterdi. Diğer galipler buna –hem de tek başlarına– nasıl katlanabilmişlerdi acaba? Özet yayın boyunca, ekranın köşesindeki bir kutucukta galibin tepkileri gösteriliyordu. Önceki seneleri hatırladım. Bazı yüzlerde zafer ifadesi olurdu; yumruklar havayı ve göğüsleri döverdi. Çoğu sadece şaşkın bakardı. Tek bildiğim, beni bu aşk koltuğunda tutan tek şeyin Peeta'nın omzuma attığı kolu ve elimi tutan eli olduğuydu. Tabii bizden önceki galipler, Capitol tarafından yok edilme riskiyle karşı karşıya değillerdi.

Birkaç haftayı üç saatlik bir zaman dilimine sıkıştırmak büyük marifetti doğrusu. Özellikle de ortalıkta onlarca kamera olduğu düşünülürse. Görüntüleri bir araya getiren kişilerin, ne tür bir hikâye anlatacaklarına önceden karar vermeleri gerekiyordu. Bu sene ilk defa bir aşk hikâyesi anlatılıyordu. Peeta'yla benim kazandığımızı ben de biliyordum fakat bana sorarsanız, daha en başından itibaren bize gereğinden fazla zaman ayrılmıştı. Gerçi buna memnundum. Zira bu sayede, Capitol'ü oyuna getirmemize gerekçe olarak öne süreceğim delicesine âşık genç kız bahanesi desteklenmiş oluyordu. Ayrıca böyle giderse ölümleri çok uzun süre izlememiz gerekmeyecekti.

Programın ilk yarım saatlik kısmı arena öncesi olaylara, toplama kuraları, Capitol'deki resmîgeçit, eğitim puanlarımız ve mülakatlarımıza ayrılmıştı. Ekranda beliren yüzlerin hemen hepsi artık ölü olduğu için, görüntülere neşeli sayılabilecek bir müziğin eşlik etmesi durumu iyice berbat bir hale sokuyordu.

Arenaya çıkışımızdan sonra, toplu katliama ayrılan geniş zamanın ardından, ekrana dönüşümlü olarak ölümler ve bizden görüntüler yansıdı. Aslında daha çok Peeta'yı görüyorduk çünkü bu aşk hikâyesini onun omuzladığına hiç şüphe yoktu. Şimdi, seyircilerin daha önce gördüğü şeyleri ben de görebiliyordum. Peeta'nın Kariyerleri benim hakkımda nasıl yanlış yönlendirdiğini, arı kovanı olayının yaşandığı ağacın altında sabaha kadar gözünü kırpmadan nöbet tuttuğunu, kaçmama imkân yaratmak için Cato'yla nasıl dövüştüğünü, o çamur batağının içinde yatarken bile uykusunda benim adımı fısıldadığını. Buna karşılık ben kalpsiz bir görüntü sergiliyordum: Ateş toplarından ustalıkla kaçıyor, ağaçtan aşağı kovan atıyor, erzakları havaya uçuruyordum. Ta ki Rue'nun peşine düşene kadar. Rue'nun ölümünü hiç kesmeden yayınladılar: Mızrağın saplanmasını, benim onu kurtarma çabalarımı, 1. Mıntıka'daki çocuğun boynunu delen okumu ve Rue'nun son nefesini kollarımın arasında verişini. Ve o şarkı. Şarkının bütün notalarını söyleyebiliyordum. Sanki içimde bir şeyler kapanıyor ve hiçbir şey hissetmeyecek kadar uyuşuyordum. Başka bir Açlık Oyunları'ndaki yabancıları seyreder gibiydim. Buna rağmen, Rue'yu çiçeklerle kapladığım kısmı es geçtikleri gözümden kaçmadı.

Doğru ya... O hareketim de başkaldırı kokuyordu.

Aynı mıntıkadan iki haracın hayatta kalabileceğinin ilan edilmesiyle, olaylar lehime çevriliyordu. Peeta'nın adını haykırdıktan sonra ellerimle ağzımı kapatıyordum. Daha önce Peeta'ya karşı kayıtsız bir görüntü çizmişsem bile, durumu telafi eder hale geliyordum. Onu buluyor, sağlığına kavuşması için elimden geleni yapıyor, ilaç bulmak için ziyafete gidiyor ve öpücüklerimi esirgemiyordum. Objektif olarak bakınca muttaların ve Cato'nun ölümünün dehşet verici olduğu doğruydu. Fakat ben o görüntüleri de hiç tanımadığım insanların başına gelen bir şeyi izler gibi izliyordum.

Ve sonra, orman meyveleri zamanı geldi. İzleyicilerin hiçbir şey kaçırmamak isteğiyle birbirlerini susturduklarını gördüm. Film yapımcıları, programı zaferimizin ilanı yerine, benim gökyüzü aracının cam duvarını döverek Peeta'nın adını haykırdığım sahneyle kapatırken büyük bir minnet duydum.

Hayatta kalmak adına, bu gece yaşadığım en güzel an bu olmuştu.

Bir kez daha marş yankılanırken ayağa kalktık. Başkan Snow, hemen arkasında bir yastığın üzerine yerleştirilmiş tacı taşıyan küçük kızla sahneye çıktı. Yastığın üstünde tek bir tacın olması seyirciler arasında kargaşaya neden oldu: Taş kime verilecekti acaba? Fakat başkan, tacı ortadan ikiye ayırdı. İlk parçayı Peeta'nın alnına yerleştirirken gülümsüyordu. İkinci parçayı bana takdim ederken de gülümsemeye devam etti; fakat bakışları en az bir yılanınki kadar soğuktu ve bağışlamaktan uzaktı.

İşte o zaman, her ikimizin de meyveleri yememize ramak kalmasına rağmen, fikir benden çıktığı için kabahatin de bana ait olduğunu anladım. Kışkırtıcı olan bendim. Cezalandırılması gereken de...

Bunu yeni selamlar ve alkışlar izledi. Kolumun izleyicileri selamlamaktan kopma noktasına geldiğini düşündüğüm bir anda Caesar Flickerman nihayet izleyicilere iyi geceler diledi ve ertesi gün, son mülakatları izlemek için ekran başında olmalarını hatırlatarak –sanki başka şansları varmış gibi– programı kapattı.

Peeta'yla birlikte, Zafer Ziyafeti için başkanın konutuna sürüklendik. Ancak bizimle bir fotoğraf çektirmek için neredeyse birbirlerini dirsekleyen Capitol'ün resmî görevlileri ve cömert sponsorlar arasında, hemen hemen hiçbir şey yemeye fırsat bulamadık. Sürekli yeni –ve hepsi de sırıtan– yüzlerle tanıştık ve gecenin sonuna doğru zehirlenme noktasına geldik. Arada sırada Haymitch'le –bu bana güven veriyordu– ya da başkanla –bu beni ürkütüyordu– göz göze geliyordum. Fakat gülmekten, insanlara teşekkür etmekten ve fotoğraflarım çekilirken gülümsemekten bir an bile vazgeçmedim. Ve tabii Peeta'nın elini hiç ama hiç bırakmadım.

Eğitim Merkezi'nin on ikinci katına kapağı attığımız zaman nihayet Peeta'yla iki çift laf edebileceğimizi sanıyordum. Fakat Haymitch onu Portia'yla birlikte mülakat için kıyafet ayarlamaya gönderdi ve bana odamın kapısına kadar bizzat eşlik etti.

"Neden onunla konuşamıyorum?" diye sordum.

"Eve döndüğümüzde konuşacak çok vaktiniz olacak," dedi. "Git, yat. Saat ikide canlı yayın var."

Haymitch'in müdahalesine rağmen, Peeta'yla baş başa konuşmak konusunda kararlıydım. Birkaç saat boyunca yatağımda bir o yana bir bu yana dönüp durduktan sonra, sessizce koridora çıktım. İlk aklıma gelen çatıya bakmak oldu ama çatıda kimseyi bulamadım. Hatta dün geceki coşkulu kutlamanın ardından sokaklar bile bomboştu. Yatağıma dönüp bir süre daha uzandım fakat sonunda dayanamayıp doğruca odasına gitmeye karar verdim. Fakat kapının tokmağını çevirmeye kalkınca, kapımın dışarıdan kilitlenmiş olduğunu fark ettim. Önce Haymitch'ten şüphelendim ama sonra içim, Capitol'ün beni izliyor ve sınırlamaya çalışıyor olduğuna dair derin bir korkuyla doldu. Açlık Oyunları başladığından beri hiçbir zaman kaçma şansım olmamıştı. Fakat içinde bulunduğum durum, bana çok daha şahsi ve farklı geliyordu. Sanki bir suçtan dolayı hapsedilmiş ve hakkımda hüküm verilmesini bekliyormuşum gibi hissediyordum. Aceleyle yatağıma döndüm ve Effie Trinket odama gelip yine 'büyük, büyük, büyük bir gün'ün başlamak üzere olduğunu haber verene kadar uyuyor numarası yaptım.

Bir kâse sıcak tahıl ve yahni yemek için sadece beş dakika bulabildim. Hemen sonra, hazırlık ekibinin üyeleri tepeme üşüştüler. Tek söylemem gereken, "Kalabalık size bayıldı!" oldu. Sonrasında birkaç saat boyunca konuşmama gerek kalmadı. Cinna odama geldiği zaman, hepsini dışarı çıkardı ve bana beyaz, tiril tiril bir elbise ve pembe ayakkabılar giydirdi. Ardından makyajımın son rötuşlarını kendi elleriyle yaptı ve çevreye pembe bir ışıltı saçmamı sağladı. Bir süre havadan sudan sohbet ettik. Ona gerçekten önem taşıyan herhangi bir şey sormaya korktum. Çünkü önceki geceki kapı meselesinden sonra, sürekli izlendiğim duygusundan kurtulamıyordum.

Mülakat, koridorun diğer ucundaki oturma odasında yapılıyordu. Odanın bir kısmı boşaltılıp aşk koltuğumuza yer açılmıştı. Koltuğun çevresine kırmızı ve pembe güllerle dolu vazolar yerleştirilmişti. Bu olayı sadece birkaç kamera görüntüleyecekti ve en azından yakınımızda seyirciler olmayacaktı.

İçeri girdiğim zaman Caeser Flickerman beni sevgiyle kucakladı. "Tebrikler, Katniss. Nasıl gidiyor?"

"Gayet iyi. Sadece mülakat yüzünden biraz heyecanlıyım," dedim.

"Endişelenme. Birlikte çok iyi vakit geçireceğiz," diyerek yanağımı okşadı.

"Kendimden bahsetmek konusunda hiç iyi değilimdir," dedim.

"Söyleyeceğin hiçbir şey yanlış olamaz," dedi Caesar.

İçimden, *Ah, keşke,* diye geçirdim. *Fakat biz şu anda seninle konuşurken, Başkan Snow bir tür "kaza" ayarlıyor olabilir.*

Sonra Peeta kırmızılı beyazlı kıyafeti içinde, her zamanki gibi son derece yakışıklı bir görünüşle içeri girdi ve beni kenara çekti. "Seni bir türlü göremiyorum. Sanki Haymitch bizi birbirimizden uzak tutmak için uğraşıyor."

Aslında Haymitch bizi hayatta tutmak için uğraşıyordu ama bizi dinleyen çok fazla kulak olduğu için, "Evet," dedim. "Son zamanlarda iyice sorumluluk sahibi biri olup çıktı."

"Neyse, bu da bitince evimize gidiyoruz. O zaman da her dakika bizi izleyecek değil ya," dedi Peeta.

Ensemden aşağı buz gibi bir ürperti indi fakat nedenini incelemeye fırsatım olmadı. Çünkü hazırdılar ve bizi bekliyorlardı. Ciddi bir tavırla, aşk koltuğuna yerleştik. Fakat Caesar, "Ah, haydi durma. İstiyorsan yine Peeta'ya sokul," dedi. "Çok şeker görünüyordunuz." Bu yüzden ayaklarımı altıma topladım. Peeta da beni kendine çekti.

Birisi geriye doğru saydı ve bir anda, ülkenin dört bir yanına ulaşan yayın başladı. Caesar Flickerman tek kelimeyle muhteşem şakalar yapıyor, gerekli anlarda hüzünleniyordu. Peeta'yla aralarında, daha ilk gece temelleri atılan bir yakınlık vardı. Onlar gülüp konuşurken ben sürekli gülümsüyor ve olabildiğince az konuşuyordum. Tabii arada konuşmam gerekiyordu ama bir şekilde sohbeti Peeta'ya çevirmeyi başarıyordum.

Bir süre sonra, ne yazık ki Caesar daha doyurucu cevaplar gerektiren sorular yöneltmeye başladı. "Pekâlâ, Peeta. Mağarada geçen günlerden biliyoruz ki, seninki ilk görüşte aşk. Kaç yaşındaydın, beş mi?"

"Onu gördüğüm ilk anda," dedi Peeta.

"Katniss, bu senin için heyecan verici bir yolculuk oldu. Sanırım izleyicileri asıl heyecanlandıran, senin Peeta'ya âşık olmanı izlemekti. Sen ona âşık olduğunu ne zaman anladın?"

"Ah, bu çok zor bir soru," dedim ve mahçup bir tavırla gülerek ellerine baktım. *İmdat.*

"İstersen ben gerçeğin beni ne zaman vurduğunu söyleyeyim," dedi Caesar. "O gece ağaçta adını haykırdığında..."

Teşekkürler, Caesar, diye düşünerek bu görüşün peşine takıldım. "Evet, sanırım o zamandı. Yani demek istediğim, o zamana kadar duygularımın ne olabileceğini düşünmemeye çalışıyordum. Çünkü bu gerçekten kafa karıştırıcı bir durumdu ve Peeta'yı gerçekten önemsiyor olmam, sadece durumumu zorlaştırırdı. Fakat o gece, ağaç tepesinde, her şey değişti."

"Neden dersin?"

"Belki de... ilk defa... onu yanımda tutma ihtimalimin olduğunu anladım."

Kameramanlardan birinin arkasında duran Haymitch'in rahat bir soluk aldığını duydum. Demek ki doğru bir şey söylemiştim. Caesar bir mendil çıkardı ve çok duygulandığı için birkaç saniye izin istedi. Peeta alnını şakağıma yaslayarak, "Şimdi artık yanında olduğuma göre, benimle ne yapmayı düşünüyorsun?" diye sormuştu.

Yüzümü Peeta'ya çevirip, "Seni hiç zarar görmeyeceğin bir yere koymak istiyorum," dedim. Peeta beni öptü ve odadaki herkes iç geçirdi.

Caesar bu cümleden yola çıkarak, arenada zarar gördüğümüz anları irdelemeye başladı. Yanıklar, arı sokmaları, yaralar. Fakat muttalar konusuna geldiğimiz zaman, kameraların önünde olduğumuzu unutuverdim. Çünkü Caesar, Peeta'ya yeni bacağının nasıl olduğunu sormuştu.

"Yeni bacak mı?" Kendimi tutamayarak eğildim ve pantolonunun paçasını kaldırdım. "Ah, hayır," diye fısıldadım.

Karşımda etinin ve kemiğinin yerini alan, metal ve plastikten yapılma bir protez duruyordu.

"Sana kimse söylemedi mi?" Caesar'ın yumuşacık bir sesle sorduğu bu soru karşısında başımı salladım.

Peeta hafifçe omuz silkerek, "Fırsatım olmadı," dedi.

"Benim hatam," dedim. "Turnike yüzünden..."

"Evet," dedi Peeta. "Hayatta kalmamın tek suçlusu sensin."

"Adam haklı," dedi Caesar. "O turnike olmasaydı kan kaybından ölürdü."

Bunun doğru olduğunu ben de biliyordum fakat kendimi o kadar kötü hissediyordum ki, ağlayacak gibi oldum. Sonra bütün ülkenin bizi seyrettiğini anımsayıp yüzümü Peeta'nın gömleğine dayadım. Beni toparlamaları biraz zaman aldı çünkü kimsenin beni göremeyeceği şekilde yüzüm gömleğe gömülüyken çok daha iyiydim. Nihayet doğrulduğum zaman, Caesar bir süre bana soru sormayarak toparlanmam için zaman tanıdı. Aslında meyve konusu açılana kadar bana hiç ilişmedi.

"Katniss, büyük bir şok yaşadığının farkındayım. Fakat bunu sormak zorundayım. O meyveleri çıkardığın zaman... Aklından neler geçiyordu? Hımm?"

Cevap vermeden önce bir süre bekledim ve düşüncelerimi toparlamaya çalıştım. Bu ya Capitol'e kafa tutacağım ya da Peeta'yı kaybetme korkusuyla gözümün döndüğünü ve bu yüzden yaptığım şeyden sorumlu tutulamayacağımı izah edeceğim sahne olacaktı. Durumun şöyle büyük ve dramatik bir konuşma gerektirdiği kesindi. Fakat ağzımdan sadece, zor duyulur bir sesle söylenen şu cümle çıktı: "Bilmiyorum. Ben sadece... Onsuz kalma fikrine dayanamadım."

"Peeta? Senin ekleyeceğin bir şey var mı?"

"Hayır. Sanırım söyledikleri ikimiz için de geçerli."

Caesar veda konuşmasını yaptı ve yayın sona erdi. Herkes kâh ağlayıp kâh gülerek birbirine sarılıyordu. Fakat ben durumumdan Haymitch'e ulaşana kadar emin olamadım.

"Tamam mı?" diye fısıldadım.

"Mükemmel," dedi.

Odama birkaç parça eşyamı toplamaya gittim ve Madge'ın bana verdiği alaycı kuş iğnesi dışında alacak bir şeyimin olmadığını gördüm. Oyunlardan sonra birisi iğneyi odama bırakmış olmalıydı. Bizi, camları simsiyah bir arabayla Capitol sokaklarından geçirdiler. Tren bizi bekliyordu. Cinna ve Portia'ya güç bela veda ettik. Gerçi sadece birkaç ay sonra zafer törenleri için diğer mıntıkaları gezerken onları yine görecektik. Capitol, insanlara Açlık Oyunları'nın sonunun hiçbir zaman gelmeyeceğini bu şekilde hatırlatıyordu. Bize sayısız –ve hiçbir işe yaramayacak– plaketler verilecekti ve insanlar bizi seviyormuş gibi rol yapacaklardı.

Tren harekete geçti ve tünelden çıkana kadar zifiri karanlıkta yol aldık. Ancak tünelden çıkıp gün ışığını görünce, toplama gününden beri ilk kez rahat bir nefes aldım. Effie de bu yolculukta bize eşlik ediyordu. Ve tabii Haymitch. Müthiş bir akşam yemeği yedikten sonra, televizyonun karşısına geçip mülakatın bant yayınını seyrettik. Capitol her geçen saniye biraz daha uzakta kalırken, evi düşünmeye başladım. Prim'i... Annemi. Gale'ı. Üstümü değiştirip basit bir gömlek ile pantolon giydim. Yüzümdeki makyajı temizleyip, saçlarımı arkadan örerken yeniden aslıma, Katniss Everdeen adlı kıza dönüşüyordum. Dikiş'te yaşayan, ormanda avlanan, Hob'da takas yapan... Aynaya bakarken kim olduğumu ve kim olmadığımı hatırlamaya çalışıyordum. Diğerlerine katıldığım zaman, Peeta'nın omzumu saran kolu bana yabancı geldi.

Tren yakıt almak için kısa bir mola verince, biz de hava almak için indik. Artık kimsenin bize bekçilik etmesi gerekmiyordu. Peeta'yla birlikte el ele, peron boyunca yürüdük. Yalnızdık ve ben söyleyecek hiçbir şey bulamıyordum. Peeta, benim için bir demet kır çiçeği topladı. Buketi bana uzattığında mutlu görünmek için kendimi zorladım. Çünkü bana verdiği çiçeklerin yaban soğanlarının tepeleri olduğunu ve bana Gale'la geçirdiğim saatleri hatırlattığını bilmiyordu.

Gale. Onu görmeme birkaç saat kaldığını düşününce, midem yanmaya başladı. Ama neden? Nedenini çözmekte zorlanıyordum. Tek bildiğim, bana güvenen birine yalan söylemiş gibi hissettiğimdi. Daha doğrusu iki kişiye... Bu noktaya kadar, oyunlar sayesinde bu işi sürdürebilmiştim. Ancak eve döndüğümüz zaman oyunlar diye bir şey olmayacaktı.

Peeta, "Sorun ne?" diye sordu.

"Hiç," dedim. Yürümeye devam ettik. Trenin sonuna geldiğimizde, artık bir yerlerde gizli kamera olmayacağını bilmeme rağmen ağzımdan tek bir kelime çıkmadı.

Haymitch'in elini sırtımda hissedince irkildim. Burada, bu hiçliğin ortasında bile sesini olabildiğince alçak tutuyordu. "Aferin size, ikinize de. Mıntıkaya, kameralardan kurtulana kadar dişinizi sıkın. Ondan sonra bir şey olmaz." Haymitch'in Peeta'yla göz göze gelmekten kaçınarak trene doğru yürümesini izledim.

Peeta, "Bu da ne demek?" diye sordu.

"Capitol," dedim. "Orman meyvesi numaramızı pek sevmemişler."

"Ne? Sen neden bahsediyorsun?"

"Onlara fazla asice gelmiş. Haymitch son birkaç gündür bana bu konuda koçluk yapıyordu. Ortalığı iyice mahvetmeyeyim diye."

"Sana koçluk mu yapıyordu? Ama bana yapmıyordu," dedi Peeta.

"Senin doğru oynayacak kadar zeki olduğunu bildiği için," dedim.

"Ben doğru oynanacak bir şeyler olduğundan bile habersizim," dedi Peeta. "Yani söylemeye çalıştığın, bu son birkaç günde olanlar... ve arenadaki her şey... İkinizin birlikte kararlaştırdığınız bir stratejiydi, öyle mi?"

"Hayır. Yani demek istediğim, arenada onunla konuşamıyordum, değil mi?" diye kekeledim.

"Ama senden ne yapmanı istediğini biliyordun, değil mi?" Dudağımı ısırdım. "Katniss?" Elimi bıraktı. Dengemi sağlamaya çalışır gibi, arkaya doğru bir adım attım.

"Hepsi oyunlar içindi," dedi. "Rol yapmanın nedeni buydu."

"Hepsi değil," derken elimdeki çiçekleri sımsıkı tutuyordum.

"Ne kadarı peki? Hayır, unut gitsin. Asıl soru şu olmalı: Eve döndüğümüz zaman, geriye ne kalacak?"

"Bilmiyorum. 12. Mıntıka'ya yaklaştıkça aklım karışıyor," dedim. Daha fazla açıklama yapmam için bekliyordu ama sessiz kaldım.

"O halde kafandakileri çözdüğün zaman bana da haber verirsin..." Sesinde hissedilir bir acı vardı.

Kulaklarımın tamamen iyileştiğinden artık emindim. Çünkü motor sesine rağmen, trene dönerken attığı her adımı duyabiliyordum. İçeri girdiğimde, Peeta'nın yatmaya gittiğini öğrendim. Ertesi sabah da ortalarda görünmedi. Aslında, ortaya ancak tren 12. Mıntıka'ya girerken çıktı. Bana başıyla selam verirken yüzünde hiçbir ifade yoktu.

Haksızlık ettiğini söylemek istiyordum. İki yabancı olduğumuzu. Hayatta kalmak ve arenada ikimizi de hayatta tutmak için gerekeni yaptığımı. Gale'la aramızda ne olduğunu açıklayamayacağımı çünkü bunu benim bile bilmediğimi.

Beni sevmesinin anlamsız olduğunu çünkü evlenmeye hiç niyetimin olmadığını ve benden nefret etmesinin çok sürmeyeceğini. Ona karşı bir şeyler hissediyorsam bile, bunun bir öneminin olmadığını çünkü benim aile kurma ve çocuk sahibi olma yolunda ilerleyen bir aşk yaşamak gibi bir lüksümün olmadığını. Hem o bunları nasıl düşünebiliyordu ki? Yaşadığımız onca şeyden sonra, nasıl?

Onu şimdiden ne kadar özlediğimi de söylemek istiyordum. Ama bunun haksızlıktan başka bir şey olmayacağını biliyordum.

Öylece durup, kasvetli küçük istasyonumuzun önümüzde belirmesini bekledik. Pencereden bakınca istasyonun kameralarla dolu olduğunu gördüm. Herkes büyük bir hevesle eve dönüşümüzü izliyor olmalıydı.

Gözümün ucuyla, Peeta'nın bana elini uzattığını gördüm. Ne yapacağımı bilemeyerek ona baktım. "Son bir kez? İzleyiciler için?" dedi. Sesi öfkeli değildi. İfadesizdi... Bu çok daha kötüydü. Bana ekmek veren çocuk, daha şimdiden ellerimin arasından kayıp gidiyordu.

Elini sımsıkı tutup, kendimi kameralara hazırladım.

Bu eli bırakmak zorunda kalacağım o anın gelmesinden deli gibi korkuyordum.

BİRİNCİ KİTABIN SONU